# 한국 현대시 산책

— 열두 개의 모티브로 세상 읽기

# 한국 현대시 산책

– 열두 개의 모티브로 세상 읽기

**남기혁** 지음

**한국문화사**

　시와 문학, 더 나아가 인문학은 오늘날 누란지위(累卵之危)에 처했다. 의학 및 이공계열만 중시되는 입시환경에서, 문학 및 인문학 관련 전공은 기피 대상이 되었다. 관련 학과들은 대학에서 천덕꾸러기 신세로 내몰려 존폐마저 위태로운 형편이다. 오늘날 인문학의 위기는 학문의 존재 이유를 실용성에서만 찾는 병폐로 인한 것이다. 한때 유수 대학들이 대학원 최고위 과정에 인문학 강좌를 개설하는 붐이 일기도 했지만, 그마저 수요가 다했는지 인문학을 찾는 발걸음은 잦아들었다. 학령인구 감소, 반도체나 인공지능 같은 첨단산업 발전 등은 인문학의 위기를 심화시키고 있다.

　인문학적 교양이 필요한 곳이 있다면, 인문학자는 그 수요를 충족시켜줘야 마땅하다. 다만 대중이 인문학의 일회적 소비에 멈춘다면, 훌륭한 인문학 강좌가 아무리 늘어난들 우리 사회의 교양 수준이 높아질 수 없고 인문학의 새로운 활로도 생겨날 수 없다. 대중이 스스로 인문학 텍스트를 찾아 읽고 사색하면서 인문학적 시야를 갖추는 것이 급선무라 하겠다.

　오늘날 대학의 교과과정은 취업과 실무 중심에 편중되어 있다. 심지어 인문학마저 실용성 강화를 요구받는다. 그러니 학생들의 교양 수준은 갈수록 저하될 수밖에 없다. 인문학 분야의 글을 찾아 읽고 토론하며, 이를 글쓰기의 원천으로 삼는 학생을 찾아보기 어려운 현실이다. 인문학자로서는 이런 현실이 정말 뼈아프다. 게다가 그 학생들이 생존 경쟁에 내몰리면서 사회에서 겪게 될 혼란이나 고통을 떠올리면 안타까운 마음이 들기도 한다.

　대학에서 오랫동안 시를 공부하고 또 가르치면서 지금처럼 무기력한 시기는 거의 없었다. 격랑의 시대였던 젊은 시절에 시와 인문학은 언제나 큰 위안과 힘을 주었다. 시와 인문학을 통해 얻게 된 시선으로 세상을 해석하고 이해했으며, 비평하고 소통했다. 연구자로서 출중한 연구 성과를 내놓지는 못했지만, 차근차근 건축물을 쌓아 올리는 건축가처럼 나름대로 학문적 실천을 해왔다고 자부한다. 현대시 강의를 통해 연구 성과를 후학과 나누려고 노력도 해보았다. 모두가 다 보람 있는 일이었지만, 이제 와 생각해보니 부질없다는 생각도 든다. 김소월, 정지용, 임화, 서정주, 백석 같은 시인들의 작품에서 더 이상 마음의 울림을 찾으려 하지 않는 척박한 시대가 아닌가. 이런 시대를 젊은 세대에 남겨 주게 된 것에 대해 기성세대로서 책임감도 느껴진다.

현대시 교육의 입장에서, 젊은 세대와 언어로 소통하기 어려워진 점은 뼈아픈 일이다. 오늘날 젊은 세대는 앞선 세대와는 전혀 다른 언어로 세상을 이해하고, 설명하고, 표현한다. 어쩔 수 없는 일이고 또 마땅한 일이겠지만, 왠지 아쉬움이 남는 것도 사실이다. 사실 강의 중에 학생들에게 시어 하나하나를 설명해 줄 때마다 곤혹스러웠다. 그들은 국어사전에서 단어를 찾아보려 하지 않고, 맥락 속에서 시어의 의미를 이해하려 하지 않는다. 어쩌면 우리 학생들은 앞 세대의 언어에 전혀 흥미를 느끼지 않는 최초의 세대일 것이다. 이 심각한 언어 단절, 문화 단절이 앞으로 우리 사회에 가져올 부작용은 가늠하기조차 어렵다.

현대시 교육, 더 나아가 인문학 교육은 포기할 수 없다. 각급 학교에서 학생들의 언어 능력, 사고 능력 신장을 위해 심기일전해야 한다. 결국 문제는 국어 교육의 혁명이다. 물론 국어 교육의 이상은 확고하다. 교육 과정에는 텍스트에 담긴 어휘 하나하나의 뜻을 이해하고, 글 전체의 구조와 요지를 파악하며, 이를 비판적·창의적 사고 활동으로 이어가는 훈련이 이미 명시되어 있다. 의사소통 능력의 신장, 민족 문화와 전통의 계승, 공동체적인 삶에 대한 이해 같은 것도 국어 교육의 또 다른 목표이다. 문제는 교육 과정이 사문화되는 현실이다. 언제까지 입시 교육에 매달려 우리 국어 교육이 오지선다형의 문제 풀이에 특화되는 사고력만 길러줘야 하는가. 국어 교육 과정이 교육 현장에서 그대로 실천될 수 있도록 전면적으로 교육 여건과 환경을 바꾸어야 한다. 그것이 시와 인문학을 살리는 유일한 방법일 것이다.

잠시 군말을 덧붙여 보자. 최근 어느 정치 지도자 한 분이 왜 국어 교육이 필요하냐는 막말을 쏟아냈다. 아마도 사오십 년 전 본인의 경험에 기반하여 내뱉은 말로 보이지만, 정작 본인은 국어 교육을 제대로 받지 못한 사람의 언행을 보여주고 있지 않은가. 국어 교육을 제대로 받지 못한 사람이 지도자 반열에 오르는 사회만큼 불행한 사회가 또 있을까?

이렇게 불행한 시대에 감히 현대시의 이모저모를 논의한 책을 독자 앞에 내놓게 되었다. 지난 7, 8년간 대학에서 시를 가르치면서 학생들에게 제공했던 강의 자료를 전면 수정, 보완하여 〈한국 현대시 산책〉이라는 책 이름을 붙였다. 독자의 이해를 돕기 위해 쉬운 표현으로 말을 가다듬었다. 학술 용어를 최대한 일반 언어로 바꾸려 했고, 논증을 피하고 쉬운 설명을 동원하려 했다. 생각보다 힘든 작업이었고 여전히 만족스럽지 않은 부분들도 남아있다. 시 전공자로서 사용해 왔던 언어가 혹시 방언은 아니었는가 하는 생각이 들기도 했다.

이 책은 현대 사회와 현대시의 관계를 이해하는 데 도움을 줄 12개의 모티브를 중심으로 논의를 구성했다. 이 모티브들은 지난 백여 년 동안 한국 사회가 걸어온 발자취를, 그리고 우리가 살아가고 있는 이 현대 사회를 이해하는 창이 될 것이라 기대한다. 사랑, 타인의 고통, 상징으로서의 아버지,

여성(의 몸), 도시와 거리, 노동자, 죽음, 자연, 전통 등은 인간의 이해에 있어 매우 중요한 키워드가 아니겠는가. 이 책이 인간과 사회의 제 문제를 인문학적으로 성찰하고 대안적인 삶을 함께 모색하는 계기가 되기를 바란다.

각 장에서는 현대시 두세 편을 전문 인용하되, 필요에 따라 몇 편을 더 부분 인용하여 함께 소개하고 있다. 일종의 엮어 읽기를 선택한 셈이다. 물론 엮어 읽기는 시라는 울타리로 한정되지 않았다. 각 장의 모티브를 이해하는 데 도움을 줄 그림과 조각, 사진과 영화, 대중가요 등을 논의 범위에 포함하려 했다. 시가 인접 예술·문화 영역과 주고받는 영향 관계를 고려한 것이지만, 영향 관계가 직접 없는 경우라도 폭넓게 소개하려 했다. 다만 해당 분야의 전문가들에게 웃음거리가 되지 않을까 적잖이 염려스럽다. 부족한 점이 발견되더라도 너그럽게 용서해 주시기를 바란다.

이 책에는 독창적인 내용이 거의 없다. 필자 자신을 포함하여 수많은 선학과 동학의 연구 성과들이 논의 과정에서 참조되었다. 최대한 참조 표시를 남겨놓으려 노력했으나 그렇게 하지 못한 부분도 있을 것이다. 거인의 어깨 위에서 세상을 보라는 말이 있다. 작품 설명을 위해 새로 집필한 내용들이지만, 이 책의 문제의식은 대부분 선학과 동학의 노작에 빚지고 있다. 거듭 강조컨대, 필자의 것은 하나도 없다. 선학들의 인문학적 사유를 소개하기 위해 필자가 빚진 것이라고 이해해 주시기 바란다.

'시는 과연 어떤 쓸모가 있는가?'에 대해 재삼 생각해 본다. 함민복 시인 말마따나 몇 푼 되지도 않는 알량한 보상이 고작인 시 말이다. 시인에게도 그렇고 시 비평가나 연구자에게도 알량하기는 마찬가지일 것이다. 그러나 시인이 아닌 위치에서 필자가 한마디 덧붙이자면, 그런 시가 수많은 독자의 가슴을 덥혀주었고, 그들 삶에 빛과 소금이 되었음은 분명한 사실이다.

알량한 보상을 탓하지 않고 어느 구석에선가 좋은 시를 쓰려고 고군분투하는 시인들에게 영광이 있을지어다. 필자는 이 책을 통해 그들에게 진 정신의 빚을 함께 고백한다. 이제 그 빚을 독자와 나눠 갖고 싶다.

이 책의 초고는 꽤 오래전에 집필되었다. 여러 해 동안 강의에 사용하면서 수정 보완을 거쳤고, 이번 겨울 방학을 활용하여 지금의 모습으로 재차 바뀌었다. 겨우내 수정 작업에 매달린 필자의 짜증을 묵묵히 받아낸 아내, 쉽지 않은 미래를 준비하기 위해 밤늦게까지 고투하고 있는 아들과 딸에게 고맙다는 말을 전하고 싶다. 지나고 보니 다 미안할 따름이다. 남편으로서, 아버지로서 늘 자랑스러운 존재가 되고 싶었으나 그러지 못했던 점을 너그러이 용서해 주기 바란다. 마지막으로 이 책의 간행에 도움을 준 한국문화사와 그 직원 여러분께 감사한 마음을 전하고 싶다.

2023년 2월
광교산 산자락의 고즈넉한 카페에서

이 책은 2020년 군산대학교 연구비 지원을 받아
연구된 내용을 출간하는 것임.

# 차례

# 제1장

시로 읽는 시론

시와 언어, 그리고 인간의 삶과 현실

'시란 무엇인가.' 현대시를 통해 세상을 읽어내려는 이 책의 기획은 시에 대한 정의에서 출발한다. 초·중등학교에서의 문학 교육 통해 이미 접했을 만한 주제이다. '시란 언어 예술로서 문학의 한 갈래이다.' 운율과 이미지, 비유나 상징, 반어와 역설 등이 동반된 심미적 언어로 시인의 정서적 체험을 형상화한 것을 시라는 보는 것이다. 시에 대한 이런 정의에는 몇 가지 디테일이 덧붙여지기도 한다. 형태적 특성으로서 시행이나 연의 구분, 발화의 특성으로서 일인칭 개별화자 '나'의 존재, 시적 체험의 양상으로서 대상의 내면화 혹은 서정적 합일 등에 대한 논의가 거기에 해당이 된다.[1]

시에 대한 개념화, 분류와 구분을 위해서라면 이런 학술적 정의가 매우 유용할 것이다. 하지만 이런 정의만으로는 시를 접하는 독자의 내면에서

---

1　시에 대한 정의는 대부분의 시론서에서 첫 장에 등장한다. 시에 대한 학술적 정의에서 큰 차이를 발견하기는 어렵다. 이 책에서 제시한 정의 역시 기존의 시론서를 따른다. 김준오, 『시론』, 삼지원, 2017.; 박현수, 『시론』, 울력, 2022.

빚어지는 마음의 움직임까지 온전히 설명하기 어렵다. 게다가 이 세상에 있는 그 수많은 유형의 시, 더 나아가 독자의 마음속에서 빚어지는 내밀한 시적 체험을 특정한 개념으로 가두어 설명하기란 거의 불가능하다. 시 작품들은 저마다 다른 표정으로 다가온다. 게다가 그 작품들과 만나는 순간이나 상황 역시 저마다 개별적이고 고유하다. 성글기 짝이 없는 개념으로 시를 설명하는 순간, 그 추상적 정의의 틀 사이로 시적 체험의 고유한 특성들은 모두 **빠져나갈** 것이다. 그리고 우리 손에는 끝내 형해화(形骸化)된 이론적 진술만 남게 된다. 두 손으로 움켜쥔 모래가 손가락 사이로 **빠져나간** 후, 그 흔적만 두 손에 남는 것과 다를 바가 없다. 시가 무엇인지, 시적 체험은 어떻게 빚어지는 것인지, 그 순간에 시인이나 독자에겐 어떤 마음의 떨림이 남게 되는지 알아야 한다. 시에 대한 새로운 접근법이 필요한 것이다.

시의 표현 수단은 언어이다. 평범한 사실이지만 이 말은 많은 것을 시사한다. 표현과 의사소통 수단인 언어는 오로지 인간만의 것이다. 인간은 언어를 통해 생각과 느낌을 표현한다. 나날의 삶에서 가치 있다고 여긴 것을 기록하고 그 기록을 다른 사람에게 전달한다. 언어는 인간의 인간다움을 구성하는 제일의 요건이다. 시는 그런 언어를 표현 매체로 삼아 인간의 가치 있는 체험을 형상화한다. 다만 다른 영역의 언어활동과 달리, 시는 고도의 예술적 방식으로 언어를 조탁하고 조직한다. 심지어 언어의 예술적 조작 그 자체를 시의 존재 방식으로 간주하기도 한다.

시에서 언어는 인간의 존재와 삶, 가치관이나 이념, 더 나아가 언어화가 힘든 정서적 울림이나 떨림까지 엿볼 수 있는 통로가 된다. 시는 삶과 뗄 수 없는 관계에 있다. 인간의 삶은 언어를 매개로 해서 시의 구석구석에 스며든다. 물론 시가 삶의 빛나고 아름다운 부분만을 비추는 것은 아니다. 시의 언어는 비루하기 짝이 없는 삶의 어두운 이면을 들춰내는 경우도 많다. 어둡고 습한, 더럽고 역겨운, 절망스럽고 고통스러운, 솟아날 구멍을 찾을 수 없는 막다른 삶의 미로에 내던져진 생명(들)이 시에 그려지기도 한다. 비루하기 짝이 없는 인간 군상과 삶의 풍경은 시의 언어를 통과하는 순간 새로운 의미를 띠게 된다. 거기에 새로운 시적 질서가 부여되기도 한다. 그러니까 시 읽기와 시 쓰기는 비루한 인간 현실을 넘어서 새로운 정신의 영역을 향해 나아가는 행위일 수 있다.

이제 시를 찾아가는 여행의 첫머리에서 소위 메타시(meta-poetry)[2]로 일컬어지는 작품 두 편을 감상하려 한다. 이 두 작품은 시의 존재 방식에 대해, 시적 체험이 빚어지는 고유한 순간에 대해 기록하고 있다. 이 기록을 통해 시의 비밀, 시적 체험의 가치를 함께 생각해보려는 것이다. 본격적인 논의에 앞서, '일 포스티노'라는 영화를 통해 대중에게 잘 알려진 네루다의 작품 '시'를 먼저 읽어보자.

> 그래 그 무렵이었다······ 시가
> 날 찾아왔다. 난 모른다. 어디서 왔는지
> 모른다. 겨울에선지 강에선지.
> 언제 어떻게 왔는지도 모른다
> 아니다. 목소리는 아니었다. 말도,
> 침묵도 아니었다.
> 하지만 어느 거리에선가 날 부르고 있었다.
> 밤의 가지들로부터
> 느닷없이 타인들 틈에서
> 격렬한 불길 속에서

---

2   김준오의 『시론』에 따르면, 메타시란 시에 대한 생각 자체가 시 쓰기의 대상이 되는 시를 가리킨다. 메타시의 정의, 종류 등에 대해서는 김준오, 『시론』, 삼지원, 2017, 267-271쪽 참조.

혹은 내가 홀로 돌아올 때
얼굴도 없이 저만치 지키고 섰다가
나를 건드리곤 했다

난 무슨 말을 해야 할지 몰랐다.
입술은
얼어붙었고
눈먼 사람처럼 앞이 캄캄했다.
그때 무언가가 내 영혼 속에서 꿈틀거렸다
열병 혹은 잃어버린 날개들
그 불탄 상처를
해독하며
난 고독해져 갔다
그리고 막연히 첫 행을 썼다
형체도 없는, 어렴풋한, 순전한
헛소리,
쥐뿔도 모르는 자의
알량한 지혜.
그때 나는 갑자기 보았다.
하늘이
흩어지고
열리는 것을
행성들을
고동치는 농장들을
화살과 불과 꽃에
들쑤셔진

그림자를
소용돌이치는 밤을, 우주를 보았다.

그리고 나, 티끌만 한 존재는.
신비를 닮은, 신비의
형상을 한,
별이 가득 뿌려진
거대한 허공에 취해
스스로 순수한
심연의 일부가 된 것 같았다
나는 별들과 함께 떠돌았고
내 가슴은 바람 속에 풀려났다
(파블로 네루다, 김현균 역, '시' 전문)


어떤 시골 총각에게 찾아온 시, 그리고 은유


'일 포스티노'(1996년)는 클래식 반열에 오른 현대의 명화(名畵)이다. 영화 제목 그대로 주인공 마리오는 우편배달부가 직업이다. 그것도 정식 직원이 아니라 사설 우체국에 잠시 고용되어 정해진 임금도 없이 특정 임무만 부여받은 임시 직원이다. 마리오의 외모는 커다란 키에 깡마른 체격, 가난에 찌든 얼굴과 생기 없는 표정으로 정리할 수 있다. 그가 살아가고 있는 고향, 1950년대의 이탈리아의 궁벽한 어촌은 꿈도 희망도 가질 수 없는, 창살 없는 감옥 같은 곳이다. 아메리칸드림을 꿈꾸며 일자리를 찾아 미국으로 건너간 친구들의 성공담이 사진과 함께 간간이 전해지기는 한다. 하지만 미국은 마리오에게 그야말로 화중지병, 즉 먹을 수 없는 그림 속 떡일 뿐이다. 마리오는 돌봐드려야 하는 아버지 때문에 고향 집을 떠날 수 없는 처지이다. 변변한 일자리를 얻을 수도 없고 나날의 삶을 제대로 영위할 기회도 얻을 수도 없는 이 척박한 어촌에서 그는 비루한 삶을 살 수밖에 없다. 게다가 부조리하기 짝이 없는 이탈리아의 정치 현실이 그의 삶을 겹으로 에워싸고 있다. 비민주적 정치 관행과 왜곡된 경제 질서로 인해 마리오의 삶, 그 어촌의 삶은 개선될 여지가 없어 보인다. 마리오의 무기력하고 권태로운 얼굴은 그의 야위어가는 삶을 그대로 웅변해 준다.

영화 〈일 포스티노〉의 한 장면

이런 마리오에게 기적처럼 두 가지 사건이 발생한다. 첫 번째 사건은 시인 파블로 네루다*Pablo Neruda*와의 운명적 만남이다. 칠레의 유명한 혁명 시인이자 사회주의자인 네루다가 조국에서 망명하여 마리오가 사는 어촌으로 온다는 뉴스가 전해진 것이다. 실제로 바다가 내려다보이는 높은 언덕 위의 집에 거주하게 된 네루다에게는 세계 각처에서 우편물이 쇄도한다. 마리오는 매일같이 이 우편물을 네루다에게 전달하는 역할을 떠맡게 된다. 그리고 네루다를 통해 마침내 처음으로 시를 만나게 된다.

두 번째 사건은 첫 번째 사건과 연관된 것으로, 작지만 큰 소란을 마을에 일으킨다. 마리오가 감히 마을 선술집 여주인의 조카딸 '베아트리체 루쏘'를 만나 사랑에 빠지고 결혼에 이르게 되는 것이다. 베아트리체의 출현은 네루다의 출현만큼 마을을 술렁이게 했다. 베아트리체의 아름다운 눈빛과 육감적인 몸매는 뭇 사내들을 들뜨게 했다. 마리오가 이렇게 매력이 있는 여인의 마음을 훔쳐내는 일은 쉽지 않았다. 변변한 직업이나 재산도 없고 외모 역시 내세울 것 없는 마리오가 아닌가. 짝사랑에 빠진 마리오가 찾아 낸 사랑의 비법은 바로 시였다. 네루다의 시집에서 훔친 시, 혹은 표현으로 사랑을 속삭이는 것이 비법이었다. 네루다의 시와 언어를 훔쳐서 마리오가 말을 건네는 순간, 베아트리체의 권태로운 눈빛은 비로소 빛나기 시작했고 우울했던 마음은 요동치기 시작했다. 그렇게 시와 언어가 두 남녀를 사랑 이라는 정념으로 묶어준 것이다.

마리오에게 일어난 두 사건, 그 운명적인 만남이 서로 겹치면서, 이제 마 리오는 좋은 의미에서, 존재가 뿌리째 뒤흔들리게 된다. 고독과 우울, 무기 력과 권태에 찌든 마리오는 사라지고, 이제 생동감이 넘치는 표정의 마리 오가 화면에 등장한다. 각각 '시'와 '사랑'이란 이름이 붙여질 만한 두 만남 이 마리오를 새로운 존재로 거듭나게 한 것이다. 하지만 이 영화의 백미는 시와 사랑이 하나로 결합하면서 마리오가 새로운 삶의 지평을 열어가는 장 면에서 확인된다. 네루다에게서 배운 시의 언어와 베아트리체를 통해 얻은 사랑의 정념이 하나로 합쳐지는 장면이 그것이다. 이 영화에서 시의 언어 와 사랑의 정념을 하나로 묶은 것은 사회주의란 이념이었다.

애초에 시와 사랑, 그리고 사회주의란 이름은 다르지만 그 구조는 같은 것이 아닐까? 이 세 개의 명사는 주어진 현실(혹은 세계)의 낡은 질서나 가 치와 결별하려는 마음의 움직임에서 비롯하는 것이니 말이다. 게다가 그 결과는 주체가 존재의 거듭남을 통해 새로운 현실(혹은 세계)로 도약하는 것 이다. 종류는 다르나 일종의 초월이 세 명사를 관통하는 것이다.

우선 마리오가 욕망한 시와 사랑은 시인 네루다에 의해 촉발되고 그의 도움으로 충족되는 것이다. 욕망할 수 없는 것을 욕망하는 것은 그 자체로 불온하다. 마리오에게 이 불온을 부추긴 존재가 바로 사랑의 시인이자 혁명의 시인이었던 네루다이다. 베아트리체의 마음을 사로잡은 '불온한' 표현으로 인해 베아트리체의 숙모나 마을 사람들이 느꼈던 정체 모를 불안은 이제 실제 현실에서 그 실체를 드러낸다. 이탈리아 사회의 구조적 모순에 눈을 뜬 마리오가 마침 노동자들의 집회가 열리자 여기에 참여한다. 자신이 쓴 시를 군중 앞에서 낭독할 기회를 얻은 것이다. 그리고 그는 이 집회에서 비극적인 사고로 인해 죽음을 맞이한다.

마리오라는 새로운 정치 주체를 탄생시킨 것은 결국 '시'와 '은유'라는 제도, 혹은 장치이다. 마리오가 은유를 구사하기 시작하는 그 순간, 눌변(訥辯)과 결별하는 그 순간, 마리오는 더 이상 예전의 그 비루한 어촌 총각 마리오가 아니었다. 어제의 마리오가 오늘의 마리오로, 더 나아가 내일의 마리오로 바뀌게 된 것이다. 사회주의 혁명의 주체로서 말이다. 게다가 그는 이미 가장 멋지고 똑똑하고 유능한 '수컷'이 되어, 한 여인의 마음을 훔치지 않았던가. 그런 마리오가 가장 혁명적인 언어, 사랑의 언어로 이탈리아 민중의 마음을 훔치는 혁명 시인으로 거듭난 것이다. 새로운 삶의 행로를 열어젖힌 존재는 결국 시였던 셈이다.

'일 포스티노'는 결국 은유의 힘을 이야기하는 영화라고 말할 수 있다. 누군가 말했듯이 사랑은 미친 짓이다. 이런 사랑을 실현하게 해 준 것은 은유였다. 베아트리체의 숙모가 눈치를 챈 것처럼, '은유'는 불온하기 짝이 없는 것이다. 은유란 서로 다른 사물들 사이에서 유사성, 연속성을 발견하는 눈이 탄생시키는 표현이다. 새로운 시선으로 현실을 바라보는 것, 즉 현실의 표면에 켜켜이 쌓인 먼지를 거둬내 사물의 본질을 새롭게 포착하고 이를 드러낼 수 있어야 은유가 성립될 수 있다. 마리오가 구사했던 은유란 결국 기성의 언어와 권력, 견고한 삶의 질서가 은폐했던 삶의 모순에 눈을 뜨고, 이를 비판적으로 인식할 수 있도록 기성의 언어를 새롭게 조직해 놓는 것이다. 그 은유로 인해 베아트리체는, 그리고 이탈리아 사회는 새로운 빛을 발산한다. 무엇보다 중요한 것은 마리오의 변화된 삶이 그 빛의 진원지가 된다는 사실이다.

은유를 자신의 언어로 획득한 마리오는 비극적 죽음을 맞이한다. 하지만 이 죽음은 새로운 메타포로 이어진다. 마리오의 아들에 대한 명명에서 드러나는 메타포 말이다. 네루다가 궁벽한 어촌을 다시 찾아오는 영화 마지막 장면에서 비로소 등장하는 그 소년의 이름은 '파블리또'이다. 시인 네루다의 이름을 빌려 '작은 파블로'로 불리게 된 이 아이는 언젠가는 또 다른 시인으로 성장하여 마리오의 남은 가족, 더 나아가 이탈리아 사회를 이끌고 가는 존재가 될 것이다. 이처럼 마리오는 죽었지만, 그는 베아트리체의 마음속엔 영원한 사랑을, 또 그녀의 몸속에는 새로운 마리오의 씨앗을 남겨 놓았다. 사랑과 시는 그런 방식으로, 실현되지 않았던 가능성을 다시 우리 삶으로 귀환시킨다. 그래서 사랑은, 그리고 시는 불온하다.


### '그때', 시가 찾아온 바로 그 순간


영화 '일 포스티노'의 엔딩 크레딧은 네루다의 작품 '시'를 전달한다. 영화 속 주인공 마리오가 경험했던 시적 체험을 담았다고 해도 어색하지 않을 이 작품은 시 혹은 시 쓰기 행위를 처음 경험했던 순간, 화자의 마음속에서 일렁였던 신비로움을 기록한다. 그리고 이 기록은 시와 시 쓰기의 본질이 무엇인가에 대한 성찰로 우리를 인도한다.

우선 제1연은 '시'가 화자를 찾아온 '그 무렵'을 회상하는 내용이다. 시와의 만남이 화자의 간절한 기대에서 비롯한 것으로 보기는 어렵다. 시와의 만남을 위해 화자가 어떤 노력을 기울인 것으로 보이지도 않는다. 오히려 예기치 않는 순간에 갑작스레 이루어진 만남, 하나의 사건처럼 출현한 만남이라고 보는 것이 적절하다. 시와의 첫 만남에 대해 당혹스러워하는 화자의 모습을 엿볼 수도 있다. 시와 처음 만난 '그 무렵'의 화자는, 그 사건이 자신에게 어떤 의미를 계시하는지 짐작할 수 없었다. 알 수 없는 곳에서 화자를 찾아온 '시'는 이해할 수도, 감당할 수도 없는 것이었다. 게다가 화자를 불러 세운 시는 '목소리'도 아니었고, '침묵'도 아니었다는 것이다. 일상의 논리를 초월하는 이 역설은 시가 언어 사용의 한 방식이지만 언어 자체를 초과한다는 사실을 일깨워준다. 인간의 언어로 표현되는 시가 일상 너머의 초월적 진리를 계시할 수 있는 통로임을 알려주는 것이다. 감히 그런 '시'가 '느닷없이' 나타나서는 '홀로' 있는 화자를 호명한다. 시에 의해 호명된 화자는 이제 시적 주체로 정립되는 과정을 차례대로 밟게 된다.

어떤 감각적 속성도 드러내 않는 '시'. 이런 시와의 우연한 만남은 어떤 절대적 존재, 가령 신적 존재와의 만남에 비견될 만하다. 이 만남은 화자 자신의 존재 이유, 혹은 실존의 근거를 뿌리째 뒤흔든다. 화자는 시(혹은 신)의 '부름'에 쉽게 응답하거나, 그 '얼굴'을 알아차릴 수 없다. '얼굴' 없는 존재만큼 두려운 것은 없다. 화자는 그 얼굴 없는 존재 앞에서 물러설 수도 다가설 수도 없다. 다만 '격렬한 불길'을 바라보면서 꼼짝없이 '시'를 맞닥뜨릴 뿐이다.

제2연의 전반부는 화자가 시적 주체로 정립되는 과정을 구체화한다. 시와 만나는 그 순간, 화자는 어떤 말도 할 수 없었고, 어느 것도 볼 수 없었다. 말할 수 있는 '입술'을, 볼 수 있는 '눈'을 모두 잃어버린 것이다. 이제 '시'가 화자의 새로운 입과 눈이 되어줄 차례이다. 처음에 '시'는 정체를 알 수 없으나 영혼 속에서 꿈틀거리는 무엇으로서만 지각된다. 이 정체 모를 것을 영혼의 일부로 자각하면서 화자는 시적 주체로 정립되기 시작한다. 절대적 고독 속에서 내면의 열병과 상처를 응시하고 해독하기 시작하면서 말이다.

시와의 만남이 가져온 경험. 그것은 영혼 깊숙이 침잠하여 처절한 고통의 파편들을 길어 올리는 일이다. 이 고독의 그 순간에 '나'는 더 이상 '나'이기를 멈추고, 본연의 '나'가 자기 영혼 속에서 꿈틀거린다. 그리하여 '나'는 익숙한 사물로부터, 심지어 시가 찾아오기 이전의 나로부터 점차 소외된다. 낯선 사물에 둘러싸인 '나'는 이제 영혼을 증명하기 위해 '시'를 쓰게 된다. 시 쓰기의 소명을 받아들여 "막연히 첫 행을 썼다"라는 고백을 보라.

화자는 언어의 세계로 처음 진입한 유아처럼, 이 세상을 향해 최초의 말을 건넨다. 그 말은 서툴기 짝이 없다. 발음이나 표현도 부정확할 것이다. 그러니 그 말은 '헛소리'에 지나지 않는다고 해도 과언이 아닐 것이다. '쥐뿔도 모르는 자의/알량한 지혜'만을 담고 있는 시 같지 않은 시일 것이다. 하지만 이런 최초의 시적 발화('헛소리')를 통해, 화자는 세계의 사물들과 새로운 관계를 구축하면서 시인이란 존재로 거듭나게 된다.

제2연의 후반부는 시적 주체로 정립된 화자가 시인으로서 체험하게 된 경이를 그리고 있다. "그때 나는 갑자기 보았다"라는 진술로 시작되는 부분을 보라. 여기서 '보았다'로 표현되는 선언적 진술은 시 혹은 시 쓰기를 통해 화자가 새롭게 얻은 심안(心眼)이 성립시킨 것이다. 심안으로 바라본 세계는 다음과 같이 격동적인 느낌을 자아내는 은유로 그려진다. '하늘'이 흩어지고 열리며, 그 열린 틈새로 행성들과 고동치는 농장, '소용돌이치는 밤'과 '우주'가 그 모습을 드러낸다. 육안(肉眼)만으로는 볼 수 없고, 일상의 언어만으로는 표현할 수 없는 세계가 열리는 것이다. 새로운 세계를 향해 비로소 시의 언어가 제 모습을 드러내고, 끝내 새로운 '우주'가 시의 세계에 펼쳐진다.

새로운 세계의 열림. 이런 열림을 목격한 화자는 과장해서 말하자면, 견자(見者)의 반열에 올랐다고 할 수 있다. 일상의 세속적 존재는 결코 볼 수 없는 세계의 진리를 엿보는 존재가 된 것이다. 이 견자는 오만하지 않다. 오히려 새로운 진리나 우주 질서 앞에서 스스로 왜소한 존재임을 고백한다. 제3연에서 화자는 자신을 '티끌만 한 존재'라고 겸허하게 고백하지 않는가. 화자는 시인을 영웅 같은 존재라고 주장하기보다 진정한 영웅인 '시'의 가치를 증명해 줄 존재로 여기는 듯하다. 자기 존재를 한없이 낮은 존재로 그리는 화자는 이제 자신이 저 우주의 거대한 허공, 심연의 일부가 되는 모습을 상상한다. 그것은 일종의 몰아 체험에 비견될 수 있다. 서정적 체험의 본질이라 일컫는 자아와 세계의 동화는 이런 몰아 체험과 흡사한 것이다.

실제로 제3연에서 화자는 우주의 신비한 '형상'에 한껏 도취가 된다. '별'이 흩뿌려진 거대한 '허공'에 한껏 취하고 자신이 그 심연의 일부가 된 것 같은 착각에 사로잡히는 것이다. 그러니 시와 만나게 된 '나'는 예전의 '나'와는 다른 존재이다. '나'가 '나'로부터 빠져나오는 몰아의 체험이 화자를 찾아온 것이다. 종교적 체험에서 가능한 이 몰아 체험은 사실 서정적 체험의 본질을 알려 준다.[3] 몰아 상태에 진입한 화자는 이제 우주와 그 존재 형식이 유사하다. 그 형식은 바로 '허공'으로 표현된다. 우주의 허공은 절대적인 없음의 상태이다. 하지만 우주의 그 절대적 없음은 그 자체가 만유(萬有)이기도 하지 않은가. 시 쓰기를 통해 예전의 '나'는 완전히 사라져 절대

---

3  남기혁, 「서정시의 위상」, 『한국 현대시의 비판적 연구』, 월인, 2001, 249~267쪽.

적인 없음이 되고, 그런 존재의 여백 상태에서 새로운 '나'가 도래하여 저 우주적 심연의 일부로 풀려나 뭇별들과 함께 떠돌게 되는 것이다.

네루다의 작품 '시'는 시 쓰기의 의미, 혹은 서정적 체험의 비밀을 우리 앞에 펼쳐놓았다. 그래서인지 '시'의 언어는 종교의 언어를 퍽 닮았다. 신이 사라진 시대, 종교적 체험이 '잠꼬대'로 간주가 되는 이 타락한 시대, 절멸의 시대에 우리가 되찾아야 할 언어는 바로 시의 언어라 할 수 있다.

### '외로운 가지 끝'-시와 언어가 서 있는 곳

시를 찾아가는 이 책의 여행은 우리가 살아가는 현대 사회의 제 양상을 주로 현대시 읽기를 통해서 더듬어보는 작업이 될 것이다. 이 작업은 일종의 역설에 해당할지 모른다. 주지하듯이 현대시는 소위 '서정적인 것'에서 최대한 먼 곳까지 달려왔다. 서정적인 것을 의도적으로 부정하고 해체해야 시의 현대성이 확보된다는 생각도 한때는 만연했다. 서정시가 우리 사회의 지배 담론 바깥으로 밀려난 것도 명백한 사실이다. 그런 현대 서정시를 통해 한편으로는 시(적인 것)의 본질을, 다른 한편으로는 현대 사회의 제 문제를 둘러싼 시의 대응 양상을 두루 살펴보고자 한다.

우리가 살아가고 있는 '현대'[4]는 매우 문제적이다. 소위 현대성으로 지칭되는 현대 사회의 정치경제적, 문화적 조건의 핵심은 무엇인가. 그것은 우

---

4  영어의 modern과 modernity에 대한 역어로서 '현대(적)', '현대성'이란 단어를 사용하려 한다. 'modern'은 맥락에 따라 '근대'나 '현대' 등으로 구분하여 번역되기도 하고, 어떤 것이 옳은 표현인지에 대해서 여러 이견이 존재한다. 하지만 이를 엄밀하게 구분하는 것은 이 책의 관심 사항이 아니다.

선 자본주의나 민주주의 같은 제도적 측면에서 설명이 가능하다. 산업혁명을 비롯한 일련의 경제 시스템의 혁신, 신분제도 철폐를 위시한 일련의 시민 혁명의 과정들, 소위 '네이션 스테이트'로 일컬어지는 정치 체제의 구축 등이 그것이다. 이처럼 현대 사회는 전통 사회의 낡은 제도적 유산들을 전면적으로 부정하고 폐기했다.

신에 대한 부정 역시 인간 정신과 문화의 측면에서 현대의 중요한 특질로 볼 수 있다. 우리 살아가는 현대는 '신'의 존재를 더 이상 확인할 수 없게 된 시대이다. 심지어 신의 죽음을 선언한 시대가 아닌가. 이제 인간은 더 이상 신을 부르려 하거나, 응답을 기다리려 하지 않는다. 신이 숨어버린 시대, 인간과 신이 더 이상 소통할 수 없는 시대. 이런 시대를 우리는 살아가는 중이다.

신이 자명한 진리로 받아들여지지 않는 시대, 어떤 절대적 진리도 회의의 대상으로 간주되는 시대가 바로 현대이다. 그 출발점에 '생각하는 나'라는 관념이 놓여 있다. 현대는 '나'의 출현과 함께 시작되었다. '나'는 이성을 통해 세계를 인식의 대상, 객체로 정립한다. 시간과 공간은 수학의 언어로 번역되고, 인간은 시간과 공간의 좌표 속에서 세계를 포획하고 재현하는 주체이다. 자연과학과 사회과학, 더 나아가 인간학에 이르기까지 현대 학문은 수학의 언어로 세계를 해부하고 분석하여 지식을 산출하려 한다. 그리고 이 지식(앎)은 대상을 지배하는 유용한 수단이 된다. 절대적 진리의 담지자였던 '신'은 앎을 가로막는 장애물일 뿐이다. 인간은 이 장애물을 극복하고 비로소 자연의 진정한 지배자임을 자임한다. '계몽'이란 말은 흔히 인간의 무지를 일깨우려는 사회적 실천을 가리키지만, 어떤 의미에서는 자연에 대한 인간 지배의 선언으로 볼 수도 있다.

계몽의 언어, 혹은 이성의 언어가 인간과 신 사이의 소통을 가로막는 이 시대에 과연 시는 어떻게 살아남을 수 있었을까? 신의 부재란 절대적 진리, 혹은 의미의 부재를 가리킨다. 언어를 통해 더 이상 진리나 의미를 환기할 수 없게 된 시대에 과연 시인은 어떤 자세로 세상과 만날 것인가. 그에게 시의 언어는 어떤 모습과 표정으로 다가오는 것일까. 김춘수의 시 '나목과 시'를 통해 이런 문제를 생각해 볼 지점에 우리는 와있다.

    1
시를 잉태한 언어는
피었다 지는 꽃들의 뜻을
든든한 대지처럼
제 품에 그대로 안을 수가 있을까,
시를 잉태한 언어는
겨울의
설레이는 가지 끝에
설레이며 있는 것이 아닐까,
일진(一陣)의 바람에도 민감한 촉수를
눈 없고 귀 없는 무변(無邊)으로 뻗으며
설레이는 가지 끝에
설레이며 있는 것이 아닐까,


    2
이름도 없이 나를 여기다 보내 놓고
나에게 언어를 주신
모국어로 불러도 싸늘한 어감의
하나님,
제일 위험한 곳

이 설레이는 가지 위에 나는 있습니다.
무슨 층계의
여기는 상(上)의 끝입니까,
위를 보아도 아래를 보아도
발뿌리가 떨리는 것입니다.
모국어로 불러도 싸늘한 어감의
하나님,
안정이라는 말이 가지는
그 미묘하게 설레이는 의미(意味) 말고는
나에게 안정은 없는 것입니까,

  3
엷은 햇살의
외로운 가지 끝에
언어는 제만 혼자 남았다.
언어는 제 손바닥에
많은 것들의 무게를 느끼는 것이다. (김춘수, '나목과 시' 전문)

이 작품은 시와 언어의 존재 방식에 대한 사유를 담아낸 시론시(詩論詩),
즉 일종의 메타시이다. '시', 그리고 그 수단인 '언어'가 서 있는 자리는 어
디인가? 화자는 겨울날 홀로 서 있는 '나목'의 '가지 끝'이 그 자리라고 말
한다. '가지 끝'은 든든한 대지와 '무변'의 천공 사이에 경계를 이루는 곳이
다. 여기서 부동(不動)의 '대지'는 인간이 발 딛고 있는 견고한 현실을 표상
한다. 하지만 대지는 불완전한 속(俗)의 세계에 지나지 않는다. 대지의 언
어로는 수없이 명멸하는 그 이름 없는 존재('꽃')의 의미('뜻')을 온전하게 품

어낼 수도 없다. 그 꽃(들)에 온전한 뜻과 이름을 부여하려면, 의미의 궁극적인 담지체로서 초월적 존재가 필요하다. 기호와 의미, 언어와 실재 사이가 서로 어긋나지 않게 할 신적 존재의 보증이 없으면, 시와 언어는 끝내 '뜻'을 품어낼 수 없는 것이다.

이 시에서 화자는 전이적(轉移的) 상상을 동원한다. 그의 시선은 '설레이는 가지 끝'으로 향한다. '가지 끝'은 무변의 창공 너머의 초월적 존재를 향한 도약을 가리키는 곳이다. 눈에 보이지 않을 존재를 떠올리는 화자는 이 가지 끝에서 마음이 설레고 있다. 하지만 그 '설레임'은 처연한 슬픔도 불러일으킨다. '가지 끝'은 대지로의 추락이 예비가 되어 있어 위태로운 곳이기 때문이다.

사실 현대 서정시에서 언어는 회의의 대상으로 간주가 되기도 했다. 시에서 언어가 극단적으로 해체되거나, 심지어 의미와 분리된 기호 놀이가 나타나기도 했다. 신이 사라진 시대에 시와 언어는 처연한 슬픔에 빠져들 수밖에 없었다. 이 슬픔의 슬픔다움을 위해서라도, 이제 시와 언어는 잃어버린 의미를 되찾아야 하는 것인지도 모른다. 비유컨대, 인간이 애써 부정했던, 그리고 우리 눈앞에서 사라졌던, 그러나 어디엔가 숨어 있을 신을 향해 시인은 손을 내밀어야 하는 것이다. '가지 끝'에 서 있는 화자는 이런 믿음을 견지하고 신의 존재에 대해 내기를 걸고 있는 것이 아니겠는가. 그러니 '가지 끝'은 김춘수의 시적 인식과 실천을 상징적으로 보여주는 자리라고 할 수 있다.

여기서 제1연에 제시된 '설레임'에 다시 주목해 보자. '설레임'은 초월적 세계로 상승하거나 도약하려는 존재가 느끼는 기대와 흥분을 떠올리게 한다. 이 '설레임' 속에는 불안과 공포도 공존한다. 낯익은 세계와의 결별, 그리고 미지의 세계와의 불확실한 만남은 끝내 시인에게 절멸을 가져올지도 모른다. 애초에 시인은 시와 언어가 머물 자리를 '나목'의 가지 끝으로 표상하지 않았던가. 무성한 잎과 화려한 꽃을 품어낸 생명의 나무 대신에 헐벗고 굶주린 형상의 나목 말이다.

'나목'은 죽음과 회생의 가능성을 함께 지닌다. 한여름 격정이 낙엽 되어 사라진 나목은 죽음을 표상하지만, 그 죽음은 완전한 절멸을 가리키지 않는다. '죽음' 내부에는 '비(非) 죽음', 혹은 새로운 생명의 가능성도 간직되어 있다. 그래서 '나목'은 이 작품에서 '시를 잉태한 언어'와 은유적 관계에 놓인다. 모든 언어는 자기 안에 시, 혹은 시의 씨앗을 간직하고 있다. '시를 잉태하는 언어'는 그래서 언어에 내재한 비시(죽음)의 가능성을 떨쳐내고, 무한한 생명의 세계로 비약할 수 있다. 넓은 의미의 은유, 혹은 비유라고 하는 시적 장치가 언어에 다시 '뜻'(의미)을 불어넣고, 언어에 잠재된 생명의 가능성을 되살려 낼 것이다.

'나목'의 가지 끝은 "제일 위험한 곳"이다. '위'로 상승할 수도 '아래'로 하강할 수도 없는 불안정한 위치이니까 말이다. 실제로 화자는 대지로의 추락에 대해 공포를 느끼고 있다. 이 공포로부터 화자를 구원할 존재는 오로지 '하나님'뿐이다. 하지만 '설레이는 가지 끝'에 화자를 '이름도 없이' 보낸 하나님은 정작 어떤 응답도 전해주지 않는다. 제2연에서 화자는 간절한 마음으로 '하나님'을 부르지만, 이 부름에는 '싸늘한 어감'만 감돈다. 그 하나님은 응답하지 않는 하나님이고, 화자 역시 그 사실을 미리 알고 있었기 때문일 것이다. 가장 친밀한 언어일 '모국어'로 불러도 소통할 수 없는 존재라면, 그 하나님은 '숨은 신'[5]이 아니겠는가. 숨은 신을 향한 내기는 자칫 존재의 절멸을 초래한다. 그렇다고 내기를 멈출 수는 없다. 인간과 신 사이

---

5  '숨은 신'과 내기는 파스칼을 비롯한 프랑스 법복귀족의 세계관을 분석하면서 골드만이 동원했던 용어들이다. 이에 대해서는 루시앙 골드만, 『숨은 신』(정과리(외) 역), 연구사, 2001 참조.

에 놓인 그 거대한 심연 앞에서, 보이지 않는 신 혹은 부재하는 신의 도래를 믿지 않는다면, 시인은 한순간도 이 대지의 현실을 살아낼 수 없는 존재이기 때문이다. 화자는 끝내 '설레이는 가지' 끝에 '설레이며' 서 있을 수밖에 없는 것이다. 그에게 '안정'은 결코 쉽게 주어지지 않을 것이다. 현대 사회에서 시와 시인이 놓인 자리가 바로 이런 곳이다.

제3연에서 주목되는 시어는 '혼자'와 '무게'이다. 신과 소통할 통로를 찾지 못한 시인, 혹은 시와 언어는 '혼자' 이 세계에 덩그러니 내던졌다. 궁극의 의미를 전달할 가능성을 상실한 현대시와 언어의 운명. 하지만 시와 언어는 이제 '많은 것들의 무게'를 감당해야 한다. '뜻'을 잃은 그 모든 이름 없는 존재들에게 다시 뜻을, 존재의 의미를 찾아주는 과업을 시인은 감내해야 한다. 이런 점에서 시인은 신이 사라진 시대의 수사(修士), 혹은 신이 응답하지 않는 시대의 사도(使道)에 비견될 수 있다. 부재 속에 현존하는 그 절대적 존재의 현현을 기다리는 존재 말이다.


시의 쓸모


우리가 시를 쓰고, 또 읽어야 하는 이유는 무엇인가. 우리는 물질이 풍요한 시대를 살아가고 있다. 물질의 풍요는 예술과 문화 향유의 가능성을 높여준다. 그것을 누릴 수 있는 시간이나 기회가 어느 때보다 많다. 하지만 이 풍요의 시대에 문학과 예술의 종언에 대한 선언이 난무하고 있다. 시혼과 예술혼을 불살랐던 앞선 시대의 가난한 영혼들은 이제 젊은 세대의 기억에서 사라지고 있다. 물질의 풍요가 예술과 문화의 빈곤을 낳은 것인지, 아니면 예술과 문화의 관념 자체가 변한 것인지 분명하게 답하기는 어렵다. 다만 대학의 문과로 진학해서 문학과 예술을 전공하겠다는 학생이 서서히 줄어들더니, 이제 시나 문학은 교육 시장에서 도태될 위기에 처해 있다. 만물이 물질적 가치나 경제적 효용에 의해서 평가되는 시대에, 시나 문학은 이제 대학입시의 시험 문제로만 등장할 위기에 직면해 있다. 하지만 시가 이렇게 외면당하는 시대야말로 진정 우리에게 시가 필요한 시대가 아니겠는가.

시(詩) 한 편에 삼만 원이면 너무 박하다 싶다가도
쌀이 두 말인데 생각하면
금방 마음이 따뜻한 밥이 되네

시집 한 권에 삼천 원이면
든 공에 비해 헐하다 싶다가도
국밥이 한 그릇인데
내 시집이 국밥 한 그릇만큼
사람들 가슴을 따뜻하게 덥혀줄 수 있을까
생각하면 아직 멀기만 하네

시집이 한 권 팔리면
내게 삼백 원이 돌아온다
박하다 싶다가도
굵은 소금이 한 됫박인데 생각하면
푸른 바다처럼 상할 마음 하나 없네 (함민복, '긍정적인 밥' 전문)

'눈물은 왜 짠가'로 잘 알려진 시인 함민복은 자본주의의 비루한 현실 속에서도 꿋꿋하게 시의 길을 걸어가고 있다. 가난하지만 삶에 대한 따뜻한 시선을 잃지 않는 이 시인에게 우리 사회는 변변하게 보답해줄 것이 없다. 시인에게 주어지는 보답은 시 한 편에 고작 '삼만 원', 시집 한 권에 고작 '삼백 원'의 인세가 전부이다. 이 알량한 보상. 한 편의 시를 완성하기 위해, 한 권의 시집을 엮어내기 위해 숱한 밤을 지새우며 공을 들인 것에 비한다면, 이 보상은 얼마나 하찮은 것인가? 그야말로 최저시급도 보장되지 않는 보상 아닌가.

하지만 '긍정적인 밥'의 화자는 모름지기 시인이 아닌가. 시인이 시인일 수 있는 이유가 그 알량한 물질적 보상에 있지는 않을 것이다. 더 큰 보상이 그를 기다리고 있기 때문이다. 물질적 보상이 아닌 정신적 보상 말이다. 시 '긍정적인 밥'은 문학의 진정한 가치가 무엇인가, 시를 읽고 써야 할 이유는 무엇인가를 되돌아보게 하는 작품이다.

이 작품에서 화자는 시 한 편이 '쌀 두 말'이고, 시집 한 권이 '국밥 한 그릇'이고, 시집 한 권의 인세가 '소금 한 됫박'이라는 사실을 새삼 떠올린다. 이런 보상들은 가치의 측면에서 시와 등가를 이루는 것이 아니다. 자본주의의 교환 원칙을 따르더라도 부등가 교환처럼 보인다. 하지만 이 교환은 애초에 가치의 비교에 기초해서 성립된 것이 아닐 것이다. 시인의 정신적 노역을 어찌 노동의 시간으로 환원해서 계량화할 수 있겠는가. 그것이 어찌 돈의 가치로 축소될 수 있겠는가.

이제 교환의 척도는 교환되는 대상들이 지닌 정신적 함의에서 찾아야 한다. 이 시의 화자가 주목하는 것은 교환 대상들에 내재한 정신의 가치이다. 쌀 두 말과 국밥 한 그릇, 소금 한 됫박이 표상하는 그 형언할 수 없는 가치를 떠올리는 것이다. 어쩌면 화자는 그런 형언할 수 없는 가치를 자신의 시에 담아내지 못했다고 자책하는 것 같다. 시 한 편은, 시집 한 권은 모름지기 쌀과 국밥과 소금처럼 우리 마음에 안식과 평안을 주고, 세상 사람들의 차가운 가슴을 덥혀주고, 그들에게 생생한 '푸른 바다'를 선사해야 한다고 화자는 생각하는 것이다. 우리는 여기에서 진정한 시인의 얼굴을 발견하게 된다.

시의 가치 척도는 물질적 보상이나 현실적 유용성과 거리가 멀다. 시는 시 그 자체로서, 더 나아가 물질적 보상이나 현실적 유용성을 거부함으로써, 오히려 자신의 가치를 실현한다. 오로지 시의 본향으로 귀환하는 것 이외에 시는 다른 존재 목적이 없다. 하지만 시의 본향으로 귀환함으로써, 우리는 이 물질 만능의 시대를 이겨낼 수 있다. 애잔하고 쓸쓸한, 그렇지만 강한 열망의 시선으로 시를 쓰거나 읽는 일에 매달리는 사람이 우리 주변에 여전히 남아 있는 것도 이 때문일 것이다.

시는 우리가 살아가는 세계를 읽는 통로이다. 시를 쓰거나 읽는 일은 시라는 차창(車窓) 너머에 있는 세계의 풍경을 응시하는 일이다. 그 응시는 한없는 현기증과 피로를 동반할 것이다. 그 현기증과 피로를 이겨내면서 현대 시인들이 다채로운 시적 사유를 펼쳐냈다. 이제는 우리 차례이다. 그들의 생각 하나하나를 더듬고, 그 생각에 투영된 세계의 풍경과 만나야 한다. 그들의 마음속에 잠재된 삶의 진실이나 존재의 진리에 한 걸음씩 다가서야 한다.

모름지기 여행은 설렘으로 시작되며, 경이로운 진실의 발견으로 이어지고, 추억과 함께 끝을 맺는다. 현대시를 찾아가는 이 여행 역시 새로운 세계를 접하는 설렘으로 시작할 것이다. 이어서 시의 언어가 엮어내는 삶의 풍경과 그 이면에 숨어 있는 진실을 응시할 것이다. 때로는 깊고 융숭한 시적 여운도 느낄 수 있을 것이다. 그 풍경과 진실을 바라보는 데 필요한 적절한 거리 조절과 투시법은 이 서툰 안내자에게 잠시 맡겨 주면 고맙겠다.

# 제2장

# 사랑, 그 쓸쓸함에 대하여

운명으로서의 사랑

서정시는 주관적이고 개성적이다. 타인과 나누기 힘든 사적이고 은밀한 정서 체험을 독백의 언어로 표출하는 데 특성화된 문학 갈래이다. 삶의 이런저런 국면에서 느끼는 환희와 열정, 기쁨과 슬픔, 분노와 연민, 불안과 공포 등 인간의 모든 희로애락(喜怒哀樂)이 서정시에서 노래가 된다.

시의 여러 정서나 테마 중에서 오랜 세월 동안 가장 자주 반복된 것은 당연히 '사랑'일 것이다. 사랑은 사람 사이에 형성될 수 있는 가장 원초적이고 보편적인 마음이다. 게다가 사랑은 생성적인 감정이면서도 동시에 파괴적인 감정이 될 수도 있다. '사랑'은 주로 주체 외부의 다른 존재를 향한다. 부모나 자식, 친구나 동료, 심지어 이웃이나 민족과 인류란 범주에 이르기까지 사랑이란 감정이 투사되는 대상은 실로 무궁무진하다. 대상 없는 사랑이란 있을 수 없다. 자기애라는 특수한 사랑 역시 자기 마음에 투사된 그 '자기'의 상을 대상으로 삼는다.

상대가 사랑을 수락할 것인가의 여부조차 사랑에는 필수 조건이 아니다.

짝사랑이란 말도 있지 않은가. 사랑의 대상이 되는 존재가 자신을 향한 사랑을 알든 모르든, 그것을 수락하든 않든 간에, 사랑은 시작될 수 있다. 사랑은 주체의 내면에서 빚어지는 강력한 끌림, 혹은 미묘한 떨림만으로도 충분하다. 그것만으로 이미 사랑이 된다. 사랑이 반드시 등가의 감정 교환을 전제로 하는 것은 아니다. 화폐가 매개하는 자본주의의 등가 교환은 그 원칙을 사랑에도 관철할 수도 있다. 하지만 등가 교환을 전제로 성립되는 사랑은 때때로 화폐에 의한 교환이 그러하듯 타락한 사랑으로 전락할 수 있다.

우리는 보통 조건 없는 증여, 보답을 바라지 않는 헌신 속에서 발현되는 사랑을 이상적인 사랑으로 여긴다. 어쩌면 사랑은 비대칭적인 관계에 놓인 두 주체 간의 사랑일 때 빛을 발한다고 할 수 있다. 자식에 대한 부모의 희생, 인류에 대한 헌신, 신의 자비나 긍휼 들이 바로 비대칭적인 사랑의 원형일 것이다. 숭고함을 느끼게 하는 이런 종류의 사랑은 우리에겐 너무 먼 곳에 있다. 하지만 그 때문에 우리는 지고지순한 사랑, 운명적인 사랑, 비극적 결말로 숭고함을 완성하는 사랑을 열망하는 것인지 모른다. 인간은 이런 비대칭적인 사랑, 부등가 교환의 사랑에 갈급을 하는 것이다.

'사랑'은 지속의 시간성뿐만 아니라 순간의 시간성에 지배되기도 한다. 대상에의 강력한 이끌림, 혹은 주체할 수 없는 떨림이 생겨나는 그 순간 말이다. 이 순간 사랑은 그 주체(들)를 일종의 망아(忘我), 혹은 몰아(沒我) 상태에 빠트린다. 남녀 간에 빚어지는 낭만적 사랑이 대표적이다. 사랑의 유효 시간에 대한 진화생물학적 설명은 웃음의 소재가 되어 널리 회자가 되고 있다. 남녀 간의 사랑은 생각만큼 오래 지속되지 않는다. 사랑의 본질은 순간에의 몰입에서 찾아야 한다.

실제로 남녀 간의 사랑은 안정 상태와는 거리가 멀다. 적절한 계기만 주어지만 화학적 결합이 쉽게 끊어지는 화합물이 있는 것처럼, 사랑 역시 그러하다. 결혼이라는 제도적 장치로 사랑에 안정적 형식을 부여하려는 시도가 오랜 세월 인간 사회에서 시도되어 왔다. 하지만 사랑이란 감정 자체에 안정이 주어지기는 어렵다. 영원한 사랑은 꿈속에서나 이룰 수 있다. 충동이나 정념에서 깨어난 주체의 변심, 혹은 각종 환경적 요인 등이 작용하여 사랑은 중단될 수 있다. 사랑은 속성상 쉽게 깨져버리는 그릇과 같다. 게다가 모든 존재가 그러하듯 사랑 역시 흐르는 시간에 의해 지배된다. 시간의 흐름 속에서 사랑은 점차 마모된다.

많은 서정시가 변치 않을 사랑을 노래한다. 상실된 사랑을 노래하는 작품에서조차, 부재 상태의 임을 향한 변치 않을 사랑이 노래되기도 한다. 공허한 시간의 마모를 이겨내는 불변의 사랑, 혹은 부재 상태의 임을 향한 이룰 수 없는 소망을 통해 비로소 완성되는 사랑. 서정 시인들은 이런 역설적인 사랑에 열광한다. 존재의 절멸을 초래할지도 모르는 그 위험한 형식의 사랑이 시의 테마가 되기도 하는 것이다.

서정시와 사랑은 불가분의 관계에 있다. 사랑은 단순히 인간의 여러 감정 중 하나로 머물지 않는다. 사랑은 한 인간이 주체로 정립되는 데 가장 중요한 역할을 하는 감정이다. 인간의 근원에 사랑이 있다. 심지어 사랑은 '죽고 사는' 문제가 되기도 한다. 어느 한순간 불꽃처럼 타오르는 사랑, 타인이 넘볼 수 없는 배타적인 사랑, 신분적 한계나 사회적 인습이란 굴레조차 초월하는 사랑 등등. 낭만주의 문학이 등장한 이래, 많은 서정시가 이런 종류의 사랑을 테마로 삼아왔던 것이 사실이다. 인륜과 도덕, 가족과 조국조차 사랑의 담론 앞에서는 힘을 쓰지 못할 때도 있었다.

오늘날 '사랑'의 텍스트는 우리 주변에서 넘치고 있다. 그 텍스트들은 기꺼이 우리에게 사랑을 가르치는 교과서가 되어준다. 사랑 텍스트들은 심지어 사랑을 강요한다. 사랑의 유무가 인간을 평가하는 척도로 취급되기도 한다. 사랑의 경험이 없는 사람, 사랑을 유지하지 못하는 사람은 무능한 것으로 여겨진다. 때때로 그들은 비정상의 존재, 결핍의 존재로서 희화화가 되기도 한다. 사랑의 담론이 어떤 이에겐 고통스러운 폭력으로 다가올 수 있다는 말이다.

### 사랑 타령은 유죄인가?

우리 대중가요의 90% 이상은 노랫말의 테마가 사랑이다. 사랑이 넘치는 시대이다. 사랑이 없으면 한순간도 살아갈 수 없다는 듯이, 우리 대중가요는 숱한 종류의 사랑을 쏟아낸다. 대부분의 사랑 노래들은 잠시 소비되고 탕진되어 우리 기억 속에 멀어져간다. 하지만 어떤 노래는 깊은 여운을 남기며 오래 기억되기도 한다. 가요 '바람이 분다'(이소라의 노래)[1]는 사랑을 노래한 그 숱한 가요 중에서 노랫말이 가장 아름다운 것으로 꼽힌다.

> 바람이 분다. 서러운 마음에 텅 빈 풍경이 불어온다.
> 머리를 자르고 돌아오는 길에 내내 글썽이던 눈물을 쏟는다.
>
> 하늘이 젖는다. 어두운 거리에 찬 빗방울이 떨어진다.
> 무리를 지으며 따라오는 비는 내게서 먼 것 같아
> 이미 그친 것 같아

---

1  가수 이소라의 제6집 음반 〈눈썹달〉에 수록된 노래로서, 가수 자신이 노랫말을 지었다.

세상은 어제와 같고 시간은 흐르고 있고
나만 혼자 이렇게 달라져 있다.
바람에 흩어져 버린 허무한 내 소원들은 애타게 사라져간다.

바람이 분다. 시린 한기 속에 지난 시간을 되돌린다.
여름 끝에 선 너의 뒷모습이 차가웠던 것 같아
다 알 것 같아

내게는 소중했던 잠 못 이루던 날들이
너에겐 지금과 다르지 않았다
사랑은 비극이어라, 그대는 내가 아니다,
추억은 다르게 적힌다.

나의 이별은 잘 가라는 인사도 없이 처러진다.

세상은 어제와 같고 시간은 흐르고 있고
나만 혼자 이렇게 달라져 있다.
내게는 천금 같았던 추억이 담겨져 있던
머리 위로 바람이 분다.

눈물이 흐른다. (이소라, '바람이 분다' 전문)


    허스키한 목소리로 전해지는 이 노래는 가히 절창(絶唱)이다. 이 가객의
멜랑콜리한 음색은 사랑이 끝나고 난 후의 마음 풍경을 절절하게 그려낸
다. 사실은 누구나 한 번은 사랑을 잃고 헤맨다. 멜랑콜리는 그렇게 사랑

을 잃은 자의 우울이나 상실감을 가리킨다.[2] 이 노랫말에서 화자는 미용실에서 머리를 자르고 집으로 돌아오는 중이다. 화자가 홀로 걷는 거리는 알 수 없는 곳에서 바람이 불어오고 있다. 텅 빈 풍경의 그 거리는 사랑을 잃은 서러움을 부채질하는 듯하다. 사랑의 상실이 세계의 상실로 다가오는 마음의 '풍경'이 펼쳐지는 것이다. 이 풍경을 접한 화자는 애써 참아왔던 눈물을 쏟아내고, 이 눈물은 일종의 클리셰처럼 '찬 빗방울'의 메타포를 끌어들인다.

이 노랫말의 '사랑'은 잃어버린 사랑이다. 이미 오래전에 끝나버린 사랑이지만 뒤늦게야 그 사실을 받아들이게 된 사랑이다. 화자는 "여름 끝에 선 너의 뒷모습이 차가웠던 것"을 뒤늦게 회상하며 사랑의 상실을 현실로 받아들이게 되었다. 물론 눈앞의 세상은 늘 같은 풍경이고, 시간은 여전히 같은 속도로 흐를 것이다. 이제 사랑의 상실은 화자 혼자 감당해야 한다. '허무'한 소원으로 흩어지는 이 사랑의 진실은 안타깝게도, 누구와 나눠 가질 수 없다.

심지어 화자는 그 이별을 '잘 가라는 인사도 없이' 치러야 했다. 그 이별을 돌이킬 수 없음을 뒤늦게 깨달은 것이다. '여름 끝에 선 너의 뒷모습'을 회상하는 화자는 이제 '나'와 '너'가 사랑에 대해 서로 다른 '추억'을 간직할 수밖에 없음을 인정한다. 이제부터 '나'는 '너'와 하나일 수 없다. 이런 엇갈림 속에서, '나'는 '너' 없는 부재의 시간을 감내해야 한다. 사랑의 축제가 끝나버린 그 '어두운 거리'에서는 다시 시린 '바람'이 불고, 차가운 '비'가 내리고, 화자는 그 '텅 빈 풍경'을 바라보며 계속해서 눈물을 흘린다.

하지만 사랑의 '비극'은 사랑의 진경(眞景)을 담게 마련이다. 이 노랫말의

---

2  멜랑콜리에 대한 학술적 논의는 김홍중, 「멜랑콜리와 모더니티–문화적 모더니티의 세계감 분석」, 『한국사회학』 제40집 3호, 2006 참조.

한국 현대시 산책

화자는 '혼자' 달라진 자기 내면을 관찰하고 묘사하면서, 자기를 '비극'의 주인공으로 바라본다. 이런 자기 연출을 통해 사랑의 슬픔은 적절하게 절제되고 조율된다. 그리고 노래는 마침내 슬픔의 초극(超克)을 향해 내닫게 된다. 사랑의 아픔을 노래하는 것은 그 아픔을 치유하는 길이 된다. 그것이 노래의 힘이다.

대중가요의 노랫말에서 사랑 이야기가 많은 까닭은 무엇일까. 그것은 우선 '사랑'만큼 보편적인 공감을 불러일으키는 체험이 없기 때문이다. 누구나 사랑을 꿈꾸고, 한 번쯤은 그것을 실현하거나 또 잃어버린다. 통속적인 사랑의 감정은 누구나의 것이기도 하다. 우리는 이런 사랑 노래에 웃거나 울고, 잃어버린 사랑을 떠올리거나 새로운 사랑을 기대한다. 그렇게 사랑은 서로 다른 사람들을 묶어내는 공통의 경험이 된다.

### 찾아오는 사랑과 떠나가는 사랑, 그리고 영혼의 성숙

이 책의 제2장은 김소월의 시 '개여울', 이수익의 시 '우울한 샹송'을 통해, 현대시에 투영된 사랑의 문제를 다루려 한다. 공교롭게도 두 편 모두 대중가요의 노랫말로 사용된 바 있다. 이미 수십 년 전에 발표된 시이고 노래이나 오늘날까지도 여전히 폭넓은 대중의 사랑을 받는 작품이다. 이에 앞서 서정주의 시 '신록'을 읽어보자.

어이할꺼나
아— 나는 사랑을 가졌어라
남몰래 혼자서 사랑을 가졌어라!

천지엔 이제 꽃잎이 지고
새로운 녹음이 다시 돋아나
또 한 번 나—ㄹ 에워싸는데

못 견디게 서러운 몸짓을 하며
붉은 꽃잎은 떨어져 나려
펄펄펄 펄펄펄 떨어져 나려

신라 가시내의 숨결과 같은
신라 가시내의 머리털 같은
풀밭에 바람 속에 떨어져 나려

올해도 내 앞에 흩날리는데
부르르 떨며 흩날리는데……

아— 나는 사랑을 가졌어라
꾀꼬리처럼 울지도 못할
기찬 사랑을 혼자서 가졌어라 (서정주, '신록' 전문)


　　모든 사랑은 저마다 고유한 아름다움을 가진다. 그 사랑이 주는 기쁨과
슬픔, 즐거움과 괴로움이 빚어내는 아름다움 말이다. 사랑을 노래하는 시
들은 다채로운 아름다움을 가로질러, 축제의 언어를 선사한다. 물론 사랑
이란 기표는 본래 '의미'가 텅 비어 있는, 일종의 공백이거나 여백이다. 마
치 도화지처럼 말이다. 이 공백이나 여백에 사람들은 저마다 개별적이고
독특한 의미를 아로새긴다. 그러니까 사랑은 그 주체들에 따라 저마다 독

특한 경험으로 채색되고, 주관적으로 재해석되거나 기억되며, 서로 다른 의미를 전달한다. 그만큼 사랑의 언어는 타인과 공유할 수 없는 내밀한 의미에 둘러싸여 있다.

사랑에서는 '사랑한다'는 사실 그 자체가 가장 중요한 사건이다. 어떤 이념, 종교, 윤리에 기반을 둔 가치 판단도 사랑 앞에서는 중요하지 않다. 사랑은 서로 사랑하는 이들만의, 때로는 홀로 사랑에 사로잡힌 존재만의 고유한 몫이다. 그(들) 스스로 감당할 수 있고, 또 감당해야 할 마음의 영역에 속하는 사건이다. 그 사건의 바깥에 있는 타인들은 방관자일 뿐이다. 다른 이들의 사랑을 놓고 주제넘게 감 놔라 대추 놔라 할 수 없다. 그러니 타인의 사랑에 대해 섣불리 입법자나 판관(判官)를 자처하려는 태도는 버려야 한다. 그것이 타인의 '사랑'에 대해 우리가 지켜야 할 예의이다.

사랑은 때로 놀라움과 기쁨으로 찾아온다. 사랑의 놀라움과 기쁨은 그 사랑이 예기치 않았던 사랑이고, 말로 설명할 수 없는 불가사의한 사랑이고, 어떤 형상 수단으로도 재현하기 힘든 사랑임을 보여준다. 서정주의 시 '사랑'은 그런 사랑이 찾아오는 순간의 놀라움과 기쁨을 노래하고 있다. 화자의 사랑이 어떤 대상을 향하고 있는가는 중요하지 않다.

이 작품에서 봄은 사랑의 계절로 그려진다. 피어났던 꽃잎은 흩날리고 꽃잎 진 자리에 막 신록이 돋아나는 생성의 계절은 사랑과 얼마나 흡사한가. 사랑은 화자에게 계절의 순환에 따른 생성의 의미로 다가온다. 생성의 사랑은 누가 시켜서 하는 일이 아니다. 자연의 이치를 좇아 사랑은 저절로 생겨나는 것이다. 사랑이 자연의 본성에 잠재한 것이라면 구차한 설명은 필요치 않다. 계절이 돌아오듯 그저 '사랑'이 찾아왔고, 화자는 그렇게 "남몰래 혼자서 사랑" 가졌다고 선언하면 그뿐이다. 이것에 대해 우리는 논평할 수 없다. 게다가 화자는 사랑의 전율을 아름다운 에로티시즘의 언어로 표현하고 있지 않은가. 붉은 꽃잎이 "못 견디게 서러운 몸짓"으로 부르르 떨면서 떨어져 내리는 그 장면 말이다. 그러니 '꾀꼬리' 울음처럼 자기 언어로 사랑을 표현할 수는 없어도, 나 '혼자서' 그리고 '남몰래' 사랑을 가졌노라고 고백하면 그것으로 충분할 것이다.

여기서 첫 연과 마지막 연에 배치된 영탄적 표현 '~ 가졌어라'에 주목하자. 이런 배치는 미당이 생각한 사랑의 완성된 형식을 보여주는 것은 아닐까? 영탄적 발화는 청자를 지향하지 않는다. 오로지 화자 자신의 몫이다. 서정주가 생각하는 사랑은 상대의 응답을 요구하지 않는 사랑이다. 저 혼자 마음속에 품은 사랑이면 그것만으로 족한 사랑이다. 홀로 품은 사랑의 격정을 토로하는 영탄적 발화에서 그 청자는 당연히 화자 자신이다. 여기서는 사랑의 주체나 대상, 내용과 의미조차 중요하지 않다. 화자의 마음속에 울려 퍼지는 사랑의 울림만으로 모든 것은 충족된다. 그래서 이 시에서 사랑은 '가졌어라'의 진술로 반복되는 청각 영상만 그 내용이 된다. 이런 절절하고 곡진한 사랑은 그 어떤 장황한 서사 이상으로 사랑의 경이(驚異)를 전해주고 있지 않은가.

서정주가 말하는 '기찬 사랑'은 누구에게든 찾아올 수 있다. 누구나 그 순간을 기다리고, 또 한 번쯤 그 순간을 맞이한다. 물론 사랑이 주는 놀라움과 기쁨은 시간과 함께 마모된다. 저마다 차이는 있겠지만 시간과 함께 사랑은 제 빛깔과 향기를 잃어가게 마련이다. '낙화'의 시인 이형기가 말했듯이, "봄 한철/격정을 인내한" 사랑의 꽃잎은 "결별이 이룩하는 축복에 싸여" 꽃답게 죽을 일만 남는다. 그러니 사랑의 소멸과 상실, 혹은 이별의 숙명을 받아들이고 그 고통을 감내하는 것이 중요하다. 시인은 이를 일컬어 영혼의 '성숙'이라고 하였다. 사랑의 소멸, 혹은 이별의 운명을 '내 영혼의 슬픈 눈'으로 의연하게 바라보는 것이 바로 '성숙'이다. 사랑의 사건을 최종적으로 책임질 존재는 사랑의 주체 자신이다. 사랑의 부재(혹은 소멸)를 운명처럼 받아들이고 정신의 성숙을 이루는 '슬픈' 눈. 우리는 그 슬픈 눈에서 사랑의 그 애절한 표정, 혹은 사랑의 부질없음을 재차 확인할 수 있다.

### 약속 없는 시대의 사랑 -현존과 부재의 거리

수많은 시인이 사랑을 노래했다. 하지만 사랑의 담론이 문학사적 의미망에 포획되는 사례도 있다. 김소월의 사랑 시편들이 대표적이다. '진달래꽃'과 '초혼'으로 대표로 김소월의 그 숱한 절창들을 보라. 이 시편들에 담긴 사랑은 사랑에 대해 한국인이 품고 있는 원형적 심상을 들여다보는 통로가 된다. 사랑의 담론을 낳은 시대의 정신사적 의미와 함께 말이다.

김소월 시는 주로 임을 부재의 대상으로서 설정한다. 그의 노래 속 사랑은 임에 대한 이룰 수 없는 사랑이다. 김만수 교수의 해석에 따르자면[3], 시집 『진달래꽃』(매문사, 1925)의 시편들 전체가 별세계(저승)로 떠나간 '임'의 원혼을 불러내 이승에서 이루지 못한 사랑을 재확인하고 그 원혼을 달래서 저승으로 다시 보내는 극(혹은 굿)의 구성을 따르고 있다. 죽어서 부재하게 된 대상(임)을 향한 변치 않을 사랑과 기다림, 이승에 살아남은 자의 고독과 슬픔, 이룰 수 없는 재회에 대한 간절한 소망 등등. 이런 사랑의 모티브들은 식민지 시대에 한국인들이 품게 된 사랑의 원형적 심상을 형성한다. 우리는 이를 한(恨)이라 일컫기도 한다. 한은 원망과 자책, 미련과 체념

---

3  김만수, 『진달래꽃 다시 읽기』, 강, 2017.

의 감정이 뒤섞여 해결할 수 없는 상태에 놓이는 역설적 감정이다. 김소월 시에서 지배적 정서를 이루는 한은 식민지 시대 우리 민족이 겪었던 보편적인 상실의 체험과 연관된 것으로 해석되기도 한다.[4]

김소월의 사랑 시편들은 수없이 많은 가곡이나 대중가요, 동요의 노랫말로 사용되었다. 김순남의 가곡이 된 '산유화'가 그러하고, 그룹 송골매가 부른 '예전엔 미처 몰랐어요'가 그러하다. '개여울'이란 시는 정미조, 심수봉, 적우, 아이유 등 특급 가수들의 노래로 끝없이 재해석이 되기도 했다. 가수의 개성에 따라 서로 다른 음색이나 가락으로 재해석되는 이 노랫말의 정서적 울림은 그 중심에 사랑이 놓여 있다. 그것도 잃어버린 사랑, 이룰 수 없는 사랑 말이다. 이 노랫말은 한국인이 품고 있는 사랑의 심상을 관통하면서 정서적 파급력을 드러내게 된다.

하지만 '개여울'의 노랫말은 숱한 모호성에 휩싸여 있다. 모호성이야 시적 언어의 본질로 지적되는 것이지만, '개여울'의 모호성은 시어 자체의 모호성보다는 발화 상황의 모호성에서 기인한다. 발화를 이끌어가는 화자, 또 화자가 말을 건네는 대상이 각각 누구인지 확정하기가 쉽지 않다.

당신은 무슨 일로
그리합니까?
홀로이 개여울에 주저앉아서

파릇한 풀포기가
돋아나오고
잔물은 봄바람에 해적일 때에

---

4  오세영, 『김소월, 그 삶과 문학』, 서울대 출판부, 2000, 87–88쪽 참조.

가도 아주 가지는

않노라시던

그러한 약속이 있었겠지요


날마다 개여울에

나와 앉아서

하염없이 무엇을 생각합니다


가도 아주 가지는

않노라심은

굳이 잊지 말라는 부탁인지요 (김소월, '개여울' 전문)


　발화 구조를 논외로 하고, 이 작품을 둘러싼 사랑의 상황을 설명해 보자. 우선 사랑의 두 주체는 서로 만날 수 없는 이별의 상황에 놓여 있다. 그 이유가 무엇인지는 분명치 않다. 하지만 떠나간 이가 있고 기다리는 이도 있다. 만남이 지연되는 상황 속에서 기다림의 주체는 기다림을 이어가고 있다. 떠나간 이는 무언가 '약속'을 남겼던 것으로 보이고, 기다리는 이는 그 '약속'을 철석같이 믿고 있다. 이런 상황에서 계절은 되풀이되고, 그 변화의 흔적은 개여울이란 공간에 나타난다. 문제는 이 작품에서 떠올릴 수 있는 인칭대명사 '당신'이 지칭하는 대상을 확정하는 것이다.

　일반적 해석(⟨표 1⟩ 참조)에 따르면 이 시에서 '당신'은 기다림의 주체이고, 기다림의 대상인 '임'은 작품 표면에 직접 드러나지 않는다. 발화 구조를 이렇게 파악할 경우, 화자는 기다림의 주체인 '당신'을 안타까운 눈으로 바라보고 있는 제3의 존재가 된다. 사랑이란 사건의 국외자로서 말이다.

하지만 이런 해석만으로 모든 것이 해결되는 것일까? 또 다른 해석의 가능성은 없을까?

여기서 〈표 2〉에 따른 작품 해석을 시도해 보자. 이 작품에 나타난 사랑의 담론에 대한 평가가 크게 달라질 것은 없겠지만, 열린 해석을 통해 풍부한 의미를 길어 올릴 가능성도 있으니 말이다.

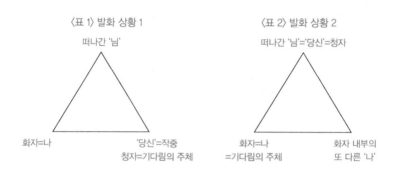

〈표 1〉 발화 상황 1
떠나간 '님'

화자=나          '당신'=작중
              청자=기다림의 주체

〈표 2〉 발화 상황 2
떠나간 '님'='당신'=청자

화자=나          화자 내부의
=기다림의 주체      또 다른 '나'

〈표 1〉과 〈표 2〉의 결정적 차이는 발화 상황 속에서 '당신'이 어떤 위치를 차지하는 존재인가를 파악하는 것에 놓여 있다. 일반적 해석인 〈표 1〉에서, '당신'은 발화 상황 내부에 있는 작중 청자, 즉 개여울에 홀로 앉아 있는 인물이다.[5] 그렇게 볼 경우, '개여울'은 '다시 돌아올 테니 굳이 잊지는 말라'는 지킬 수 없는 약속을 부탁처럼 남겨놓고 속절없이 떠났을 '임'을 하염없이 기다리는 존재에게 말을 건네는 노래가 된다. 이 경우 제1연의 대동사 '그리합니까'는 부질없는 기다림의 행위를 지시하게 된다. 이 경우 겉으로 드러나지 않은 화자 '나'는 기다림의 주체(청자)를 안타까워하는

---

5   이런 해석은 문장 구조로 보아 제1연 3행의 진술이 앞 행에 연결된 것으로 보는 것이다. 즉 도치된 진술이 활용되었다고 보는 것이다. '주저앉아서'의 행위 주체가 기다림의 주체로 해석될 수 있고, 이 존재를 '당신'과 동일시할 수 있는 중요한 단서라 할 수 있겠다.

눈으로 바라보며, 그 기다림의 부질없음을 알려주는 존재가 된다.[6]

하지만 〈표 1〉의 해석은 마지막 연의 발화 주체에 대한 해석과 충돌한다. 마지막 연의 "굳이 잊지 말라는 부탁인지요"라는 발화는 맥락상 그 청자가 기다림의 대상, 즉 임을 향해 있다. 따라서 이 발화의 주체는 〈표 1〉의 화자가 되기 어렵다. 기다림의 주체인 '당신'이 임에게 품고 있을 마음(혹은 속말)을 화자가 대신 전하고 있는 발화로 보아야 하는 것이다. 이런 발화 구조에서 발화 대상인 청자는 철저하게 발화 상황 바깥에 놓인다.

이런 불일치는 어떻게 설명되어야 할까? 이 불일치는 〈표 1〉이 발화 주체의 교체를 전제로 한 해석이라고 보면 잠정적으로 해결된다. 즉, 화자 '나'가 기다림의 주체인 '당신'의 말을 화자 자신의 독백인 양 대신 전달하는 간접화법을 구사한 것으로 판단하는 것이다. 발화 주체의 교체는 독백을 지향하는 서정시에서 드물지 않은 기법이다. 하지만 이 작품의 경우 그 효과는 분명치 않다. 이제 〈표 2〉에 따른 해석의 가능성을 점검해야 한다.

〈표 2〉에서는 '당신'을 떠난 이에 대한 지칭, 혹은 호명으로 보는 것이다. 즉 다시 돌아올 터이니 굳이 잊지는 말아 달라는 약속과 부탁을 남기고 떠난 사람 말이다. 이때 시 '개여울'의 발화 구조는 기다림의 주체(=화자)와 대상('당신'=화자가 마음속으로 불러들인 청자) 간에 가상의 대화, 혹은 기다림의 주체가 마음속에서 임과 나누는 상상의 대화로 파악될 수 있다. 그 단서는 마지막 연의 '~ 부탁인지요'에서 찾을 수 있다. 앞에서 언급한 바와 같이, '~ 부탁인지요'라는 물음은 기다림의 주체가 마음속에서 떠올린

---

6  이런 판단의 단서는 제3연 3행의 "그러한 약속이 있었겠지요"에 포함된 '−겠−'에서도 찾을 수 있다. 우리말에서 '−겠−'은 추측의 의미를 지닌 선어말어미이다. 만일 〈표 2〉처럼 화자를 '임'을 기다림의 주체로 본다면 '−겠−'은 진술에서 사용될 수 없다. 시인의 표현에 오류가 없다고 가정한다면, '개여울'은 〈표 1〉처럼 기다림의 주체에게 건네는 위로의 노래로 간주하는 것이 자연스럽다.

궁금증을 표출한 것이다. 이같이 기다림의 주체를 작품 전체의 화자로 격상시켜서 작품 전체의 발화 구조를 파악하면, 시 '개여울'에서 발화 주체의 단일성을 확인할 수 있다.[7]

〈표 2〉로 발화 구조를 파악하면, 모호한 표현들에 대한 해석도 달라진다. 우선 제1연 2행의 대동사 '그리합니까'는 '아주 가는 것은 아니라 약속하고선 왜 돌아오지 않느냐'라는 원망의 뜻을 함축한 표현으로 해석될 수 있다. 이 경우 화자는 '당신'의 약속을 마음속에 끝없이 떠올리며 재회의 가능성을 되새기고, 끝내 그 약속을 '굳이 잊지는 말라'는 부탁으로 오인하는 존재로 볼 수 있다. 기다림의 주체인 화자는 오지 않을 임에 대한 미련과 집착에 사로잡혀, 그 미련과 집착을 기약 없는 기다림으로 이어가겠다고 다짐하는 것이다.

〈표 1〉과 〈표 2〉 이외에도 여러 방식으로 '개여울'을 해석할 가능성은 열려 있다. 그것을 서정시와 그 언어가 감내할 운명으로 간주하고 화제를 전환해 보자. 발화 구조의 모호함으로 인해 생기는 다의성 문제를 잠시 접어두고 이 장의 테마인 사랑의 담론으로 되돌아가자는 것이다.

사랑 문제와 관련하여 기다림의 주체와 대상 간의 관계에 대해 살펴보자. 시 '개여울'에는 기다림의 주체와 대상(=임) 간에 팽팽한 긴장이 흐르고 있다. "가도 아주 가지는/ 않노라"는 임의 '약속' 때문에 빚어지는 긴장 말이다. '개여울'에 홀로 있는 기다림의 주체는 임이 과연 '약속을 지킬 것인가'에 대해 확신할 수 없다. 하지만 그 '약속'을 망각하거나 무시할 수도 없다. 그 경우 기다리는 이는 굳이 기다림을 지속할 이유도 없고, 이별의 궁

---

7   이 경우 제3연 3행에 사용된 선어말 어미 '-겠-'은 미해결의 장으로 남는다.

극적 책임은 자칫 기다리는 자의 몫으로 남게 된다. 기다림의 주체는 이별에 대한 자책 대신 임을 향한 원망을 선택한 것으로 볼 수도 있다.

그렇다면 '약속'은 과연 실재했던 것일까? 만약 약속이 있었다면, '임'이 그 약속을 지킬 것이라고 믿을 만한 근거는 무엇인가. 기다림의 주체는 이 물음 앞에 어떤 대답도 내놓을 수 없다. 언술된 텍스트에서 이를 명확하게 판단할 단서도 없다. 어쩌면 '약속'은 기다리는 이의 소망 속에만 있는 것일지 모른다. 그러니까 기다리는 이는 '아주 가는 것은 아니다', '돌아올 수도 있다'는 임의 허언을 재회에 대한 '약속'으로 오인하고 헛된 기다림을 이어가는 것이다. "굳이 잊지 말라"는 말이 실제의 발화가 아니라 화자의 마음속에 빚어진 내적 발화로 표현되는 것도 이 때문이다.

만약 그런 약속이 실재한다고 해도 문제는 크게 달라지지 않는다. '안 잊음(=기다림)/혹은 잊음'에 대한 결정권은 기다리는 이에게 있다. 기다림의 주체는 '임'이 돌아올 것이라는 주관적 기대 속에서 '하염없이' 기다리며 세월을 보내고 있다. 임의 '약속'이나 '부탁'은 결코 객관적 사실이 아니다. 하지만 기다리는 이는 그런 약속과 부탁의 실재성을 의심하면 한순간도 임의 부재 상황을 버텨낼 수 없다. '약속'의 실재성(혹은 환영)을 믿어야, 인연의 끈을 어떻게든 이어갈 수 있는 법이다. 임의 언표되지 않은 말을 실제 약속으로 간주하는 거짓 믿음이 시 '개여울'의 핵심이라 할 수 있다.

이제 '기다림의 주체'를 궁극적으로 '화자=시인'과 동일한 존재로 표시하고 논의를 마무리할 단계에 와 있다. 시 '개여울'에 나타난 시인의 정신, 혹은 심리의 구조를 분석하려는 것이다. 김소월 시를 떠올리는 사람은 대부분 김소월 한의 시인으로 기억한다. '개여울'을 위시하여 '진달래꽃', '산유화', '먼 후일" 등의 작품에서, '임'의 귀환은 이루어지지 않을 사건이다. 미래의 어떤 특정한 시간에 그 귀환이 실현될 가능성은 작품 어디에서도 발견되지 않는다. 김소월의 시는 왜 이런 임에 대해 반복적으로, 또 집요하게 노래하는 것일까. 아니 시 '초혼'의 경우처럼, '주인 없는 이름'을 끝없이 되뇌어야 하는 것일까. 그 이유는 부재하는 임을 부르지 않으면, 혹은 재회에 대한 믿음을 버리면 한순간도 그 부재의 고통을 감내할 수 없기 때문이다. 감옥 같은 현재의 시간을 그는 견뎌낼 힘이 없기 때문이다.

김소월 시는 부질없는 기다림 속에서, 미련과 좌절, 자책과 원망의 이중 감정에 사로잡혀 살아가는 존재들의 마음의 풍경을 펼쳐낸다. 그런 마음의 풍경은 근원적 세계의 상실을 맞닥트린 식민지 지식인의 내면심리를 상징하는 것으로 해석이 되곤 한다. 다소 기계적인 문학 사회학을 내세워 '떠나버린 임=잃어버린 국가'로 해석하든, 김동리처럼 '청산과의 거리'를 앞세워 근대인의 숙명을 떠올리든 간에 말이다. 임의 부재라는 근원적 상실의 체험은 약속 없이 떠난 임에 대한 모순적, 역설적 감정으로 이어진다. 보이지 않는 가능성에도 불구하고 임과의 재회를 단념할 수도 없는 상황이 이 역설을 떠받친다. 김소월은 바로 약속 없이 떠난 임의 귀환에 대한 환상을 지켜낸 시인이다. 이 실현될 수 없는 환상, 혹은 제의의 형식으로 이루어지는 상상적 만남이 시집 『진달래꽃』이 그려내는 한의 요체인 것이다. 이런 점에서 김소월이 그린 사랑은 일종의 맹목이다. 거기에서는 새로운 '사랑'을 향한 우회의 통로가 완전히 막혀 있다. 그에게 사랑은 그 자체가 이미 '삼수갑산'인 셈이다.

그렇다면 김소월 시의 '사랑'이 우리 시대에까지 그 생명이 이어지는 까닭은 무엇일까? 그것은 우리 대부분에게 사랑이 그런 모습으로 다가오기 때문이 아닐까? 부재와 결핍 속에서, 간절한 희구나 일종의 판타지로 다가오는 사랑 말이다. 사랑의 위대함이나 절대성은 때때로 사랑이 부재하는 시간 속에서 그 모습을 드러낸다. 부재 속에 현존하는 것, 결핍 속에서 충만한 것으로서의 사랑 말이다.

황홀한 슬픔 속에서, 씁쓸함과 달콤함이 교차하는 사랑. 실현되지 못하거나 재현될 수 없는 욕망으로 제 모습을 드러내는 사랑. 아름다운 기억 속에서, 혹은 이룰 수 없는 상상 속에서 제 모습을 드러내는 사랑. 김소월의 사랑 시편들은 식민지라는 그 절대적인 상실의 시공간 속에서 사람들의 보편적인 마음의 풍경을 우리에게 펼쳐 보였다. 그것은 우리 서정시가 멜랑콜리의 색채에 지배되기 시작하는 출발점이었다.


*쓸쓸하지만 달콤한 '사랑', 그리고 멜랑콜리*


김소월의 시 '개여울'이 한스럽고 처절한 까닭은 한껏 고조되는 이별의 비극성 때문이다. 그들이 속삭였던 사랑의 밀어를 확인할 길은 없다. 그럼 이 시가 아름다운 이유는 무엇인가? 그것은 실재하지 않는 약속을 가정한 후 임의 부탁 때문에 기다림을 이어간다고 말하는 방식, 즉 자기를 기만한 채 헤어날 수 없는 정한에 스스로 사로잡히는 마조히즘적 심리에서 찾을 수 있다. 한없이 무거운 이 사랑은 주체의 절멸이라는 비극적 상황까지 떠올리게 한다. 이런 점에서 사랑은 정말 위험하기 짝이 없다. 사랑을, 그리고 사랑의 상실을 조금이라도 경쾌한 방식으로 노래할 수는 없을까?

이수익의 시 '우울한 샹송'에서 그 가능성을 찾아볼 수 있다. 임의 부재 상황과 기약 없는 기다림을 노래하지만, 훨씬 경쾌한 음색과 감각적인 심상으로 다소 가볍게 사랑을 노래한 작품이다.

우체국에 가면
잃어버린 사랑을 찾을 수 있을까
그 곳에서 발견한 내 사랑의
풀잎되어 젖어 있는
비애를
지금은 혼미하여 내가 찾는다면
사랑은 또 처음의 의상으로
돌아올까

우체국에 오는 사람들은
가슴에 꽃을 달고 오는데
그 꽃들은 바람에
얼굴이 터져 웃고 있는데
어쩌면 나도 웃고 싶은 것일까
얼굴을 다치면서라도 소리내어
나도 웃고 싶은 것일까

사람들은
그리움을 가득 담은 편지 위에
애정의 핀을 꽂고 돌아들 간다
그때 그들 머리 위에서는
꽃불처럼 밝은 빛이 잠시
어리는데
그것은 저려오는 내 발등 위에
행복에 찬 글씨를 써서 보이는데
나는 자꾸만 어두워져서

읽질 못하고,

우체국에 가면
잃어버린 사랑을 찾을 수 있을까
그 곳에서 발견한 내 사랑의
기진한 발걸음이 다시
도어를 노크
하면,
그때 나는 어떤 미소를 띠어
돌아온 사랑을 맞이할까 (이수익, '우울한 샹송' 전문)

'우울한 샹송'이란 표제어는 동어 반복적 표현으로 볼 수 있다. '샹송'은 부드럽고 달콤하지만 정체 모를 쓸쓸함을 자아내는 음악이다. 주로 우울한 분위기를 자아내는 노래인 것이다. 요즘 세대에게 샹송은 접하기 힘든 음악이다. K-Pop 열풍이 세계 젊은이들이 사로잡고 있는 시대에 프랑스의 옛 샹송 가수들의 노래에 귀 기울일 청년들이 얼마나 있겠는가. 하지만 우리에게 샹송이 본격적으로 알려지기 시작한 1960년대 이래, 이 이국적 정조의 노래 장르는 사랑에 빠진-혹은 갈구하는- 수많은 젊은이들의 마음을 매혹해 왔다. 프랑스어 발음의 그 옥구슬 굴러가는 듯, 알사탕을 머금은 듯, 달콤하게 녹아들어갈 듯 부드러운 목소리로 샹송 가수들은 숱한 사랑의 밀어를 속삭였다. 이런 달콤함은 어딘가 쓸쓸함이 함께 버무려져 있다. 노랫말의 내용이 무엇인지는 짐작하기 어렵지만, 샹송은 그 음색과 멜로디만으로도 우리를 멜랑콜리의 마음 상태로 이끌어가는 힘이 있다.

예를 들어 에디트 피아프가 부른 노래 '사랑의 찬가'에 귀를 기울여 보라. 이 샹송의 노랫말은 제목 그대로 '사랑'에 대한 최대의 찬사를 담고 있다. 하지만 이 노래는 노랫말에 담긴 사랑의 열정이나 환희에 어울리지 않을 슬픔을 불러일으키는 것이 사실이다. 피아프의 절창에 비극적인 사랑 이야기가 결부되면 더욱 그러하다. 이 노랫말은 '하늘이 무너져 내리고 땅이 솟아오른다 해도 당신만 날 사랑한다면 ……'이라는 가정으로 시작한다. 이 가정은 충만한 사랑이 실제 현실이 아니라 화자의 소망에 지나지 않음을 암시하는 것은 아닐까. 그리하여 우리는 이 노래를 듣고 처연한 슬픔에 함께 빠져드는 것은 아닐까?

샹송은 노랫말의 내용, 멜로디, 무드를 통해 멜랑콜리의 체험을 전해 준다. 그 체험은 알 수 없는 상실의 체험을 겪어내야 했던 산업화 시기 우리 젊은이들의 마음속에 자리 잡고 있었던 우울과 공명했던 것이 아닐까? 이수익의 시 '우울한 샹송'의 표제어는 화자의 마음속에 자리 잡은 '우울', 멜랑콜리에 대한 은유이다. 시의 진술 어디에도 샹송의 흔적은 발견되지 않으니 말이다. 화자의 우울은 '잃어버린 사랑'(제1연 2행)에서 비롯한 감정이다. 사랑하는 사람에게 버림을 받은 것인지, 화자 자신에게 잘못은 없는지, 재회의 가능성은 있는지 등등에 대해 아무것도 분명하게 말할 수 없다. 시 '개여울'의 경우처럼 약속 없는 시대의 이별을 노래한 작품이지만, 사랑과 이별에 대한 접근법은 사뭇 다르다.

이 작품에서 우울은 시의 중심 공간인 우체국을 배경으로 펼쳐진다. 오늘날 우체국은 그 기능과 위상이 많이 변했다. 우체국이 어디에 있는지 모르는 채 지내는 사람도 많을 것이다. 우체국은 먼 곳에 있는 사람들 간에 간접적인 만남 혹은 소통—주로 편지나 소포, 전신 같은 것을 통해—을 매개해 주는 기관이다. 우체국은 지금 내 눈앞에 있지 아니한 존재와 나 사이에 보이지 않는 연결선을 이어줌으로써 부재를 현존으로, 허전한 마음을 충만한 마음으로 바꾸어 준다. 결국 우체국은 임에 대한 그리움의 공간인 동시에 임과의 만남을 상상적으로 이어가는 공간이다.

제2연에서 사람들의 가슴에 달린 '꽃', 입에 걸린 '웃음'은 우체국의 이런 기능을 잘 보여주는 심상들이다. 만남에 대한 기대를 품고 '우체국에 오는 사람들'은 그리운 사람에게 애정의 편지를 써서 보내고, 머리 위로 한가득 행복한 빛을 발하며 다시 우체국 문을 나선다. 우체국을 찾아가는 화자 역시 이런 설렘과 기대로 우체국 도어를 노크했던 것은 아닐까.

하지만 화자는 그 우체국에서 실제든, 상상이든 사랑하는 사람을 만나지 못한다. '나' 역시 다른 사람들처럼 소리 내어 웃고 싶고, 그리움이 담뿍 담긴 애정의 편지를 보내거나 받고 싶다. 하지만 그 바람은 충족될 수 없다. '나'의 마음은 한없이 어두워져 '행복에 찬 글씨'를 읽어낼 수조차 없다. '나'는 결코 '잃어버린 사랑'과의 연결되지 못하는 것이다. 그가 살아 있는지, 만약 살아 있다면 연락할 주소는 무엇인지 알 수조차 없지 않은가. '나'는 '사랑'을 잃었다는 그 '저려오는' 사실만을 우체국에서 확인할 뿐이다, "풀잎되어 젖어 있는/비애"로 변해버린 사랑. 그 사랑은 화자의 바람과 달리 "처음의 의상"을 갖춰 입고 돌아올 수 없다.

시 '우울한 샹송'의 멜랑콜리는 사랑의 상실로 인해 좌절한 마음의 풍경을 떠올리게 한다. 임과의 만남은 오로지 머릿속 '상상' 속에서만 이루어지고, 실현될 수 없는 만남은 애절함을 배가한다. '기진한 발걸음'으로 찾아오는 사랑이 힘겹게 '도어를 노크'하는 장면을 화자가 애써 떠올리는 것도 이 때문이다. 사랑을 잃어버렸기에 슬프고 사랑을 만날 수 없어 우울하다. 그리움의 고통을 구원할 수 없는 사랑이라면 더욱 그러하다.

사랑과 관련해서 보자면 시 '우울한 샹송'의 화자는 이중의 상실을 겪고 있다. 그런 화자는 기진한 발걸음으로 돌아올 사랑을 어떤 '미소'로 맞이할 것인가를 두고 고민하게 된다. 화자가 지어줄 '미소'는 거짓 웃음, 거짓 포즈에 불과할지도 모르지만, '기진한 발걸음'으로 돌아올 사랑에겐 작은 위안이 될 수도 있으니 말이다. 작은 위안을 건네는 것만으로도 '풀잎 되어 젖어 있는/비애'에서 벗어나 다시 사랑을 소생시킬 수 있다고 화자는 믿는 듯하다. 이 시의 멜랑콜리가 슬픔의 회로에서 벗어날 가능성을 예비한 것으로 해석할 수 있겠다. 이 시의 멜랑콜리가 마치 샹송의 노랫말처럼 쓸쓸하면서도 달콤한 느낌으로 읽히는 이유, 멜랑콜리 그 자체를 마음껏 향유할 가능성을 남겨주는 이유가 여기에 있다. 그래서 이 시의 멜랑콜리는 처연하지도 않고 처절하지도 않다. 김소월의 '개여울'에 비해 위험하지 않은 사랑을 노래한 것이다.

사랑을 잃고 나는 쓰네

　시 '우울한 샹송'이 그려낸 사랑은 감미롭고 아름답다. 마치 샹송의 멜로디처럼 말이다. 내용은 짐작하기 어려우나 우리를 한껏 멜랑콜리한 감정으로 몰아가는 샹송처럼, 시 '우울한 샹송'의 사랑은 '잃어버린 사랑'이란 형식 외에는 아무런 사랑의 실체도 보여주지 않는다. 내용 없는 아름다움, 내용이 없어서 오히려 감미로운 사랑. 오직 사랑의 멜랑콜리만이 여백의 마음에 메아리치는 그런 사랑. 통절한 아픔 없이도 충분히 아름다운 사랑 이야기에 우리는 한껏 마음이 젖어 들 수 있다.

　어쩌면 우리가 꿈꾸는 사랑은 그 내용이 아니라 형식에 있는 것은 아닐까. 사랑에 대한 구체적 경험보다는 사랑이 연출하는 일련의 감정을 소비하는 것 자체가 더 중요할 수도 있다는 말이다. 실제의 사랑은 생각보다 더 비루하고 또 비참할 수도 있지 않은가. 그런 사랑으로 인해 우리 영혼은

한없이 위축되고 소진되기도 하니 말이다,

서정시와의 만남은 열병 같은 사랑을 갈망하는 청춘과 만나는 일이다. 우리는 서정시 속에서 사랑이 어떻게 생산되고 소비되는지, 우리 청춘은 영혼의 충만과 고갈 사이를 어떻게 오가는지 그 모든 것을 목격할 수 있다. 서정시는 모든 유형의 사랑을 섬세하게 기록하니 말이다. 그런 서정시를 통해서 우리는 다양한 빛깔의 사랑을, 특히 사랑의 상실에 유폐된 우리 삶 그 자체를 만나게 되는 것이다. 기형도는 '빈집' 이미지로 이런 청춘의 운명을 그려낸 바 있다.

> 사랑을 잃고 나는 쓰네
>
> 잘 있거라, 짧았던 밤들아
> 창밖을 떠돌던 겨울 안개들아
> 아무것도 모르던 촛불들아, 잘 있거라
> 공포를 기다리던 흰 종이들아
> 망설임을 대신하던 눈물들아
> 잘 있거라, 더 이상 내 것이 아닌 열망들아
>
> 장님처럼 나 이제 더듬거리며 문을 잠그네
> 가엾은 내 사랑 빈집에 갇혔네 (기형도, '빈집' 전문)

이 시의 화자 역시 잃어버린 사랑을 노래한다. 청춘의 열병이 다 끝나버린 그 지점에서 자신의 사랑을 '빈집'에 가두어버리는 이 유폐의 상상력은 아름다웠던 청춘에 대한 결별을 선언한다. 공포'와 '눈물'로 기억되는 사랑의 열병을 앓아낸 화자는 이제 그 사랑이 "내 것이 아닌 열망"임을 깨닫게 된 것이다. 자신과 친숙했던 그 모든 것들, 그러니까 '짧았던 밤'과 '창밖을 떠돌던 겨울안개'마저 뒤로 하고, 이제 화자는 '빈집'에 자신의 청춘을, 사랑을 가둬 버린다.

이제 화자에겐 잃어버린 사랑을 써 내려갈 일만 남았다. 잃어버린 사랑을 주저리주저리 읊으며 남은 생애의 시간을 소비해야 하는 것이다. 그것이 바로 시인 기형도가 읽어낸 시대의 풍경이고 청춘의 운명이다. 그것을 써 내려가는 통한의 시간은 다시 마모되기 시작할 것이지만, 사랑도 서서히 기억에서 사라질 것이다. 이 모든 상실과 마모를 견뎌내는 것, 그것을 일컬어 우리는 영혼의 성숙이라고 한다.

# 제3장

# 고통받는 존재의 얼굴

인간의 고통, 고통의 재현

　인간은 고통 속에서 태어나고 고통 속에서 죽어간다. 종교는 고통의 숙명에서 벗어나고 싶다는 인간의 간절한 소망 때문에 생겨난 것이리라. 인간이 겪는 고통은 그 원인이 존재 내부에 있는 경우(질병이나 성격적 결함 등)와 존재 외부에 있는 경우(다양한 유형의 폭력 등)로 나눌 수 있다.

　먼저 존재 내부의 원인에 대해 살펴보자. 인간은 생로병사가 빚어내는 육체적, 정신적 고통에서 벗어날 수 없다. 유한한 생명을 지닌 인간은 고통에 민감하거나 이를 의도적으로 회피함으로써 자신을 지켜내려 한다. 이 사실은 생명 없는 존재들이나 신적 존재로부터 인간을 구별해 준다. 한편 고통의 원인이 존재(개인 혹은 공동체) 외부에 있을 때도 있다. 이 세계는 상상 이상의 비참을 인간에게 안겨주기도 한다. 실제로 인류사에는 다양한 이유로 참담한 사건들이 되풀이되고 있고, 그로 인해 수많은 인간이 형언할 수 없는 고통을 겪게 된다. 자연재해로 인한 고통은 차치하더라도, 가족·이웃·민족·국가 등 다양한 층위에서 발생하는 고통, 혹은 개인과 개인, 개인과 집단 간의 대립과 갈등이 빚어내는 고통도 인간을 괴롭히고 있다. 인간의 의지에 따라 발생하지 않았을 가능성도 있었으나 끝내 발생하여 회복이나 치유가 힘든 상처를 남기는 고통 말이다.

피할 수 있거나 적절한 수준에서 관리될 만한 고통은 인간이 당당히 맞설 수 있다. 하지만 참고 견디기 힘들 만큼 너무 큰 고통, 관리되거나 이겨 낼 수 없는 고통은 인간의 육체나 정신을 피폐하게 만든다. 인간을 끝내 절멸의 상황으로 내모는 고통도 있다. 문제는 인간이 자신의 고통을 타인과 나누어 가질 수 없다는 사실이다. 고통은 개별적 존재가 끝내 홀로 겪어야 하는 것이다. 하지만 고통을 겪는 이는 유·무언의 수단으로 타인에게 고통을 호소한다. 고통을 나눌 수는 없을지라도 그 고통을 알아주는 이가 있고 손을 내밀어주는 이가 있다면 일말의 위안을 얻을 수 있다. 고통의 호소는 고통에서 벗어나고 싶다는 바람이기도 하다. 표현할 수만 있다면 고통의 크기는 줄어들 수 있다.

현대의 서정시는 고통을 겪는 이들의 모습을 다양한 방식으로 그려왔다. 타인에게 표현할 수 없는 고통, 숨겨야 할 고통, 침묵 속에서 홀로 감당하는 고통도 시의 언어를 통해 기록된다. 진정한 시인이란 인간이 겪는 고통에 귀를 기울이는 이들이다. 시의 언어를 고통에 대한 절규에 내어준 이들이다. 시인이 재현하는 고통은 타인의 이해와 공감을 요청한다. 독자는 시에 담긴 그 고통의 언어에 응답할 의무가 있다.

여기 미켈란젤로의 조각 '피에타'가 있다. 서구 예술사에서 반복되는 모티브인데, 예수의 주검을 품에 안은 마리아의 형상을 재현한 것이다. 자식을 잃은 어머니의 깊은 슬픔과 형언할 수 없는 고통이 자아내는 먹먹함. 자식의 죽음 앞에서 무력할 수밖에 없었던 어머니. 알려진 바와 같이, 이 조각을 위에서 내려다보면 죽은 이, 즉 예수의 지극히 평온한 얼

미켈란젤로의 조각 '피에타'

굴이 나타난다. 인류 구원을 위해 예정된 죽음, 신이 요구하는 대속(代贖)을 받아들이는 의연한 죽음이 예수 얼굴로 형상화된 것이다. 하지만 어머니의 입장은 다르다. 지극한 슬픔을 감출 수도 없고 감출 필요도 없다. 그는 끝내 인간이기 때문이다. 슬픈 눈이 그것을 증명해 준다. 슬픔의 극점에서 자식을 잃은 고통을 자기 내부로 끌고 안으려는 어머니의 눈 말이다.

조각 '피에타'는 고통의 극복 혹은 승화에 대한 하나의 전범이기도 하다. 다만 여기서 시대의 흔적을, 그러니까 사회 현실로 인해 빚어지는 고통을 찾아보기는 어렵다. 지극히 보편적이거나 종교적인 의미망에 묶여있는 고통이 그려져 있기 때문이다. 우리는 이런 고통 곁에 또 다른 유형의 고통을 열거할 수 있다. 시대가 빚어내는 고통, 시대와 함께 극복해야 할 고통, 타인이 겪어내는 고통 말이다.

타인의 고통은 언제나 윤리의 문제로 다가온다. "타인의 고통에 대해 무관심한 것이 가장 큰 죄이다." 나치의 전범 아이히만의 재판 과정을 취재

했던 한나 아렌트가 아이히만의 죄에 대해 지적한 말이다.[1] 이 말과 비슷한 맥락에서 타자의 윤리학을 전개했던 철학자 레비나스는, 타인에게서 '얼굴', 즉 가장 나약한 부분을 발견하고 그것을 진정으로 이해하고 책임을 다해야 한다고 요구하였다.[2] 고통은 본래 다른 누군가가 대신 짊어질 수 없다. 그러나 타인의 고통을 외면할 자유는 우리에게 허락되지 않는다. 고통의 외침은 듣는 이에게 응답을 요구한다. 이 응답은 바로 타자에 대한 윤리적 책임 의식을 가리킨다.

인간이 거쳐 온 모든 시대, 특히 지난 20세기의 모든 연대(年代)는 고통의 절규로 메아리쳤다. 두 차례의 세계 대전과 각종 국지전, 자본주의 사회의 구조적 모순, 파시즘 같은 전체주의적 정치 체제 등을 떠올려 보라. 이런 시대의 광기와 폭력은 인류의 몸과 마음에 회복할 수 없는 상흔들 안겨 주었다.

뭉크의 그림 〈절규〉

현대의 시와 예술 작품 중에는 이런 시대의 고통과 절규에 기울인 사례가 많다. 뭉크의 그림 '절규'(1893년)는 이런 현대 예술의 흐름을 미리 보여 준 사례가 아닐까 한다. 이 그림에 구사된 회화적 언어는 객관적 사실을 충실하게 재현한 것이 아니다. 예를 들어 고흐의 그림 '감자 먹는 사람들', 혹은 '구두'에 구사된 사실적

---

1  한나 아렌트, 『예루살렘의 아이히만』(김선욱 역), 한길사, 2006. 이외에도 타인의 고통에 관한 철학적 논의로는 수잔 손택, 『타인의 고통』, (이재원 역), 이후, 2004 참조.

2  레비나스의 철학에 대해서는 에마누엘 레비나스, 『시간과 타자』(강영안 역), 문예출판사, 1996; 에마누엘 레비나스, 『전체성과 무한』(김도형(외) 역), 그린비, 2018; 강영안, 『타인의 얼굴』, 문학과지성사, 2005 참조.

재현과 큰 차이가 있는 것이다. 고통과 절망이 각인된 주름살, 절절한 눈빛 너머의 깊은 절망, 화폭을 지배하는 메마르고 어두운 색조. 대상에 대한 공감과 연민을 뚜렷한 이야기로 환기하는 고흐의 이런 그림들과 달리, 뭉크의 '절규'는 그려지는 인물과 그 이야기를 형해화 한다. 그래서 두려움과 불안은 즉각적으로 느껴지나 그것의 실체를 이해하려면 먼 우회로를 거쳐야 한다.

그림 '절규' 속 사나이는 불안과 공포에 사로잡혀 단말마의 비명을 지른다. 뭉크는 이 그림과 관련하여, "친구 두 명과 함께 나는 길을 걷고 있었다. 해는 지고 있었다. 하늘이 갑자기 핏빛의 붉은색으로 변했다. 그리고 나는 우울감에 숨을 내쉬었다. 가슴을 조이는 통증을 느꼈다. 나는 멈춰 섰고, 죽을 것 같이 피곤해서 나무 울타리에 기대고 말았다. (중략) 내 친구들은 계속 걸어가고 있었고, 나는 흥분에 떨면서 멈춰 서 있었다. 그리고 나는 자연을 관통해서 들려오는 거대하고 끝없는 비명을 느꼈다."[3]는 노트를 남겼다고 한다. 갑작스럽게 화가를 찾아온 우울과 공포는 그림 속에서 핏빛 하늘, 꿈틀거리는 듯한 선들, 해골 형상으로 단순화된 얼굴로 표현된다. 하지만 그림 속 인물이 직면한 심리 상태를 명확한 언어로 설명하기는 어렵다. 이 그림이 구체적인 이야기 대신에 막연한 분위기로 공포와 불안을 암시하는 방식을 취하고 있기 때문이다. 하지만 그 공포와 불안의 느낌을 통해 우리는 얼마든지 현대인이 마주하는 고통을 떠올릴 수 있다. 그것이 예술의 힘이다.

---

3  유성혜, 『뭉크–노르웨이에서 만난 절규의 화가』, 아르테, 2019, 56쪽에서 재인용.

아우슈비츠 수용소

"아우슈비츠 이후에 서정시를 쓰는 것은 야만이다."[4] 아도르노의 저서 『미학이론』을 여는 이 말은 일종의 선언이다. 이 선언은 시대의 광기, 문명의 폭력 앞에서 서정시가 얼마나 무력할 수밖에 없었는가를 고발하는 말로 해석할 수 있다. 서정시는 힘이 없다. 무력한 서정시는 인간의 고통을 향해 어떤 구원의 손길도 실제로 내밀 수 없다. 솔직히 말하면, 시는 그 고통의 당사자들에게 알량한 위안이나 일말의 휴식, 혹은 한 줌의 밀가루조차 줄 수 없다.

오로지 죽음만이 작금의 고통에서 벗어날 기회인 상황 앞에서, 서정시의 언어는 그 자체가 죄악의 표상일 수 있다. 무기력하기 짝이 없는 언어. 아우슈비츠의 비극 자체가 인간의 이성적 사유와 언어의 소산임을 떠올리면 비극성은 배가된다. 하지만 인간의 실존을 옥죄는 이성의 언어로 우리는 또 다시 시를 써야 한다. 죄 없고 힘없는 존재들을 극단의 고통에 몰아넣은

4  T. W. 아도르노, 『미학강의』 (홍승용 역), 문학과지성사, 1997.
　　아도르노의 선언은 주지하듯이 인류가 목격한 제2차 세계대전의 참상과 관련이 있다. 그 어떤 언어로도 재현할 수 없는 인간의 고통. 그 고통의 원인은 모두 인간 자신에게 있었다. 인간을 스스로 비인간으로 간주하는 그 절대적인 폭력은 시간이 흘러도 쉽게 치유되지 않는다. 소위 '벌거벗은 생명'(조르조 아감벤, 『호모 사케르』(박진우 역), 새물결, 2008)에게 부과한 고통, 일말의 저항이나 불평을 표현할 수 없었던 고통. 아우슈비츠의 희생자들은 변변한 저항도 없이 죽음을 제조하는 공장으로 무기력하게 걸어가야 했다. 여러 기록 사진에 포착된 그들의 무표정한 얼굴을 떠올려야 한다. 메시아적 구원이 즉각 실현되지 않고는 결코 죽음의 고통을 벗어날 수 없었던 그 상황에 대해 우리는 분노해야 한다.

그 언어로 다시 그들을 고통에서 구출해내야 한다. 이것이 오늘날 우리 시대의 서정시가 직면한 아이러니이다.

아우슈비츠는 특정 장소를 가리키는 고유 명사에 그치지 않는다. '아우슈비츠'는 언제나, 그리고 어디에서나 있었다. 스페인 내전 당시, 게르니카에서 벌어진 공습 사건

피카소의 그림 〈게르니카〉

을 떠올려 보라. 한국전쟁 당시 이 땅 이곳저곳에서 벌어진 집단 살육이어도 좋다. 베트남 전쟁에서 민간인들을 겨눈 총칼, 이라크 전쟁과 우크라이나 전쟁에서 발생한 무차별적인 공습들, 혹은 종교 분쟁으로 발생한 테러를 떠올려도 좋다. 전쟁이나 테러 같은 물리적 충돌만이겠는가. 신자유주의 경제체제 하에서 무한 경쟁에 내몰리는 힘없는 노동자, 혹은 여성과 어린이, 유색인종, 이주노동자 같은 사회적 약자들도 차별과 억압으로 인해 고통을 받기는 마찬가지이다. 차별과 억압이 있다면 그곳은 곧 아우슈비츠라고 할 수 있다. 우리가 살아가는 이 현대 사회 전체가 고통스러운 아우슈비츠일 수도 있다. 곳곳에 편재한 아우슈비츠를 시와 언어의 이름으로 고발하고, 전체주의적 권력이나 자본의 이름 아래 짓밟혔던 존재들의 모든 고통을 낱낱이 기록하는 것이 우리 시대 서정시가 떠안을 의무이다. 여기에서 고통의 치유를 위한 사회적 연대가 시작될 수 있다.

가벼워질 수 없는 죄

아우슈비츠에서 비견될 만한 사건은 우리 현대사에서도 줄곧 발생해왔

다. 한국전쟁의 살육과 참상, 민주주의를 요구하는 시민들을 향한 탄압, 위험에 노출되어 각종 재해 현장에서 목숨을 잃은 사람들 등등. 민중항쟁이 발발한 1980년의 광주의 비참한 죽음을 비롯해, 군사정권 아래에서 인권을 유린당한 채 죽어간 수많은 사람이 있다. 아우슈비츠의 현실은 우리에게도 재연되었고, 또 언제든지 우리 자신의 현실로 도래할 수 있다. 김중식의 시 '어제가 가도 오늘은 오지 않고'는 1980년대의 시대적 참상과 아픔을 담아낸 작품이다.

초대받아 가는 길, 숲속에서 한 친구가 늦여름
굶어죽었다 죄로부터 가벼워지고 싶다, 라고
나무 밑동에 손톱 글씨를 새겨놓았다 푸른 숲
자기 죄를 모르면서 턱없이 구타당한 뒤
자기 대가리를 산산조각 박살낸 군대 친구는
울고 싶은데 울지도 못하게 한다, 라고 수첩 일기를
적었다 늦여름, 숲 속에 숨어서 울다가 들켜서
더 맞았다고 편지를 보내왔으며 제발 목숨만
살려만 주면 죽어지내겠다고 샛별서점 주인은
남산 대공분실에서 서약서 쓰고 귀가하자마자
앓았다 눈에서 샛별이 떨어졌다 아프게 살
용기 없는 자 죽을 것, 이라고 누이는 위험 수위의
한강물 위로 떠올랐으며 가난한 시인이 심야에
먹은 것을 토하다 숨막혀 죽었다 신림극장 앞
몇몇이 용병 교육 반대를 외치며 분신 자살할 때
절대 다수는 전방 입소하러 망우리 공동 묘지로
교련복 입고 사열 종대로 자진 집합했다 거부하던

죽음보다 개죽음이 있을까 우리 외삼촌은 월남에서
일부의 손톱과 머리키락만 외갓집으로 보내졌다
한다, 석가 탄신일, 분수대 뒷건물, 신은 자살했다
세상은 공포였으므로 무더기로 태어난 아이들은
막무가내 발버둥쳤다 세상을 향한 첫마디는
절규였다 우는 것이 숨쉬는 것이었다 통곡하는,
통곡하는 것이 숨쉬는 것이었다 초대받아 가는 길
그 옆 숲속에서 한 친구가 숨쉬지 않다가 숨막혀
죽던 날 분수대 뒷건물, 총구 앞에서 쓰러져준
그들의 떼죽음은 자살이었다 죽음으로부터
도망가지 않은 사람들이 죽고 나자 어제가 가도
오늘은 오지 않았다 죄는 가벼워지지 않았다
(김중식, '어제가 가도 오늘은 오지 않고' 전문)

이 작품은 '가라는 대로 가면, 화살표를 따라가면 부고(訃告)의 담벼락과
전봇대를 따라가면 초상집이었다.'라는 긴 부제가 달려 있다. 강압적 통제
와 감시를 나타내는 '화살표'와 곳곳에 편재하는 죽음을 가리키는 '부고'나
'초상집'은 실제로 이 작품을 관통하는 죽음 모티브를 예고한다. 이 부제의
알레고리 그대로 이 작품에는 1980년대 우리 사회가 겪어낸 수많은 죽음
이, 죽음의 사건이 담겨 있는 것이다. 잊힐 수 있었던 죽음의 사건들은 그
죽음을 기억해낸 화자의 의식 속에서 서로 중첩되어 '떼죽음'이라는 의미
망을 형성한다. 폭력의 세기, 혹은 광기의 시대라는 의미망 말이다.

이 작품에서 서사의 출발점은 '한 친구'의 죽음이다. 그의 죽음은 자살로
기록되는 죽음이다. 하지만 그것은 명백한 타살이라는 진실을 은폐한, 자
살을 위장한 타살이다. 실제로 친구의 죽음은 그 근저에 '죄'의 문제가 자

리 잡고 있다. "죄로부터 가벼워지고 싶다"라고 유언을 기록한 '손톱 글씨'를 보라. 친구가 벗어나고 싶었던 '죄'는 과연 무엇일까? 죄 때문에 자살한 이를 타살로 기억해야 할 이유는 무엇인가? 그것은 '한 친구'가 자신의 '군대 친구'가 죄 없이 죽어가는 것을 방관한 죄, 그리고 뒤늦게 타인의 죽음에 대해 일말의 책임을 떠맡으며 느껴야 했던 죄이다. 타인의 죽음은 이처럼 윤리적 책임을 환기한다.

타인의 고통 앞에서 무력했던 그 사실을 '죄'로 느꼈던 시대. 그 시대를 살아냈던 화자는 '샛별서점 주인'이 당한 인권 유린, 고통의 시대에 참여할 용기 없음을 탓하며 스스로 한강에 몸을 던진 '누이', '가난한 시인'의 죽음과 젊은 학생의 '분신자살' 같은 일련의 죽음들을 차례대로 기록한다. 그리고 그 죽음들은 멀리는 월남 파병을 나갔던 외삼촌의 죽음, 가까이는 '석가탄신일, 분수대 뒷건물'의 '떼죽음'에 연결되어 있음을 깨닫는다. 특히 화자는 광주에서의 떼죽음이 명백한 타살임에도, 시민들 스스로 선택한 '자살'이었다고 규정한다. 새벽 공기를 가르는 장갑차와 헬기 소리 앞에서, 중무장 군인들의 행진 소리 앞에서, 임박한 죽음의 공포 앞에서 그들은 피하지 않고 의연히 죽음을 선택했기 때문이다.

광주에서 차가운 침묵의 새벽 공기를 가르며 전해졌던 그 간절한 호소를 떠올려 보라. 그 호소는 살아남은 자들이 평생 떠안고 살아가야 했던 윤리적 요청이었다. 그것은 씻을 수 없는 죄에 연결되는 것이기도 했다. 정확하게 그때, 시간은 멈추었다고 화자는 말하고 있지 않은가. "죽음으로부터/도망가지 않은 사람"의 죽음은 법적 형식으론 타살이지만 실제로는 '자살'이다. 앞서 언급한 '한 군대 친구'의 죽음, 즉 법적 형식으론 자살이지만 실제로는 타살인 죽음과 대비되는 죽음이라 할 수 있다. 문제는 '누가' 과연 그들의 죽음에 대해, 그 죄에 대해 책임을 질 것인가 하는 점이다. 오랜 시간이 흐른 후 광주의 죽음에 대한 법적인 단죄—김영삼 정권에서 이루어졌던—는 일단락되었지만, 정치적 단죄는 여전히 계속되어야 한다.

시대의 고통과 죽음을 강요한 이들 중에서 그 책임을 인정한 이는 아무도 없었다. 참회와 속죄는 죄를 실제로 지은 자가 아니라, 죽음에 함께 하지 못한 것을 자신의 죄로 느낀 자들의 몫으로 맡겨졌다. 그 책임을 대신 떠맡은 사람들에게 시간의 흐름이나 역사의 진행은 결코 없었다. 화자의 말에 따르면 "도망가지 않은 사람들이 죽고 나자 어제가 가도/ 오늘을 오지 않았다"라는 것이다. 물리적 시간은 무의미하게 흘러가지만, 의식 속 시간은 끝내 떼죽음의 순간에 고정되었으니 말이다. 마치 '죄는 가벼워'질 수 없음을 선언하는 듯이 말이다. 가벼워질 수 없는 죄의 영원한 형벌을 운명처럼 품고서 1980년대의 청춘들은 그렇게 시대를 가로질러 갔다.

김중식 시인의 기록을 통해 호명된 이들의 그 비장한 고통과 죽음은 궁극적으로 국가 폭력의 문제를 제기한다. 국가 권력은 신민(혹은 국민)된 주체들을 소환하고, 국가의 이름으로 명령한다. '가라는 대로' 가고, "화살표를 따라가"라고 말이다. 하지만 그 명령은 국민 주체로서 소환된 이들을 끝내 죽음으로 인도한다. 담벼락과 전봇대에 붙어 있는 '부고(訃告)'의 화살표를 따라가면 나오는 초상집처럼, 국가 권력의 지시를 좇는 사람들은 아감벤이 말했던 그 벌거벗은 생명이 되어 죽음으로 내몰린다. 존재의 모든 가능성을 빼앗긴 채 비존재로 전락하는 것이다.

고통과 죽음을 강요하는 사회, 그것을 은폐하는 사회에서는 죽음이 편재한다. 우리가 살았던 1980년대가 그러했다. 이 시대에 우리는 '신'이 존재한다는 믿음을 지켜낼 수 없었다. 니체의 선언에 빗대어 "신은 자살했다"라고 선언해야 했다. 부당한 죽음을 두고 침묵했던 신을 다시 찾을 수는 없었다. 그러니 "세상은 공포"였고, 그 공포 앞에 발가숭이로 내던져진 '아이들'은 막무가내로 발버둥 칠 수밖에 없었다. 무섭다고, 살려달라고 아우 성치면서 말이다.

하지만 이 아이들의 공포나 절규는 누구에게도 온전히 전달되지 않았다. '통곡'하지 않으면 숨 쉴 수 없는 세기의 고통 속에서, 살아 있음을 증명할 수 있는 방법은 이제 '더 이상 살아 있지 않음'을 계속해서 증언하는 것뿐 이었다. 존재는 비존재와, 삶은 죽음과 교환된다. 그런 죽음 앞에서, 결코 가벼워질 수 없는 '죄' 앞에서, 우리는 타인의 죽음 앞에서 침묵했던 죄를 고백하지 않으면 안 된다. 김중식의 시는 그런 죄를 우리 앞에서 고통의 언 어로 선언하고 있는 셈이다.

광주(光州), 또 다른 아우슈비츠

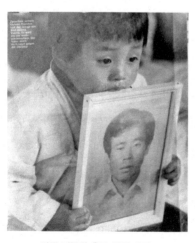

광주 민주화 운동 관련 사진1

다시 광주로 돌아가 보자. 그 치 유할 수 없는 고통의 시간을 회상 해 보자. 여기 한 장의 사진이 있다. 아버지 영정을 두 손으로 받쳐 품에 안은, 사진틀 위에 턱을 고인 그 무 표정한 얼굴과 눈빛의 소년 말이다. 그는 아버지 죽음이 지닌 정치적 함 의를, 아니 그 죽음의 이유조차 모 른다. 앞으로 소년 자신에게 펼쳐질 현실은 어떠할지 짐작할 수조차 없다. 이 순진무구한 눈빛은 아버지의 죽음에 대해 그 어떤 슬픔도 표현하지 않는다. 그래서 더 슬프다. 그 순진무구함이 죄는 아닐 것이다. 죄는 그 천진한 눈빛을 응시할 수 없는 우리 자신의 몫이다.

여기 사진이 하나 더 있다. 어디선가 날아든 유탄에 죄 없는 아내의 목숨을 잃은 남편이 남긴 묘비명이다. "여보 당신은 천사였소. 천국에서 다시 만납시다." 이 묘비명은 죽은 이의 죽음에 관해 어떤 정보도 담지 않았다. '천사'로 지칭되는 아내가 언제, 어떻게, 왜 죽었는지/죽어야 했는지에 대해 남편은 어떤 증언도 남기지 않았다. 그러니까 이 묘비명은 '당신을 사랑한다.'라는 그 마음을 메타포로 표현하는 것 말고는 도저한 침묵을 선택한 셈이다.

광주 민주화 운동 관련 사진2

'천사'의 남편은 왜 침묵을 선택했을까. 어쩌면 누군가 그에게 침묵을 강요했을 수도 있다. 그 시대는 그런 시대였으니 말이다. 아파도 아프다고 말하지 말 것, 싫어도 싫다고 말하지 말 것, 시키는 대로 행동하고 알려주는 대로 알고 있을 것. 권력이 강요하는 이런 침묵들도 있었다. 하지만 남편이 선택한 침묵은 강요된 침묵을 초과하는 지점에 있다. 그의 침묵은 침묵을 지키는 것 외에 어떤 방법으로도 슬픔을 표현할 길이 없었던 이가 선택한 침묵이다. 진정한 고통은 결코 "말할 수 없는" 것이다. 우리는 그런 고통 앞에서 언어(말)를 잃게 된다.

침묵의 언어는, 고통을 재현하려고 하는 그 어떤 언어보다 더 큰 고통을 환기할 수 있다. 묘비명이 가리키는 침묵의 유일한 수신자는 '천사'로 빗대어진 죽은 아내이다. '천사'는 남편의 침묵에 담긴 슬픔의 크기, 사랑의 크기를 진정으로 이해할 수 있는 거의 유일의 존재이다. 그녀의 주검은 이 묘비명과 함께 그 죄 없는 죽음 가운데서 '천사'로 화려하게 부활한다. 그리고 '천국에서의 다시 만남'이란 기약 속에서, 남편의 슬픔을 거둬들일 것이다. 침묵 속에 이루어지는 이 엄청난 슬픔의, 사랑의, 간절한 믿음. 어떤 요설(饒舌)보다 광주의 고통을 간명하게 알려주는 언어의 절제. 이 묘비명에는 시 이상의 시가 있다. 서정시를 넘어서는 서정시가 있다.

1980년 5월 광주에서 우리가 경험했던 '죽음'은 '아우슈비츠'의 죽음에 필적하는 사건이다. 사실 광주의 '죽음'은 80년대를 관통하여 지금에 이르기까지, 그 죽음을 기억하는 모든 이의 삶을 짓눌러 왔다고 해도 과언이 아니다. 죽음을 목격한 이들의 내면에 자리 잡은 공포나 죄의식과 함께 이 죽음은 고통에 대한 기억을 계속 재생산한다. 그 죽음은 서정시는 물론 한 시대의 문화와 예술 전 영역의 향방을 결정짓는 지배적 심급이었다.


으깨어진 구백 아흔 아홉 개의 눈


이제 김중식의 시보다 훨씬 더 알레고리적 함의를 갖는 죽음과 고통에 대해 살펴보는 일이 남았다. 이성복의 시로 나아가는 것이다. 이성복 시를 읽는 작업은 고통스럽다. 그는 실재와 환영, 현실과 초현실을 자유롭게 넘나들며 비의로 휩싸인 시의 언어를 직조한다. 상징 혹은 알레고리로 짜이는 그의 언어는 고통의 직물을 펼쳐 보인다. 그 직물을 이루는 재료는 수없이 자잘한, 그러나 결코 간과할 수 없는 존재들의 피 흘림이다. 육체의 고통과 정신의 고통, 나의 고통과 타인(가족, 혹은 이웃)의 고통, 있음(존재)의 고통과 없음(비존재)의 고통이 날 재료로서 함께 모여 이성복의 시를 '고통의 텍스트'로 구성하는 것이다.

하지만 고통의 날 재료들은 이성복의 시 텍스트로 짜여 들어가는 그 순간 개별적 형상을 모두 지운다. 고통의 희미한 흔적이나 자취만 남는 것이다. 하지만 흔적과 자취만으로도 충분하다. 시인의 의식과 무의식을 만나면서 그 흔적과 자취는 새로운 고통으로 되살아나기 때문이다. 어쩌면 우리는 이성복의 시에서 고통의 온전한 형상을 재구성해내지 못할 수 있다. 고통의 흔적과 자취들이 어우러져서 새로운 고통의 장강(長江)을 이루고 도도한 물결로 굽이쳐 흘러내리기 때문이다.

첫 시집 『뒹구는 돌은 언제 잠 깨는가』(문학과 지성사, 1980) 이래 이성복의 사십 년 넘는 시 창작 여정에서 핵심을 이루는 화두는 '고통'이다. 어떤 희망이나 구원도 신뢰하지 않겠다는 듯 집요하게 천착하고 있는 고통의 테마는 『아, 입이 없는 것들』(2003)을 거쳐 지금까지 이어지고 있다. 하지만 그의 시는 고통의 초극을 가장하지 않는다. 이런 점에서 그는 여전히 '젊은' 시인이다. 일말의 위안도 주지 않겠다는 듯 고통만을 응시하는 그는 여전히 우리에게 수많은 외침을 쏟아낸다. 시인 이성복은 아직도, 여전히 고통의 언어에 머물러 있다. 이런 점에서 그는 고통 자체를 즐기는 마조히스트 같다. 하지만 그 멈추지 않을 고통에 동참하도록 독자에게 강요한다는 점에서 그는 사디스트일 수도 있다. 다시, 문제는 고통을 응시하는 일이다. 시 '천국의 입구'를 통해 그가 그려낸 고통의 한 양상을 살펴보자.

1

그는 천 개의 눈을 가졌다 구백아흔아홉 개의 눈은 덤프트럭 바퀴에
으깨어졌다 한 개의 눈은 그 모든 참사를 확인하도록 남겨졌다 그는 천
개의 눈을 가졌다 일천의 사람들의 고통은 그의 고통이었다 그의 고통
은 일천의 사람들의 고통이 아니었다 뒤집힌 그의 눈에선 막 끓여낸 라
면 냄새가 나고, 급히 마른 김 비벼 넣는 소리도 들린다 그의 고통은 남
의 고통이 닿을 때 비로소 끓는 속이 된다

2

삼월인데 땅속 보리싹이 올라오지 않았다 검게 죽은 땅이 아스팔트
처럼 굳어 있었다 그래도 하루하루 낚시찌 같은 날들이 떠올랐다 또 가
라앉았다 우리는 무슨 거대한 통의 내부에 들어 있었다 언젠가 통 전체
가 뜨겁게 녹아내릴 것 같았다 때로 술 취한 사내들이 죽은 아이를 안
고 찾아와 네가 뿌린 씨앗이니 거두라고 했다 지쳐 잠들면 죽은 아이가
머리를 쥐어뜯으며 깨우기도 했다

3

어젯밤 후배 하나가 다른 후배의 배를 칼로 찔렀는데 피가 안 나왔다
아마 여자 때문인 것 같았는데, 나도 그 여자를 사랑한다는 생각이 들었
다 그 여자와 나는 산속으로 도망치기 시작했다 산골짜기마다 젖가슴
을 늘어뜨린 여자들이 남자 배 위에서 뒷물을 하고, 또 얼마 만인가 나
는 마른 개울바닥에 엎드려 조금 남은 흙탕물을 빨대로 빨고 있었다 지
나가던 등산복 차림의 사내들이 천국의 입구냐고 물었다
　(이성복, '천국의 입구' 전문)

시 '천국의 입구'에는 과연 천국의 입구가 실제로 그려지고 있는가. '등

산복 차림의 사내들'의 물음으로 언급되고 있는 '천국의 입구'가 이 작품에 그려진 세계의 풍경과 어울리지 않는다는 것은 분명한 사실이다. 이제 그로테스크한 언어와 상상력을 좇아서, 그리고 화자가 짜낸 언어라는 직물의 섬세한 결을 어루만지면서, 시인이 그려낸 고통의 숨결을 함께 느껴보자. 개별적 형상과 그 원천이 안개 속에 모호하게 가려진 상태에 있는 고통, 현실 속 실제 사건을 곧바로 대응시키기 어려운 그 고통의 정체를 찾는 것은 그 자체가 모험이지만 말이다. 외관상 연작 형태를 취한 산문시 '천국의 입구'의 모든 장면을 관통하는 모티브는 고통이다. 각 장면이 일관된 서사를 완성하는 것도 아니고, 통일적인 이미지가 형성되는 것으로 보기도 힘들다. 하지만 각 장면을 구성하는 언어적 직물은 하나의 테마, 즉 고통의 체험을 가리키고 있다.

고통 모티브를 분석하기 위해 편의상 '장면 2'부터 논의를 시작하자. '장면 2'의 핵심 모티브는 불모(不毛), 혹은 불임(不姙)이다. '삼월'인데도 올라오지 않는 '보리싹'에는 죽음 이미지가 함축되어 있다. 그 보리 씨앗은 싹을 틔울 수 없는 곳에 뿌려진 것이니 말이다. 그 '곳'은 고통의 현실로서 아스팔트처럼 '검게 죽은 땅', 언젠가 뜨겁게 녹아내릴 '거대한 통의 내부'라는 표현으로 그려지고, 이는 다시 '죽은 아이'의 심상으로 연결된다. 새 생명을 품어서 발현시켜야 할 '씨앗'은 이미 뿌려졌지만 끝내 싹을 틔울 수 없는 상황이라 할 수 있다.

이제 싹이 틔워내지 못하는 씨앗은 '죽은 아이' 모티브로 연결된다. '죽은 아이'라는 존재는 뜨겁게 녹아내릴 듯한 '거대한 통의 내부'에서 절멸의 위기를 맞은 화자에게 윤리적 책임을 요청한다. 간접인용으로 제시되는 '네가 뿌린 씨앗이니 거두라'는 타자의 발화에 그 요청이 함축되어 있다. '죽은 아이'가 과연 실제로 화자의 아이인지는 중요하지 않다. '아이'의 죽음을 자기 몫으로 받아들이지 않으면 안 되는 윤리적 요청이 있는 까닭이다. 윤리적 차원에서 볼 때 '아이'의 죽음은 그 책임이 '씨앗'을 뿌린 화자에게 있다. 다만 이 씨앗 뿌리기는 생물학적 차원을 상회하는 행위이다. 화자 자신을 포함하여 '술 취한 사내들'에 이르기까지, '거대한 통'에 사로잡힌 사회 구성원 모두 그 고통스러운 세계에 대해 함께 책임을 떠맡아야 한다. "네가 뿌린 씨앗"을 책임지라는 '술 취한 사내들'의 요청은 그래서 정당하다. "지쳐 잠들면 죽은 아이가 머리를 쥐어뜯으며 깨우기도 했다"는 진술은 자기에 부과되는 윤리적 책임에 사로잡혀 어찌할 줄 모르는 화자의 모습을 보여준다. '죽은 아이'는 화자에게 윤리적 책임을 요청하는 타자의 얼굴이었던 셈이다.

타자의 고통을 자신의 고통으로 받아들이는 윤리적 주체는 '장면 1'에서도 확인된다. '장면 1'은 '눈'의 심상을 동원한다. '천 개의 눈'을 가졌지만 '구백 아흔 아홉 개의 눈'을 모두 빼앗긴 후 이제 '한 개의 눈'만 가진 사나이가 있다. 이 사람에게 '한 개의 눈'이 남겨진 까닭은 '참사'의 확인을 위해서라고 한다. 물론 참사가 가리키는 사건은 특정할 수 없다. 객관적으로 벌어진 사건이 아니기 때문이다. 맥락상 그것은 '구백 아흔 아홉 개의 눈'이 "덤프트럭 바퀴에 으깨어"지는 고통일 수도 있다. 이때 '한 개의 눈'은 자기 몸의 고통을 자기 눈으로 응시해야 하는 화자의 고통을 환기한다. 자기 고통을 응시하는 것 자체는 분명 참사라 할 만하다.

이제 상상력을 더 확장해 보자. 눈의 본래 기능은 외부 대상을 보는 것이다. 이런 눈을 통해 '참사'는 비로소 실제의 참사로 확정될 수 있다. 그러니까 '한 개의 눈'으로 인해 사내에게는 '구백 아흔 아홉 개의 눈'이 짓밟히는 그 거대한 참사를 증언할 의무가 부여된다. 자신이 겪는 고통의 증인이 됨으로써 사내는 자신을 고통받는 주체로서 정립하게 되는 것이다.

하지만 참사의 구체적 함의와 눈의 기능은 다른 방식으로 설명될 수 있다. '참사'가 화자의 으깨어지는 눈이 아니라 '일천의 사람들의 고통'을 가리키는 것으로 볼 수 있다면 말이다. 그리고 하나 남은 눈은 '일천 사람들의 고통'을 바라봐야 하는 고통을 감내하는 눈이 된다. 이때 '그'는 그 모든 참사를 목격하고 기록하는 주체로서, 타인과 나눠가질 수 없는 고통으로 인해 신음하는 존재가 된다. "그의 고통은 일천의 사람들의 고통이 아니었다." 다만 '그'는 "일천의 사람들"의 고통을 증언할 위치에서, 그 고통을 홀로 자신의 고통으로 받아들일 윤리적 주체로 정립되는 것이다.

물론 '그'는 '구백 아흔 아홉 개의 눈'을 잃었다고 핑계를 댈 수 있다. '한 개의 눈'만이라도 지켜내려고 질끈 눈을 감아버리는 것이 그 방법이다. 타인의 고통에 대한 응시는 자기 고통에 대한 응시만큼 고통스러운 일일 것이다. '그 모든 참사'를 응시하는 '뒤집힌 그의 눈'에서 풍겨 나올 '막 끓여 낸 라면 냄새'와 '김 비벼 넣는 소리'를 떠올려 보라. 그 고통의 크기를 헤아려 보라. 하지만 '그가' 고통받는 존재들의 일원으로서, 그 고통의 증인으로서 거듭나는 그 순간, 이제 그는 '고통'을 초극할 새로운 가능성을 가지게 된다. "그의 고통은 남의 고통이 닿을 때 비로소 끓는 속이 된다."라는 진술은 그 가능성을 함축하고 있다.

'끓'는다는 것은 일차적으로 고통의 증폭을 가리킬 수 있다. 하지만 비유컨대 물은 끓어오름으로써, 끓기 이전의 물과는 다른 새로운 차원의 물이 된다. 새로운 존재 가능성이 열리고, 고통의 승화가 이뤄지게 되는 것이다. 고통받는 존재의 '끓는 속' 역시 마찬가지이다. 속이 끓는다는 것은 일차적으로 분노의 감정을 가리킨다. 이 분노가 임계치를 넘어서면 새로운 가능성이 열리게 된다. 끓는 물이 위험(혹은 불온)한 것처럼, '끓는 속' 역시 위험(혹은 불온)하다. 하나(혹은 천)의 존재가 새로운 존재로 거듭날 가능성을 얻으니 말이다. 더 이상 억누를 수 없는 고통, 그 고통의 극점에서 고통의 주체들은 이제 서로가 서로에게 증인이 되어 주고 하나의 고통으로 함께 아우러질 수 있다. 그 모든 고통이, 또 고통받는 존재가 함께 아우러지는 축제. 이 축제는 얼마나 불온하고 위험한 것인가. 그 축제는 '참사'를 넘어서서 어떤 윤리적 실천을 완성할 것이니 말이다.

이제 그로테스크한 상상력의 극치를 보여주는 세 번째 단락을 살펴보자. 이 장면에 등장하는 사건들을 시간 순으로 정리한 후 설명하면 다음과 같다.

사건 1 – 후배 하나가 다른 후배의 배를 칼로 찔렀다.
사건 2 – 나는 여자와 산속으로 도망친다.
사건 3 – 산속에 도착한 나는 개울 바닥에 엎드려 물을 마신다.
사건 4 – 등산복 차림의 사내들이 나에게 묻는다.

사건 1: 그런데 이상하게도 칼에 찔린 자에게선 피가 나오지 않았다. 이 사건은 논리적으로 모순이다. 칼에 찔린 배에서 피가 나오지 않을 수 없기 때문이다. 왜 이런 모순이 발생하는가. 그것은 '사건 1'이 실제 발생한 사건이 아니라, 화자가 꿈속에서 목격한 사건이기 때문이다. 그러니 이제부터 발생하는 사건들은 모두 꿈속의 사건이 되며, 사건들 사이에 논리적 연속성은 요구되지 않는다. 배를 찌른 행위가 "아마 여자 때문인 것 같았"다는 판단 역시 꿈을 꾸고 있는 이의 생각이 투영된 것에 지나지 않는다. 이렇게 등장한 '여자'는 이제 꿈속의 '나'가 사랑하는, 아니 '사랑한다'라는 생각을 품게 됨으로써 비로소 사랑의 대상으로 정립되는 존재이다. 그러니까 그 여자 자체가 꿈속의 존재에 지나지 않는다.

사건 2: 화자가 꿈속에서 도망을 쳤던 이유는 무엇인가? 꿈의 논리를 따르자면, 선배와 후배의 싸움은 한 여자에 대한 양립 불가능한 사랑 때문이다. 화자가 이런 여자를 사랑한다면 그것 자체로 같은 사건(칼로 찌르기)을 발생시킬 수 있다. 이를 예상한 꿈속의 화자는 위기에서 벗어나기 위해 무작정 도망을 치게 된 것이다.

사건 3: 산속으로 도망치는 일은 숨 가쁜 일이었을 것이다. 갈증 때문에 물을 찾을 수밖에 없다. 하지만 '조금 남은 흙탕물' 외엔 갈증을 해소할 물을 찾을 수 없다. 깊은 산속 계곡임에도 황당하게도 흙탕물만 조금 남아있다니 말이다. 이런 논리적 모순은 칼에 찔린 배에서 피가 나오지 않는 모순의 연장선에서 이해될 수 있다. 세부의 디테일 모두가 꿈속의 사건이나 정황일 뿐이다.

여기서 먼저 화자가 도착한 '산'의 공간 이미지를 살펴보자. 산은 '칼'의 위험을 피할 수 있는 사랑의 도피처이다. 여기서 칼은 일종의 법적, 제도적 장치의 표상일 수도 있고, 외적 강제나 폭력의 물리적 수단일 수도 있다. 어쨌든 꿈속의 화자에게 자유로운 사랑을 가로막는 위험물, 혹은 금제의 표상이다. 하지만 여전히 꿈속 세계가 아닌가. 허용되지 않을 사랑의 실현을 위해 화자는 칼의 위험에서 벗어나려 산을 향했다. 그리고 그 사랑은 주체할 수 없는 관능적인 육체의 욕망으로 이어진다. 꿈은 리비도가 마음껏 표출되는 곳이 아닌가. 산은 모든 금기, 제도적 속박을 벗어난 육체적 욕망이 향연을 펼치는 곳이다. 산골짜기에 있는 '여자들'의 모습이나 행동 역시 화자의 리비도적 욕망이 빚어낸 환영이라 할 수 있다.

이제 "산골짜기마다 젖가슴을 늘어뜨린 여자들이 남자 배 위에서 뒷물을 하고"라는 진술을 구체적으로 살펴보자. 이 세부 장면을 단순화하면 '산골짜기마다 계곡물이 흐르고 있다.' 정도로 정리될 것이다. 산골짜기는 일종의 틈이자 접점이다. 산골짜기는 산봉우리들을 갈라놓으면서 또 이어 준다. 그 틈과 접점으로 물이 모여 흐르고 계곡이 형성된다. 이런 풍경 요소는 이제 화자의 리비도와 만나면서 성적 이미지를 얻게 된다. 산은 결국 여자의 육체에 대한 메타포였다. 여자의 젖가슴은 산봉우리를, 계곡은 여성의 숨겨진 신체를 가리킨다. 끝내 화자는 산속에서 욕망의 대상으로서 여성의 육체를 목격하게 된 것이다. 그러니 갈증을 느낀 화자가 '빨대'로 마시는 흙탕물 역시 성적 이미지(혹은 성행위)로 해석될 수 있다. 결국 '사건 3'은 산의 공간 이미지와 여성의 육체 이미지를 은유로 결합하여 화자의 리비도적 욕망을 현시하는 사건으로 해석할 수 있다.

사건 4: '사내들'은 고통을 수반하는 열락에 빠진 화자의 꿈속에 우연히 등장하는 인물들이다. 그러니 그 사내들은 어떤 현실 연관성도 갖지 못하는 존재이다. 이들이 화자에게 건네는 발화(즉 물음) 역시 현실과 자연스럽게 연결되기 어렵다. 화자의 꿈속에서 왜 이런 사건 조합이 발생하는 것일까? 그것은 육체의 교합에 대한 욕망, 혹은 화자가 갈망하는 사랑에 대해 금제(禁制)의 언어가 작동하기 시작했음을 보여준다.[5] '흙탕물'을 마시는 (성적) 행위가, 그리고 그런 행위의 대상인 여성의 몸이 과연 진정한 의미의 '천국'을 열어줄 것인가에 대한 자의식이 개입하는 것이다.

---

5  꿈속의 화자를 바라보는 등산객의 시선은 결국 그 화자를 바라보는 현실 속 화자의 시선이라고 할 수 있다. 자기반성의 윤리적 회로가 작동한 결과로서 꿈속에 사내들이 등장한 것이다.

물론 그런 자의식은 이미 '흙탕물' 이미지에 내포되어 있었다. 맑고 깨끗한 물이 아니라 더러운 흙탕물이라는 것. 그것은 리비도에 사로잡힌 사랑은 진정한 사랑일 수 없다는 생각을 함축한다. 타자의 시선이 개입한 결과이고, 사회적 금기가 작동한 결과이다. 여기서 '등산복 차림'이란 시어의 의미가 중요하다.

화자가 도피한 산속이 과연 '천국의 입구'인가를 물은 '사내들'은 '등산복 차림'이다. 산을 오르는 자라면 의당 갖춰 입을 옷이다. 화자는 미처 등산복을 갖추지 못한 채 산으로 도피하였다. 게다가 그는 성적 환영 속에서 그야말로 벌거벗은 몸일 것이다. 꿈속에서 본 여자들 역시 마찬가지이다. 이제 등산복으로 가린 몸은 적나라한 욕망에 사로잡힌 화자나 여자들의 벌거벗은 몸과 대비된다. 등산복은 격식이고 제도이며 문화이다. 리비도적 충동에 대비되는 윤리적 금기의 표상이다. 그러니 '등산객'은 화자가 꿈(환영)의 거짓됨, 혹은 욕망의 미망에서 벗어나는 계기가 된다고 볼 수 있다. '나'는 등산복 차림의 사내들이 건넨 물음을 듣고서야 비로소 자신이 천국으로 착각하고 탐닉하는 그 갈라진 틈이 결코 '천국의 문'이 될 수 없음을 깨닫게 된다. 그리고 자신이 마시고 있던 계곡물이 '흙탕물'에 지나지 않음을 재차 깨닫고 헛된 꿈을 멈추게 되는 것이다.

결국 '사건 4'는 윤리적 시선의 회복을 가리킨다. 화자가 떠올린 윤리적 시선에 의하면 결국 이 시가 그려내는 고통은 미해결의 장으로 남는다. 해결될 수 없는 고통을 안고 살아가는 것, 오로지 꿈속에서만 상상적으로 고통 없는 열락을 잠시 맛볼 수 있다는 것이 화자가 품은 생각일 것이다. 물론 부조리한 세계를 살아가는 인간은 참다운 실존을 회복하기 위해 모순된 현실에 맞서 싸워야 마땅하다. 하지만 그런 항거가 전혀 불가능한 현실도 있지 않은가. 화자는 부조리한 시대 현실이 부과하는 고통을 끝내 벗어날 수 없다는 불행한 예감에 사로잡힌 존재인 것이다.

이성복의 시 '천국의 문'에서 화자는 부조리한 세계 바깥으로 끝내 탈주하지 못한다. 게다가 화자는 금제와 금기의 언어로 되돌아온다. 고통은 해소되지 않으며, 환영은 처절하게 부서진다. 고통은 끝까지 감내해야 한다는 것, 그것이 진정한 윤리라는 것을 보여주겠다는 듯 말이다. 이성복 시인이 고통의 시인으로 기억되는 이유가 여기에 있을 것이다.

고통의 윤리, 사랑의 윤리

이성복의 시는 -상투적 표현을 용서한다면- 힘이 세다. 그는 고통의 완전한 해소, 혹은 초극에 대해 말하지 않는다. 고통받는 존재는 위로를 원하게 마련이다. 고통을 회피하거나 벗어나고 싶어 한다. 고통 없는 세계로 나가려는 것이다. 고통 없는 세계에 대한 욕망, 그런 세계에 대한 환영을 그려내는 것이 바로 시와 예술의 존재 이유가 아니겠는가? 하지만 이성복의 시는 고통이 초극된 세계에 대한 환영을 쉽게 허락하지 않는다. 그런 세계를 실재인 양 재현하지 않는다. 다만 모든 고통을 관통해서 고통의 궁극까지 나아가는 가운데, 스스로 고통을 껴안는 방식으로 고통을 넘어서려 할 뿐이다. 그것은 가능하게 하는 것이 바로 '사랑'이다.

오래 고통받는 사람은 알 것이다
지는 해의 힘 없는 햇빛 한 가닥에도
날카로운 풀잎이 땅에 처지는 것을

그 살에 묻히는 소리 없는 괴로움을
제 입술로 핥아주는 가녀린 풀잎

오래 고통받는 사람은 알 것이다
그토록 피해 다녔던 치욕이 뻑뻑한,
뻑뻑한 사랑이었음을

소리 없이 돌아온 부끄러운 이들의 손을 잡고
맞대인 이마에서 이는 따스한 불,

오래 고통받는 이여
네 가슴의 얼마간을
나는 덥힐 수 있으리라 (이성복, '오래 고통받는 사람은' 전문)

이 시의 화자는 고통과 치욕을 피하지 않고 받아들이는 일의 중요함을 일깨운다. 그 고통과 치욕 속에서 '뻑뻑한 사랑'을 발견할 수 있다고 여기기 때문이다. 여기서 '풀잎'의 심상이 등장한다. 날카로운 속성을 지닌 풀잎이지만 '힘없는 햇빛 한 가닥'에도 고개를 숙이는 풀잎. 날카로움을 자랑하는 풀잎으로선 고개를 숙이는 것 자체가 치욕일 수 있다. 그런 풀잎이 이제 치욕을 감내하는 이유는 무엇인가? '살에 묻히는 소리 없는 괴로움'을 겪는 존재들을 가려주고 핥아주어야 하기 때문이다. 스스로 치욕을 감내하면서까지 고통받는 타자와 함께하려는 존재가 바로 '풀잎'이다.

타자의 고통을 함께하는 일을 화자는 '사랑'이라고 표현한다. 서로 사랑하는 사람들이 맞댄 '이마'에선 '따뜻한 불'이 일어난다. 사랑의 불 말이다.

그러니 사랑은 고통의 구원에 대한 다른 이름이라 할 만하다. 시인은 여기서 사랑의 위대함에 대해 말하고 있다. 그 말에는 고통받는 타자(이웃)와의 사회적 연대라는 윤리적 선언까지 함축된다.

윤리적 요청에 부응하는 사랑이란 그런 것이다. 그 사랑은 증명의 대상이 아니라 선언의 대상이다. 어떤 구속도 없이 주체가 그렇게 선언하고 실천하면 그만이다. 고통받는 사람끼리 서로 '이마'를 맞대고 '따스한 불'을 켜는 그 '사랑' 속에서, 우리는 고통과 치욕을 넘어서고 상처 입은 영혼을 치유할 가능성을 발견한다. 그리고 그 가능성을 선언하면 그뿐이다. 그 사랑 속에서, 우리는 고통을 보존하면서 또 지양한다. 고통 없는 세계에 대한 환영이 없어도, 오히려 그런 환영과 싸우면서, 우리는 고통을 넘어설 수 있다.

이성복 시인이 말하듯, "오래 고통받는 사람"은 알고 있다. 고통받는 자에겐 "입이 없다"[6]는 그 사실을 말이다. 우리가 추구할 '사랑'은 결국 '입이 없는 것들'을 위해 그들의 입이 되어 주는 사랑이다. 그것이 이성복의 시에서 발견되는 고통의 윤리이자 사랑의 윤리이다. 그래서 이성복의 시는 힘이 세다.

---

6  이성복의 시집 『아, 입이 없는 것들』(문학과지성사, 2003)에 나오는 표현이다.

**제4장**　　　　　　　　　아버지와의 싸움, 그리고 그 향방

가족이란 장치

'일가(一家)를 이루다'는 말이 있다. 파생된 의미는 배제하고 말 그대로 생각해 보자. 과연 '이루다'의 행위 주체는 누구인가? 가부장제 전통이 삼투된 우리말의 관습상 그 주체로는 주로 남성이 꼽힌다. 아감벤의 용어를 빌어 말하자면 가부장제 가족은 하나의 '장치'[1]이다. 성인 남성은 가족 장치로 인해 특정한 이름의 주체로 정립된다. 남편, 아버지, 혹은 할아버지라는 지위로서 말이다. 이런 지위는 가부장제 가족 장치 안에서 명령하고 규율하는 주체로서 그 지위와 역할을 할당받고 마침내 가족 구성원들 위에 군림하는 존재로서 절대적 권위를 획득한다.

여기에 아리따운 아내와 어린 자식들을 올망졸망 거느린 남성이 있다고 하자. 한 여성의 '남편'으로서, 또 아들과 딸의 '아버지'로서 가족을 이끄는 존재 말이다. 당연히 그는 식솔을 부양하기 위해 열심히 경제 활동을 펼치

---

1　장치의 개념에 대해서는 G. 아감벤, 『장치란 무엇인가?—장치학을 위한 서론』(양창렬 역), 난장, 2010 참조.

고 있고 책임 의식도 충만해 있다. 가족에 대한 헌신으로 포장될 성실한 활동과 태도는 그 남성이 가족 내 위계에서 정점을 차지하는 이유가 되기도 한다. 그는 집을 이루는 든든한 기초이자 울타리이다. 때로 그는 가족의 입법자이자 판관이 되기도 한다. 가족 구성원들은 가장의 목소리를 받아들이고 또 그 권위를 존중하며 명령에 따라야 한다. 아내에겐 남편의 말에 순종하며 정절을 지킬 것이 요구되고, 자식에겐 아버지를 좇아 가문의 명예를 지키고 세대를 계승할 의무가 할당된다. 그런 위치에 자신을 자리매김하는 '남성' 주체여야 비로소 '일가를 이루다'는 말이 어울릴 수 있다.

야생의 동물 세계를 담은 TV 프로그램에서 접하곤 하는 힘센 수컷 사자를 떠올려 보라. 사냥한 먹이를 무리에 분배하는 방식이나 암컷을 독차지하려 혈투를 벌이는 모습 말이다. 우두머리 수컷 사자의 그런 모습과 행태는 집단의 유지나 우수한 유전자 전승을 위한 것으로 해석되지만 결국 자연의 질서나 본능의 영역에 속하는 것이다. 문화적 요소의 개입이 없이 본능에 의존하는 수컷의 지배와 독점을 향한 투쟁에는 그래서 죄가 없다. 그것은 강박이나 집착이라는 심리적 요인으로 설명될 것도 아니다. 그저 자연의 이치로 설명해야 할 것이니 말이다. 하지만 인간은 다르다.

'일가를 이루는 것'의 욕망에는 문화 원리가 내재해 있다. 가부장제라는 장치 내에서, 남성 주체에게는 일가 이루기의 욕망이 부추겨진다. 성인이 된 후에는 가족 내에서, 또 사회적 차원에서 그 욕망을 실현하도록 강요받는다. 심지어 그 실현 여부가 그 남성의 능력을 평가하는 척도가 되기도 한다. '일가'의 정점에 오르지 못한 남자는 진정한 의미의 남성일 수 없으며, 심지어 무능과 결핍의 존재로까지 여겨지기도 한다. 무리 내에서 지배권을 상실하거나 무리 바깥으로 쫓겨나는 무능한 수컷 사자 정도는 아닐지라도, 변변하게 일가를 이루지 못하는 남자는 가족이나 사회에서 주변적 존재로 취급되기도 한다. 다양한 층위에서 일가 이루기를 강압하는 사회에서는 어떤 남성도 자유롭지 못하다. 남성은 생각보다 힘이 약하다.

가부장제 전통이 여전한 우리 사회에서 남성은 일가의 주인으로 우뚝 서도록 강요된다. 여기에는 무한한 싸움이 뒤따른다. 야생 동물의 생존 싸움처럼 격렬하고 처절한 싸움이 펼쳐진다. 그 싸움에서 승리할 무기를 마련해야 한다는 이유로 수없는 남성은 혹독한 교육과 훈련에 투입된다. 태어나자마자 생존 경쟁에 내몰리는 것이다. 이 경쟁은 끝내 승자와 패자를 가른다. 물론 승자이든 패자이든 간에 피눈물을 흘리기는 마찬가지이다. 성공한 남자 역시 획득한 자리를 지켜야 한다는 강박에 사로잡힌다. 가족 구성원들에게 남편 혹은 아버지로서 계속 인정받기 위한, 또 세대를 이어 그 인정을 지속하기 위한 목숨을 건 투쟁이 거듭된다. 나약함, 고통, 갈등과 번민을 숨기는 것은 무릇 가장이 갖춰야 할 미덕으로 간주가 된다. 남성은 의연한 자세로 남편이나 아버지의 역할을 묵묵히 수행해야 하는 것이다.

그 과정에서 남편이나 아버지는 끝없는 명령과 규율을 앞세워 가족 구성원들을 억압하기도 한다. 자신이 이룬 성공을 과시하기 위해, 혹은 자신이 내몰린 실패를 감추기 위해 말이다. 어쨌든 '아버지' 혹은 '남편'으로서, 가족을 이끄는 가장으로서 자신의 권위를 인정받는 것은 쉬운 일이 아니다. 특히 제대로 '일가를 이룬' 남성 주체로서 사회에서 인정받기 위해서는 말이다.[2]

---

2  아버지란 존재에 대한 역사적, 심리학적, 문화적 고찰을 담은 연구는 우리 주변에 많이 있다. 참고할 만한 책으로는 루이지 조야, 『아버지란 무엇인가』(이은정 역), 르네상스, 2009.

이제 초점을 '아버지' 앞에 서 있는 '아들(혹은 딸)'로 옮겨 보자. 자기 의지와 무관하게 이 세상에 태어나서, 자신이 선택하지 않은 '아버지'의 또 다른 자아—정확하게 말하면 타자—로 자리매김이 된 아들(혹은 딸) 말이다. 주지하듯이 세상에 갓 태어난 아이는 아버지를 아버지로 의식하지 못한다. 적어도 아이에겐 아버지란 존재는 생존에 거의 영향을 주지 않을 잉여의 존재일 수 있다. '아이'는 어머니에게 영양을 공급받고 사랑의 손길과 심리적 안정을 느낀다. 그것이면 충분하다.

라캉[3]이 이자적 관계로 규정하는, 아이와 어머니의 유대는 아버지의 개입으로 인해 변모하게 된다. 아버지가 아이와 어머니의 유대를 끊어내는 훼방꾼으로 비치기 시작하는 것이다. 아이의 욕망 충족을 가로막은 억압과 통제의 아버지. 규율과 명령의 아버지 말이다. 끊임없이 "~을 하라/하지 마라"고 금제하는 아버지이다. 이런 아버지를 경쟁 대상으로 여기는 오이디푸스 콤플렉스 단계를 거치면서 아이는 점차 이상적 존재로서 아버지를 받아들이고, 규율과 명령의 주체인 아버지에게 자신을 맞추는 단계로 나아가게 된다. 가족 장치 내에서 아들(혹은 딸)이란 주체로 정립되는 것이다.

우리는 여전히 가부장제의 가족 질서나 전통 속에 살아간다. 그런데 가부장제의 가족 질서나 전통은 비단 가족 범주에 갇히지 않고 사회 구조 차원에서도 반복된다. 우리 사회에는 '아버지' 같은 지위나 권위를 요구하는 '은유로서의 아버지'가 수없이 존재한다. 지금-이곳의 아들(혹은 딸)들

3　자크 라캉, 「욕망 이론」 (권택영(외) 역), 문예출판사, 1994.

은 생물학적 아버지뿐만 아니라 은유로서의 아버지에 의해 겹으로 포위되어 있다.[4] 뒤집어 말하면 우리 사회의 아들(혹은 딸)들은 그런 수많은 아버지(들)와 한판 싸움을 벌여야 한다, 그 싸움의 귀결이 반드시 아버지에 대한 긍정/혹은 부정, 극복/혹은 굴복 중 어느 하나로 귀결되지는 않겠지만 말이다.

아버지의 은유는 가족, 혹은 사회의 차원에서 그 범위가 무한하게 확장될 수 있다. 가문의 창업자인 시조, 국가의 건설자인 국부, 기업의 총수, 조직의 대부(가령 조폭 집단의 우두머리) 등이 모두 아버지의 형상을 구성원들에게 요구한다. 심지어 호칭이나 지칭의 차원에서 '아버지'란 말이 은유로 활용되기도 한다. 우리는 수많은 '아버지'가 중첩된 공간에 내던져져 있다.

그 수많은 '아버지'에게 우리는 또 다른 의미의 효자가 되어야 한다. 학교나 병원, 혹은 군대나 직장에서 그렇게 해야 한다는 가르침을 주입받는다. 스승의 말을 따라야 하고, 우두머리의 권위를 승인해야 하며, '家'의 일종으로서 '국(國)'에 충성해야 한다. 우리의 교육은, 그리고 소위 사회화 과정은 결국 아버지의 은유로 지칭, 호칭이 되는 존재들에게 굴복하여 살아가라는 가르침이 아니겠는가. 은유로서의 아버지에 오를 기회가 모든 사람에게 균등하게 제공되지는 않겠지만 말이다.

---

4  아버지의 의미를 꼭 생물학적 아버지로 한정할 필요는 없다. 가족에 따라서는 생물학적 아버지를 대신하는 상징적 아버지들이 아버지를 대신하기도 한다. 어머니, 형(혹은 오빠), 누나(혹은 언니), 백부나 조부 등도 부재하는 아버지 대신 명령하고 규율하는 주체가 될 수 있다. 아들(혹은 딸)의 욕망을 억압하고 통제하는 존재, 명령하고 규율하는 권력을 행사하기도 하는 것이다. 가족 바깥에도 은유로서의 아버지는 얼마든지 존재한다. 오늘날 그 의미가 퇴색한 것도 사실이지만 '군사부일체'라는 말도 있으니 말이다. 한편 이런 문제들을 가족주의란 개념으로 포괄하여 비판적으로 논의한 연구로는 이득재, 『가족주의는 야만이다』, 소나무, 2001 참조.

우리 현대시는 매우 불행한—아니 어쩌면 매우 행복한— 조건에서 출발했다. 소위 자립적 근대화의 가능성을 빼앗긴 채 국가 상실 상황에 놓였던 일제 강점기에 현대적 의미의 서정시가 태동하여 이제 백 년의 역사가 이어지고 있다. 국가가 없다는 것, 그것은 정확하게 말하면 민족의 주권을 다른 민족에게 강제로 빼앗긴 상태에서, 그 '나라—잃음'의 상태에서 비굴하게 살아가야 하는 상황을 가리킨다. 새로운 서정시를 실험했던 일제 강점기의 현대 시인들은 국가 상실이라는 근원적 결핍 속에서, 상실과 우울, 좌절과 비애를 운명처럼 떠안고 이를 노래해야 했다. 평론가들이 우리 현대시의 특질로서 보편적인 상실의 체험에 대해 반복해서 언급하는 이유도 이 때문일 것이다.

식민지 시대의 서정시에서 '아버지다운 아버지'의 원형적 형상을 찾아내기는 매우 어렵다. 시적 대상으로서도, 심지어 시적 화자로서도 아버지 역할을 제대로 해낸 아버지는 이 시기의 서정시에 거의 나타나지 않는다. 서정시에서 아버지는 주로 부재하는 아버지, 무능한 아버지로 표상되거나, 아예 그 존재조차 언급되지 않은 아버지였다. 김소월의 시 '엄마야 누나야'에서 화자가 그토록 꿈꾸었던 '강변', 즉 뜰에 금모래 빛이 반짝이고 뒷문밖에 갈잎의 노래가 들려오는 그 이상적인 공간에는 아버지 대신에 '엄마'와 '누나'만 초청받고 있지 않았던가.

은유 혹은 상징의 차원에서 진정한 '아버지'가 부재했던 시대. 그 시대의 시에 아버지의 형상이 온전히 자리 잡기는 어려웠을 것이다. 아버지는 과거의 기억 속에 희미하게 머물러 있거나, 미래의 기대 속에서 막연하게 예감될 뿐이다. 현재라는 그 생생한 시간 속에 아버지는 굳건한 모습을 드러낼 수 없었다. 오장환의 시 '성씨보'를 보면, (할)아버지에게 이어받은 가족의 계보조차 부정되어야 할 대상으로 그려진다. 그는 아버지의 존재를 부정할 뿐만 아니라 "나는 역사를, 내 성(姓)을 믿지 않아도 좋다."라고까지 선언한다.

아들/혹은 딸의 입장으로 보면, 무능한 아버지는 '아버지'의 부재 상황과 등가이다. 이상(李箱)의 시 '시제이호(詩第二號)'는 아버지의 부재 상황을 통사적 질서가 해체된 언어로 그려낸다. 이 작품을 통해 식민지 지식인의 겪었던 마음의 풍경을 재구성해 보자.

> 나의아버지가나의곁에서조을적에나는나의아버지가되고또나는나의아버지의아버지가되고그런데도나의아버지는나의아버지대로나의아버지인데어쩌자고나는자꾸나의아버지의아버지의아버지의……아버지가되니나는왜나의아버지를껑충뛰어넘어야하는지나는왜드디어나와나의아버지와나의아버지의아버지와나의아버지의아버지의아버지노릇을한꺼번에하면서살아야하는것이냐 (이상, '시제이호(詩第二號)' 전문)

이 작품에서 화자는 '아버지'의 부재 상황에 대해 절망한다. 큰아버지의 양자로 입적됐던 이상 자신 가족 체험이 투영된 작품이라 할 수 있지만, 이 시에서 '아버지'는 생물학적 아버지를 넘어 은유로서의 아버지로 해석되어도 좋다. 띄어쓰기를 무시한 채 같은 단어나 구문을 반복, 변주하는 진술 방식은 이 시를 읽어내는 데 어려움을 준다. 이 난해한 진술 속에서, '나의아버지'는 언제나 졸고 있는 아버지로 그려진다. 졸고 있는 아버지는 당연히 눈을 감고 있는 아버지이다. 두 눈 부릅뜨고 자식을 응시하지 못하는 아버지가 그려진 것이다. 눈을 감고 있는 아버지는 적어도 그 순간에는 아버지로서 힘과 권위를 행사하지 못한다. 아들/혹은 딸을 바라볼 수 없으니 명령과 규율의 주체로서 제 역할을 해내는 데 한계가 있다.

졸고 있는 아버지 옆에서 이제 화자는 자신이 모순된 상황에 직면했음을 깨닫는다. 그 상황은 바로 ① '나는나의아버지가되고또나는나의아버지의 아버지가' 되어야 한다는 당위(當爲)와, ②'그런데도나의아버지는나의아버지대로나의아버지'라는 실제 현실 사이에 해결하기 어려운 모순이 생긴 것을 가리킨다.

여기서 ②는 '졸고 있는 아버지'='아버지'를 불가역적인 사실로 받아들인 것이다. 생물학적 측면에서, 자식을 낳아준 아버지는 결코 아버지 자격이 부정될 수 없다. 전기적 차원에서 시인 이상은 큰아버지에게 입양되었지만 말이다. 능력, 품성, 신분, 윤리, 이념이 어떠하든 간에, 생물학적 아버지는 이미 자식에게 자신의 흔적을 기입해 놓았다. 유전자의 반을 말이다. 물려받은 유전자조차 부정할 수는 없는 법이 아닌가. 불가역적인 자연의 질서이자 시간의 질서가 '아버지−아들' 사이를 관통한다. 그것을 일컬어 우리는 인륜이라고 한다. '아버지'는 부정해서도 안 되고 부정할 수도 없는 존재이다. 제 역할과 소임을 다하지 못했다고 해서 아버지를 가족 바깥으로 내칠 순 없다. 그것은 인륜의 타락이고, 패륜으로 지탄받아 마땅하다. 가부장제 사회에서 작동하는 온갖 금기들은 '아버지'를 정점으로 형성되는 가족 질서의 유지·존속을 도모한다. 감히 '아버지'에 대한 도전을 꿈꿀 수 없도록 말이다.

문제는 '아버지'가 권위와 능력을 완전히 잃게 되어, 아들/혹은 딸이 아버지 대신 가장('아버지')의 소임을 떠맡아야 하는 상황이다. '아버지'의 위임이 있든 없든, 어쩔 수 없이, 마지못해, 혹은 '아버지'의 의지와 상관없이 남몰래, 자식이 '아버지'의 소임을 떠맡아야 하는 상황 말이다. '시 제1호'

의 ①이 여기에 해당한다.

①에서 '나'가 아버지 소임을 떠맡는 것은 '아버지'의 졸음 때문이다. 살아있으나 계속 졸고만 있는 아버지는 좀비 같은 아버지가 아닌가. 김소월 시인의 삶과 문학에 등장하는 아버지가 좀비 같은 아버지였던 것처럼, 이상 시인의 아버지도 그러하다. 19세기적 질서, 혹은 과거의 시간 속에서 폐기되었어야 할 '아버지'가 '잠'에 빠져든 상태로 아들/혹은 딸 곁에 머물러 있는 시대. 이 척박한 시대에 시적 화자는 새롭게 전개되는 20세기를 개척해야 하는 소임을 떠맡아야 한다.

하지만 그것이 어디 흔쾌히 떠맡을 일이겠는가. ①의 언급처럼 아들/혹은 딸은 아버지 대신 직접 '아버지'가 되고, 심지어 '아버지의 아버지', '아버지의 아버지의 아버지'조차 되어야 한다. 얼마나 황당무계한 일이겠는가. 성씨보의 질서를 새롭게 이어가야만 하는 그 사실은 또 얼마나 부담스럽겠는가. 화자 역시 그 절망감을 느끼고 있을 것이다. 난센스 상황인 ①은 불가역적인 가족 질서를 거스르는 것이지만 성씨보를 이어가려면 어쩔 수 없이 받아들여야 할 현실이다. 사회나 역사의 차원에서 생각할 때, ①은 식민지 시대와 관련하여 엄청난 진실을 간직하고 있는 진술인 셈이다.

결국 화자는 19세기적 질서의 상징인 '아버지' 대신에, 스스로 새로운 세기의 '아버지'가 되는 소임을 떠맡는다. 사실 ①은 시간을 소급하려는 욕망이 아니라, 시간과 단절하려는 욕망으로 읽어야 한다. '아버지의 아버지'가 되겠다는 진술은 그 모든 '(19세기적) 아버지'를 극복해야 하고, 이제 새로운 시대를 시작해야 한다는 선언에 해당이 된다. 성씨보로 치면, 자신을 새로운 중시조(中始祖)로 기입하는 일이다. 자신을 새로운 세기, 새로운 가계, 새로운 서사의 출발점으로 삼겠다는 선언인 것이다. ①과 ②에 뒤이어 등장하는 "나의 아버지를 껑충 뛰어넘어야" 한다는 진술을 보라. 화자는 "나와

나의 아버지와 나의 아버지의 아버지와 나의 아버지의 아버지의 아버지 노릇을 한꺼번에 하면서 살아야 하는" 상황을 자신의 숙명으로 받아들인 것이다. 그 모든 가짜 아버지와 단절하고 새로운 '아버지', 심지어 모든 가짜 아버지'들'의 '아버지'가 되는 '노릇'을 감당하겠다고 나선 것이다.

아버지의 아버지 '노릇'을 빼앗는 행위는 패륜인가? 좁은 의미로 인륜을 받아들이면 그렇다고 말할 수 있다. 하지만 아들/혹은 딸로서의 이상(李箱)을 그런 패륜 상황에 몰아넣은 이는 결국 아버지 자신이 아니겠는가. 이 세상 아버지들은 자식을 자기 무릎 아래 두려 한다. 언제나 그럴 수는 없지만 말이다. 그런데 '시제이호(詩第二號)'의 아버지는 아예 자기 무릎을 거둬들였다. 어쩌면 그 아버지는 자식이 아버지의 지위를 넘겨받거나 아예 아버지를 뛰어넘기를 바라고 응원하고 있는 것은 아닐까?

어쨌든 이상 시의 화자는 영웅적인 목소리로 아버지-되기를 선언하였다. 그 배경에 아버지(들)의 소리 없는 응원에 대한 믿음이 있었으리라 상상해보면 어떨까? 시대 변화를 쫓아갈 수 없어 좀비처럼 졸고 있는 아버지라면, 그리고 20세기 문명의 속도와 소음 앞에서 무력한 아버지라면, 새로운 세기의 주인공이 될 아들을 위해 짐짓 눈을 감은 척 해준 것은 아닐까? 아버지-됨을 넘겨주는 일은 짐을 더는 것이기도 해서 그다지 나쁘지 않을 것이니 말이다. 여기에는 또 다른 의미에서 계몽의 목소리가 작동하고 있다고 볼 수 있다.

성씨보(즉 족보)로 상징되는 가계의 선적 질서와 단절한다는 것은 무슨 의미일까? 그것은 아버지의 질서에 대한 전면적 거부나 부정을 뜻하는 것이다. 아버지에 대한 부정에 기초하여 스스로 아버지-되기를 선언하는 아들. '애비는 종이었다'(시 '자화상'에서)는 비장한 선언으로 문학적 출발을 알린 서정주 역시 이상이나 오장환과 크게 다르지 않다. 그들은 불행한 시대를 살아간 탕아 같은 존재였다. 그렇기에 그들은 적어도 문학 세계에서는 행복한 '아버지'로서 스스로 영웅 서사를 개척할 기회를 얻었다. 특히 자유로운 영혼의 소유자였던 이상(李箱)은 결연하게 아버지의 부재를 외치고 스스로 새로운 세기의 아버지가 되기를 선언하였으며, 비로소 한 시대의 격랑을 헤쳐갈 수 있었다. 그가 죽음의 순간에, 그 비극적 황홀 속에 보았던 것은 과연 무엇이었을까? 아버지-되기가 완전하게 좌절되는 그 순간, 이상이 보았던 허무의 빛깔은 어떠했을까? 우리는 이런 물음들 속에서 한국 현대시에 등장했던 새로운 '아버지'들을 떠올리게 된다.

## 아버지와의 그 힘겹고 오래된 싸움

이 세상 아들들은 대부분 '아버지'와의 싸움에 많은 시간과 정력을 허비한다. 무소불위의 힘과 권위로 가족 위에 군림하는 아버지에게 인정받기 위해서 말이다. 때때로 아버지를 모방하거나 아버지에게 저항하면서 우리의 아들들은 제 몫의 자리를 얻어낸다. 물론 아버지의 울타리 바깥으로 벗어나 서슴없이 일탈 행위를 벌이기도 한다. 질풍노도란 말도 있거니와, 젊은 날의 아들은 모름지기 아버지와의 거침없는 투쟁의 시기를 거쳐야 비로소 어른이 된다. 그 투쟁의 근저에는 아버지의 진정한 아들로서, 가장의 지위를 이어받을 만한 존재로서 떳떳하게 인정받고 싶다는 욕망이 있다. 물론 아버지는 때로는 자애로운 목소리로, 때로는 엄격하기 짝이 없는 무표정의 얼굴로 인정사정없이 자식을 다그치기도 한다. 아버지의 채찍과 마주서 있는 아들의 그 겁먹은 표정을 떠올려 보라.

이런 사정은 아들이 어른이 된 후에도 이어질 수 있다. 심지어 아들이 가장의 지위에 올라선 경우에도, 혹은 아버지의 사후에도 아버지와 아들 사이의 싸움은 끝나지 않을 수 있다. 어떤 아버지는 언제나 아버지로서 계속 남거나 기억되기를 바랄 수도 있고, 어떤 아들은 감히 아버지의 자리를 넘보지 못할 수도 있다. 돌아가신 아버지의 영정 사진조차 제대로 응시할 수 없어 곁눈질로 훔쳐보았던 시인 김수영의 작품 '아버지의 사진'을 읽어보자.

> 아버지의 사진을 보지 않아도
> 비참은 일찍이 있었던 것
>
> 돌아가신 아버지의 사진에는
> 안경이 걸려있고
> 내가 떳떳이 내다볼 수 없는 현실처럼
> 그의 눈은 깊이 파지어서
> 그래도 그것은
> 돌아가신 그날의 푸른 눈은 아니요
> 나의 기아(飢餓)처럼 그는 서서 나를 보고
> 나는 모오든 사람을 또한
> 나의 처를 피하여
> 그의 얼굴을 숨어 보는 것이오 (김수영, '아버지의 사진' 부분)

사진은 실재의 재현이다. 하지만 사진 속 피사체는 움직이지 않고 소리내지 않으며 아무런 힘도 없다. 한낱 가상(혹은 이미지)에 불과하다. 그러니 화자처럼 사진 속 인물의 얼굴을 정면으로 응시하지 못할 이유가 없다. 숨어서 보아야 할 까닭도 없다. 그 인물이 아버지라고 해도 말이다. 하지만 이 시에서 화자는 사진 속 피사체를 한낱 피사체로 여기지 못한다. 사진 속

아버지는 살아 있을 때처럼 여전히 "나를 보고" 있다고 여겨지기 때문이다. 화자는 오래전에 이미 돌아가신 아버지를 떠올리며, 여전히 그 앞에서 한껏 주눅 든 아들의 모습으로 서 있다. '아버지'는 부재하면서 동시에 현존하는 아버지이다. 이상 시의 아버지처럼 졸고 있는 아버지가 아니라 두 눈 부릅뜨고 자식을 노려보는 아버지인 것이다. 그래서 아들은 두렵다. 돌아가신 아버지는 여전히 '떳떳이 내다볼 수 없는 현실'로 남아 있다.

시선은 권력의 문제이다.[5] 보는 자와 보이는 자 사이에는 지배와 피지배 관계가 형성된다. 자식을 바라보는 아버지의 시선, 그것은 권력과 다름없다. 비존재인 아버지의 시선을 의식하지 않으면 안 되는 아들의 그 초조한 눈빛을 헤아려보라. 하지만 화자는 아버지 사진을 떼어내지 않고, 숨어서라도 훔쳐보고 있다. 떳떳한 아들이 되어달라는, 혹은 현실을 떳떳하게 내다보며 슬기롭게 '비참'을 헤쳐가야 한다는 호소를 아버지 눈에서 읽어냈기 때문일 것이다. 적어도 그런 자랑스러운 아들이 되어야겠다는 자의식을 품고 있었던 것은 아닐까?

한 걸음 더 나아가 시를 읽어보자. 화자가 꿈꾸는 것은 무엇일까? 제3연 마지막 행에 나오는 "재차(再次)는 다시 보지 않을 편력(遍歷)의 역사(歷史)"라는 표현에 주목하자. 화자는 아버지의 사진에서 아버지의 역사, 그 시간의 편력을 본다. 한때 호랑이 같았지만 결국 늙고 병들어서 죽어간 아버지. 한껏 아버지임을 고집했으나 그 역시 참된 아버지 모습을 완성하지는 못한 아버지. 사진 속 아버지의 응시를 의식한 아들은 자신을 넘어서기를 바라는 아버지의 기대를 읽어낸 것이리라. 아버지가 거쳐 왔던 그 편력의 역사

---

5　시선의 문제는 권력의 문제이다. 이에 대한 대표적 논의로는 마틴 제이, 「현대성과 시각적 제도들」, 『현대성과 정체성』(스콧 래쉬(외) 편), 현대미학사, 1997; 주은우, 『시각과 현대성』, 한나래, 2003; 박정자, 『시선은 권력이다』, 기파랑, 2022 참조.

와 단절하라는 요구가 '아들'에게 건네졌을 수 있다.

김수영의 시 세계에서 '아버지의 사진'은 새로운 시적 주체의 성립을 알리는 작품이라 할 수 있다. 두려움과 망설임을 완전하게 떨쳐내지는 못했지만, 비참한 '현실'을 떳떳하게 내다보는 비판적 주체가 되어야 한다는 자각이 나타났으니 말이다. 이 자각이 있었기에 김수영은 1950년대 후반의 시편들에서 '나타(懶惰)와 안정'을 꾸짖는 시인, 젊은 시인더러 마음껏 기침을 하라고 요구하는 시인, 혁명에서 피 냄새를 맡아내는 시인으로 거듭날 수 있었다. '아버지'를 넘어서는 작업을 본격화하면서 김수영은 미완의 4·19 혁명과 그것을 좌절시킨 5·16 군사쿠데타에, 그 시대의 격랑에 맞서 참여시 창작을 이어갔던 것이다.

김수영은 '아버지'가 거쳐 온 그 '편력의 역사', 더 나아가 비참한 현실을 낳는 부당한 정치사에 대한 단절을 '곧은 소리'(시 '폭포'에서)로 선언했다. 참여시 선언이 그것이다. 이 선언을 통해 김수영은 비로소 '아들'의 시간을 열어갈 수 있었다. '국부'라는 은유로 불렸던 그 절대 권력자 이승만의 사진을 떼어내 '밑씻개'로 쓰자고 외칠 수 있었다. '혁명'이란 모름지기 '기성 육법전서'를 기준으로 삼지 말아야 한다고 주장할 수 있었다. 김수영 시가 새로운 시대의 언어로서 오늘날까지 기억되고 있는 까닭이 여기에 있다.


내 얼굴에 드리워지는 아버지의 얼굴


신경림의 시 '아버지의 그늘'의 소재는 '아버지'와 '아들' 간의 갈등이다. 화자의 생애 전반을 두고 펼쳐지는 부자간 갈등을 짧은 서정시에 압축하는 것은 매우 이례적인 일이다. 앞서 살펴본 일제 강점기 시에서 부자간 갈등은 젊은 아들의 도발적인 시선으로 그려진 것이다. 거기에는 화해의 가능성이 발견되지 않는다. 탕아의 거친 숨결과 저항의 목소리가 주조를 이루니 말이다. 부자간 화해는 쉽지 않지만 불가능한 것도 아니다. 하지만 거기에는 시간이 필요하다. 갈등과 대립을 충분히 겪어낸 후 비로소 아버지란 존재를 내면 깊숙이 끌어와 감정을 발효시켜야 한다. 이런 화해의 모티브가 짧은 서정시에 어울린다고 말하기 어렵다. 시 '아버지의 그늘'은 이 어려운 시적 작업을 펼쳐냈다. 시인이 이 작품을 인생의 비탈길들을 다 지난후, 아버지와 자기 자신의 삶을 함께 관조할 수 있는 초로(初老)에 창작하였기 때문에 가능했을 것이다.

> 툭하면 아버지는 오밤중에
> 취해서 널브러진 색시를 업고 들어왔다,
> 어머니는 입을 꾹 다문 채 술국을 끓이고
> 할머니는 집안이 망했다고 종주먹질을 해댔지만,
> 며칠이고 집에서 빠져나가지 않는
> 값싼 향수내가 나는 싫었다
> 아버지는 종종 장바닥에서
> 품삯을 못 받은 광부들한테 멱살을 잡히기도 하고,
> 그들과 어울려 핫바지춤을 추기도 했다,
> 빚 받으러 와 사랑방에 죽치고 앉아 내게
> 술과 담배 심부름을 시키는 화약장수도 있었다.
>
> 아버지를 증오하면서 나는 자랐다,
> 아버지가 하는 일은 결코 하지 않겠노라고,
> 이것이 내 평생의 좌우명이 되었다,

나는 빚을 질 일을 하지 않았다,
취한 색시를 업고 다니지 않았고,
노름으로 밤을 지새지 않았다,
아버지는 이런 아들이 오히려 장하다 했고
나는 기고만장했다, 그리고 이제 나도
아버지가 중풍으로 쓰러진 나이를 넘었지만,

나는 내가 잘못했다고 생각한 일이 없다,
일생을 아들의 반면교사로 산 아버지를
가엾다고 생각한 일도 없다, 그래서
나는 늘 당당하고 떳떳했는데 문득
거울을 쳐다보다가 놀란다, 나는 간 곳이 없고
나약하고 소심해진 아버지만이 있어서,
취한 색시를 안고 대낮에 거리를 활보하고,
호기있게 광산에서 돈을 뿌리던 아버지 대신,
그 거울속에는 인사동에서도 종로에서도
제대로 기 한번 못 펴고 큰 소리 한번 못 치는
늙고 초라한 아버지만이 있다. (신경림, '아버지의 그늘' 전문)

　이 시는 초로의 한 남성을 화자로 등장시켜 자신이 살아온 삶을 회상하
는 형식으로 이루어져 있다. 성인 화자의 목소리로 삶을 재구성하지만, 성
장 과정에 따라 화자가 품었던 생각의 변화로 시상 전개의 축을 삼은 것이
다. 우선 제1연은 유년 시절의 아들에게 비친 아버지의 여러 모습, 제2연은
아버지와 정반대의 삶을 살려고 애썼던 아들의 모습, 제3연은 초로의 나이
에 접어든 아들의 현재 모습을 순차적으로 그려낸다. 이런 시상 전개는 순

간의 시간성을 중시하는 서정시로 보아 퍽 예외적이다. 수십 년 삶 속에서 '아버지'와 '아들' 간의 긴장과 대립이 어떻게 형성되고 변모되며 또 해소되는가를 다루는 것이 말이다. 어쩌면 이는 서정시가 아니라 소설의 몫이 아닐까?

서사적 확산이 필요한 가족 이야기를 짧은 서정시에 응축하려면 모종의 시적 장치가 필요하다. 신경림 시인이 끌어들인 장치는 '거울'의 모티브, 혹은 '거울에 비친 나'의 심상이다. 일생을 아버지에 대한 미움으로 살아왔던, 아버지처럼 살지 않겠다고 다짐으로 정반대 삶을 살아온 초로의 사나이가 거울에 비친 늙고 초라한 자기 모습을 마주한다. 그 모습에는 그토록 미워했던 '아버지', 그것도 호방하고 당당했던 아버지가 아니라 나약하고 소심한 모습의 아버지가 겹쳐 있다. '나'는 결국 원본인 아버지의 또 다른 이미지, 그것도 한껏 왜소해진 아버지의 가상이었던 셈이다. 이것이 화자가 아버지와의 화해에 도달하는 계기가 된다.

호기롭게 술 마시며 계집질하고 맘껏 돈을 뿌려대던 젊은 시절의 아버지, 가족의 평안 따위는 안중에 없는 듯 거침없이 살아가는 한량 같은 사나이의 모습. 화자가 유년 시절을 떠올리며 기억하는 이런 모습의 아버지는 무책임하기 짝이 없는 인물이다. 어린 시절 화자는 이런 아버지를 '반면교사' 삼아 자기 삶을 개척해 왔다. 화자를 키워낸 원동력은 비유컨대 '팔할'(서정주의 시 '자화상'에서)이 아버지에 대한 증오였다. 방탕과 탕진의 삶을 멀리했으며, 스스로 '당당하고 떳떳'한 삶을 살아왔다. 아버지는 이런 아들의 삶을 대견스러워했지만, 아들에게 그런 인정 따위는 애초에 필요가 없었다. 아버지의 인정을 받기 위한 삶이 아니라 아버지를 멀리하기 위한 삶이었으니 말이다. 하지만 모든 것을 마모시키는 시간은 화자에게도 예외가 없다. 어느덧 초로에 접어든 화자는 자기 얼굴이 늙고 병들어 초라해진 아버지의 그것을 닮게 되었음을 깨닫게 된다. 게다가 화자의 얼굴에는 소시민으로 살아온 삶의 흔적만 초라하게 새겨져 있는 것이 아닌가.

이 지점에서 화자는 '아버지'에 대한 증오심을 거둬들인다. 아버지처럼 허랑방탕하게 살지 않겠다고, 무책임한 가장이 되지 않겠다고 다짐했던 젊은 날의 그 '기고만장'한 '나'가 어느덧 사라진 것이다. 아버지의 유일한 존재 가치를 '반면교사'로 여겼던 그 당당한 아들 대신, 그 반면교사를 동정과 연민의 시선으로 회상하는 늙은 아들만 거울 속에 남게 된 것이다.

거울에 비친 자기 모습에서 늙고 초라한 아버지를 발견하는 그 순간은 아들에게 불현듯 찾아왔다. 그 순간은 '아들'에게 회오와 반성이 시작되는 시간이었다. 갑작스럽게, 예기치 않은 순간에 '나'는 거울 속에 비친 자기 얼굴에서, 그리고 그 얼굴 너머에서 늙고 초라한 모습의 아버지를 발견하고는 움찔한다. 부처님 손바닥 위가 아니겠는가. 필생을 도망쳐 온 그 '아버지의 그늘' 속을 화자는 결국 한 치도 벗어나지 못한 것이다. 이런 뼈아픈 사실의 확인은 놀랍지 않다. 그것은 아버지와 아들의 서사에서 늘 반복되는 것이니 말이다. 결국 화자는 기억 속 아버지와 그 삶을 연민하게 된다. 그것은 자기애의 일종일 수도 있다. 자기 삶에 대한 연민과 아버지의 삶에 대한 연민은 결국 같은 것이다. 아들은 다소간의 변형과 일탈은 있겠지만, 결국 원본을 베낀 이미지에 지나지 않는다.

세상의 탕아들은 '아버지'에게 회귀한다. 그 회귀의 순간에 '아버지'는 권력과 위세를 모두 잃고 초라한 모습으로 아들의 귀환을 맞이한다. 이미 아들의 귀환을 기다릴 수 없는 불귀(不歸)의 존재가 되었을 수도 있다. 탕아는 고향(아버지)에 회귀하는 그 순간에 회오(悔悟)의 감정에 사로잡힌다. 자신이 도망치려 했던 그 아버지, 버럭 화를 내고 부정하려 했던 그 아버지를 향해 용서와 화해의 악수를 청하기에는 시간이 너무 늦었으니 말이다. 안타까워도 이젠 아무 소용이 없다.

돌아온 탕아가 할 일은 무엇인가. 부정의 대상이었던 아버지의 자리로 돌아온 아들은 이제 자기 자신이 부정의 대상이 되는 순간을 기다려야 한다. 아버지에게 했던 그 모든 항거를 거꾸로 자신이 받아내야 하는 또 다른 아버지로서 말이다. 바로 자기 아들의 차례가 돌아올 것이다. 이처럼 아버지와 아들의 화해는 늘 엇갈린다. 그들은 마침내 하나가 되는 그 순간을 위해 너무 오랜 시간을 우회하여, 뒤늦게 만나거나 끝내 엇갈린다. 이 세상 아버지와 아들들이 빚어내는 갈등의 파노라마, 그들의 마음속에 자리 잡은 애증의 풍경은 그래서 늘 안타깝다.

## 자유와 억압의 이중구조 — 신경증을 유발하는 아버지들

영조와 사도세자는 우리 역사에서 '아버지'와 '아들(혹은 딸)' 사이 빚어질 가장 극적인 갈등과 대립을 보여준 인물들이다. 영조는 왜 아들 사도세자를 죽였는가? 역사적 사실

영화 〈사도〉의 한 장면

의 진위나 평가는 차치하고, 그 심리적 구조만 떼놓고 여러 가지 가능성을 생각해 보자.

아들에게 아버지가 그러하듯, 아들 역시 아버지에겐 애증의 대상이다. 아버지는 아들이 자신을 닮기를 바란다. 그러면서도 아들이 아버지를 넘어서서 더 나은 존재로 성장하기를 바란다. 물론 아버지는 자신의 못난 모

습-그것이 성격적 결함이든 무능함이든 간에-을 아들에게 들키고 싶어 하지 않는다. 융이 말한 바 있는 그림자(shadow), 그러니까 자아 내부의 어떤 용납할 수 없는 부분을 자식이 닮아갈 때, 모든 아버지는 안타까움과 분노를 금치 못하게 된다. 사도세자를 향한 영조의 분노는 출생 콤플렉스에 시달렸던 영조 자신을 향한 분노일 수도 있다. 수없는 정적들에게 꼬투리를 잡혀 권력을 빼앗길지 모른다는 강박증은 미욱한 아들을 향한 미움으로 투사되고, 또 그것이 결국 아들의 신경증을 낳았을 수도 있다. 영화 '사도'가 말해 주듯, 사도세자의 광증(狂症)은 영조 자신의 광증이 빚어낸 것일는지도 모른다.

영조와 사도세자 간의 갈등은 정치권력의 관점에서 접근할 수도 있다. 조선 중후기는 남인과 북인, 노론과 소론, 시파와 벽파 같은 수많은 당파의 이름들과 함께 기억되는 시대이다. 다양한 당파가 앞서거니 뒤서거니 출현하여 각종 사화를 일으키고, 치열한 권력 다툼을 하던 시대였다. 이런 시대에 왕은 필요에 따라 어떤 당파의 일원이 되어 정치를 하기도 했다. 그러니 아들 사도가 영조 자신과 배치되는 정치적 견해를 가진 것으로 비쳤다면, 영조가 느낀 불안이나 불만은 어쩌면 당연했다. 특히 권력 찬탈의 징후가 읽히면 말이다. 그렇다면 영조가 아들을 미래 권력으로 인정하고, 제왕 자리를 양보한 후 뒤로 물러나 가만히 지낼 수만은 없지 않았겠는가. 영조가 세자를 희생양 삼아 연출했던 비극적 사건에 잠재된, 아버지와 아들 간의 애증의 변증법은 이제 인간 보편의 관점에서 이해되어야 한다. 영조와 사도세자 간의 그 사건은 우리에게 언제든지 회귀할 수 있다.

부모와 자식 간의 애증의 변증법을 다룬 시 한 편을 더 읽어보자. 조말선 시인의 작품 '둥근 발작'이 그것이다. 이 작품은 자녀의 양육과 교육 문제를 둘러싸고 오늘날 한국 사회에서 빚어지는 다양한 병적 징후를 떠올리게 한다. 한국 사회에서 교육은 돈과 권력, 사회적 지위와 명예 등 사회적으로 한정된 가치들을 차지하기 위한 싸움의 중심에 놓여있다. 아이들은 저마다 지닌 소질, 관심, 역량, 취향 등과 상관없이 높은 성적을 얻기 위한, 그리고 좋은 대학에 진입하기 위한 경쟁에 내몰린다. 교육은 이 사회를 떠받치는 물질적 기반과 이데올로기를 재생산하는 수단으로 전락해 있다. 문제는 이런 교육이 역설적으로 아이들의 삶을 너무나 불행하게 만들고 있다는 사실이다.

이제 눈을 감고 사과 한 알을 떠올려 보자. 모난 데 한 곳 없이 둥글고 대칭이 완벽하며, 반짝반짝 윤기가 흐르고, 침샘을 가득 고이게 할 만큼 붉은색이 감도는, 또 과육이 꽉 들어차 단단하고 당도 높은 그런 사과 말이다. 작고 볼품없는 국광이나 홍옥 말고, 요즈음 시장에서 유통되는 외래 품종의 사과를 떠올리면 좋을 듯하다. 아, 그 옛날 국광이나 홍옥 사과는 다 어디로 갔을까? 소비자의 입맛에, 혹은 농부의 이윤 추구에 뭔가 부족한 점이 있어서 도태된 그 사과들 말이다.

> 사과 묘목을 심기 전에
> 굵은 철사줄과 말뚝으로 분위기를 장악하십시오
> 흰 사과꽃이 흩날리는 자유와
> 억압의 이중구조 안에서 신경증적인 열매가 맺힐 것입니다
> 곁가지가 뻗으면 반드시 철사줄에 동여매세요
> 자기 성향이 굳어지기 전에 굴종을 주입하세요
> 무엇보다 가장 중요한 것은 성장억제입니다
> 원예가의 눈높이 이상은 금물입니다
> 나를 닮도록 강요하세요
> 나무에서 인간으로 퇴화시키세요

안된다, 안 된다, 안 된다 부정하세요
단단한 돌처럼 사과가 주렁주렁 열릴 것입니다
하지 마, 하지 마, 하지 마 억누르세요
뺨이 벌겋게 달아오를 것입니다
극심한 일교차가 당도를 결정한다면
극심한 감정교차는 빛깔을 결정합니다
폭염에는 모차르트를
우기에는 쇼스타코비치를 권합니다
한 가지 감상이 깊어지지 않도록 경계하세요
나른한 태양, 출중한 달빛, 잎을 들까부는 미풍
양질의 폭식은 품질을 저하시키는 원인입니다
위로 뻗을 때마다 쾅쾅 말뚝을 박으세요
열매가 풍성하도록 꽁꽁 철사줄에 동여매세요
자유와 억압의 이중구조 안에서 둥근 발작을 유도하세요
(조말선, '둥근 발작' 전문)

　시 '둥근 발작'의 소재는 사과이다. 그러니까 시인은 사과의 속성 중에서
외적 형태로서 '둥근'을, 시각 요소로서 '발작'을 끌어들여 은유를 성립시킨
것이다. 우선 둥글다는 감각적 자질은 사과 자체가 지닌 속성이다. 실제로
세상의 모든 열매는 대부분 둥글다. 하지만 사과만큼 탐스러움을 느끼게
하는 둥근 과일도 드물다. 문제는 이런 감각적 자질을 '발작'과 연결하는
발상이다. 국어사전에 따르면 '발작'은 "어떤 병의 증세나 격한 감정, 부정
적인 움직임 따위가 갑자기 세차게 일어남"을 가리킨다. 사과는 스스로 움
직임을 일으키는 사물이 아니다. 그러니 이 시의 '발작'은 발작의 행위 대
신 그 결과를 환기하는 시어라 할 수 있다. 발작은 지나치게 붉은 사과의

껍질을 가리킨다. 시인은 사과껍질의 붉은빛에서 격한 분노의 상태에 도달한 사람의 붉은 낯빛을 떠올린 것이다.

'둥근 발작'은 사과 본래의 속성, 즉 자연 그대로의 감각적 특성과 무관하지는 않겠지만, 대체로 인위적 조작—기적(?)의 원예 기술—으로 그 특성이 과도하게 발현한 결과이다. 농부('원예가')가 사과나무를 기르는 목적은 경제적 이익을 얻기 위함이다. 농부는 열매를 수확할 순간을 대비해서, 영농 과정의 모든 것을 미리 계산해 두어야 한다. 관건은 사과의 상품성과 단위당 최적의 소출이다. 사과의 상품성은 과육의 단단함과 당도, 빛깔과 크기, 모양, 품종 등에 의해 결정된다. 소비자 기호를 충족할 상품으로 길러내는 것이 중요하다. 비료와 농약의 투입, 비와 바람과 기온, 가지치기와 수분(受粉) 등이 재배 과정에서 고려되어야 한다.

농부는 최고 품질의 열매를 수확하기 위한 공정을 수립하고 이를 충실하게 따른다. 먼저 사과나무 묘목을 심는다. 묘목을 생긴 그대로 자라게 하면 안 된다. 사과나무 맘대로 가지가 뻗으면 상품성 높은 사과 생산과 수확이 어렵다. '철사줄과 말뚝'으로 묘목이 바람에 흔들리지 않도록 해야 한다. 가지와 줄기는 정해진 방향으로 자라게 하고, 곁가지는 적절하게 솎아낸 후 일일이 철사로 동여매야 한다. 키가 너무 커서도 안 되고, 가지들이 서로 겹쳐 햇볕을 가리거나 바람길을 막아서도 안 된다.

시 '둥근 발작'은 사과나무의 재배 과정에 따라 순차적으로 시상을 전개한다. 그것은 자녀 양육과 교육에 대한 메타포로 읽힌다. 탐스러운 사과 한 알에서 시인이 읽어낸 것은 어떤 인간적 진실이다. 그 진실은 부모와 자식 간의 애증의 파노라마에서 생겨난다. 둥근 발작을 일으키는 사과는 부모에 의해 길러지는 '자식'이다. 자식과 부모 사이의 애증을 빚어내는 병적 징후를 일컬어 화자는 "신경증적 열매"라 말하고 있다. 여기서 신경증은 '자유와 억압의 이중구조'로 인해 생겨난 결과이다. 무한한 자유가 주어진 듯 보이지만 사과가 실제로 누리는 자유는, '원예가'의 억압 아래 놓인 제한된 자유이다. 사과꽃이 흩날리는 자유란 적절한 수로 결실을 조절하기 위해 허락되는 일시적 자유일 뿐이다. 농부, 즉 원예가의 사과에 대한 사랑은 지속적인 억압으로 표출된다.

우리 사회의 자녀 양육과 교육이 그러하지 않은가. 자식은 훌륭한 존재로 성장해야 한다. 그런데 그 기준은 부모가 결정한다. 아이들에게는 무한한 자유가 허락되지 않는다. 적절한 수준의 억압이 가해져야 한다. 사과(=자녀)가 그런 억압을 감내해내고 원예가(=부모)의 재배법(=훈육)에 순응할 때, 최고의 당도와 빛깔, 크기를 지닌 결실(=교육의 성취)이 맺어질 수 있다.

오늘날의 사과 재배법은 자연의 질서를 정면으로 거스른다. 사람 손이 타지 않으면 사과나무는 하늘을 향해 마음껏 가지를 뻗을 수 있고, 크기가 다르고 당도나 색깔도 다양한 사과들을 주렁주렁 맺을 것이다. 그중에는 작고 찌그러진, 그리고 붉은빛도 덜 감도는 못난 사과들도 섞여 있을 것이다. 그것이 자연의 이치이다. 건강한 사과나무라면 의당 그러해야 한다. 자연의 이치를 거스르고 오로지 상품성을 기준으로 재배된 사과는 기계로 찍어낸 공산품처럼 개성이 없다. 또한 그 나무는 병충해에 취약하여 자생력이 없다. 끝없이 인간의 노동이 재투입되어야 하는 악순환이 펼쳐지는 것이다.

부모의 기준에 맞춰 길러낸 아이, 부모의 욕망에 맞춰 길들인 자식들은 개성이 박탈된 삶, 자생력을 상실한 삶을 살아간다. 비유컨대 아무리 품질이 높은들 그것은 사과 열매가 누리는 몫이 아니다. 소비자가 누리는, 그리고 농부의 수확에 도움을 주는 품질에 지나지 않은 것이다. 자기 것은 아니란 말이다. 자녀 양육이나 교육도 마찬가지이다. 그 결실이 아이에게 전혀 돌아가지 않는 것은 아니라도, 아이는 온전한 행복을 누릴 수 없다. 훌륭한 성취를 이루었어도 길들인 존재는 자기의 삶을 살아낼 수 없기 때문이다.

아이들은 부모가 욕망하는 그 무엇에 맞춰 시간과 열정, 자유와 노력을 다 바친다. 이 아이들에게 남겨지는 것은 결국 '신경증'이다. 본래의 욕망을 거세당한 아이들은 부모의 억압에 굴종한 대가로 성취를 얻기도 한다. 하지만 그 성취의 이면에 너무 큰 상실이 놓여있다. 아이들은 잃어버린 것이 무엇인지조차 짐작하지 못한다. 부모가 원하는 바를 성취하는 그 순간, 아이의 내면에는 이미 분노가 켜켜이 쌓여 있다. 아이는 분노를 겉으로 표출할 수도 없다. 순종하는 아이로 길러졌기 때문이다.

아이의 성취는 실제로는 부모의 몫이다. 아이는 잃어버린 자유, 욕망, 자연적 본성, 시간 등을 아쉬워할 수도 없다. 부모 '눈높이'에 맞춰 성장이 억제되었고, 부모가 강요하는 명령("하지 마")과 금제("안 된다")로 인해 욕망을 거세당했다. '퇴화'한 인간처럼 신체와 정신 그 모든 것을 스스로 움직이는 방법조차 잊어 버렸다. 아이의 마음속에서 빚어질 애증의 파노라마조차 아이는 어찌할 수 없다. 그것조차 부모의 교육 설계 속에 들어 있는 것이다. 햇빛의 양과 일교차를 조절하여 사과의 당도를 높이려는 원예가처럼 부모가 기획해 놓은 것일 뿐이다. 부모에게는 아이의 '신경증'조차 상품성을 높이기 위해 필요한 것이었다.

이제 아이에겐 남겨진 것은 무엇인가? 절망과 분노를 잊은 아이들, 본래의 자유와 욕망을 빼앗긴 아이들은 이제 괴물이 될 수밖에 없다. 자신의 본래 모습을 기억할 수 없는 아이, 자발적이고 주체적인 자아 성장의 기회를 빼앗긴 아이. 우리는 이런 아이들이 앞으로 맞이할지 모를 무서운 현실에 대해 외면한다. 이런 아이들이 만들어낼 미래 사회가 얼마나 끔찍한 디스토피아일지 생각하지 않으려 한다. 어쩌면 우리는 그런 디스토피아가 출현하지 않을 것이라 믿는 것이 아닐까. 하지만 실제 현실은 이미 그런 디스토피아를 연출하고 있다. 우울증을 앓고 있는 젊은이들, 자살로 내몰리는 청소년들의 비율이 전 세계에서 그 유례를 찾아볼 수 없을 정도이다. 그것이 아니라고 애써 부정해서는 안 된다.

하지만 우리 부모들은 자식에 관해서라면 애써 눈을 감는다. 자식의 진정한 바람이 무엇인지 물으려 하지 않는다. 그가 꿈꾸는 자유나 권리가 얼마나 소중한지 일깨워주지 않는다. 그 반대쪽을 향하고 있을 뿐이다. 부모의 욕망으로 자식의 욕망을 대체하는 사회. 그래서 우리의 미래에는, 미래의 아이들에게는 온전한 의미의 서사가 사라질지 모른다. 아이의 삶 대신에 아바타의 삶만이 남을 것이니 말이다. 우리 교육은 원본으로서의 삶 대신에 그림자로서의 삶을 살아가는 아이들을 낳을 뿐이다.

우리는 이미 그런 시대의 징후를, 우리의 교육 속에서 자식의 양육 속에서 충분히 확인하고 있다. 이 '신경증'을 어찌할 것인가? 아이들의 신경증을 어떻게 치료해 줄 것인지, 어떻게 억압의 사슬을 벗겨 아이들 스스로 욕망하고 성장하게 할 것이지 고민해야 한다. 이제 아이들에게 자유를 되돌려 줄 방법을 찾아야 한다. '둥근 발작'에서 화자의 반어적 진술에 숨어 있는 경고를 읽어내야 한다. 아이들의 신경증적인 얼굴을 향해 우리 어른들은 이제 책임 있는 자세로, 적절한 응답을 주어야 한다. 그 응답은 '굴종', '성장억제', '말뚝'과 '철사줄'로 지탱되는 '자유와 억압의 이중구조' 바깥으로 아이들이 나아갈 수 있도록 풀어주는 것이 되어야 한다. 사과가 사과 본연의 모습을 되찾도록 자연의 질서로, 그 무위의 정신으로 돌아갈 때가 된 것이다.

가부장제 사회에서 가족은 조말선 시인이 말하는 '자유와 억압의 이중구조'에 의해 지탱된다. 우리 아이들을 이 구조 바깥으로 풀어주어야 할 때이다. 아이들을 아버지의 지배에서 벗어나게 해주어야 한다. 아이의 본성을 억압하지 않고, 자유로운 선택을 아이의 몫으로 허락하는 것. 부모 자신의 욕망을 아이의 마음과 육체에 깊이 새겨 넣는 폭력을 멈추는 것. 스스로 욕망하고 스스로 꿈꿀 수 있는 존재로 아이들이 자라게 하는 것. 이런 것들이 요구되는 시점이다. 이제 아이들은 자기 존재의 주인이 되어야 한다. 그래야 아이들은 행복하다.

가부장제의 원리, 혹은 아버지의 이름으로 무한한 폭력과 억압을 가하는 가족이라는 장치. 이 장치는 가족 바깥으로 그 은유를 확장한다. 우리는 가족 질서 밖에서, 또 따른 가족—은유로서의 가족—의 성실한 구성원이 되기를 강요받는다. 각종 교육 공동체나 학문 공동체, 정당이나 결사와 같은 정치 공동체, 민'족'과 국'가' 등이 이런 가족의 은유를 즐겨 사용한다.

그래선지 우리 사회에선 도처에 '패밀리'가 넘쳐난다. '패밀리'란 말이 포함된 그 수많은 방송 프로그램은 우리 사회가 얼마나 '가족(애)'이 넘치는 사회인가를 보여주는 데 혈안이 되어 있다. 심지어 조직 폭력배나 사기업들 역시 '패밀리'라는 말을 앞세운다. 조폭 우두머리는 주먹과 몽둥이로 '가족' 위에 군림하는 아버지(혹은 큰 형님)이고, 기업 총수는 '패밀리' 일원인 사원들을 먹여 살리려고 동분서주하면서 가장이다. 이런 가짜 아버지들은 당연히 구성원의 헌신이나 충성도 요구한다. 헌신과 충성 없이는 패밀리의 일원이 될 수 없다고 강요한다. 이제 조폭 우두머리인 '형님들'의 그 손길, 혹은 기업 총수의 그 자애로운 웃음 속에 숨어 있는 날카로운 비수를 경계해야 한다.

날카로운 비수를 빼앗아 그들을 무장 해제하는 방법에 대해서도 생각해야 한다. '가족'이란 환상, '아버지'라는 환영으로부터 아내를, 자식을, 심지어 그들이 기르는 애완동물들까지 구출해 내려는 실천이 요구된다. 이 실천은 실제로는 그 수많은 가짜 '아버지'를 구원하는 일이기도 하다. 군림하는 아버지, 억압하는 아버지, 피라미드의 정점에서 홀로 고립된 아버지는 -비록 그것을 향유하고 있다고 하더라도- 또 얼마나 외롭고 힘들고 쓸쓸할 것인가. 소위 '가족'에게 강요하는 그 극한의 금제와 악행 속에서 가짜 아버지의 내면은 또 얼마나 피폐해졌을 것인가.

이제 우리의 '아버지'들을 그 고통에서 구원해내야 한다. 그들 자신이 우리와 다를 바 없는, 나약한 존재에 불과함을 깨닫게 해야 한다. 그들의 그 폭압적인 금제와 악행이 초래할 디스토피아적 결과에 대해 책임을 촉구해야 한다. 모든 존재가 자신의 욕망 속에서 자유를 누리고, 그 자유 속에서 타자들과 조화를 이루며 살아가는 삶. 누구나 꿈꾸는 이 삶을 위해서 그 수많은 '아버지'들은 '아버지'의 권력을 스스로 내려놓을 수 있어야 한다. 그 권력이 다른 존재에게 안겨주는 씻을 수 없는 고통을 반복해선 안 된다. 타인의 고통에 대해 연민하고, 타인의 고통을 치유하기 위해 노력하는 아버지, 심지어 그 고통을 자신의 고통으로 끌어안는 '아버지'가 도래해야 한다.[6]

---

6  타자성의 철학을 제창한 레비나스가 주목되는 지점이다. 타자의 타자성을 존중하고, 타자를 주체 내부에 있는 또 다른 자아로서 인정하는 아버지는 타자와 진정한 윤리적 관계를 형성한다. 이는 주체와 타자 사이에 존재하는 비대칭성과 불평등성에서 벗어나 인간의 보편적 결속을 가능케 한다. 이에 대해서는 E. 레비나스, 『시간과 타자』, 문예출판사, 1996 참조. 이런 관점으로 한국시의 가족 모티브를 살펴본 논의로는 남기혁, 「한국 전후시의 가족 모티브 연구」, 『언어와 풍경』, 소명출판, 2010 참조.

도래해야 하는 아버지의 원형은 현대시에서도 찾을 수 있다. 널리 읽히는 박목월의 시 〈가정〉 속의 아버지, 김종길의 시 〈성탄제〉 속의 아버지들이 그러하다. '얼음과 눈으로 벽을 짜올린' 고통의 현실을 가로질러 귀가해선, 아랫목에서 잠자고 있는 아이들을 자애로운 눈으로 바라보는 아버지 말이다. 고열에 시달리는 아들을 위해 겨울날 산속을 헤매 붉은 산수유 열매를 따오셨던 아버지의 그 '서느런 옷자락'을 우리는 기억해야 한다. 자애로운 아버지들의 눈과 손길을 우리 아이들은 원한다. 아버지가 갖출 것은 더 이상 '철사줄'이나 '말뚝'이 아니라, 연민의 눈빛과 사랑의 손길이다. 그 이외에는 아무것도 필요치 않다. 아이들은 저절로 자라날 것이다.

# 제5장

# 여성의 몸과 언어, 그리고 시선

여성의 시선으로 세상 보기

　다른 예술 영역처럼 영화 역시 남성의 언어와 시선으로 인간과 세계를 그려왔다. 여성은 영화 속 이야기, 카메라의 시선 처리 등에서 늘 주변적 인물로 처리되거나 남성적 욕망의 대상으로 간주되어 왔다. 영화가 여성의 언어, 여성의 시선으로 현실을 말하기 시작한 것, 특히 여성의 언어와 욕망을 그리기 시작한 것은 비교적 최근의 일이었다. 1990년대 초반에 개봉된 영화 '나는 소망한다, 내게 금지된 것을'(1994년)과 '개 같은 날의 오후'(1995년)는 한국 영화에서 이른바 페미니즘 영화의 출현을 알린 작품이었다. 카메라 뒤에 숨은 남성 입장으로 여성 서사를 전개하거나 여성의 몸을 포착하던 기존 영화 문법에 비춰보면 두 작품은 출현 그 자체가 획기적인 사건이라 할 만하다.

영화 〈처녀들의 저녁 식사〉
의 한 장면

　한국 페미니즘 영화의 본격적인 국면은 임상수

감독의 '처녀들의 저녁 식사'(1998년)에서 찾을 수 있다. 이 영화는 서로 성격이 다른 세 명의 여성이 사랑과 연애, 결혼에 대해 품고 있는 생각을 중심으로 서사가 펼쳐진다. 주목할 것은 그 서사가 진정한 의미에서 여성의 말과 시선을 통해 주도된다는 사실이다. 남성의 말과 시선은 오히려 주변부로 밀려난다. 저녁 식사 자리에 참여한 세 여성의 수다스러운 대화 내용이나 형식에서 남성이 끼어들 여지는 거의 없다.

영화 '처녀들의 저녁식사'의 힘은 남성 관객이 감당하기 힘든 도발적인 말과 행동을 세 주인공이 거침없이 펼쳐내는 데서 찾을 수 있다. 성과 결혼, 가족에 대해 새로운 세대의 여성들이 품고 있는 발랄하고 도발적인 생각은 기존의 영화 언어가 전달하지 않았던 여성 자신의 육체적 욕망의 표출[1], 더 나아가 기존의 결혼제도나 가족 형태에 대한 비판으로까지 나아간다. 호정, 연, 순이란 이름이 등장하는 세 주인공의 엇갈린 모습과 행로를 통해 영화를 재구성해 보자.

우선 연은 -이 영화가 발표된 시대의 기준으로 보면- 세 여성 중에서 평균적인 삶을 살아가는 인물이다. 일상의 삶에 지친 그녀는 결혼을 하나의 탈출구로 여긴다. 연인과의 육체관계를 결혼의 전(前)단계로 여기는 연은 오래 사귄 남자와의 결혼을 갈망하지만, 무능한 애인은 차일피일 결혼을 미루다가 결국 이별을 통보한다. 한편 29살 나이까지 성 경험이 없는 순이란 인물은 친구의 애인에게 첫 번째 성 경험의 파트너가 되어달라고 부탁하고 이를 실행에 옮긴다. 비루하고 허무한 성 경험 끝에 순은 원치 않

---

1 그런 까닭에선지 이 작품에서 정사 장면은 성을 과장하거나 신화화하지 않는다. 단지 성에 대한 미혼 여성의 환상이 농담처럼 속삭여진다. 남성의 시선으로 여성의 몸을 훑는 카메라 움직임, 혹은 여성의 몸이 남성 서사의 타자로 전락하는 이야기 전개 등은 찾아보기 어렵다. 심지어 성에 대해 세 여성이 품은 환상은 그들의 수다 속에서만 의미가 있고, 영화에 그려지는 그녀들의 성은 대부분 건조하고 비루하다.

은 임신을 하고는 미혼모가 되기로 결심한다. 결혼을 매개로 성립하는 가족 질서에 대한 부정의 한 방식으로도 볼 수 있겠다. 세 번째 여성 호정은 영화적 언어와 시선의 중심에 놓인 인물이다. 성과 결혼에 대해 대담하고 도발적인 언행과 행동을 보여준다. 호정은 일과 연애에서 모두 주체적, 능동적 면모를 보인다. 여러 남성과 자유로운 연애를 즐기고, 육체적 욕망에도 솔직한 모습을 보이며 이를 행동에 옮긴다. 하지만 호연은 뜻하지 않게 간통 사건에 연루되어 −지금은 폐기된 법률에 따라− 유치장에서 갇혔다 풀려난다. 이 영화의 백미는 고초를 겪은 후 귀가한 호정이 내뱉은 대사이다. "국가가 나에게 해준 것이 무엇이 있다고?"

호정의 대사는 이 영화의 핵심 주제로 삼을 만하다. 이 대사는 간통죄의 부당함, 혹은 위헌 가능성만을 말하고 있지는 않다. 그 대사가 여성의 입을 통해 표출된 점에 주목하면, 그 함의는 '여성의 몸과 욕망을 여성 자신의 것으로 돌려주어야 한다.'라고 정리할 수 있다. 본래 국가란 남성의 전유물이 아니었던가. 그리고 법은 남성 중심의 사회질서를 재생산하는 장치가 아니었던가. 이런 국가가 법의 이름으로 여성을 규제하고 억압하는 것은 온당한가. 여성의 몸과 욕망을 법의 이름으로 통제하고 처벌할 수 있을까. 남성에 의해 타자화된 여성을 국가나 법의 사슬에서 해방해야 하지 않을까. 영화 속 인물 호정의 항변은 바로 소외된 존재로 남겨졌던 이런 여성의 목소리를 대변한 것이다.

여성의 목소리에 익숙하지 않은 남성−때로는 여성들마저도− 입장에서, 여성 중심의 수다 떨기는 거칠고 또 불편하다. 한껏 왜소하고 비루한 모습으로 등장하는 영화 속 남성 배우들처럼, 당시 관객들은 도발적인 여성들의 거침없는 말과 행동에 주눅 들었을 것이다. 오늘날의 영화는 어떠한가? 정도가 훨씬 심한 작품도 있다. 페미니즘을 표방하지 않은 많은 상업 영화에서조차, 남성이 여성 서사의 주변적 존재로 설정되기도 한다. 심지어 남성이 마치 애완동물로 취급하거나 성적 노리개로 설정되는 영화까지 등장한다. 대중문화 영역에서 '짐승남'이 추방되고 '초식남'이나 '꽃미남'이 여성의 인기를 독차지하게 된 시대 풍조는 남성 중심 사회가 겪고 있는 급격한 변동을 웅변해 준다.

여성의 목소리는 한국시에도 거센 변화를 불러왔다. 1980년대 전후에 페미니즘 시가 뚜렷한 흐름을 형성하게 된 것이다. 단순히 여성 시인의 양적 팽창에 그치지 않고, 시적 담론에 여성의 언어, 욕망, 시선을 전면에 부각하려는 경향이 나타났다. 초기 페미니즘 시는 남성 중심 사회의 불평등성에 대한 고발, 특히 소외된 여성의 권익 회복 등을 시의 주제로 삼았다. 이후 페미니즘 시는 다양한 방식으로 분화하여 여성 자신의 언어로 여성의 몸과 욕망에 대해 노래하는 작품, 강요되는 모성(母性) 신화를 거부하거나 모성에서 새로운 문화 원리를 타진하는 작품도 나타나기도 했다.[2]

이 장에서는 페미니즘 시의 여러 사례를 소개하려 한다. 시대나 지역, 생각이나 입장에 따라 다양한 페미니즘 시가 있고, 독자의 반응도 천차만별이다. 특정한 목소리를 특권화할 수는 없다. 페미니즘 시를 어떤 특정 이념이나 목소리로 한정하면, 그 자체가 이미 남성의 언어를 모방하는 것이 된다. 경계해야 할 일이다. 여성의 목소리는 여성만의 것은 아니다. 그것은 남성의 목소리가 남성만의 것이 아님과 같다. 억압과 차별, 감시와 처벌이 있는 모든 곳에서, 그리고 남성의 언어와 시선이 주류가 되어 있는 그 모든 상황에서, 이제 여성의 언어와 시선은 결코 타자화하거나 식민화할 수 없는

---

2  한국 페미니즘 시의 흐름에 대해서는 서진영, 「페미니즘과 여성적 글쓰기」, 『20세기 한국시의 사적 조명』(한국현대시학회 편), 태학사, 2003 참조.

어떤 영역을 지시한다. 그 영역에 여성들만 들어갈 수 있는 것도 아니다. 새로운 정치, 새로운 문화, 새로운 삶을 활성화할 가능성이 잠재된 그 영역은 누구나 들어갈 수 있어야 한다. 억압당하는 모든 존재가 바로 여성이다. 가부장제 사회에서, 아니 현대성의 이념이 지배하는 그 모든 곳에서 겹겹의 아버지에 의해, 남성에 의해 자기 삶을 억눌린 모든 이들은 다 '여성'의 영역에 포괄될 수 있다. 그곳에서 새로운 삶과 문명이 출현할 것이다.

### 당연한 것에 대해 시비 걸기

여성의 시선으로 세상을 보고 여성의 언어로 세상에 말을 건네는 것. 그것을 가능하게 만들려면 오랜 세월 우리 사회를 지배해온 남성(적인 것)들과 맞서 싸워야 한다. 남성의 세계 지배를 당연한─혹은 필연의─ 것으로 여겨온 그 질곡의 시간을 끊어내야 한다. 인간과 인간의 관계에서 당연한 것은 없다. 그런데도 당연한 질서를 주장하는 존재가 있다면 바로 그가 도전의 대상이 되어야 한다. 그와의 싸움은 길고 지루할 것이다. 당연함을 주장하는 존재는 당연히 집요할 것이니 말이다. 그래서 그를 향한 싸움 역시 집요해야 한다. 그리고 그 싸움은 당연한 질서를 주장하는 존재들을 우리와 함께 더불어 살아가는 그 길로 이끌어주는 싸움이 되어야 한다. 김승희는 당연한 세계와 당당하게 맞서 싸운 시인이다.

아침에 눈을 뜨면 세계가 있다.
아침에 눈뜨면 당연의 세계가 있다.
당연의 세계는 당연히 있다.

당연의 세계는 당연히 거기에 있다.

당연의 세계는 왜, 거기에,
당연히 있어야 할 곳에 있는 것처럼,
왜, 맨날, 당연히, 거기에 있는 것일까,
당연의 세계는 거기에 너무도 당연히 있어서
그 두꺼운 껍질을 벗겨보지도 못하고
당연히 거기에 존재하고 있다

당연의 세계는 누가 만들었을까,
당연의 세계는 당연히 당연한 사람이 만들었겠지,
당연히 그것을 만들 만한 사람,
그것을 만들어도 당연한 사람,

그러므로, 당연의 세계는 물론 옳다,
당연은 언제나 물론 옳기 때문에
당연의 세계의 껍질을 벗기려다가는
물론의 손에 맞고 쫓겨난다.
당연한 손은 보이지 않는 손이면서
왜 그렇게 당연한 물론의 손일까,

당연의 세계에서 나만 당연하지 못하여
당연의 세계가 항상 낯선 나는
물론의 세계의 말을 또한 믿을 수가 없다,
물론의 세계 또한
정녕 나를 좋아하진 않겠지

당연의 세계는 물론의 세계를 길들이고
물론의 세계는 우리의 세계를 길들이고 있다.
당연의 세계에 소송을 걸어라
물론의 세계에 소송을 걸어라
나날이 다가오는 모래의 점령군,
하루 종일 발이 푹푹, 빠지는 당연의 세계를
생사불명, 힘들여 걸어오면서, 세상에서 가장 무거운 싸움은

그와의 싸움임을 알았다.
물론의 모래가 콘크리트로 굳기 전에
당연의 감옥이 온 세상 끝까지 먹어치우기 전에
당연과 물론을 양손에 들고
아삭아삭 내가 먼저 뜯어먹었으면.
(김승희, '세상에서 가장 무거운 싸움 · 2' 전문)

시 '세상에서 가장 무거운 싸움 · 2'는 남성 중심 사회에 대해 정면에서 시비를 거는 내용을 담고 있다. 도발적인 언어유희를 동원하고, 유사한 시행을 반복·변형하여 시상을 전개하고 있지만 이 작품의 내용은 그다지 복잡하지 않다. 이 작품에서 화자는 '당연함'을 주장하는 '그'의 그 당연치 않음을 세상에 폭로하려 한다. 그리고 그와 정면으로 맞서 싸우겠다고 선언한다. '당연한' 세계에 응석을 부려 몫을 더 분배받는 일에 만족해서는 안 된다. 처절한 자세로 바닥까지 내려가 '당연의 세계'가 실제로는 어떤 뿌리(근거)도 갖지 못하는 세계임을 만천하에 드러내야 한다. 표제어에 포함된 '가장 무거운'이란 시어는 집요하고 치열하게 전개될 그 싸움의 성격을 잘

보여준다.

반복되는 시어 '당연(當然)은 '마땅히 그러하다.'라는 뜻을 지닌 한자어이다. '어떤 것/일'이 당연하다는 것은 '한 치 흩어짐 없이 이치(理致)에 맞다.'라는 것을 전제로 한다. 그런데 수학의 언어로 증명되는 세계가 아니라면, 특히 복잡다단한 인간 사회에서라면, 사람과 사람 간의 관계에서 어떻게 한 치 흩어짐 없이 이치가 들어맞을 수 있겠는가. 사람이 대부분 그 이치를 수긍하더라도 다른 누군가는 그것을 불합리한 것으로 여길 수도 있지 않은가. 모든 이가 납득하고 있는 이치라면 그것은 실제로는 잠언 수준의 소박한 진실만 담는 것일 수도 있다. 그 심오하지만, 또 공허한 진실 말이다.

우선 이 시의 제1연에서 화자는 '당연의 세계'와 매일 마주 선다. 매일 아침 눈을 뜨면 늘 그러하듯, 하나의 세계가 눈에 들어온다. 그 세계는 그곳에 늘 있었고, 지금도 있고, 앞으로도 영원히 '거기에' 있을 것이다. 당연하다는 듯 말이다. 한편 제2연에서 화자는 당연한 세계에 대해 의문을 제기한다. 당연한 세계는 "왜, 맨날, 당연히, 거기에 있는 것"이냐는 것이다. 당연한 세계는 "너무도 당연히" 거기에 서 있을 뿐, 그것이 왜 당연한지는 이유를 알 수 없다. 너무 오랜 시간 당연하다 여겼던 그 세계는 "두꺼운 껍질"로 둘러싸여 있어서 밖으로 제 모습을 드러내지 않는다. 부당한 질서를 마치 당연한 질서인 양 봉인하기에 이른 것이다.

제3연은 당연한 세계에 대한 의문을 더욱 구체화한다. '당연의 세계'를 만든 이의 정체를 묻기 시작한 것이다. '당연의 세계'를 만든 이는 자신이 그 세계의 주인임을 주장하는 존재일 것이다. 그는 주장을 펼쳐내는 과정에서 어떤 이치를 앞세우지 않을 것이다. 설명이나 설득이 필요하지 않은 선언이니 말이다. 하지만 설명이나 설득을 요구하는 존재가 있다면, 당연의 세계에 대한 선언은 그 존재에게는 폭력으로 다가올 수밖에 없다. 선언은 즉각적인 이행만을 촉구하니 말이다. 남성 중심 사회를 지탱하는 그 당연의 세계나 질서는 모든 저항의 몸짓을 폭력으로 억누르고, 항거의 언어를 침묵으로 돌려놓는다. 누구도 당연한 세계에 딴지를 놓아선 안 된다. 의문을 품지 않고, 시비를 걸지 말며, 영원한 침묵 속에 진실을 봉인해야 한다.

제4연에 등장하는 시어 '물론(勿論)'이 담고 있는 함의가 이것이다. 당연의 세계에 대한 시비 자체를 가로막는 금제(禁制)의 언어가 바로 '물론'이다. "당연의 세계의 껍질을 벗기"려고 하는 이가 있다면 '물론의 손'에 두들겨 맞는다. 심할 경우 이 세계 바깥으로 쫓겨나 언제든 처벌이 가능한 호모 사케르(homo sacer)[3]가 될 수도 있다. 그러니 쫓겨남을 두려워한다면 응당 침묵해야 한다. 그래야 최소한 목숨이라도 부지할 수 있다.

제5연에서 화자는 '물론'의 금지에 맞서 싸워야 한다고 선언한다. 화자 홀로 이 세계가 '당연하지 못하'다고 당당하게 말하는 것이다. '당연'의 세계는 '물론'의 폭력에 의해 지탱된다. 화자에게는 이런 세계가 '항상' 낯설다. 당연의 세계를 처음 접해서 낯선 것이 아니다. 그 세계는 모든 시간 내내 '항상' 화자에게 낯설었던 것으로 기억된다. 화자 자신은 이 믿을 수 없는 세계에서 끝내 '낯선' 존재로 남을 운명임을 밝힌 것이리라. 소외를 당당하게 받아들이려는 태도가 아닐 수 없다.

제6연에서는 '당연'과 '물론'의 세계에 길들여지지 않겠다는 화자의 결연한 선언을 부각한다. 길들여지지 않겠다는 것은 일면 수동적 부정으로 보이지만, 그러나 예사롭지 않다. 팽팽한 긴장감이 느껴지기도 하는 진술이다. 게다가 어떤 침묵보다, 심지어 어떤 폭력보다 더 힘이 세다. 실제로 화

---

3  G. 아감벤, 『호모 사케르』(박진우 역), 새물결, 2008 참조.

자는 '당연의 세계'와 '물론의 세계'를 향해 "소송을" 걸자고 요구한다. 수동적 부정에서 적극적 부정으로 전환한 것이다.

모든 소송은 지루하지만 치열하고, 또 치사하다. 소송에서 이기려면 스스로 강인해져야 한다. 어떤 치욕도 감내하는 전사로 거듭나지 않으면 안 된다. 그리하여 우리를 '모래'에 푹푹 빠지게 하는 그 '점령군'에 맞서 싸워 마침내 승리해야 한다. 그 '무거운 싸움'에서 벗어나려면 먼저 목숨을 걸고 싸워야 한다. 엄청난 식욕으로 온 세상 끝까지 먹어 치우려는 '당연의 감옥'을 깨트리려면, "내가 먼저" 그 당연과 물론의 세계를 '아삭아삭' 뜯어먹어야 하는 것이다.

그렇다면 김승희의 시에서 '그'는 누구인가? 당연한 세계를 만들어내고 떠받치는 '그'는 현실 속의 구체적 개인을 가리키는가? 그렇다면 싸움의 대상인 '그'는 화자(혹은 시인)의 실제 남편(혹은 애인)이거나 아버지일 수 있다. 하지만 젠더(gender) 층위에서 보면, '그'는 결국 여성을 지배하는 남성 일반을 가리킨다. 남성은 법이나 제도, 관습이나 예절을 앞세워서 이 세계에 대한 지배를 관철하는 존재이다. 이 세상의 여성들을, 심지어는 수많은 약한 남성들조차 하위 주체로 전락시켜 당연한 질서를 강요하는 지배자들이다. '우리' 육체와 영혼까지 송두리째 식민화하고, 더 이상 '우리'가 연대조차 꿈꾸지 못할 만큼 세상을 하나의 목소리에 귀속시키고, 자신들의 권력을 유일한 권력으로 관철하려 하는 존재들이다.

결국 '우리'는 어떻게 이 세계 안팎에 숨 쉴만한 공간을 마련하는가에 대해 고민해야 한다. 당연한 세계의 타자인 '우리'는 그곳에서 스스로 타자됨을 지켜내면서, 감옥 같은 현실을 벗어나 평등 세상을 만드는 그 중단할 수 없는 싸움을 이어갈 수 있다.

한국 현대시 산책

　당연한 세계와의 싸움은 분명 무겁다. 하지만 싸움의 결과는 의외로 싱거울 수도 있다. 그 싸움이 기존의 싸움 방식과 다를 바가 없다면 말이다. 남성 중심의 질서는 이미 숱한 도전을 이겨낸 후 견고하게 굳어진 것이다. 그래서 감히 '당연'을 가장할 수 있었다. 법과 제도라는 장치들, 이데올로기 같은 다양한 무기들이 모두 그들의 손에 쥐어져 있다. 그러니 남성의 언어와 논리로 그들과 싸워서는 부족하다. 백전백패의 싸움이 될 위험도 있다.

　당연한 세계와 싸움을 벌이려는 화자가 장착한 무기는 무엇인가. 김승희 시에서 이 무기의 정체는 분명치 않다. 남성의 '식욕'에 맞서서 "아삭아삭 내가 먼저" 뜯어먹는 상상을 제시했지만, 그것으로는 견고한 질서가 뒤바뀌지 않을 것 같다. 물론 '싸움'은 정말 무겁고, 치열하고, 야비하게 치러져야 한다. 하지만 이 싸움 때문에 어느 한쪽이 일방적으로 피 흘리며 쓰러지는 것도 옳지 않다. 그것은 당연한 세계의 주인임을 선언하는 이들이 바라는 싸움 방식이다. 몫을 나누려는 제로섬 게임에서는 결국 전투 수행에 익숙한 이들이 승리자가 된다. 싸움의 로직을 바꾸는 것이 중요하다. 싸움의 목적과 전략을 수정하고 새로운 싸움 방식을 채택해야 한다. 누구에게도 익숙하지 않은 방식으로 싸워야 하는 것이다. 예를 들면 영화 '처녀들의 저녁 식사'에 나오는 여성들의 그 수다처럼 말이다.

　당연한 세계와 싸우면서 남성의 언어와 논리처럼 배타성을 답습해서는 안 된다. 당연한 세계를 흉내 내면 안 되는 것이다. '당연'의 질서는 저항 때문에 잠시 당황할 수 있다. 하지만 엄청난 '식욕'을 앞세우는 남성들은 이미 그 세계에 익숙한 방식으로 싸움을 해왔다. 여성이 백전백패할 가능성을 무시할 수 없다. 게다가 모두가 손해로 귀결되는 싸움이라면 당연히 피해야 한다. 그것이 상책이다. 져도 이기는 싸움을 해야지 이겨도 지는 싸움을 해서는 안 된다.

남녀대결의 제로섬 게임에서 우리는 무엇을 할 수 있을까. 또, 무엇을 해야 하는가. 이제 싸움의 방식을 바꾸어야 한다. 당연한 세계가 구사하는 그 싸움의 전략을 버려야 한다. 싸우지 않고 이기는 싸움, 싸움을 에둘러가는 싸움의 전략을 구사해야 한다. '가장 무거운 싸움'이 아니라 '가장 가벼운 싸움'의 가능성도 생각해 보아야 한다. 깃털처럼 가벼운 싸움 말이다. 싸움이 아닌 싸움, 싸움을 에둘러가는 싸움, 나와 상대방이 함께 무장을 해제하는 싸움, 아무도 피 흘리지 않는 그런 싸움들 말이다. 거기에서 상생과 연대의 가능성이 열릴 것이니 말이다. 남성이 볼 수 없는 눈으로, 남성이 구사할 수 없는 언어로 '당연'과 '물론'의 이 세상을 전복시켜야 한다.

거울로서의 몸

여성의 언어를 되살리는 것은 남성의 언어에 맞서서 새로운 세계를 만들겠다는 희망과 연결된다. 타자를 구별하고 배제하며, 차별하고 억압하는 사회 시스템을 버려야 한다. 그 시스템 바깥에서 우리는 모든 차이를 긍정하고 인정하며, 화해하고 상생하는 새 시스템을 작동시켜야 한다. 우리 가족과 사회에 투쟁과 대립이 아닌 공존과 조화의 가능성을 되살려낼 시스템 말이다. 억눌려 살아가던 모든 존재가 마음껏 숨을 내쉬고 생명을 되찾을 가능성을 이 사회에 돌려주어야 한다. 페미니즘 시에서 모성적 상상력이 그 의미를 드러내는 지점이 바로 이곳이다. 우선 여성(어머니)의 몸에 내재한 생산(혹은 출산)의 가능성을 떠올리는 것이 중요하다. 여성의 몸이 기억하는 그 생산(출산)의 고통 속에서 발견되는 새로운 문화 원리 말이다.

거울을 열고 들어가니
거울 안에 어머니가 앉아 계시고
거울을 열고 다시 들어가니
그 거울 안에 외할머니 앉으셨고
외할머니 앉은 거울을 밀고 문턱을 넘으니
거울 안에 외증조할머니 웃고 계시고
외증조할머니 웃으시던 입술 안으로 고개를 들이미니
그 거울 안에 나보다 젊으신 외고조할머니
돌아 앉으셨고
그 거울을 열고 들어가니
또 들어가니
또 다시 들어가니
점점점 어두워지는 거울 속에
모든 윗대조 어머니들 앉으셨는데
그 모든 어머니들이 나를 향해
엄마엄마 부르며 혹은 중얼거리며
입을 오물거려 젖을 달라고 외치며 달겨드는데
젖은 안 나오고 누군가 자꾸 창자에
바람을 넣고
내 배는 풍선보다
더 커져서 바다 위로
이리 둥실 저리 둥실 불려다니고
거울 속은 넓고넓어

지푸라기 하나 안 잡히고

번개가 가끔 내 몸 속을 지나가고

바닷속에 자맥질해 들어갈 때마다

바다 밑 땅 위에선 모든 어머니들의

신발이 한가로이 녹고 있는데

청천벽력.

정전. 암흑천지.

순간 모든 거울들 내 앞으로 한꺼번에 쏟아지며

깨어지며 한 어머니를 토해내니

흰옷 입은 사람 여럿이 장갑 낀 손으로

거울 조각들을 치우며 피 묻고 눈 감은

모든 내 어머니들의 어머니

조그만 어머니를 들어올리며

말하길 손가락이 열 개 달린 공주요!

(김혜순, '딸을 낳던 날의 기억-판소리 사설조로' 전문)


김혜순의 시 '딸을 낳던 날의 기억'은 여성의 출산 경험을 소재로, 그 경험에 담긴 새로운 문화 원리를 암시해 주는 작품이다. '판소리 사설조로'라는 부제처럼, 이 작품은 어법이나 발상이 해학과 웃음, 풍자와 비판을 담은 판소리의 그것을 닮았다. 판소리의 언어는 가치전복의 언어이다. 시인은 여성의 언어와 시선으로 남성의 언어와 시선을 비웃으며, 몸에 대한 전도된 사유를 펼쳐낸다. 거기에는 남성의 몸, 남성의 언어에 대한 가치전복이 담겨 있다.

남성은 출산을 경험할 수 없다. 여성이 생명을 잉태하고 출산하는 과정에는 고통과 환희가 뒤섞인다. 화자는 먼저 자기 몸이 기억하는 출산의 고통을 그린다. 번개가 몸을 관통하는 듯한 전율이나 몸이 바닷속에 자맥질하는 듯한 공포. 그야말로 "청천벽력/정전, 암흑천지"로 형용이 되는 끔찍한 출산의 고통이다. 하지만 그 고통의 끝에서 한 '순간' 새로운 생명이 태어난다.

이 출산 경험을 '거울' 메타포로 그려낸 점이 흥미롭다. 시 전반부에서 화자는, '거울'을 열고 들어가면 '어머니'(와 어머니의 어머니와 어머니의 어머니의 어머니……)가 앉아 계신다고 말한다. 여성의 몸이 거울에 비유될 수 있는 이유는 무엇일까. 거울은 대상(원본)의 모습을 비춘다. 이 거울에 거울을 맞세워 두면 거울은 거울을 끝없이 되비추게 되고, 결국 거울에 비쳤던 첫 번째 대상(원본)은 거울 속에서 끝없는 파생 이미지들(결국 시뮬라크르들)로 복제된다. 출산의 주체인 화자(어머니)가 거울이라면, 그 거울은 결국 누적된 어머니의 계보(결국에는 '딸')와 마주 서게 하는 것이다. 이 마주 섬을 통해 화자는 출산하는 몸에 각인된 수많은 어머니의 기억 더미를 쏟아낸다.[4]

한편 시 후반부에서 화자는 '거울'이 출산의 순간에 '조각'이 나서 '쏟아지며/깨어지'는 모습을 그려낸다. 출산하는 여성(어머니)의 몸(특히 자궁)이 경험하는 극단의 고통을 환기한 것이다. 여기서 화자의 출산 순간, 몸을 찢고 나온 '딸'이 '내 어머니들의 어머니', '조그만 어머니'라고 지칭된 점에 주

---

4 거울은 보는 주체와 보이는 대상을 매개한다. 보는 주체인 '거울 밖의 나', 즉 현실 속의 존재(=실재, 혹은 원본이라 믿어지는 존재)이다. 그리고 '거울 속의 나'는 보는 주체로부터 파생된 이미지(혹은 시뮬라크르)이다. 화자는 거울 속 이미지를 보면서, 그 이미지에 각인된 어머니의 계보(혹은 시뮬라크르들)을 떠올린다. 실재는 이미지의 원본이고 이미지는 실재를 통해서 파생된 것이다. 그렇다면 실재는 시뮬라크르의 '어머니'로 비유될 수 있다. 세상의 모든 '딸'들은 어머니에서 파생된 이미지이다. 하지만 몸(거울)을 기준으로 해서 보면 사정은 썩 달라진다. 화자가 자기 몸에서 발견한 '어머니'란 그 모든 이미지(시뮬라크르)들의 원본(실재)으로서의 어머니이다. 결국 '딸'은 어머니의 '어머니'이고, '어머니'는 딸의 '딸'인 것이다.

목하자. 거울에 되비쳐진 이미지들처럼, '딸' 역시 화자처럼-그리고 화자의 그 어머니와 어머니의 어머니들처럼- 새로운 생명을 출산할 가능성을 제 몸에 지니고 태어난다. 딸 또한 자라나서 또 다른 어머니가 될 것이다. '딸' 은 잠재된 어머니이다. 화자의 몸(자궁)처럼, 딸의 몸(자궁) 역시 어머니의 계보를 비춰주는 '거울'이 될 것이다.

이제 '몸' 이미지와 '거울' 이미지의 배치에 내재한 여성적 시선을 내밀하 게 살펴보자. 김혜순의 시는 어머니에서 또 다른 '어머니'에게로, '딸'에서 또 다른 딸로 이어지는 혈연의 계보를 선언하였다. 주지하듯이 가부장제 사회에서 모계적 혈연을 문자로 기록하는 족보는 존재하지 않는다. 성씨보 자체가 성립할 수 없는 것이다. 그들은 모두 성(姓)이 다르다. 가문의 역사 라는 그 폭력이 끼어들 틈은 없는 것이다. 부계 족보가 그토록 집착하는 혈 연의 단일성, 순수성, 선조성은 여기에선 전혀 문제가 되지 않는다. 생산하 는 '몸'의 기억을 더듬어 헤아리면 그뿐이다. 모계는 문자 기록이 필요하지 않다. 몸의 기억이 그 모든 기록을 대신한다. 부계 중심의 대서사 대신에 작은 이야기들로 구전되면 그뿐이다. 물론 시간의 흐름과 함께 그 이야기 조차 사라지겠지만 말이다. 몸에 기억되는 이야기는 딸(그리고 어머니)을 통 해 꼬리에 꼬리 물 듯 새로운 생명의 이야기로 이어질 것이다.

몸을 매개로 이어질 생명의 이야기는 현대 사회에서 새로운 문화 원리를 찾아내는 데 출발점이 될 수 있다. 출산 경험과 그 기억을 가질 수 없는 남 성은 생명 감수성이 뒤떨어진다. 남성 중심의 역사가 서술하는 그 선적인 계보란 죽음(혹은 죽임)의 역사만 기록할 뿐이다. 그것이 바로 야만의 역사 로서의 문명의 역사였다. 이제 계보의 방향성을 바꿔야 한다. 남성 중심의 서사 대신, 생명을 품고 길러내는 여성의 서사로 새로운 사회질서를 서술할 가능성을 찾아야 한다. 과거와 현재, 현재와 미래가 끊임없이 서로를 되비추고 위치를 바꿔야 한다. 원본과 이미지는 뒤섞어야 한다. 김혜순의 시처럼 조상이 이미지이고, 자손이 원본이 될 수도 있지 않은가. 여성은 이미 오랜 세월 동안 이런 전복의 경험을 되풀이해 왔다. 행위의 의미를 의식하지 못한 채, 억압당한 채 말이다. 여성의 생산하는 몸을 매개로 과거와 현재, 원본과 이미지를 뒤섞는 경험은 이제 우리 문명을 야만적 폭력에서 구원하는 일이 될 것이다. 그것은 생명을 품고 기르는 '어머니'가 이 세상의 진정한 주인임을 선언하는 것과 같다.


새로운 가능성으로서의 모성적 상상력


이제 나희덕의 시 '뿌리에게'를 읽어보자. 이 시에서 화자로 설정된 '나'는 '흙', 즉 생명(식물, 농작물)을 길러내는 대지(大地)이다.


깊은 곳에서 네가 나의 뿌리였을 때
나는 막 갈구어진 연한 흙이어서
너를 잘 기억할 수 있다
네 숨결 처음 대이던 그 자리에 더운 김이 오르고
밝은 피 뽑아 네게 흘려보내며 즐거움에 떨던
아, 나의 사랑을

먼우물 앞에서도 목마르던 나의 뿌리여
나를 뚫고 오르렴,
눈부셔 잘 부스러지는 살이니

내 밝은 피에 즐겁게 발 적시며 뻗어가려무나

척추를 휘어잡고 더 넓게 뻗으면
그때마다 나는 착한 그릇이 되어 너를 감싸고,
불꽃 같은 바람이 가슴을 두드려 세워도
네 뻗어가는 끝을 하냥 축복하는 나는
어리석고도 은밀한 기쁨을 가졌어라

네가 타고 내려올수록
단단해지는 나의 살을 보아라
이제 거무스레 늙었으니
슬픔만 한 두릅 꿰어 있는 껍데기의
마지막 잔을 마셔다오

깊은 곳에서 네가 나의 뿌리였을 때
내 가슴에 끓어오르던 벌레들,
그러나 지금은 하나의 빈 그릇,
너의 푸른 줄기 솟아 햇살에 반짝이면
나는 어느 산비탈 연한 흙으로 일구어지고 있을 테니
(나희덕, '뿌리에게' 전문)


   동양과 서양의 신화는 대체로 '대지'에 여성(혹은 어머니)의 인격을 부여
한다.[5] 생명을 품어서 길러내는 대모(大母)로서의 흙 말이다. 이와 달리 하

---

5   신화의 정신적 기조는 대지와 여인을 동일시한다. 대지는 수동적이며 어두운 여성적인 '음'
으로 나타나며, 반대로 능동적인, 빛나는 남성적인 하늘은 '양'으로 표현된다. 이에 대해서는 아지자
(외), 『문학의 상징 · 주제 사전』, 청하, 1989, 313쪽 참조.

늘을 관장하는 신은 주로 남성(혹은 아버지)으로 상상된다. 태양이 밝게 빛나는 푸른 하늘은 이성(理性)의 상징이자 윤리의 절대적 준거이고 심판관이다. 하늘의 신은 명령하고 규율하며, 통제하고 처벌한다. 그러니 '하늘'은 두려워할 대상이 아닐 수 없다. 반면 생명을 품고 기르는 대지는 무한정 베푸는 넉넉한 존재이다. 하늘의 명령이나 처벌로부터 연약한 인간을 보호해주는 너그러운 존재이다, 그 생명이 주검으로 돌아갔을 때 그것조차 제 품에 받아들이는 존재가 바로 대지이다.

흙(대지)은 계절에 따라 부드러움과 단단함의 순환을 되풀이한다. 봄날의 흙은 '갈구어'져 연해진다. 식물은 겨울 한철 굳을 대로 굳어버린 땅에 온전히 뿌리내리기 어렵다. 농부가 갈군 흙은 물과 공기를 품고 한껏 부푼다. 잉태를 준비하는 여성의 몸처럼 말이다. 부풀어 오른 흙은 수직으로 뻗는 '뿌리'에게 수분과 자양, 즉 '더운 김'과 '밝은 피'를 다 내준다. 자라는 생명에게 필요한 그 모든 것들을 아낌없이 나눠 주는 것이다. 교환의 경제에선 상상하기 힘든 무조건의 증여, 절대적 증여를 '즐거움' 속에서 기꺼이 행하는 존재가 바로 흙이다.

대가 없는 증여는 '사랑'이다. '갈구어진 연한 흙'은 '잘 부스러지는 살'이 되어 뿌리내림을 받아들이고 수분과 자양의 흡수를 돕는다. 그리하여 '흙'은 식물이 땅 위로 솟아올라 무한의 창공을 향하게 한다. 화자는 이런 자신을 '착한 그릇'에 비유한다. 자기를 비우고 그 빈자리로 다른 존재를 살려내는 그릇은 절대적 증여의 표상이 된다.[6] 사랑이 없으면 무조건의 증여

6  오세영 시인의 '그릇' 연작시에서 보듯, '그릇'이란 존재의 본질은 비움에서 찾을 수 있다. 그 내부를 비우지 않으면 그릇이 아니다. 빈 그릇이어야 채울 수 있다. 자기를 비우지 않으면 존재 이유가 없는 것이 그릇이다. 다른 존재를 채우기 위한 존재의 비움, 자기 공간을 타자에게 양도함으로써 얻어내는 존재의 충만함. 그릇은 비움 속에서 존재 이유를 완성한다.

는 발생하기 힘들다. 물론 타자를 위한 절대적 자기희생은 쉽게 결단할 수 없다. 흙에 비유되는 어머니의 몸만이 그 결단을 감당할 수 있다. "어리석고도 은밀한 기쁨"을 느끼면서 말이다.

'흙(대지)'은 생명을 길러내면서 점차 단단해지고, 끝내 '거무스레' 늙어버린다. 마침내 '마지막 잔'까지 내어주려는 그 절대적 증여가 완성되면 흙은 고갈된다. 자기에게로 귀환하지 않을 것을 위해 모든 것을 내어주는 이 대지의 여신은 그 절대적인 비움 속에서 자신의 존재를 마모시키는 것이다. 하지만 이 고갈이나 마모는 계절의 순환과 함께 극복된다. 대지의 여신은 또다시 새로운 생명을 잉태할 준비를 하게 되는 것이다. 새로운 봄이 도래하면 흙은 또다시 연한 흙으로 일구어져, '푸른 줄기'로 솟아오를 또 다른 뿌리들을 길러내게 될 것이다.

여기서 '몸의 기억'으로 되돌아가자. '흙'은 연한 '살'을 파고드는 그 뿌리에 대한 기억을 몸에 기록한다. '어리석고도 은밀한 기쁨'으로 표현되는 이 기억은 시 '딸을 낳던 날의 기억'에 나타난 그 출산의 기억과 유사하다. 타자를 부정하고, 그 타자를 자기 생명의 원천으로 삼는 남성 중심 사회의 생존 방식에서는 철저하게 부정되는 여성, 즉 어머니가 간직한 '몸의 기억' 말이다. 생산하는 몸의 기억은 중단을 모른다. 어리석지만 은밀한 기쁨은 멈출 수 없는 기쁨이니 말이다. 헤아릴 수 없는 시간 동안 이런 기쁨을 되풀이하면서 대지는 영원한 생명의 축제를 지금까지 이어온 것이리라. 그 축제는 "먼우물 앞에서도 목마르던" 그 수많은 남성(혹은 자식)의 마른 목을 축여주고 추운 몸을 덥혀주었으며, 거친 숨결을 가라앉혀 주었을 것이다.

그러니 이제 다시 이렇게 선언할 수 있다. 이 세상의 주인은 그 뿌리들이 아니라 그를 품고 길러낸 '흙(대지)'이라고, 여성의 몸이라고 말이다. 그 몸에 기록된 생산의 기억을 이제 되살려내야 한다. 남성은 흉내를 낼 수 없는 그 모성(성)을 새로운 문명의 출발점으로 삼아야 한다. 야만과 폭력의 역사를 끊어내고, 뭇 생명이 조화를 이루며 공존하는 상생의 생명 문화를 만들기 위해서 말이다. 그것은 우리 문명에 자연의 원초적인 생명력을 되돌려 주는 일이기도 하다.

몸의 갈라진 틈, 세계의 기원

페미니즘 시의 여러 경향 중에는 여성 주체로서 여성의 몸을 응시하는 내용을 담은 작품들도 있다. 남성의 시선은 여성의 몸을 타자화하고 그 몸에 남성적 욕망을 투사한다. 끝내 관음증에 빠져드는 남성의 시선이 아니라, 이제 여성의 눈으로 여성의 몸을 보는 시선을 떠올려야 한다. 여성의 시선으로 볼 때 비로소 몸에 대한 새로운 상상이 열릴 수 있다. 여성의 몸에 대한 여성적 전유는 생산하는 몸에 대한 자기 긍정을 요구한다. 생산의 '은밀한 기쁨'에 몸을 떨었던 기억을 되살려야 한다. 그 몸으로 인해 비로소 한 존재, 혹은 세상이 태어났다. 그 몸의 갈라진 틈이 이 세상의 진정한 기원이다.

쿠르베의 그림 '세계의 근원'은 숱한 논란을 불러일으킨 작품이다. 일말의 과장도 없이 사실적으로 재현된 여자의 신체는 '세계의 근원'으로 명명된다. 이 그림 앞에서, 그림 제목 앞에서 낄낄거렸을 남성 관람자의 야비한 웃음을 떠올려 보라. 그들은 '세계의 근원'이라는 그 비장한 제목과 그림 속 재현 대상 사이에서 일종의 부조화가 있다고 생각했을 것이다. 그것이 낄낄거림의 이유가 아닐까? 하지만 남성 관람자의 그 웃음에는, 사실 제목과 그림의 명실상부함을 인정하려 하지 않는 오만과 편견이 숨어 있다. 남성들은 음탕한 눈빛으로 재현 대상을 응시하면서 일종의 우월감도 느꼈을 법하다. 위에서 아래로, 보이는 것에서 보이지 않는 것으로 천천히 시선을 옮겨가면서 말이다. 하지만 화가의 의도와 상관없이, 재현된 대상의 한 부분만을 취하는 예술 감상은 포르노 사진과 영화로 여성을 소비하는 방식과 다를 바 없다. 성기를 넘어선 몸, 또 그 몸을 넘어선 여성의 내면에 대해 일말의 관심도 쏟지 않는 감상법이니 말이다.

이제 남성 관람자의 시선이 은폐하거나 망각했던 사실로 돌아가 보자. 그림 속 대상은 본래 생산하는 몸의 한 부분으로서, 갈라진 틈으로서 모습을 드러낸다. 그 틈의 주인은 몸 자신이고, 여성 자신이다. 생명을 낳아서 기르거나, 혹은 여성의 욕망을 충족하는 것에 '틈'의 존재 이유가 있을 것이다. 이런 여성의 몸이 남성의 욕망을 충족하는 수단으로 전락하도록 놔둘 수는 없지 않은가. 진정한 의미에서 세계의 기원일 그 틈은 오히려 경외의 눈으로 보아야 한다. 그것이 '몸'에 대한 예의이다.

이제 남성의 관음증적 시선에서 벗어나 보자.[7] 보이는 것을 통해 보이지 않는 것을 상상하고, 존재하는 것에서 아직 도래하지 않은 것을 떠올려야 한다. 여성의 몸이 우리에게 선사할 것들, 그 속에 잠재한 그 무한한 생명력을 우리들의 삶의 지평으로 다시 길어 올려야 한다. 그러니 이제 여성의 몸을 여성의 시선에 바치는 지점까지 논의가 도약되어야 한다. 여성적 시선은 김선우의 시 '내력'을 통해 그 무한한 가능성을 확인할 수 있다. 딸의

7  남성들은 그 낄낄거림을 통해, 여성의 몸이 남성 자신을 집어삼킬지 모른다는 불안과 공포를 해소하려는 것으로도 볼 수 있다. 위악적 태도로 남성성을 과장하는 그들의 웃음에는 한껏 위축된 남성들의 그 왜소한 마음이 숨어 있다. 폭력의 밑바닥에 불안과 공포가 자리 잡는 경우가 있다. 남성의 관음증적 시선이 행사하는 폭력이 그러하다. 이제 남성은 폭력으로 전유하는 여성의 몸이 사실 남성 자신의 기원임을 인정해야 한다. 그것을 인정할 때 문제 해결은 시작될 수 있다.

눈으로 '어머니'의 몸을 그리고, 어머니의 몸에 기록된 삶의 내력을 딸의 언어로 증언하는 것에서 무한한 감동이 느껴질 것이다.

몸져누운 어머니의 예순여섯 생신날
고향에 가 소변을 받아드리다 보았네
한때 무성한 숲이었을 음부
더운 이슬 고인 밤 풀여치들의
사랑이 농익어 달 부풀던 그곳에
황토먼지 날리는 된비알이 있었네
비탈진 밭에서 젊음을 혹사시킨
산간 마을 여인의 성기는 비탈을 닮아 간다는,
세간 속설이 내 마음에 천둥 소낙비 뿌려
어머니 몸을 닦아드리다 온통 내가 젖는데
겅성드뭇한 산비알
열매가 꽃으로 씨앗으로 흙으로
되돌아가는 소슬한 평화를 보았네
부끄러워 무릎을 끙, 세우는
어머니의 비알밭은 어린 여자아이의
밋밋하고 앳된 잠지를 닮아 있었네
돌아갈 채비를 끝내고 있었네 (김선우, '내력' 전문)

시상의 초점은 제2행의 '보았네'로 모인다. 이 고백은 어머니의 벗은 몸을 바라보게 되었을 때 얻은 깨달음을 환기한다. 주지하듯이 성기 노출은 우리 사회에서 금기의 대상이다. 부끄러움을 모르는 순진무구한 어린아이나 흔히 바바리맨이라고 일컬어지는 노출증 환자가 아니면, 성기란 감추고

싶어 하는 대상이다. 남성 중심의 문화에서라면 다른 사람 앞에서 성기를
드러내는 행위는 여성에게 더더욱 수치로 여겨질 것이다.

그러니 '여인의 성기'(제8행), 즉 어머니의 '음부'(제3행)를 직접 목격하는
일은 매우 예외적인 사건이다. 화자는 늙어서 몸져누운 어머니의 은밀한
몸을 목격한다. 자식에게 의탁하여 용변을 해결하는 어머니는 비록 딸 앞
이지만 부끄럽지 않을 수 없다. 그래서인지 소변을 받아주려는 딸 앞에서
"부끄러워 무릎을 끙, 세우는" 동작으로 몸을 최대한 숨기려 한다. 어머니
역시 몸의 노출을 부끄러워하는 여성이었던 것이다. 화자만 이 사실을 뒤
늦게 깨달은 것이다.

화자의 깨달음은 어머니 몸에 새겨진 내력에 대한 진술로 이어진다. '있
었네'라는 종결어로 반복되는 진술들 말이다. 우선 화자는 어머니의 몸에
서 "황토먼지 날리는 된비알"을 떠올린다. 한때 그곳은 '무성한 숲'이었다.
'사랑이 농익어' 한껏 부풀어 오르기도 했을 것이다. 하지만 이제 그곳은
'겅성드뭇한' 모습으로 변하였다. 마치 어머니가 평생 일군 그 산비탈 밭처
럼 말이다. 그러니 어머니의 몸은 단순한 몸이 아니라, 어머니가 살아낸 삶
의 내력에 대한 메타포가 된다.

이 발견은 화자에게는 존재가 뿌리째 뒤흔들리는 충격으로 이어진다.
'천둥 소낙비'(제9행)를 맞는 것 같은 충격 말이다. 화자가 경험한 '존재의
흔들림'을 이해하려면 이제 '비알밭'의 메타포로 돌아가야 한다. '어머니'는
평생을 산간마을에서 '비알밭'을 일구며 살아왔다. 산을 개간하여 만든 그
'황토먼지 날리는', 거칠고 험한 경사의 '비알밭'은 자식을 길러낼 삶의 터
전이 되어 주었다. 화자의 기억 속에서 '비알밭'은 어머니의 신산한 노동,
자식에 대한 헌신 그 자체였을 것이다. 젊고 아름다운 시절을 온전히 '비알
밭에 내준 어머니는 이제 '예순여섯' 나이에, 늙고 병든 몸으로 누워 '돌아

갈 채비를 끝내고' 있다. 가을걷이가 끝난 그 빈 '비알밭'의 형상이 어머니의 사라지는 몸에 기록되는 것이다.

여기서 화자는 "산간 마을 여인의 성기는 비탈을 닮아 간다는,/세간 속설"을 떠올린다. 어머니 몸은 그 속설이 단순한 속설이 아님을 깨닫게 해 준다. 힘든 노동과 간난의 삶을 관통해 온 어머니의 삶의 내력은 온전히 '비알밭' 형상으로 기록되어 있다. 이런 깨달음 앞에서 화자는 전율한다. 한때 몸을 부풀게 했을 '사랑'을 자식을 향한 사랑으로 바꾸어, 끝내 헌신하는 삶을 살아온 어머니에 대한 경외감 때문일 것이다. 그런 화자(딸)가 어머니의 메마른 몸을 닦아 주면서 '천둥 소나비'에 한껏 눈이 젖어 있는 것이다.

화자의 멈출 수 없는 눈물. 이 눈물의 참된 의미는 제13행의 시어 '보았네'를 통해 확인된다. 제13행의 '보았네'는 제2행의 '보았네'와는 그 성격이 다르다. 제2행의 '보았네'는 눈에 보이는 것을 보는 행위이다. 이와 달리 제13행의 '보았네'는 눈에 보이지 않는 것을 상상적으로 보는 행위이다. 어머니의 볼품없어진 몸(성기)에 깃든 '소슬한 평화' 말이다. 이 평화는 일차적으로 어머니의 늙은 몸, 그 겅성드뭇해진 성기가 직면한 상황을 가리킨다. 하지만 화자는 그 몸에서 "열매가 꽃으로 씨앗으로 흙으로/되돌아"가는 모습을 떠올린다. 여기에서 시적 진실이 드러난다. 그 진실은 바로 흙으로 돌아가는 어머니 몸은 언젠가 다시 생명으로 귀환한다는 것을 가리킨다.

늙음이나 죽음은 불가역적이다. 시간 질서상 되돌릴 수 없는 영역에 속하는 것으로 여겨진다. 하지만 자연의 순환적 질서에 따른다면, 혹은 여성의 몸이 각인된 생명의 질서를 따른다면, 죽음은 생명의 끝을 맞이하는 사건이 아니라 근원으로 되돌아가는 사건이다.

여기서 어머니의 그 죽음은 새로운 시작을 지시한다. 김선우의 시 '내력'

에서 어머니의 그 정성드뭇한 몸이 '어린 여자아이'의 그 '밋밋하고 앳된' 모습을 닮은 이유가 여기에 있다. 무모(無毛)의 몸은 더 이상 불모(혹은 불구)가 아니다. 언젠가 다시 '무성한 숲'(3행)으로 자랄 가능성을 간직한 몸이다. 이런 시적 상상 속에서 '어린 여자아이'의 그것으로 되돌아가는 일, 끝내 '비알밭'에 되돌아가는 일은 영원한 생명 순환으로 회귀하는 것과 다름없다. 어머니는 죽어도 죽지 않는 영원의 존재가 되는 것이다.

이런 시적 상상의 의미는 무엇인가. 여성(어머니)의 몸에서 삶과 죽음, 시작과 끝이 서로 꼬리를 물고 되풀이되는 자연과 우주. 시인은 자연과 우주의 순환적 리듬으로의 회귀를 선언한 것으로 볼 수 있다. 여기서 어머니의 몸은 당연히 딸의 몸이기도 하다. 부끄러워 시선을 돌리는 어머니의 눈은 그것을 응시하는 딸의 눈이 된다. 자기 몸을 제 눈으로 바라보는 여성의 시선 말이다. 남성의 탐욕스러운 관음증적 시선이 침범할 수 없는 영역에 머무르는 여성의 몸이 여기에 겹친다.

여성의 몸(성기)은 온전히 제 형상과 의미를 되찾는다. 절취된 성기는 이제 신체의 부분이기를 멈추고 온전한 몸 그 자체로 환원된다. 그 몸은 자연('비알밭')으로 돌아가서 더 큰 몸의 일부가 될 것이다. 그리고 자연이라는 몸, 유기체로서의 우주에는 비로소 '소슬한 평화'가 찾아올 것이다. 대립과 갈등, 억압과 폭력, 지배와 피지배로 인해 파편화된 이 남성 중심 사회에서 '소슬한 평화'는 너무나 소중한 것이다. 김선우 시인이 그린 몸의 풍경이 우리가 살아가는 세계의 풍경과 비교할 때 얼마나 평화롭고 또 풍요로운 것인지 되새겨 보아야 한다. 이제 여성의 몸을, 여성의 시선을 세계의 새로운 주인으로 삼아야 한다. 여성뿐만 아니라 남성들조차 여성의 시선으로 삶을 응시하고 성찰할 수 있을 때, 이 세계에는 '소슬한 평화'가 깃드는 그날이 비로소 열릴 수 있다.

**제6장**  　　　　　병든 도시의 디스토피아적 풍경들

어항 속의 금붕어

　시 '유리창 1'은 '향수'의 시인 정지용의 또 다른 대표작이다. 유리창은 유리라는 차갑고 투명한 광물질로 만든 건축자재이다. 우리 전통 가옥에서는 찾아볼 수 없는 박래품이다. 이 낯선 자재가 활용된 건물은 서양식 가옥일 터이니, 시 발표 당시로 따지면 낯설고 이질적인 느낌을 주었을 것이다. 이런 느낌은 유리창이 지닌 소통과 단절의 이중적 속성 때문에 생긴 것이라 할 수 있다. 투명한 유리창은 그것을 기준으로 공간을 둘로 나눈다. 유리창 안의 세계와 유리창 밖의 세계로 말이다. 투명한 속성의 유리창은 창 안의 사람이 밖을 내다보는 통로이지만, 동시에 사람이 바깥으로 나가는 것을 막는 장애물이기도 하다. 정지용은 이런 유리창 심상과 절제된 언어로, 시적 대상인 '아이'(실제로는 죽은 아이의 환영)와의 만남과 이별이 주는 슬픔을 섬세하게 그려냈다. 대중에게 잘 알려지지 않은 시 '유리창·2'는 '아이의 환영' 모티브를 빼면 앞의 작품과 유사한 시적 상황을 암시하고 있다.

아아, 항 안에 든 금붕어처럼 갑갑하다.
별도 없다, 물도 없다, 쉬파람 부는 밤.
소증기선처럼 흔들리는 창
투명한 보랏빛 유리알 아,
이 알몸을 끄집어내라, 때려라, 부릇내라.
나는 열이 오른다.
뺨은 차라리 연정스레이
유리에 부빈다, 차디 찬 입맞춤을 마신다.
쓰라리, 알연히, 그싯는 음향—
머언 꽃!
도회에서 고운 화재가 오른다. (정지용, '유리창 · 2' 부분)

'유리창 · 2'에서 화자는 멀리 유리창 밖 세계를 바라보고 있지만 그곳으로 나갈 수는 없다. 방안에 갇혀 지낼 수밖에 없는 처지이기 때문이다. 이 처지가 외적 현실로 인해 강제된 것인지 화자의 건강 때문이지는 분명치 않다. 다만 신열이 느껴져 치료를 위해 방에 유폐된 상황임은 알 수 있다. 특정 공간에 갇힌 상황이라면 누구나 갑갑함 때문에 밖에 나가고 싶다는 열망에 사로잡힐 수 있다. 화자 역시 마찬가지이다. 그는 방안에 갇힌 자기 처지를 '항 안에 든 금붕어'로 빗대어 표현한다. 금붕어는 본래 있어야 할 세계(바다)를 벗어나 작고 '투명한', 차갑고 깨지기 쉬운 '어항'에 갇혀 자유를 잃은 채 살아가는 존재이다. 이런 금붕어의 메타포는 화자의 유폐 상황이 질병보다는 현실(혹은 시대 상황) 요인 때문임을 암시한다.

어쨌든 화자는 신열로 발현되는 갑갑증을 이겨내려는 듯, 차가운 유리창에 뺨을 비비며 입맞춤한다. 그러다가 이내 유리창을 통해 창밖 세계를 내다보게 되었을 것이다. 물론 '별'도 없이 '쉬파람'만 부는 밤이니, 내다보는 창밖 세계의 형상이 뚜렷하게 포착될 까닭은 없다. 마지막 부분에서 '도회'의 풍경이 '쓰라리, 알연히, 그싯는 음향', '머언 꽃', '고운 화재' 정도로 그려지고 있을 뿐이다. 불 켜진 방에서 암담함을 느끼고 있을 화자가 내다본 도회의 야경은 분명히 아름답고 매혹적이었을 것이다. 마음을 쓰라리게 하면서도 끝내 밖으로 나가고 싶은 마음을 불러일으키는 도회 풍경이었을 것으로 짐작된다. 비록 그곳이 식민지 근대화로 인해 형성된 도시라고 해도 말이다. 그곳으로 나간들 화자의 갑갑증이 완전하게 해소될 가능성은 없겠지만 말이다.

실제로 일본 유학 시절의 도시 체험이 담긴 정지용 시[1]에서는 대부분 근대 도시에 대한 화자의 애증이 교차한다. 밝고 소란스러운 도시는 매혹적이었지만, 그는 끝내 도시의 이방인일 수밖에 없었다. 밝고 소란한 세계는 그 이면에 차갑고 두꺼운 벽을 감추고 있다. 그러니 도시의 거리로 나아가봤자 화자의 정신적 갈증이 해소될 수 없다. 그에게 도시는 자신을 배척하는 '소외'의 공간, 즉 '금붕어'를 가두는 또 다른 '어항'에 지나지 않았다.

이 장의 주제는 현대시에 나타난 도시의 풍경들, 특히 디스토피아의 징후들이다. 도시 공간에서의 삶은 전통사회에서의 삶과 근본적으로 다르다. 먹고, 마시고, 잠자고, 숨 쉬는 것에 이르기까지 그 모든 생활 방식과 생존 양식 자체가 바뀌었다. 21세기를 살아가는 우리에게 도시 공간은 당연한 세계로 여겨질 수 있다. 태어나고 성장하면서 한 번도 도시를 떠나보지 못한 사람이라면 더욱 그럴 것이다. 하지만 도시(특히 현대 도시)는 생각만큼 당연한 세계가 아닐 수 있다. 기껏해야 수백 년, 우리의 경우라면 백 년 정

---

1  이에 대해서는 남기혁, 「정지용 초기시의 '보는' 주체와 시선의 문제」, 『언어와 풍경』, 2010 참조.

도의 역사가 이어져 온 삶의 공간일 뿐이다. 이제 현대시 성립 이래 도시의 심상이 서정시에 어떻게 자리 잡았는지, 도시가 우리 삶에 주는 의미가 무엇인지 함께 살펴보자.

## 대도시 풍경과 절취된 시공간 체험

아무리 거친 산줄기인들 끝자락은 있다. 첩첩 줄기를 이루고 뻗어 내려가던 산맥의 호흡이 가라앉으면 그 끝엔 평탄지가 열리고, 산줄기는 이제 병풍이 되어준다. 이곳에선 물줄기도 호흡이 잦아든다. 힘찬 소리를 내뿜으며 좁고 깊은 계곡을 바쁘게 흘러내리던 물줄기는 다른 물줄기와 만나게 되고, 한껏 불어난 물줄기는 제법 큰 물줄기가 되어 낮은 곳으로 발길을 재촉한다. 하지만 낮은 곳에 이르러 물줄기는 흐름조차 느려진 강을 이루고, 마침내 광활한 바다를 향해 제 몸을 내어줄 준비를 한다.

산줄기가 낮아지고 물줄기가 느려지는 곳. 그곳에 사람이 모여 마을이 들어서고 저자가 생긴다. 이런 마을과 저자가 스스로 몸집을 키워가면서 도시가 형성된다. 그 도시를 다스리는 왕과 버슬아치가 생겨나고, 백성의 생명과 재산을 보호하려 군졸들이 경비를 서며, 일용한 양식을 얻기 위해 모인 사람들이 물물을 교환하고 세상 돌아가는 이야기를 귀동냥한다. 사람이 모이는 곳에선 재화가 넘쳐나고 다른 지역의 정보가 흘러들어 사람들 사이에 소통이 이루어진다. 그리고 그 기반 위에 다양한 층위의 권력이 인간의 삶에 스며들고, 그 권력의 체계를 작동시키는 이데올로기 또한 만들어진다.

도시의 역사는 인류의 역사와 그 출발이 같다고 볼 수 있다. 역사란 본래

도시를 이루며 살아간 사람들의 기록이다. 산야에 묻혀 풀뿌리를 뜯거나 바다로 나가 물고기를 잡으며 일용할 식량을 구하던 개인(혹은 가족)의 이야기는 역사 서술에 끼어들지 못한다. 도시의 성장과 함께 사람들은 그 도시의 유지에 필요한 사항들을 문자로 기록했다. 교역과 금융 활동, 관청의 통치 활동, 종교의 제의 행사, 후대 교육 등 삶의 모든 영역에서 도시는 문자 기록을 중시했다. 그런 기록은 함께 모여 사초(史草)로서 역사 서술을 위한 자료가 된 것이다. 그러니 도시의 역사와 인류의 역사는 궤를 같이한다 해도 과언이 아니다.

하지만 이 장에서 살펴보려는 도시는 인류사의 기원 가까이에 있었던 그 오래된 도시가 아니다. 그 대신 지금 이곳, 우리의 삶을 특징짓는 현대 도시의 풍경들을 다루려 한다. 우리나라 도시는 박물화된 몇몇 궁궐이나 사찰 건물들 외에 오랜 역사를 알려주는 공간들이 거의 남아 있지 않다. 오래된 도시의 시간적 적층을 찾아보기 어려운 현실이다. 게다가 우리는 한국전쟁의 그 처참한 파괴를 경험하지 않았던가. 식민치하에서 수십 년 간 새로운 풍경을 이루었던 도시는 잿더미로 바뀌었고 그 절대적 폐허 위에서 새롭게 도시를 조성했다.

우리에겐 새로 출현한 도시 풍경이 오히려 더 친숙하다. 이 도시의 외피는 화려하다. 수많은 빌딩과 아파트, 넓은 대로를 달리는 자동차와 공장의 기계 소음 등이 도시를 가득 채우고 있다. 그런 도시에서 공부하고 일하며, 소비하고 생활하는 도시인의 삶에는 적당한 안전과 편리가 제공되기도 한다. 이웃 간의 소통 부재나 무관심이 사회 문제로 거론되는 언론보도를 접하기도 하지만, 밀집 공간에서 사생활을 보호하기 위해선 적절한 무관심도 필요한 법이다. 이런 삶을 일컬어 대도시의 삶이라 할 수 있다.

도시는 매우 예외적인 공간이다. 인간의 생존을 위해 자연을 지우고 그 빈자리에 인공(人工)을 채워놓은 곳이다. 특히 현대의 대도시는 자연을 완전하게 축출하고, 인공의 질서를 도시 내부와 외부로 한없이 확장한다. 대도시는 '인공'으로 부풀어 오르는 거대한 풍선이다. 공원으로 조성된 몇몇 장소가 애써 자연의 기억을 이식하려 하지만 그것조차 인공물인 것은 틀림없다. 한껏 부푼 풍선은 위험하다. 언제 터질지 아무도 모른다. '풍선' 안에서 사는 사람들은 그 풍선이 절취된 공간이자 갇힌 세계임을 지각하지도 못한다. 자연에 대한 경험을 차단당한 채 살아가는 시민들에게는 인공의 도시가 오히려 익숙한 고향이자 우주가 된다. 인공의 공간이 세계의 전부이고, 그 세계 바깥은 불편하거나 불안하다. 현대인에게 대도시는 대체 불가능한 생존 공간이 되고 말았다.

이처럼 대도시는 공간 경험의 절취(切取), 더 나아가 시간 경험의 절취를 통해 도시인의 삶을 지탱해 준다. 이런 이중의 절취에 포획된 시민들은 끝내 현재라는 시간에 매몰된 삶을 살아간다. 시간의 경험이 극단적으로 축소된 채 일상의 시간에 얽매이는 것이다. 그들은 '오늘'만을 살아간다. 한없는 권태와 피로 속에서 반복되는 일상의 시간을 감내해야 한다. 내일이 되면 폐기될 현재를 즉물적인 존재로서 살아갈 수밖에 없다. 권태와 피로에 빠진 시민들의 무표정한 얼굴을 떠올려 보라. 그리고 거리에서, 버스 안에서, 상점이나 커피숍에서 홀로 있는 사람들의 무기력하고 무표정한 얼굴을 떠올려 보라.

공간 경험의 이중적 절취는 친밀감이나 유대의 상실로 귀결된다. 규모가 작은 전원 마을은 구성원 간의 유대가 끈끈하다. 그곳 사람들은 이웃과 내남없이 마음을 주고받는다. 개인적 삶의 내밀함은 보장될 수도 없고, 보장될 필요도 없다. 이와 달리 대도시는 광범한 자유와 익명성이 개인에게 허용된다. 완벽하게 격리된 개인 주택(혹은 방)에서, 서로 이름과 얼굴을 모르는 채 살아가는 도시인들이 바로 대도시의 주인인 것이다. 이 주인들을 시민이라 일컫기도 한다.

하지만 도시인은 과연 도시의 진정한 주인, 혹은 주체일 수 있는가? 정치적 의미로 환원하여 말하자면, 그들은 과연 '시민'일 수 있는가. 시민은 '도시'라는 장치가 산출한 주체이다. 물론 주체로 탄생하기까지 시민은 숱한 정치적 격랑을 헤쳐 왔다. 프랑스 혁명의 시기, 혹은 그 이후 대도시 파리를 건설했던 프랑스 시민들의 숱한 피 흘림을 떠올려 보라. 시민이 어떻게 새로운 삶의 질서를 능동적으로 구축해냈는지 말이다. 대도시의 역사가 깊어지면서, 시민적 주체로서 정치에 참여했던 기억이 서서히 옅어지면서, 오늘날 시민들은 스스로가 시민적 주체임을 망각한 채 살아간다. 아이러니하게도 오늘날 시민은 정치적 함의를 잃은 채 말 그대로 '도시에 사는 사람' 정도로 말의 의미가 축소되고 말았다. 그것도 관리와 통제의 대상으로서 말이다.


### 서울이라는 공간


우리의 수도 서울, 그리고 서울에서 사는 시민들의 경우는 어떠한가? 세계적인 대도시 반열에 오른 서울이 대도시의 일반적 속성을 공유하는 것은 당연하다. 서울은 현대 도시로 성장하기 위해 더 처절하게, 그리고 치열하게 현대 도시의 모든 것을 스펀지처럼 흡수하였다. 올림픽과 월드컵이 개최되었고, 세계에서 몇 번째로 높은 빌딩도 들어섰으며, 세계의 그 어느 도

식민지 시대 경성의 거리 풍경

시보다 많은 자동차로 대로가 붐빈다. 이제 서울은 도시를 운영하는 각종 첨단 기술로 인해 세계인의 찬탄 대상이 되기도 했다. 이 대도시는 식민지 시대나 전쟁 시기의 그 아픈 상처조차 완전히 지워냈고, 그 철저한 망각 속에서 나날이 새로운 도시로 변신하는 중이다.

서울이 한양이란 이름을 버리고 오늘날의 서울로 거듭나기 시작한 것은 일제 강점 초기의 일이다. 식민권력의 도시계획에 따라 서울(그러니까 경성)의 도시 풍경은 완전히 바뀌게 되었다. 도로 계획에 따라 공간이 새롭게 구획되었고, 구획된 공간에는 서구적인 건물(관공서, 학교, 병원, 교회 등)이 들어섰다. 선으로 연결된 도시의 주요 지점들 사이로 근대적 교통수단이 오갔으며, 전기도 보급되었다. 사진 자료에서 볼 수 있듯이, 식민지 시대에 이미 서울은 제법 현대 도시의 풍경을 갖추어가기 시작했다.[2]

현대 도시의 모습을 갖추기 시작했어도 식민지 시대에 서울서 살던 사람들을 곧바로 '서울 시민'이라고 칭하기는 어렵다. 시민이 정치와 문화의 주체로서 제 역할을 떠맡은 경험이 없었기 때문이다. 그들은 식민지 지배 권력의 도시계획에 따라 주민으로 편입된 것에 불과했다. 서울 시민이란 지칭은 아무리 빨라도 4·19 혁명이 일어난 1960년 이전으로 소급되기 어렵

---

2  주지하듯이 식민지 시대 서울의 변신은 그 모델이 일본의 도쿄(東京), 더 나아가 19세기 중반의 프랑스 파리이었다. 도쿄와 서울, 한반도의 주요 도시들, 심지어 만주국 시절 일본이 중국에 건설한 도시들에는 유사한 형상의 역사, 세관, 병원 건물이 들어섰다고 한다. 이에 대해서는 노형석, 『모던의 유혹 모던의 눈물』, 생각의 나무, 2004 참조.

한국 현대시 산책

다. '시민'에 미달하는 시민들에게 정치와 문화 등 모든 국면에서 자유민의 환상이 심어졌지만, 그것이 거짓에 불과했음은 역사가 이미 증명해 주고 있다. 여러 차례 시민 혁명을 경험한 오늘날의 서울 시민도 사정은 크게 다르지 않다. 그들 역시 자기 몫의 삶을 대도시의 시스템에 대부분 헌납한 채 무기력하게 살아가고 있다. 다만 시민적 주체로서 도시를 활보하던 그 잠깐의 순간들에 대한 기억이 희미하게 남아 있을 뿐이다.

## 도시라는 '파놉티콘'

앞서 살펴본 정지용 시 '유리창 2'에서 도시인은 어항에 갇힌 금붕어로 비유됐다. 이 비유가 동시대의 김기림 시 '금붕어'에서 핵심 모티브를 이룬 점은 흥미롭다. 어항은 일종의 감옥이고, 그곳에 갇힌 금붕어는 고향(=본원적인 삶의 공간)을 상실한 채 부자유한 삶을 살아가는 존재이다. 그러니 식민지 시대의 도시인(지식인으로 의미를 한정해도 마찬가지임)을 '어항에 갇힌 금붕어'로 빗대는 것은 충분히 공감할 만하다.

여기서 어항의 투명한 속성에 주목하자. 빛이 투과되는 속성은 금붕어의 어항 속 생존에 필수적이지만, 그것이 전부는 아닐 것이다. 빛은 어항 밖에서 어항을 들여다보며 그 상태를 관찰하고 관리하는 데에도 필요하다. 금붕어는 어항을 통해 투명하게 보일 수 있어야 한다. 이처럼 식민지 시대의 도시인들은 일거수일투족이, 심지어 마음속 생각마저 식민권력에 투명하게 드러나야 했다. 정지용과 김기림은 어떤 면에서는 식민권력이 만든 대도시의 공간적 속성을 예리하게 간파한 것으로 평가할 수 있다. 도시의 그 파놉티콘적인 속성과 그것이 발생시키는 도시인의 병적 징후 말이다.

금붕어는 어항 밖 대기(大氣)를 오를래야 오를 수 없는 하늘이라 생각한다.
금붕어는 어느새 금빛 비늘을 입었다 빨간 꽃이파리 같은
꼬랑지를 폈다. 눈이 가락지처럼 삐어져 나왔다.
인젠 금붕어의 엄마도 화장한 따님을 몰라 볼 게다.

금붕어는 아침마다 말숙한 찬물을 뒤집어쓴다 떡가루를
흰손을 천사의 날개라 생각한다. 금붕어의 행복은
어항 속에 있으리라는 전설과 같은 소문도 있다.

금붕어는 유리벽에 부딪혀 머리를 부수는 일이 없다.
얌전한 수염은 어느새 국경임을 느끼고는 아담하게
꼬리를 젓고 돌아선다. 지느러미는 칼날의 흉내를 내서도
항아리를 끊는 일이 없다.

아침에 책상 위에 옮겨 놓으면 창문으로 비스듬히 햇볕을 녹이는
붉은 바다를 흘겨본다. 꿈이라 가르쳐진
그 바다는 넓기도 하다고 생각한다.

금붕어는 아롱진 거리를 지나 어항 밖 대기를 건너서 지나해(支那海)의
한류(寒流)를 끊고 헤엄쳐 가고 싶다. 쓴 매개를 와락와락
삼키고 싶다. 옥도(沃度)빛 해초의 산림 속을 검푸른 비늘을 입고
상어에게 쫓겨다녀 보고도 싶다.

금붕어는 그러나 작은 입으로 하늘보다도 더 큰 꿈을 오므려
죽여버려야 한다. 배설물의 침전처럼 어항 밑에는
금붕어의 연령만 쌓여 간다.

금붕어는 오를래야 오를 수 없는 하늘보다도 더 먼 바다를
자꾸만 돌아가야만 할 고향이라 생각한다. (김기림, '금붕어' 전문)

이 시는 상반되는 속성을 지닌 어항과 바다의 심상 대비를 중심으로 시상을 전개한다. '바다'는 거칠고 위험하나 생명력이 충만한 야생의 세계이다. '금붕어'는 오래전 바다에서 잡혀 어항에 갇힌 '엄마' 금붕어의 후손이다. 그런 금붕어는 바다에 대한 기억이 없다. 햇볕이 잘 드는 어느 양옥집 따사로운 창가에 놓인 어항을 벗어날 수 없는 영역이라 여기며 살아간다. 물론 어항에는 매일 '말숙한 찬물'이 공급되고 금붕어가 먹을 '떡가루'도 주어진다. 이런 어항 속의 세계는 언뜻 유토피아처럼 보인다. 거친 바다의 위험에 노출되지 않고, 먹이 활동의 수고로움도 없다. 금붕어는 그런 평안한 삶을 마음껏 누리면 그만이다. '금빛 비늘'을 입고 '빨간 꽃이파리 같은/꼬랑지'를 활짝 편 채 어항 속을 유유히 헤엄치면 되는 것이다.

'금붕어'의 유영은 보는 사람의 눈을 즐겁게 한다. 하지만 '금붕어'는 본래 거칠고 위험한 바다, '지나해의 한류'를 끊으며 헤엄쳤던 존재가 아닌가. 위험하긴 해도 '옥도빛 해초의 산림'이 바로 금붕어가 자유롭게 살아갈 곳이 아닌가. 하지만 바다는 '꿈이라 가르쳐진' 세계일 뿐이다. '바다'는 "오를래야 오를 수 없는 하늘보다" 더 먼 곳에 있다. 바다는 '돌아가야만 할 고향'이지만 끝내 돌아갈 수 없다고 체념해야 하는 세상이다.

김기림의 시 '금붕어'는 도시인의 순응적 태도를 비판하는 작품으로 평가된다. 물론 '금붕어'가 바다로 회귀하는 꿈을 완전히 버린 것은 아니다. '돌아가야만 할 고향'(마지막 연)이란 진술이 이를 잘 보여준다. 그러나 그 생각은 마음속 생각일 뿐이지 실천될 수 없다. 금붕어는 바다를 도달할 수 없는 세계라 여긴다. 게다가 그는 이미 '어항 속 세계'에 완전히 길들어 있

다. 먹이를 주는 '흰손'을 '천사의 날개'라고까지 여긴다. 투명한 어항을 통해 아름다운 자태를 뽐내기만 하면, 생존에 필요한 것이 다 주어진다. 그러니 "항아리를 깨는 일"이 생기지 않는다. 자신을 길들이는 인간들에 대해 금붕어는 적의를 품지 않는다. 순치된 삶에 안주하는 이런 금붕어는 오늘날 대도시를 살아가는 현대인의 길들여진 모습과 같지 않은가.

이처럼 정지용과 김기림에게 도시는 자연의 생명력이 고갈된 공간이자, 박래품처럼 수입된 이질적 세계였다. 도시를 가로지르는 겹의 시선들, 즉 감시와 처벌의 시선들이 이 금붕어 같은 존재들을 포획한다.[3] 포획된 존재들은 도시의 파놉티콘적인 감시 체계로 인해 무기력 상태에 빠져들거나 점차 신경증 상태에 도달한다. 현대 도시는 '금붕어들'이 온전히 누릴 수 없는 세계이다. 두 시인은 식민지 대도시에서 디스토피아의 징후를 읽어 낸 것이다. 삶의 도약이나 세계의 진보를 더 이상 믿을 수 없다는 듯이 말이다.

도시가 디스토피아로 그려지기만 하는 것은 아니다. 때때로 도시는 변화 속도가 빠르고 활기가 넘치며 명랑한 진보의 공간으로 묘사된다. 해방기에 간행된 사화집 『새로운 도시와 시민들의 합창』(1949년) 속 도시 이미지가 그러하다. 역사의 진보에 대한 낙관적 믿음은 도시 문명에 대한 유토피아적 전망과 결합할 가능성이 얼마든지 있다. 질주하는 자동차, 기계들의 소음, 분주히 움직이는 군중, 시각을 자극하는 스펙터클. 이 모든 도시 풍경들은 시민들을 매혹했고 그런 풍경으로 채워질 미래에 대한 열망을 자극했다. 특히 숱한 사람들이 몰려들면서 대도시 서울은 활기가 넘쳐났고, 소위

---

3  이에 대해서는 노명우, 「시선과 모더니티」, 『문화와 사회』제3권, 2007; 이진경, 『근대적 시공간의 탄생』, 그린비, 2010 등의 논의 참조.

한강의 기적을 연출하며 도시는 환골탈태했다. 그야말로 현대 대도시로 급격하게 변모하였다.

하지만 현대 도시는 인문학적 상상이나 교양을 크게 요구하지 않는다. 일하며 쉬고, 먹고 마시는 일상의 공간, 때로는 재테크의 대상이 되는 공간에서 우리는 세속적 현실의 노예가 된다. 속물적 욕망이 지배하는 도시는 우리에게서 역사에 대한 그 모든 기억, 꿈과 상상, 시민의 연대를 지워버린다. 게다가 우리는 이전의 어떤 시대에도 구현되지 않았던 완벽한 감시 체계에 포획된 존재들이 아닌가. 골목과 거리, 편의점과 은행, 빌딩과 아파트의 엘리베이터, 심지어 자동차에 달린 블랙박스까지, 우리를 바라보는 감시 카메라는 사방에 촘촘히 깔려 있다. 이 전자식 감시 장치는 시민을 관찰하고 관리해야 할 존재, 어떤 자유도 마음껏 누릴 수는 없는 존재임을 일깨워준다.

전자식 감시 장치는 하늘, 혹은 태양(=신)이란 '눈'의 대체물이다.[4] 그 장치들은 내면의 모럴을 통해 삶을 되돌아보는 시민들 대신에, 그 감시 시스템에 길든 무기력한 소시민을 양산할 뿐이다. 자기 욕망에 충실한 속물적 주체들 말이다. 오늘날 도시에서는 속물들의 무한 욕망과 배설 욕구, 그것을 충족시켜줄 돈에 대한 욕망 이외엔 어떤 것도 삶의 지표가 되지 못한다. 파놉티콘으로 전락한 도시는 괴물(혹은 좀비) 같은 존재들이 살아가는 세계로 변모했다. 물질의 욕망을 향해 질주하는 괴물 말이다. 진보한 현대 도시가 디스토피아적 위기 징후를 드러내는 지점이다.

---

4　상징 사전에 따르면 태양은 하늘의 눈이다. 세계의 여러 원시 종족들 신화에서 '태양=눈'이란 생각이 발견된다는 것이다. 이승훈, 『상징사전』, 고려원, 1995, 477쪽 참조.

황지우 시 '徐伐, 셔블, 셔볼, 서울, SEOUL'는 언어의 경제가 무시된 작품이다. 운율이나 이미지는 물론 시를 시답게 만들어주는 수사적 장치도 거의 없다. 기존 서정시의 언어나 형태, 관습 등을 의도적으로 파괴한 해체시(解體詩)로 평가된다. 엉성한 산문으로 얽어낸 공상 영화의 시놉시스 같은 인상을 주지만, 이 낯선 작품에도 시적인 것이 담겨 있다. 화자가 '카메라' 뒤에서 관찰자로 남아 투시하게 된 대도시의 풍경과 속물적 인간의 내면을 함께 살펴보자.

(전략) 그리고 1983년 2월 24일 19:08 #36, 7, 8, 9······ 그 장만섭 씨는 화신 앞 17번 좌석버스 정류장에 늘어선 열의 맨 끝에 서 있다. 1983년 2월 24일 19:10 #51, 2, 3, 4······ 장만섭씨는 열의 중간쯤에 서 있다. 1983년 2월 24일 19:15 #27, 8, 9······ 선진조국의 서울 시민들을 태운 17번 좌석버스는 안국동 방향으로 떠나고 장만섭 씨는 그 열의 맨 앞에 서 있다. 그의 손에는 아들, 장일석(6세)과 딸, 장혜란(4세)에게 줄 이티 장난감이 들려져 있다. 보성물산주식회사 장만섭 차장은 무료했다. 그는 거리에까지 들려 나오는 전자 오락실의 우주 전쟁놀이 굉음을 무심히 듣고 있다.

　　　　숑숑숑숑숑숑숑숑숑숑숑숑숑숑숑숑숑숑숑
　　　　띠리릭 띠리릭 띠리리리리리리릭
　　　　피웅피웅 피웅피웅 피웅피웅피웅피웅
　　　　꽝!ㄲ ㅗ ㅏ 이!
　　　　PLEASE DEPOSIT COIN

AND TRY THIS GAME!

또르르르륵

그리고 또다른 동전들과 바뀌어지는

숑숑과 피우피웅과 꽝!

　　그리고 숑숑과 피우피웅과 **꽝**!을 바꾸어 주는, 자물쇠 채워진 동전통의 주입구(이건 꼭 그것 같애, 끊임없이 넣고 싶다는 의미에서 말야)에서,

　　그러나 정말로 갤러그 우주선들이 튀어나와, 보성물산주식회사 장만섭 차장이 서 있는 버스 정류장을 기총 소사하고, 그 옆의 신문대를 폭파하고, 불쌍한 아줌마 꽥 쓰러지고, 그 뒤의 고구마 튀김 청년은 끓는 기름 속에 머리를 처박고 피흘리고, 종로 2가 지하철 입구의 전경 버스도 폭삭, 안국동 화방 유리창은 와장창, 방사능이 지하 다방 '88올림픽'의 계단으로 흘러 내려가고, 화신 일대가 정전되고, 화염에 휩싸인 채 사람들은 아비규환, 혼비백산, 조계사 쪽으로, 종로예식장 쪽으로, 중소기업협동조합중앙회 쪽으로, 우미관 뒷골목 쪽으로, 보신각 쪽으로

　　그러나 그 위로 다시 갤러그 3개 편대가 내려와 5천 메가톤급 고성능 핵미사일을 집중 투하, 집중 투하!

　　(황지우, '徐伐, 셔볼, 셔볼, 서울, SEOUL' 부분)


　　이 작품에는 몽타주 기법이 활용되고 있다. 물론 회사에서 퇴근하는 '장만섭'이란 사내가 버스를 기다리는 정류장 상황에 대한 순차적 서술이 시상 전개의 중심축이다. 이 과정에서 화자는 장만섭의 겉모습과 속마음, 과거와 현재 등을 서술하거나, 저녁 무렵 도심의 실제 현실과 전자오락으로 상상이 촉발된 가상현실을 교직한다. 장만섭의 속물적인 욕망과 배설 욕구, 참된 유대가 사라진 소시민 가족의 위장된 평화, 권태로운 도시의 일상,

실제의 거리 풍경과 상상된 거리 풍경은 몽타주를 통해 서로 뒤섞이면서 또 서로를 지워낸다.

'장만섭씨'는 과연 어떤 사람인가? '산요 레시바'를 귀에 꽂고 팝송과 시엠송에 귀 기울이는 이 사내 말이다. 이 사내는 어쩌면 버스나 지하철에서 스마트폰을 향해 고개를 숙이고 있는 우리 모습과 크게 다르지 않다. 그는 타인에게 관심을 기울이지 않고 오직 자기 가족과 개인 욕망에만 충실하다. 가정에 필요한 돈을 벌려고 열심히 일한다. 그 과정에서 일탈 행위에 빠지기도 하지만 집에서는 책임 있는 남편이자 아버지로서 자기를 연출한다. 하지만 나날의 삶에서 그가 행하는 모든 일들은 허위에 지나지 않는다. 일상의 현실과 비속한 욕망에 사로잡혀 소시민의 속물적인 삶에 안주하는 '장만섭씨'에게 내면의 진정성을 바라는 것 자체가 무리일는지 모른다.

버스를 기다리다 무료해질 무렵, '장만섭씨' 귀에 전자오락의 굉음이 들려온다. '우주 전쟁놀이'를 구현한 갤러그 게임은 1980년대 초반 도시 풍경의 일부였다. 버스 정류장이나 골목 초입엔 으레 전자오락실이 들어섰다. 그곳에 설치된 스피커는 실황 중계하듯 우주 전쟁놀이 굉음을 거리로 쏟아냈다. 그 소리만 듣고 있으면 마치 이 대도시가 비행기나 우주선의 폭탄 투하와 기총사격으로 아비규환이 된 것 같은 착각이 생길 정도였다.

이제 이 작품의 진면목을 확인해야 한다. 황지우가 묘사한 가상현실은 어쩌면 실제 현실보다 더 현실적일 수 있다. 갤러그 게임을 보며 떠올린 폭탄과 기총소사의 환청, 그로 인해 죽어가는 시민들에 대한 환상. 화자는 이런 가상현실을 마치 '카메라'로 실황 중계를 하듯 묘사한다. 이 화자의 시선은 두 개의 방향을 동시에 향한다. 하나는 역사 경험 속에 실재하는 시민—특히 광주에서—의 죽음에 대한 기억이고, 다른 하나는 앞으로도 시민들이 그렇게 맥없이 죽어갈지 모른다는 예감이다. '1983년 2월 24일, 서울

종로의 화신' 앞에 서 있는 '장만섭씨'의 일거수일투족을 통해 비쳐낸 이 디스토피아적 상상은 가상의 현실이자 실제의 현실이고, 있었던 현실이자 도래할지 모르는 현실이다.

황지우가 카메라 뒤에 숨어서 도시의 가상현실을 재현한 이유는 무엇일까? 누구나 짐작할 수 있듯이, 이 재현은 고도의 정치적 텍스트로 환원해서 읽어야 한다. 황지우는 가상현실이 넘쳐나는 도시의 풍경을 냉소하는 것에 그치기보다 그런 가상현실이 이 도시 속에서 실제 현실로 재현될 가능성을 떠올리며 전율하고 있는 것인지도 모른다. '갤러그 우주선들이 튀어나와' 서울의 거리를 파괴하고 아비규환을 만드는 모습은 가상현실에 불과하다. 하지만 이 가상은 현실보다 더 현실 같은 느낌을 자아낸다.

이런 재현은 두 가지 방향에서 해석할 수 있다. 첫 번째 해석은 시대의 폭력에 대한 알레고리이다. 1980년대를 지배했던 군사정권의 폭압과 그로 인해 파괴되는 시민의 일상을 읽어내는 것이다. 이 작품의 발표 시점에서 이런 폭력적 사건들은 시민의 삶에서 얼마든지 일어날 수 있는 것이었다. 두 번째 해석은 속물적 욕망에 사로잡힌 소시민의 삶에 대한 화자의 혐오와 환멸을 읽어내는 것이다.

어떤 해석을 택하든 간에 그것은 우리 대도시가 맞이할 우울한 미래, 혹은 디스토피아의 가능성을 경고하는 것으로 볼 수 있겠다. 이 경고는 소시민의 안정된 삶에 충격을 가하고, 견고한 현실에 작지만 큰 균열을 일으킨다. 그 균열의 끝은 화자가 말하듯이 'GAME OVER'[5]일 것이다. 모든 것이 끝장날 것이라는, 혹은 끝장날지 모른다는 경고 말이다.

---

5  시는 마지막 부분에 간략한 악보와 함께 "짜 자 잔/GAME OEVER/한다면"을 제시하며 시를 끝맺고 있다.

결국 냉소나 자조 뒤에 숨은 풍자의 전략을 읽어내는 것이 중요하다. 황지우 시인의 이 작품은 비속어와 은어, 성적인 표현으로 가득 차 있다. 이 표현들은 특유의 요설 속에서도 길을 잃지 않고 1980년대의 대도시 서울을 향해 날카로운 풍자의 칼날을 들이민다. 소시민의 일상적 삶에 내재한 그 위선과 허위를 파헤치고, 디스토피아의 우울한 전망을 펼쳐낸다. 그의 칼끝이 향하는 방향은 사실 도시의 일상적 삶에 매몰된 우리 자신이다. '장만섭'의 얼굴, 그의 속물적인 마음의 풍경은 사실 '우리' 자신의 그것과 너무나 닮아 있으니 말이다.

사십 년의 시간이 흐른 지금, 서울은 디스토피아적 현실을 가속화하고 있다. 초고층 빌딩과 첨단 전자장비가 펼쳐놓는 현란한 스펙터클로 이 도시는 더 화려해졌다. 시민의 교육 수준은 더 높아졌고 명목소득도 크게 향상되었다. 하지만 권력과 자본의 계략은 더욱 음험해졌다. 도시인은 여전히 속물적 삶을 강요받는다. 자본과 권력의 노예로 전락한 채 굴종과 예속을 강요당한 사람들이 마치 좀비처럼 살아가는 세상. 더 이상 견딜 수 없다는 비명마저 소음에 파묻히는 그 디스토피아 말이다.

### 소비 사회와 폭주하는 욕망

도시는 대량 생산과 대량 소비로 지탱된다. 나날의 삶에 필요한 소비재들을 도시 바깥에서 끊임없이 날라 와 소비하고 탕진하는 곳이다. 값싸고 편리한 소비재들은 소비자를 포획한다. 편안한 생활을 위해, 건강을 챙기기 위해, 유행을 따라잡기 위해 구매해야 한다고 우리를 유혹하는 소비재들이다. 소비자는 소비재를 소비하는 주체가 아니라 소비재에 의해 소비되는 대상으로 전락한 것은 아닌가 하는 착각마저 생길 정도이다. 신상품, 특히 명품에 혈안이 되어 지갑은 물론 영혼마저 비워버리기로 마음먹은 사람들로 넘쳐나는 곳이 바로 현대 도시이다. 소비 사회에 자신을 헌납한 개인들이 거리와 상점을 활보하는 공간이 되어 버린 것이다.

본래 옷은 부끄러운 곳을 가리거나 외부 기온을 막아주면 충분하다. 음식이란 맛있고 배부르게 먹으면 그만이다. 도시인의 소득과 저축으로 꿈꿀 수 없다면 그 아파트는 더 이상 주택이 아니다. 하지만 도시는 이런 생각을 비웃는다. 이런 도시에서 우리는 오래전에 이미 소비 주체라는 지위를 상실하였다. 배한봉의 시 '문명의 식욕'에 그려진 도시인의 모습이 그러하다.

거리에 사람을 갖춰 입은
옷들이 둥둥 걸어다닌다
숫제 개나 고양이를 갖춰 입은 옷도 있다

아침부터 왕성하게 나를 먹어치운 옷은
저녁이면
나를
생산한다

살아 있는 한 나는
끊임없이 생산되고, 끊임없이
소비된다 (배한봉, '문명의 식욕' 부분)


화자는 '생산'과 '소비'의 주체는 인간이 아니라 상품('옷')이라고 말한다. 이런 발상 전환이 일련의 기괴한 이미지를 연출한다. 옷 입는 과정은 신체 일부가 차례대로 삼켜지는 과정에 비유가 되고, '나'는 "어깨도 가슴도 없는" 기이한 존재로서 "한 벌의 옷"으로 대체된다. 거리에는 이런 '옷'들이 둥둥 떠다니고, 심지어 개와 고양이마저 몸뚱이를 '옷'에 내맡긴 채 산책한다. 저녁이 되어서야 '나'는 잠시 본래의 '나'로 돌아간다. '나'는 소비 사회의 그 무한한 식욕에 포획된 또 다른 소비재에 지나지 않는 것이다. 끝없이 소비를 부추기는 현대도시의 또 다른 디스토피아적 징후를 주체의 상실이나 소외로 그려낸 작품이라 할 수 있겠다.

유하의 시 '바람 부는 날이면 압구정동에 가야 한다 · 6'은 1990년대의 서울, 특히 한국 사회에서 부와 권력의 상징으로 일컬어지는 압구정동의 풍경을 그려낸다. 세상의 풍경이 변화하면, 시의 언어도 시인의 시선도 이렇게 바뀌어야 한다는 듯 말하고 있는 작품이다.

> 바람부는 날이면, 압구정동에 가야 한다 사과맛 버찌맛
> 온갖 야리꾸리한 맛, 무쓰 스프레이 웰라폼 향기 흩날리는 거리
> 웬디스의 소녀들, 부띠끄의 여인들, 카페 상류사회의 문을 나서는
> 구찌 핸드백을 든 다찌들 오예, 바람 불면 전면적으로 드러나는
> 저 흐벅진 허벅지들이여 시들지 않는 번뇌의 꽃들이여
> 하얀 다리들의 숲을 지나며 나는, 끝없이 이어진 내 번뇌의 구름다리를
> 출렁출렁 바라본다 이 거추장스러운 관능의 육신과 마음에 연결된
> 동아줄 같은 다리를 끊는 한 소식 얻기 위하여, 바람 부는 날이면
> 한양쇼핑센타 현대백화점 네거리에 떡하니 결가부좌 틀고 앉아
> 온갖 심혜진 최진실 강수지 같은 황홀한 종아리를 뚫어져라 바라보며
> 부정관(不淨觀)이라도 해야 하리 옛날 부처가 수행하는 제자에게 며칠
> 을 바라보라 던져준
> 구더기 끓는 절세미녀의 시체, 바람부는 날이면 펄럭이는 스커트 밑의

온갖 아름다움을, 심호흡 한번 하고, 부정해보리 내 눈은 뢴트겐처럼 번쩍

한 떼의 해골바가지를, 뼈다귀를, 찍어내리려고 눈버둥친다 내 코는 일순 무쓰향에서 썩은 피고름 냄새를 맡아내리려고 쿵쿵 벌름댄다, 정말 이러다

이 압구정동 네거리에서 내가 아라한의 경지에……? 아서라

마음속에 영원히 썩어 문드러지지 않을 것 같은 다리 하나 있다

바로 이 순간, 촌철살인적으로 다가오는 종아리 하나 있다

배나무숲을 노루처럼 질주하던 원두막지기의 딸, 중학교 운동회 때

트로피를 휩쓸던 그 애, 오천 원짜리 과외공부 시간 책상 밑으로 내 다리를 쿡쿡 찌르던,

오천 원이 없어 결국 한 달 만에 쫓겨난 그 애, 배나무들을

뿌리째 갈아엎던 불도저를 괴물 아가리라 부르던 똥그런 눈망울

한강다리 아래 궁글던 물새알과 웃음의 보조개 내게 던지고 키들키들

지금의 현대백화점 쪽으로 종다리처럼 사라지던, 그 후로

영영 붙잡지 못했던 단발머리 소녀의 뒷모습

그 눈부시던 구릿빛 종아리

(유하, '바람부는 날이면 압구정에 가야 한다 · 6' 전문)

이 작품에서 압구정동과 '바람 부는 날'을 엮어주는 시어는 '욕망'이다. 바람 부는 날이면 '압구정'에 가야 한다고 화자가 외친 까닭은, 압구정이 욕망으로 끓어 넘치는 곳이기 때문이다. 화자는 압구정동을 "체제가 만들어낸 욕망의 통조림 공장"(연작 2 참조)에 비유한다. 균일한 욕망을 양산하는 공간이란 뜻일 것이다. 이 거리에는 온갖 화장품과 향수, 첨단 패션과 명품을 휘감은 여성들이 '황홀한 종아리를 드러낸 채' 활보한다. 그들은 분

명 욕망에 사로잡힌 존재들이지만, 욕망의 대상으로 자신을 현시하기도 한다. 압구정 거리의 여성들만 그러하겠는가. 압구정동 아파트에 사는 사람들, 소비를 부추기는 상점이나 카페들 모두가 욕망이란 열차에 탑승했던 것은 아닐까?

압구정동은 한국 사회의 기형적인 발전을 주도하면서, 혹은 그것에 기생하면서 다양한 방식으로 부를 축적한 사람들이 모여 사는 곳, 또 그곳에서 부를 증식하는 곳이다. 그리고 축적된 부가 사치스러운 소비로 이어지는 곳이다. 화자의 말처럼 압구정동은 '체제의 욕망'이 만들어낸 소비 공간이다. 그 공간에 편입되는 것은 쉽지 않은 일이다. 과시적 소비를 감당할 수 있는 경제적 여유, 아름다움을 뽐낼 수 있는 외모와 패션, 적정한 수준의 교양과 외국어 실력 등을 두루 갖춰야 한다.

화자가 압구정동에 가려는 까닭은 무엇인가? 그것은 소비 욕망에 편입되기 위해서도 아니고, 관음증적인 욕망을 충족하기 위해서도 아니다. 압구정 거리를 활보하는 여성들을 관능적 존재로 바라보면서 어떤 욕망을 채울 목적으로 압구정동에 가려는 것은 아니라는 말이다. 오히려 정반대이다. 화자는 그녀들의 다리가, 아니 압구정동의 화려함이 불러일으킬 '번뇌'를 떨쳐내려고 한다. 불교에서 빌려온 시어 '가부좌', '부정관', '아라한' 등에서 짐작할 수 있듯이, 화자는 압구정동이 현시하는 욕망에서 오히려 '썩은 피고름 냄새'를 맡고 있다. 그리고 순간의 욕망을 표상하는 '황홀한 종아리' 대신에 영원한 순수의 표상인 '구리빛 종아리'을 떠올리게 된다. 아파트가 들어서기 전 압구정 '배나무숲'을 내달리던 한 소녀의 모습을 말이다.

'구리빛 종아리' 소녀에 대한 화자의 기억은 이 작품이 지향하는 가치의 핵심이다. 소비 사회가 식민화할 수 없는 마음의 영역을 제시하려는 것이다. 문제는 화자의 생각이 어쩌면 낡고 순진한 것일 수 있다는 점이다. 소비 사회를 풍자하고 있는 시인은 어쩌면 소비 사회의 언저리에서 길을 잃은 경계인에 불과하다. 문제는 경계인인 화자가 감히 계몽의 사도로서, 혹은 수도자로서 '번뇌의 구름다리'를 끊어내야 한다고 섣부르게 선언한 것에서 찾을 수 있다. 화자는 너무 쉽게 눈을 감았고, 너무 일찍 선언했던 것은 아닐까. 소비 사회의 욕망을 단죄하는 대신, 그 내부로 들어가 눈을 부릅뜨고 그 욕망의 실체를 더 철저하게 해부해야 했을지 모른다. 아니 '배나무숲'의 기억을 끄집어내는 대신, 조금 더 과감하게 풍자의 칼날을 압구정동 거리에서 휘둘렀어야 했다. 속물적 욕망을 부추기는 소비 사회가 드러내는 디스토피아의 징후를 좀 더 신랄하게 그려내기 위해서라도 말이다. 물론 '구리빛 종다리'에 대한 기억은 여전히 옳다.

### 향수와 원죄가 없는 새로운 세대의 도시

유하의 시는 압구정동의 본래 모습을 우리에게 일깨워 준다. 오늘날 압구정동에 들어선 그 빽빽한 아파트촌과 상가들은 본래 강변 배나무 과수원을 밀어낸 자리에 들어섰다. 이 개발 현장을 어린 시절 목격했던 화자는 기억 속의 압구정동에 간직된 무한한 생명성과 생동하는 힘을 기억해낸다. 그 옛날 압구정동의 과수원에서 '노루'처럼 뛰어다니던 소녀의 "눈부시던 구릿빛 종아리"는 오늘날 압구정동 거리를 채운 '하얀 다리들의 숲'이 지니지 못하는 원초적 순수성에 대한 상징으로 볼 수 있다. 유하는 이런 다리의 유비를 통해 자연과 인공, 생산과 소비, 순수와 퇴폐, 건강함과 병적임 같은 의미론적 대립을 만들어냈다. 실제 현실에서 이 대립의 승자는 각 대립 쌍에서 후자로 제시된 것들이리라. 압구정으로 표상되는 소비 사회는 도시

공간을 한없이 팽창시키면서 대립 쌍의 전자들을 밀어내고 지워냈다. 어쩌면 이제 이 사라진 것들에 대한 기억조차 사라지고 있는 것이 오늘날의 현실이다. 그러니 사라진 세계에 대한 기억을 더듬어 시로 기록한 것만으로도 유하의 작품은 소중하다.

이런 점에서 유하는 해체주의적 상상력 대신 낭만주의적 상상력을 고집한 시인으로 볼 수 있다. 산업화 시대 초기의 선배 시인들처럼, 그는 사라진 고향을 불러낸 후 이를 도시와 대립시켰다. 예를 들어 이수익 시인의 '방울소리'가 그려낸 실향민의 마음속 고향 풍경은 유하 시인이 그려낸 '배나무 숲'과 너무 흡사하다.

청계천 7가 골동품 가게에서
나는 어느 황소 목에 걸렸던 방울을
하나 샀다.

그 영롱한 소리의 방울을 딸랑거리던
소는 이미 이승의 짐승이 아니지만,
나는 소를 몰고 여름 해질녘 하산하던
그날의 소년이 되어, 배고픈 저녁연기 피어오르는
마을로 터덜터덜 걸어 내려왔다.

장사치들의 흥정이 떠들썩한 문명의
골목에선 지금, 삼륜차가 울려 대는 경적이
저자바닥에 따가운데
내가 몰고 가는 소의 딸랑이는 방울소리는
돌담 너머 옥분이네 안방에

들릴까 말까.

사립문밖에 나와 날 기다리며 섰을

누나의 귀에는 들릴까 말까. (이수익, ‘방울 소리’ 전문)

이 시에서 화자는 ‘청계천 골동품 가게’에서 우연히 산 방울(즉 워낭)을 바라보면서, 방울 소리를 울리며 소와 함께 귀가하던 어린 시절의 고향에 대한 기억을 떠올린다. 고향에서의 워낭소리는 영롱하게 시간의 경계 너머까지 울려 퍼진다. 그 영롱한 소리는 문명의 소음들, 즉 ‘장사치들의 흥정’, 자동차의 ‘경적’ 소리와 달리 마음을 어지럽히지도 않는다. 잊었던 고향, 사라진 고향에 대한 기억을 불러일으키는 그 영롱한 소리는 화자를 어린 시절 친구 ‘옥분이’, 자신을 기다려준 ‘누나’에 대한 기억으로 이끌어주고 있으니 말이다.

고향은 기억만으로도 소중하지만, 되돌려질 수 없는 현실이다. 우리는 고향 상실의 상황을 부정할 수 없는 현실로 받아들여야 한다. ‘방울 소리’가 울려 퍼지는 마을, 하얀 배꽃이 만발한 ‘배나무 숲’은 더 이상 돌아오지 않을 현실이다. 방울 소리가 무엇인지, 배꽃의 모습이 어떠한지를 아는 사람조차 이제는 거의 없다. 특히 젊은 세대에서는 말이다. 어쩌면 우리 시대는 욕망의 도시 그 자체가 삶의 주인공이다. 도시가 몸과 마음의 실제 고향인 세대들이 마침내 대도시의 주민이자 시민이 되었다.

다만 도시가 발산하는 욕망의 속살은 비판적 시선으로 바라보아야 한다. 이런 문제의식은 언제나 유효하다. 후기산업사회의 살풍경한 도시에서 고통으로 신음할 수만은 없으니 말이다.

이제 이 도시의 진정한 주인이 누구여야 하는가에 대해 성찰해야 한다. 거대한 욕망의 통조림 공장을 잠시나마 멈추게 했던 그 기억을 되살리고,

소비 욕망에 포획된 수동적 소비자가 아니라 새로운 세상을 만들겠다는 바람으로 거리를 질주했던 존재들의 거친 숨결과 함성을 다시 살려야 하는 것이다. 한때 이 도시를 활보했던 군중들, 거리에서 정치적 함성을 뱉어냈던 거친 숨결들, 대도시의 번영에 가려져 그 존재조차 호명되지 못했던 노동자들을 이 도시의 진정한 주인으로 불러내는 일이 남았다. 우리 도시를 다시 정치적 공간으로 되돌려 줄 존재들이다.

# 제7장

# 군중의 거리, 광장의 함성

군중의 출현

인상주의는 현대 미술의 출발을 알린 미술 사조(思潮)로 평가된다.[1] 소위 인상파로 일컬어지는 일군의 화가들은 훗날 시민 계급이 가장 선호하고 열광하는 그림들을 많이 남겼다. 잘 알려져 있듯이 인상주의 미술의 출현은 사진기계, 즉 카메라의 보급과 뗄 수 없는 관계가 있다. 지금의 첨단 디지털카메라와 비교한다면 조악한 수준이었지만, 대상의 사실적 재현이라는 측면에서 보면 사진은 그 어떤 그림보다 우월한 위치를 점할 수 있었다.[2] 이제 미술은 존재 이유를 더 이상 대상의 재현에서 찾을 수 없게 된 것이다. 기존 미술계가 쏟아낸 혹평에도 불구하고 인상주의 회화가 점차 영향력을 확대한 것도 이런 기술적 요인에서 그 원인을 찾을 수 있다.

---

1    인상주의 미술에 대한 소개서로는 제임스 H. 루빈, 『인상주의』(김석희 역), 한길아트, 2001.; V. B. 오베르토, 『인상주의』(하지은 역), 북커스, 2021 등을 참고할 만하다.

2    사진의 무한 복제 가능성은 아우라를 고유한 본질로 여기는 예술 작품을 위협하는 요인이었다. 이에 대해서 발터 벤야민, 「기술복제시대의 예술작품」, 『발터 벤야민 선집·2』(최성만 역), 도서출판 길, 2007 참조.

19세기 중후반 유럽 사회의 정치적·경제적 변화 역시 인상주의 미술의
확산에 영향을 미쳤다. 도시 속 공원이나 거리 모습, 근교의 자연 풍경, 기
차역과 항구, 무도회나 공연 무대, 술집 같은 곳이 화폭에 담기기 시작했고
거기에는 도시의 일상생활을 보여주는 새로운 인간 군상들이 등장했다. 화
가의 시선에 포착되는 자연이나 도시의 순간적인 인상, 불빛이 산란하는
도시야경 등이 화폭에 담기기도 했다.[3] 인상주의 미술은 이후 신인상주의
나 후기 인상주의로 변신했으며, 다양한 창조적 개성과 만나면서 여러 미
술 사조에 영향을 끼쳤다. 특히 마네, 모네, 르누아르, 세잔느, 드가, 고흐,
고갱 등 주요 인상파 화가의 그림들은 오늘날까지 대중에게 가장 널리 알

려져 있고 또 폭넓게 사랑받고 있다.

모네의 그림 〈카퓌신 거리〉

이 장에서 살펴볼 주제는 '도시의 주
인은 과연 누구인가?'이다. 그런데도
인상주의 미술로 이 장의 논의를 시작
하는 것은 19세기 중후반에 출현한 인
상주의 미술이 현대의 도시 체험과 뗄
수 없는 관계가 있기 때문이다. 현대의
도시 체험에 있어서 그 중심은 그 이전
의 어떤 도시와 비견될 수 없는 풍경의
변화에서 찾을 수 있다. 대표적인 인상

---

3  인상주의 회화에서는 태양의 자연적인 빛이나 전등 같은 인공적인 빛에 비친 사물의 인상을
포착하여, 그것을 놀라운 색채의 마법으로 그려낸다. 당연히 인상주의 회화에서는 순간의 시간 속에
서 사물(즉 재현 대상)을 바라보는 화가의 주관적인 시선(눈)이 중요하게 부각된다. 그래서 화폭에는
(밤)안개가 끼어 희미하게 보이는 도시 풍경(건물, 도로, 교통수단, 군중 등)이 담기거나 강렬한 빛의
산란 혹은 반사 작용으로 인해 사물들이 번져 보이는 도시 근교의 풍경, 일렁이는 호수나 바다 표면
(물)에 비친 사물의 어두운 그림자 등을 원경으로 포착한 풍경 등이 담기게 된다.

한국 현대시 산책

주의 화가로 꼽히는 모네의 그림 '카퓌신 거리 *Boulevard des Capucines*'(1873년)를 보자. 보들레르의 상징주의 시를 낳았던 그 19세기 중후반 파리의 도시 풍경이 그려진 그림이다. 이 당시 파리는 대로(大路)를 따라 도시 공간을 여러 구역으로 분할하고, 각각의 구역에 도시의 기능을 분산 배치하는 대개조 사업이 펼쳐졌다. '카퓌신 거리'는 이 계획에 따라 대로가 새로 조성된 것을 기념하려고 모여든 시민들의 모습을 재현한 것이다. 건물 2층의 모네 작업실에서 내려다본 거리 풍경을 담은 이 작품은 당시 미술계에서 큰 논란을 불러일으켰다고 한다. 대상을 충실하게 재현하지 않고 그리다 만 듯한 그림, 강렬한 주제 의식의 결여 등이 문제였다. 재현 대상인 건물과 가로수는 윤곽이 불분명하고 여기저기 흩어져 있는 사람들의 얼굴은 표정을 짐작할 수조차 없다. 다만 흰 구름이 낀 하늘 밑으로 파리의 원경이 희미하게 모습을 드러낼 뿐이다.

'카퓌신 거리'는 화폭 중앙에 사선으로 앙상한 가로수를 배열하고, 같은 방향으로 나란히 인도와 차도, 신축 건물들을 배치하고 있다. 도로 개설을 축하하려고 모인 시민들은 홀로, 혹은 몇몇이 짝을 이뤄 거리를 오간다. 이 도시의 거리를 채운 사람들은 서로 이름도 얼굴도 모르는 군중들이다. 시민혁명과 산업혁명을 거치면서 파리 시민들은 새로운 시대의 주인으로서, 이 거리를 활보했을 것이다. 정치 집회, 경제 활동을 위한 출퇴근, 이웃과의 만남을 위한 외출이나 가벼운 산책 등 그 이유는 다양했겠지만, 수많은 군중이 거리를 활보하는 모습이 현대도시 풍경의 중요한 일부를 이루게 된 것이다. 물론 군중의 활보는 밤이 된 후에도 이어졌을 것이다. 어둠이 짙어지면서 거리와 상점, 카페 등에는 각종 전등이 켜지고, 낮과는 시각적인 인상이 사뭇 다른 밤 풍경이 사람들의 시선을 매혹했을 것이다. 그 화려하고 매혹적인 야경 말이다.

카미유 피사로의 그림
〈몽마르트의 거리—밤〉

카미유 피사로의 '몽마르트의 거리—밤'(1897년)은 이런 파리의 밤 풍경, 즉 몽마르트 대로와 그 양쪽에 늘어선 건물들을 재현한 그림이다. 원근법적 배치로 이루어진 화면 상단엔 불빛으로 부연해진 밤하늘이 배치되고, 화면 중앙엔 가로등이 사선으로 배치되어 있다. 그리고 가로 옆쪽으로는 조명등 불빛이 번들거리는 포도(鋪道)와 함께 화려한 조명을 켜둔 카페나 상점들이 길게 늘어서 있다.

이렇게 흥성거리는 밤거리를 정처 없이 배회하는 사람들, 즉 군중들은 거의 점으로 표현된다. 형체조차 짐작할 수 없을 정도로 모호하게 처리된 이 군중들이 이 그림의 진정한 주인공이다. 밤거리의 빛과 소음 속을 떠다니는 불나방 같은 존재들, 역사에 그 이름조차 기록하지 못한 사람들이 새로운 도시 풍경을 향유하고, 스스로 그 풍경의 일부가 되어 현대도시의 이야기를 만들어가기 시작한 것이다.

피사로의 그림은 세계의 수많은 예술가와 문화인이 한 번쯤은 가보고 싶어 하는 몽마르트를 그렸다. 실제로 몽마르트는 파리와 프랑스의 최고 관광 자원이자 문화적 아이콘이다. 수많은 예술가가 모여들면서 조성된 이 문화와 예술 거리는 세대를 거듭하여 명성을 쌓아왔다. 파리의 아름다운 야경을 마음껏 즐길 수 있는 언덕이라는 점도 관광지로서 몽마르트의 매혹을 더 한다. 피사로 그림처럼 밝음과 소음에 휩싸인 몽마르트의 야경 역시 마찬가지이다. 가로등과 상점 전등이 쏟아내는 현란한 불빛, 그 불빛을 좇아 밤거리를 떠도는 구경꾼들, 노천카페에서 차나 술을 마시며 담소를 나누는 사람들, 심지어 술주정뱅이와 비렁뱅이까지 뒤섞여 그야말로 불야성을 이루는 야경 말이다. 이런 밤 풍경은 현대도시로서 그 면모를 일신하던 파리 시민들에겐 최고의 볼거리이자 유흥거리였을 것이다.

하지만 파리의 도시 풍경은 그 이면에 프랑스 혁명의 역사를 간직하고 있다. 잘 알려진 뮤지컬 영화 '레 미제라블 *Les Misérables*'(2012년)은 그 시대의 젊은 영웅들이 파리의 거리에서, 그 바리케이드 아래에서 어떻게 싸우다가 비참한 최후를 맞이했는지, 또 뼈아픈 패배의 기억을 발판 삼아 미래의 승리를 예감했는지를 그려낸 작품이다.

그러니 이 영화에서 진정한 주인공은 개인 '장발장'이 아니라 파리의 시민과 민중이라 할 수 있다. 영화의 마지막 부분에는 싸움에 져서 죽었던 청년들이 해방구에 모여 함께 손 맞잡고 혁명가를 부르는 장면이 나온다. 일종의 환상, 혹은 환영에 해당하는 장면이다. 하지만 영화를 관람하는 어떤 이도 이 환영을 거짓이라고 탓하지 않는다. 그것은 역사의 필연적 행로를 암시하고 있으니 말이다. 영화 '레 미제라블'은 도시란 공간은 시민의 꿈과

영화 〈레 미제라블〉의 한 장면

희망으로 성장한다는 것, 그리고 우리는 억압당한 존재들의 그 억눌린 꿈과 희망을 기억해야 한다는 것을 일깨워준다.

식민지 시대 경성 거리의 군중

한국 현대시에서 군중이 시에 포착된 시기는 대체로 본격적인 의미의 도시가 출현하는 시기와 비슷하다. 이미 앞 장에서 정지용과 김기림 시를 통해 식민 치하의 도시에 대해 살펴본 바 있지만, 이 시인들 이전에 이미 김소월 시인은 서울의 거리 풍경을 그렸다. 평안도 정주에서 태어나 그곳에서 줄곧 성장한 김소월이 어떤 계기로 서울의 거리를 체험하게 되었는지 그 경위는 분명하지 않다. 하지만 스무 살도 되지 않은 시골 청년이 서울의 낯선 거리 풍경에서 받았을 충격이나 감각의 혼란은 미루어 짐작할 수 있다.[4] 김소월의 서울 체험은 2004년 새로 발굴된 작품 '서울의 거리'(1920년 발표)에서 확인할 수 있다.[5]

> 창백색의 서울의 거리!
> 거리거리 전등은 소리 업시 울어라!
> 어둑 축축한 유월 밤의
> 창백색의 서울의 거리여!

4  1920년대 무렵 서울의 도시적 면모에 대한 저널적인 탐사는 노형석, 『모던의 유혹, 모던의 눈물』, 생각의나무, 2004; 전우용, 『서울은 깊다』, 돌베개, 2008 참조.
5  이 작품에 대한 상세한 논의는 남기혁, 「김소월 시에 나타난 경계인의 내면 풍경」, 『언어와 풍경』, 소명출판, 2010 참조. 한편 김소월의 생애에 대해서는 오세영, 『김소월 그 삶과 문학』, 서울대 출판부, 2000 참조.

지리한 임우(霖雨)에 썩어진 물건은
구역나는 취기를 훌너 저으며
집집의 창틈으로 끄러들어라.
음습하고 무거운 회색공간에
상점과 회사의 건물들은
히스테리의 여자의 거름과도 갓치
어슬어슬 흔들니며 멕기여 가면서
검누른 거리 우에서 방황하여라!
이러할 때러라, 백악(白堊)의 인형인듯한
귀부인, 신사, 또는 남녀의 학생과
학교의 교사, 기생, 또는 상녀(商女)는
하나 둘식 아득이면 떠돌아라. (김소월, '서울의 거리' 부분)

　화자는 지금 서울의 (밤)거리를 정처 없이 떠돌고 있다. 계절이 장마철인
까닭에 서울 거리는 음습한 기운과 썩은 냄새('구역나는 취기')가 흘러넘치고
있다. 게다가 신문명으로 이식된 '전등'의 불빛은 우울한 '창백색'으로 거
리를 비추고 있다.

　화자는 이런 서울의 거리에 어떤 매혹도 느끼지 못하는 듯하다. 전등에
서 소리 없는 울음을 떠올리는 화자의 모습에는 애상의 감정도 엿보인다.
게다가 서울의 밤거리는 감각의 혼란도 불러일으킨다. 거리의 상점과 건물
들은 "검누른 거리 우에서 방황"하고, '백악의 인형'처럼 핏기 없는 사람들
은 "하나 둘식 아득이면 떠돌"고 있다. 특히 밤거리를 떠도는 '방황'의 주
체가 화자 자신임에도 눈에 들어오는 건물들이 방황의 주체인 양 그려낸
점이 주목된다. 국외자로서 정처 없이 거리를 걷는 화자는 시선의 착란 상
태에서 극단적인 피로를 느끼게 된다. 그는 한가하게 산책하면서 거리 풍

경을 즐기는 구경꾼이 아니었다.

이런 화자의 시선에 서울의 거리를 환영처럼 떠도는 일군의 사람들이 포착된다. '하나 둘식 아득이며 떠도는' 존재로 그려지는 '귀부인, 신사, 또는 남녀의 학생과/ 학교의 교사, 기생, 또는 상녀(商女)' 등이 그들이다. 이 군중은 새로운 도시 풍경이 들어서는 서울의 밤거리를 배회하며 야경을 즐기는 구경꾼들이다. 그들은 대체로 사회 변화에 따라 새로 출현한 계층 혹은 직업의 사람들이다. 서양식 의복을 차려입고 새로운 거리에서 그 풍경의 일부가 되어 밤 풍경을 구경하는 낯선 모습을 떠올려보라. 시골내기의 눈에는 밤거리를 활보하는 군중은 실재가 아닌 환영으로 비칠 수밖에 없지 않았을까? 그에게 서울의 거리는 실제의 세계가 아니라 마치 가상의 세계처럼 비쳐졌던 것이다.

대도시 군중을 일종의 환영처럼 그린 김소월은 그 군중의 정치적 함의에는 눈을 뜨지 못했다. 군중은 단지 구경꾼으로서 밤거리를 배회하는 사람들일 뿐, 어떤 유대감을 느낄 만한 대상이 아니었다. 화자는 이런 군중에게 오히려 소외감을 느낀다. 제2연에서 '사흘이나 굶은 거지'에 대한 화자의 연민이 일부 나타나지만, 이 연민은 서로에게 무관심한 군중들에게서 화자가 느낀 단절감에 묻혀 버린다. 화자는 결국 서울의 밤거리에 홀로 남겨진 채 우울과 상실감에 빠져들게 된다.

1920년대 중후반 이후 등장한 모더니스트들―예를 들어 이장희, 박팔양, 정기용, 김기림 같은―은 도시 풍경들을 좀 더 예리한 눈으로 포착하고 이를 감각적 이미지로 재현하였다. 끝내 도시를 외면하고 어둠과 정적의 자연으로 물러났던 시인 김소월과 대비가 되는 것이다. 모더니스트들은 도시 풍경 이면에 숨은 병리적 징후를 날카롭게 포착하고 문명비판의 시를 창작했다. 다만 이들 역시 군중을 새로운 도시의 주인으로 생각하지는 못했다.

도시와 군중의 정치적 함의를 발견하고, 그것을 통해 시 운동을 모색한 이들은 카프(KAPF) 계열의 시인들이었다. 당대 최고의 비평가이자 시인으로 꼽혔던 임화가 대표적인 예이다.[6] 그는 도시의 거리에 새롭게 출현한 인간 군상에서 역사의 전망을 찾았다. 특히 '단편 서사시'라는 이름으로 지칭되는 그의 작품들은 서울의 공장지대에서, 종로 거리와 뒷골목에서 식민지 지배 세력과 맞서 싸웠던 노동자를 그려낸다. 그 투쟁 과정에서 붙잡혀 끝내 감옥에 간힌 노동계급 '청년들', 그들의 동지와 가족 이야기를 시로 기록한 것이다.

거리에서 정치 구호를 외치고, 현실에 맞서 싸우려 단결과 연대를 모색하는 노동자들이 도시의 새 주인으로서 자기 목소리를 표출하기 시작했다. 1908년에 태어나 줄곧 서울 거리에서 성장했던 시인 임화에게 있어서, 서울 거리에 막 출현하는 군중은 새로 도래할 혁명의 시대를 예고한 것이었다. 군중을 이룬 노동자들의 집회나 시위에서 터져 나오는 함성은 시인이 투쟁 의식을 다지는 계기가 되었다. 물론 숱한 패배와 좌절의 기억도 그 거리에 겹쳐 있지만 말이다. 식민지 권력의 탄압으로 인해 카프 조직이 와해가 된 1935년경, 임화는 다음과 같은 작품을 발표한다.

지금도 거리는
수많은 사람들을 맞고 보내며,
전차도 자동차도
이루 어디를 가고 어디서 오는지.
심히 분주하다.

6  임화의 생애와 문학적 행로는 김윤식, 「임화 연구」, 문학사상사, 1989 참조.

네거리 복판에 문명의 신식기계가
붉고 푸른 예전 깃발 대신에
이리저리 고개를 돌린다.
스톱 - 주의 - 고 -
사람, 차, 동물이 똑 기예 배우듯 한다.
거리엔 이것밖에 변함이 없는가?

낯선 건물들이 보신각을 저 위에서 굽어본다.
옛날의 점잖은 간판들은 다 어디로 갔는지?
그다지도 몹시 바람은 거리를 씻어갔는가?
붉고 푸른 〈네온〉이 지렁이처럼,
지붕 위 벽돌담에 가고 있구나.

오오, 그리운 내 고향의 거리여! 여기는 종로 네거리,
나는 왔다, 멀리 낙산(駱山) 밑 오막살이를 나와 오직 네가 내가
보고 싶은 마음에……

넓은 길이여, 단정한 집들이여!
높은 하늘 그 밑을 오고가는 허구한 내 행인들이여!
다 잘 있었는가? (임화, '다시 네거리에서' 부분)

　낙산 집에 칩거하던 시인은 종로로 나와 거리의 변화된 현실과 대면한
다. 도시화가 진전되면서 종로는 더 분주해졌다. 화자는 이 변화에 낯설어
하면서, 거리의 옛 모습을 휩쓸고 간 '바람'을 떠올린다. 종로 거리를 함성
으로 채웠던 청년들, 군중들의 행진을 잠재운 폭력을 환기하고 있는 '바람'

이다. '청년'과 군중의 기억을 지워낸, 그래서 이제는 한 사람의 "낯익은 얼굴"도 찾을 수 없는 종로 네거리에서, 화자는 여전히 "내일에의 커다란 노래"를 부르고 있을 "위대한 청년"을 떠올린다. 그리고 "정말 건재하라! 그대들의 쓰린 앞길에 광영이 있으라"라는 말을 '유언장'처럼 남긴다. 서울의 거리는 끝내 임화에게 삶의 현장이자 연대의 장소였고 투쟁의 공간이었다. 그 거리에서 임화는 식민 권력에 맞서 힘겹게 투쟁하던 군중과 하나가 됐다.

시인 임화에게 서울의 거리는 육신의 고향이자 사상의 거처였고, 또한 문학의 요람이었다. 그의 문학적, 정치적 실천의 중심에 늘 종로 네거리가 있었다. 어떤 마음의 결단[7]—정치적이든 문학적이든—이 필요한 상황이 올 때면 임화는 종로 네거리로 달려갔다. 이 결단의 시간마다 임화는 서울(특히 종로)에 관한 시를 남겼다. 이 작품들에서 화자는 가난 속에 죽어간 누이와 어머니, 감옥에 갇히거나 투쟁 중에 억울하게 죽은 동지, 거리를 가득 메웠던 군중에 대한 기억을 떠올린다. 그 기억은 현실과 맞서 싸울 '용기'를 주었고 미래 건설의 의지를 다지게 했다. 해방 직후 창작한 시 '구월이 십일(九月二十日)'은 도시의 기억이 정치적 실천(소위 '나라 만들기')과 어떻게 연결되는가를 잘 보여준다.

조선 근로자의
위대한 수령의 연설이

---

7  그의 생애에 있어 주목할 만한 결단의 상황은 모두 네 번이 꼽힌다. 〈네거리의 순이〉로 처음 시단에 진보적 시인으로 이름을 세울 때, 카프 해체 후 병들고 지친 몸과 마음을 치료하려 서울을 잠시 떠날 때, 해방 이후 다시 투쟁의 전선으로 되돌아올 때, 서울을 떠나 월북한 후 전쟁 중 잠시 되돌아왔을 때가 그것이다.

유행가처럼 흘러나오는
마이크를 높이 달고

부끄러운
나의 생애의
쓰라린 기억이
포석(鋪石)마다 널린
서울 거리는
비에 젖어

아득한 산도
가차운 들창도
현기(眩氣)로워 바라볼 수 없는
종로 거리

저 사람의 이름 부르며
위대한 수령의 만세 부르며
개아미 마냥 모여드는
천만의 사람 (임화, '구월이십일' 부분)

　제1연의 '위대한 수령'은 남로당의 우두머리 박헌영을 가리킨다. 마이크
를 통해 거리에 울려 퍼지는 '수령'의 연설 소리는 이른바 '새나라 건설'이
라는 시대의 과제를 일깨우는 내용일 것이다. 해방을 맞이한 수많은 군중
을 향해, 민중을 향해 울려 퍼지는 그 목소리는 화자에게 또 다른 양심의
목소리를 촉발한다. 실패와 좌절, 패배로 얼룩진 해방 전의 '부끄러운' 생
애를 떠올리게 된 것이다. '비에 젖은' 서울 거리의 포석에 아로새겨진 '쓰

라린 기억'을 마음에 되새기게 된 것이다. 그리고 이제 해방 후의 정치적 과업 앞에서 화자는 제법 비장한 목소리로 새로운 투쟁을 다짐한다. 그 옛날 거리에서 싸우다가 거리에서 죽어간 누이와 동무들에 대한 기억에 촉발된 결의이다. 이제 그 결의는 새나라 건설의 부푼 꿈을 안고 서울 거리를 새롭게 채운 군중의 함성 때문에 더욱 힘을 받는다. "개아미 마냥 모여드는/ 천만의 사람"이 외치는 함성 말이다.

## 거리와 광장, 그리고 군중의 눈동자

지배자에게 군중은 두려움의 대상이다. 그래서 그들은 군중의 움직임을 예상하고 그것에 맞춰 거리에 적절한 동선(動線)을 배치한다. 거리는 차도와 인도로 구분된다. 그 경계선은 군중이 결코 넘어가선 안 되는 통제선이며, 도로 표지판과 횡단보도는 군중의 움직임을 절취하고 통제한다. 한편 차도를 질주하는 자동차와 인도 옆에 늘어선 고층빌딩은 행인의 시선이 미치는 범위를 축소하고, 그 대신 현란한 광고판, 네온사인, 쇼윈도가 행인의 이목을 끌려고 현란한 빛을 쏟아낸다. 그러니 행인은 거리를 안전하게 지나가기 위해 신경을 곤두세워야 한다. 각종 시각 정보의 홍수 속에서 필요한 정보를 재빨리 받아들이고, 다른 사람이나 차량의 흐름에 맞춰 보행 방향과 속도를 조절해야 한다. 그러니 사람들은 대도시에서 한두 시간만 걸어도 쉽게 피로를 느끼게 된다.

대도시 거리에는 권력의 언어가 촘촘히 새겨 있다. 거대 권력이 깔아놓은 수많은 감시와 통제 수단들이 넘쳐나는 것이다. 거리를 걷는 군중은 능동으로 보행하기 어렵다. 보폭과 보행 속도, 보행 방향과 휴식조차 거리 설

계자의 디자인에 예속된다. 군중은 보행 중에 일행은 물론 낯선 보행자와
도 소통하거나 교감할 기회를 얻기 힘들다. 군중은 서로에게 무심한 타자
가 되어 잠시 스쳐 지나갈 뿐이다. 각자 고립된 개인으로 어떤 순간에 우
연히 한 공간에 모였다가 이내 다른 공간 속으로 흩어져버리는 군상일 뿐
이다.

이런 군중은 정치적으로 위험하지 않다. 유대나 결속이 없이 쉽게 흩어
지는 군중도 어떤 경우에는 잠시 흥분에 빠져 저항을 표출하는 주체로 돌
변할 수 있다. 하지만 그때뿐이다. 그들의 저항은 오래 지속되지 않는다.
게다가 군중이 폭도로 바뀔 가능성은 이미 도시 설계자가 대비해 놓은 것
이다. 군중은 이 도시에서 관리하고 통제해야 할 대상이다. 도시 계획 속에
그들은 수동적 보행자로서만 포획된다. 경험과 기억을 공유하지 않는 군중
들은 우연히 모였다 바로 흩어질 것이다. 누구도 거리에서 스쳐 지나간 얼
굴 하나하나를 오래 기억하지 않는다.

우리의 도시에는 광장의 문화가 거의 없다. 유럽의 오랜 도시들은 도심
과 그 주변 지역에 광장을 많이 만들어놓았다. 그 광장에서 사람들은 끼리
끼리 모여 담소를 나누고 휴식을 취한다. 때에 따라 축제가 벌어지기도 하
고, 정치나 사회의 이슈를 둘러싼 토론이나 집회가 열리기도 한다. 광장은
그야말로 열린 공간이다. 하지만 우리 도시에는 이런 기능을 떠맡을 광장
이 거의 없다. 그나마 있는 탑골공원이나 종묘 같은 공간은 일부 노인들의
전유물이 되었다. 최근 광화문과 서울시청 주변에 광장이 조성되어 다양
한 집회나 행사 장소로 활용되는 정도가 시민들의 광장 체험의 전부일 것
이다.

서울시청 광장과 광화문 광장의 기원은 사실 1987년 6월의 민주화 운동
이다. 그 이후 2016년 촛불시위에 이르기까지 이 광장들은 시민들에게 정

치 공간으로 되어 주었다. 대로에 둘러싸인 탓에 접근이 어렵고, 시민들이 휴식을 취하거나 자유롭게 토론을 나누기도 힘들다. 게다가 각종 군중집회는 안전을 앞세우는 관의 엄격한 통제를 피할 수 없다. 요즘엔 시청 앞 서울광장이 광장 아닌 광장으로 전락하고 말았다. 도대체, 왜, 아스팔트 속에 비싼 돈을 들여 푸른 잔디밭을 조성하고 군중의 출입을 통제하는가? 광장을 둘러싼 경찰 차량은 견고한 성벽을 쌓아 어느 순간 광장을 감옥으로 바꿔놓기도 한다. 질서유지와 시민 편의를 앞세운 통제 행위의 궁극적인 목적은 무엇인가. 그것은 거리의 주인으로서 군중이 출현하는 것을 막기 위함이다. 아기를 태운 유모차를 끌고 안전한 먹거리를 요구하는 시위에 참여하는 젊은 엄마들에게조차 그들은 불안을 느낀다. 그만큼 군중은 지배자에게 위험한 존재들로 각인이 되어 있다.

물론 압축적 성장 과정에서 우리 도시가 광장을 설치할 공간을 미리 마련해 놓지 못했던 것은 사실이다. 하지만 그것이 전부는 아니다. 권력자는 늘 '광장'을 정치적으로 불온하고 위험하다고 여겼다. 관의 통제에서 벗어난 군중은 안심할 수 없다. 어떤 돌발 행동이 발생할지 예측할 수 없는 존재들이니 말이다. 특정의 정치 이슈에 대해 공감대를 형성하고 연대를 과시하려는 군중이라면 더욱 그렇다. 서로 힘을 합쳐 정치적 견해를 표출하려고 집단행동에 나설 수도 있다. 그러니 광장은 폐쇄되어야 하고 군중은 흩어져야 한다. 관(官)의 역할은 광장에 모인 군중을 해산하여 그들의 발길을 각자의 집이나 직장을 향하도록 유도하는 것이다. 같은 방향을 향해 같은 목소리를 외치며 걷는 것이 아니라면 군중의 위험성은 현저하게 낮아진다. 안전관리나 교통정리만 해주면 위험 상황은 끝나는 것이니 말이다.

이제 고도로 현대화되는 도시의 거리나 광장에 새롭게 출현하는 군중에 대해 살펴볼 차례이다. 임화의 시에서 보듯, 해방공간이 지닌 희유의 정치적 가능성에 주목해 보자. 식민지 억압에서 풀려나 민족국가 수립을 열망하던 군중들은 정치적 견해에 따라 수많은 집회에 참여했다. 그들이 모인 거리는 이내 광장이 되었고, 광장을 이룬 곳마다 정치 표어나 포스터가 넘쳐났다. 혹자는 이를 해방기의 정치적 혼란상이라 혹평하지만, 어쩌면 그 혼란은 새나라 건설을 모색하는 과정에서 불가피했다. 하지만 국가 수립 이후, 그 광장은 국가의 지배 이데올로기를 전파하기 위해 군중을 동원할 공간으로 재편되었다. 한국전쟁을 전후한 시기에 벌어졌던 수많은 관제 데모가 그 증거이다. 거리나 광장은 더 이상 시민의 품이 되어주지 않았다.

여기에서 4·19 혁명의 획기적인 의미를 확인할 수 있다. 이승만 정권의 부패와 선거 부정에 염증을 느낀 학생과 시민들은 마침내 거리에서 금기의 선을 넘어갔다. 서로 연대하는 군중이 저항의 함성을 외치며 인도와 차도를 가득 메웠다. 도로는 자동차가 질주하는 통로이기를 멈추었고, 정치적으로 결속된 군중들은 같은 방향으로 한 목소리를 외치며 행진했다.

그 과정에서 거리와 광장은 경찰의 저지선과 맞서는 정치적 해방구가 되어주기도 했다. 인도와 차도, 도로와 광장의 경계가 사라진 도시는 그 자체가 이미 거대한 광장이 아닌가. 독재정권에 억눌렸던 시민은 군중의 일원이 되어 스스로가 민주주의 사회의 주인임을 만끽했다. 거리낌 없이 도로를 활보했고 권력과 맞서 싸웠으며 그 순간 거리에 함께 있다는 이유로 그들은 동지가 되었다. 군중은 더 이상 고립된 개인의 우연한 결합이 아니라, 정치적 연대나 유대감으로 똘똘 뭉친 정치 주체로 각성했다. 그런 군중들은 통제 불능이다.

산업화가 본격화되면서 이런 군중의 체험은 이 도시와 거리의 진정한 주인이 누군가를 상상하는 출발점을 이루게 되었다. 도시의 소외된 존재들,

억압받는 타자들이 비로소 도시의 주인으로서 함께 연대하기 시작하는 지점이다. 신동엽의 시 '종로오가'를 통해 그 징후를 살펴보자.

이슬비 오는 날.
종로 5가 서시오판 옆에서
낯선 소년이 나를 붙들고 동대문을 물었다.

밤 열한시 반,
통금에 쫓기는 군상 속에서 죄없이
크고 맑기만 한 그 소년의 눈동자와
내 도시락 보자기가 비에 젖고 있었다.

국민학교를 갓 나왔을까.
새로 사 신은 운동환 벗어 품고
그 소년의 등허리선 먼 길 떠나 온 고구마가
흙묻은 얼굴들을 맞부비며 저희끼리 비에 젖고 있었다.

충청북도 보은 속리산, 아니면
전라남도 해남땅 어촌 말씨였을까.
나는 가로수 하나를 걷다 되돌아섰다.
그러나 노동자의 홍수 속에 묻혀 그 소년은 보이지 않았다.

그렇지.
눈녹이 바람이 부는 질척질척한 겨울날,
종묘(宗廟) 담을 끼고 돌다가 나는 보았어.
그의 누나였을까.

부은 한쪽 눈의 창녀가 양지쪽 기대 앉아
속내의 바람으로, 때묻은 긴 편지 읽고 있었지.

그리고 언젠가 보았어.
세종로 고층건물 공사장,
자갈지게 등짐하던 노동자 하나이
허리를 다쳐 쓰러져 있었지.
그 소년의 아버지였을까.
반도의 하늘 높이서 태양이 쏟아지고,
싸늘한 땀방울 뿜어낸 이마엔 세 줄기 강물.
대륙의 섬나라의
그리고 또 오늘 저 새로운 은행국(銀行國)의
물결이 딩굴고 있었다.

남은 것은 없었다.
나날이 허물어져 가는 그나마 토방 한 칸.
봄이면 쑥, 여름이면 나무뿌리, 가을이면 타작마당을 휩쓰는 빈 바람.
변한 것은 없었다.
이조 오백년은 끝나지 않았다.

옛날 같으면 북간도라도 갔지.
기껏해야 뻐스길 삼백리 서울로 왔지.
고층건물 침대 속 누워 비료광고만 뿌리는 거머리 마을,
또 무슨 넉살 꾸미기 위해 짓는지도 모를 빌딩 공사장,
도시락 차고 왔지.

이슬비 오는 날,

낯선 소년이 나를 붙들고 동대문을 물었다.

그 소년의 죄없이 크고 맑기만한 눈동자엔 밤이 내리고

노동으로 지친 나의 가슴에선 도시락 보자기가

비에 젖고 있었다. (신동엽, '종로오가' 전문)

　이 작품은 4·19 혁명이 산출한 작품이라고 볼 수 있다. 4·19 체험을 직접 그린 작품은 아니지만, 그 체험을 빚어낸 정치적 시선이 녹아든 작품이기 때문이다. 저항의 함성으로 가득 찼던 서울의 거리, 정치의 광장이 되었던 그 서울의 거리에서 군중은 같은 처지의 이웃을 만났고 서로 하나가 되었다. 비에 젖은 인생이, 자유를 잃고 억압된 삶을 강요받는 존재가 결코 자기 혼자만은 아니었음을 깨닫게 된 것이다. 게다가 어떤 이는 고통받는 타인에 대해 일말의 책임을 떠안기도 한다. 이제 '나'는 '그들'에게 가고, '그들'은 '나'에게로 온다.

　시 '종로오가'에서 화자는 늦은 밤 '이슬비'에 젖은 종로 오가를 걷는 '낯선 소년'을 마주친다. 소년은 동대문 방향을 묻는다. 시간은 이미 '밤 열한 시 반'을 가리키고, 통행금지 시간에 쫓긴 군중들은 제 갈 길 가는데 골몰한다. 이 늦은 시간에 화자는 우연히 '소년의 눈동자'를 바라보게 된다. 늦은 시간까지 갈 곳을 찾지 못해 밤거리를 헤매는 이 '죄없이/크고 맑기만한' 두 눈이, '비에 젖은' 소년의 운명이 퇴근하는 발길을 막아선 것이다. 물론 비에 젖은 인생이 '소년'만의 것은 아니었다. 종묘의 담벼락 밑에서 앉아 편지를 읽던 창녀, 고층 건물 공사장에서 허리를 다친 노동자, 심지어 '노동으로 지친' 몸으로 빈 도시락을 들고 귀가하는 군상들 모두가 '소년'의 또 다른 얼굴이 아니겠는가. 거리를 홀로 걸어가는, 혹은 거리 한구석에서 웅크리고 있는 그 모든 '얼굴'이 다 비에 젖은 인생이니 말이다.

누가 그들을 밤늦은 거리에서 비를 맞는 군상으로 전락시켰는가. 누가 '소년'을, 우리의 이웃을 고향에서 서울로 불러들였는가. 제4연의 '노동자의 홍수' 속에 그 해답은 암시되어 있다. 산업화 과정에서 도시는 일자리를 찾는 노동자들로 늘 붐볐다. 하지만 그들에겐 저임금의 일자리만 주어졌다. 농촌의 팍팍한 삶에 비해 나을 것도 없는 일자리지만, 그조차 없으면 나날의 삶을 영위할 수 없다. 그런 까닭에 노동자들은 힘들고 위험한 노동을 감내할 수밖에 없다. 이제 소년은 밤거리의 그 '노동자의 홍수'(제4연) 속에서 자신에게 다가올 운명을, 그 비참한 미래를 발견할 것이다. '창녀'로 전락한 '누이'나 공사장에서 허리를 다친 '아버지'처럼 '소년'에게는 탈출구가 없다.

이처럼 신동엽 시인은 종로 5가에서 한국 노동자 집단의 운명을 발견했다. 그에게 종로 5가는 한국 사회의 구조적 모순을 상징하는 공간이다. 주변 강대국들의 거센 '물결'에 휩싸인 서울은 그 가난하고 절박했던 '이조 오백년'과 하등 다를 바가 없다. 이런 시대 상황 속에서 '서울'로 쫓기듯 몰려든 노동자들은 도시 하층민으로서 살아갈 수밖에 없다. 그들의 맑고 큰 '눈'에는 죄가 없다. 이제 화자는 '넉살' 좋은 표정으로 노동자에게 군림하는 지배 계급을 '거머리' 같은 존재라고 비판한다. 노동력을 착취해서 자기 배만 채우는 탐욕의 존재라는 것이다. 이들로 인해 도시는 번창해졌지만, 노동자는 끝내 '비에 젖'은 삶을 살아야 한다.

하지만 '소년'(혹은 노동자)의 눈동자를 응시하는 화자의 시선에서 우리는 '노동자'의 진정한 미래가 어떻게 도래할 것인가를 예감할 수 있다. 노동자의 결속과 유대만이 죄의 사슬을 끊을 수 있고, 비에 젖은 삶을 구원할 수 있다. 시인은 오랫동안 잊었던 그 군중의 목소리를 되살려냈다. 이 군중의 목소리로 인해 종로는 '이조 오백년'의 종로를 넘어, 그리고 4·19 혁명에서의 그 승리의 추억을 되살려, 미래에 대한 희망을 되찾는 공간으로 거듭날 것이다.

<br>

노동자의 햇새벽

서울의 거리가 군중을, 노동자를 진정한 주인공으로 세우기까지 오랜 시간이 필요했고, 지금도 필요하다. 신동엽 시가 발표된 후 거의 20년의 역사가 이를 증명한다. 산업화 과정에서 전태일 열사의 죽음이 있었고 YH 사건이 있었지만, 노동자는 늘 침묵을 지켜야 할 존재로 치부되어왔다. 1980년대 중반까지 군사정권 아래에서 노동자는 정당한 대가를 받지 못했고 삶은 나아질 기미가 보이지 않았다. 도시는 저임금 노동에 매달린, 혹은 그런 자리조차 빼앗긴 빈민을 도시 내부에 가두거나 그 주변부로 밀어냈다. 달동네 같은 지역이 대표적이다. 도시는 주거의 형태와 특성에 따라 시민의 정치적, 경제적 위계를 나누었고, 이는 부와 권력의 불균등이 심화하는 계기가 되었다.

개발독재 과정에서 노동자는 침묵을 강요당했다. 노동자가 오랜 침묵에서 깨어나 분노의 함성을 거리에서 다시 쏟아내기 시작한 것은 1987년 6월 항쟁 전후의 일이다. 그해 여름은 유난히 길고 뜨거웠다. 수많은 사무직, 생산직 노동자가 거리로 쏟아져 나왔다. 민주화를 열망하는 학생들, 시민들과 함께 어깨 걸고 시위에 참여했다. 서울의 거리는 저항의 공간으로 되살아나서 자유와 평등을 외치는 목소리의 용광로가 되었다. 1980년대 중반, 민중시 진영에서 '노동시'가 급부상한 것은 이런 시대 상황과 관련이 있다.

1984년 혜성 같이 등장한 노동시인 박노해는 그 필명만큼 존재 자체가 경이였다. 당시 그는 '얼굴 없는 시인'이었다. 노동자가 저항의 목소리를 표출하는 것 자체가 허락되지 않던 시대가 아닌가. 출간되자마자 금서가 된 박노해의 첫 번째 시집 『노동의 새벽』은 그래서 시대의 아이콘이 되었다. 그의 언어는 표현의 자유가 없는 시대에 충격을 안겨주었다. 노동자가 아니면 담을 수 없을 체험의 현장성과 구체성, 전형성을 두루 갖춘 작품들이 아닌가. 노동자가 창작한 시에서 전문적인 창작 훈련이 없으면 불가능한 문학적 성취를 발견한다는 것은 예상하기 힘든 일이었다. 박노해는 노동자의 손으로 기계를 만지며, 노동자의 눈으로 세상을 보고, 노동자의 언어로 진실을 노래했다. 시집 『노동의 새벽』 속 한숨에는 노동자의 절망과 분노가, 그 웃음에는 노동자의 미래에 대한 열망이, 그리고 격렬한 몸짓에는 현실과 맞서 싸우려는 노동자의 결연한 의지가 올연히 아로새겨져 있다.

박노해 시에서 화자는 '노동자―됨'을 부끄러워하거나 숨기지 않는다. 가령, 시 '바겐세일'에서 화자는 "검붉은 노을이 서울 하늘 뒤덮을 때까지" 일자리를 찾아 공단 거리를 헤매고 다니다가 우연히 "오색영롱한 쇼윈도"의 바겐세일 표지를 발견한다. 그리고는 50% 할인이 붙은 상품들처럼 바겐세일해서라도 노동력을 노동시장에 팔아야 할 비참한 현실에 대해 자조한다.

한편 시 '손 무덤'에서 화자는 단란한 가족을 일구며 힘든 노동을 감내하던 동료 노동자의 '손'에 대해 이야기한다. 화자는 "기계 사이에 끼어" 잘린 노동자의 손을 가족에게 차마 전해주지 못해 그것을 공장 담벼락 밑에 묻어준다. 그리고 자본가가, 그리고 소위 '선진조국'이 산재(産災) 노동자를 위해 해주는 것이 전혀 없음을 되새기며 절망한다. 산재보상 관련 서적을 구하러 종로에 나간 화자가 마주친 1980년대 서울의 거리 풍경은 이러했다.

화창한 봄날 오후의 종로거리엔

세련된 남녀들이 화사한 봄빛으로 흘러가고

영화에서 본 미국상가처럼

외국상표 찍힌 왼갖 좋은 것들이 휘황하여

작업화를 신은 내가

마치 탈출한 죄수처럼 쫄드만

고층 사우나빌딩 앞에 자가용이 즐비하고

고급 요정 살롱 앞에도 승용차가 가득하고

거대한 백화점이 넘쳐 흐르고

프로야구장엔 함성이 일고

노동자들이 칼처럼 곤두세워 좆 빠져라 일할 시간에

느긋하게 즐기는 년놈들이 왜이리 많은지

—원하는 것은 무엇이든 얻을 수 있고

  바라는 것은 무엇이든 이룰 수 있는—

선진조국의 종로거리를

나는 ET가 되어

얼나간 미친 놈처럼 헤매이다

일당 4,800원짜리 노동자로 돌아와

연장노동 도장을 찍는다 (박노해, '손 무덤' 부분)


  시 '손무덤'에서 화자는 공장 프레스에 손이 잘린 동료를 돕기 위해 종로의 서점을 찾았다. 거리로 나온 시간은 평소라면 "칼처럼 곤두세워 좆 빠져라 일할" 대낮이다. '작업화'를 신고 종로 거리에 나선 화자는 자기와 행색이 너무 다른 사람들이 오가는 거리 풍경에 낯설어한다. '탈출한 죄수'나 'ET'가 된 듯한 착각에도 빠진다. 화사한 봄빛이 쏟아진 거리는 화려한 상품들을 휘감은 "세련된 남녀"들이 넘치고 있지 않은가. 그야말로 '선진조

박노해의 시집 〈노동의 새벽〉 표지

국'의 물질적 풍요를 마음껏 누리는 사람들로 활기가 넘치는 거리이다. 화자의 눈에 비친 서울 거리는 계층 간 불등평, 그리고 사회적 모순이 중첩된 공간이었다.

화자는 "얼나간 미친 놈처럼 헤매이다" 공장으로 돌아와 '연장노동'을 신청한다. 연장 노동으로 노동력을 팔아서라도 생계를 이어가는 공장이 자신의 현실임을 절감하면서 말이다. 그러니 종로 거리의 그 풍요에 현혹되어서는 안 된다. 바라는 것은 무엇이나 얻거나 이룰 수 있다고 노래가 되는 '선진조국'이지만, 정작 그 조국은 노동자를 위해 해주는 것이 아무것도 없지 않은가. 그러니 노동자가 이 도시에서 인간답게 살려면 과연 무엇을, 어떻게 해야 하는지 분명해진다. 시 '노동의 새벽'은 그 해답을 노동자의 연대와 투쟁에서 찾는다.

전쟁 같은 밤일을 마치고 난
새벽 쓰린 가슴 위로
차거운 소주를 붓는다
아
이러다간 오래 못 가지
이러다간 끝내 못 가지

설은 세 그릇 짬밥으로
기름투성이 체력전을
전력을 다 짜내어 바둥치는

이 전쟁 같은 노동일을
오래 못가도
끝내 못가도
어쩔 수 없지

탈출할 수만 있다면,
진이 빠져, 허깨비 같은
스물아홉의 내 운명을 날아 빠질 수만 있다면
아 그러나
어쩔 수 없지 어쩔 수 없지
죽음이 아니라면 어쩔 수 없지
이 질긴 목숨을,
가난의 멍에를,
이 운명을 어쩔 수 없지

늘어쳐진 육신에
또다시 다가올 내일의 노동을 위하여
새벽 쓰린 가슴 위로
차거운 소주를 붓는다
소주보다 독한 깡다구를 오기를
분노와 슬픔을 붓는다

어쩔 수 없는 이 절망의 벽을
기어코 깨뜨려 솟구칠
거치른 땀방울, 피눈물 속에
새근새근 숨쉬며 자라는

우리들의 사랑
우리들의 분노
우리들의 희망과 단결을 위해
새벽 쓰린 가슴 위로
차거운 소주잔을
돌리며 돌리며 붓는다
노동자의 햇새벽이
솟아오를 때까지 (박노해, '노동의 새벽' 전문)

　화자는 스물아홉 살 청년이다. 야간 근무와 휴일 연장 근무로 이어지는, 그 장시간 저임금 노동에 시달리는 노동자이다. 그야말로 '체력전'과 '전쟁'에 비유할 만큼 육체의 한계를 뛰어넘는 강도 높은 노동의 연속이다. 화자는 '새벽'이 되어서야 겨우 일을 마치고 동료들과 '차가운 소주'를 마신다. 육체 자체를 '죽음'의 상황으로 내모는 노동은 벗어날 방도는 없다. "오래 못 가도/끝내 못 가도/어쩔 수 없"다고 좌절하는 화자는 이제 "쓰린 가슴 위"에 붓는 차가운 소주로 지친 몸을 달랜다. 죽는 것 이외엔 '질긴 목숨'과 '가난의 멍에'를 벗어던질 방법이 없다고 생각하면서 말이다. 온몸에 진이 빠진 '허깨비'가 되었지만, 다음 날의 노동을 위해 한 잔 소주를 마시고 잠시 눈을 붙여야 한다. 그것이 노동자가 감당할 '운명'인 것이다.
　하지만 그것이 노동자의 참된 '운명'이 아니라면? 화자는 차가운 소주가 숨긴 그 뜨거움을 떠올린다. 차가운 소주는 이제 '독한 깡다구'·'오기'·'분노와 슬픔'으로 변주된다. 그리고 '분노와 슬픔'은 끝내 "어쩔 수 없는 절망의 벽을/기어코 깨뜨려 솟구칠/거치른 땀방울, 피눈물"로 전환된다. 노동자의 '운명'은 더 이상 체념의 대상이 아니라, 분노와 슬픔을 통해 함께 깨뜨릴 대상이 된다.

이제 화자는 "새근새근 숨 쉬며 자라는" 것, 즉 노동자의 '사랑'·'희망과 단결'을 떠올린다. 노동자들이 '우리'라는 집합적 주체로 결속되고, 사랑과 희망과 단결의 공동체로 바뀌는 것을 상상하는 것이다. 노동자가 거리의 주인으로, 즉 도시와 역사의 새로운 주체로 거듭나는 것을 위해서 말이다. 이렇게 도저한 사회의식을 일반 노동자의 눈과 목소리로 드러낸 작품들이 박노해 시집 『노동의 새벽』에 수록되어 있다. 그리하여 '노동자의 햇새벽'은 이미 밝아오기 시작했다. 개발의 연대(年代)를 억압과 굴욕, 예속과 착취 상태로 보냈던 노동자는 이제 미명의 어둠 속에서 성큼성큼 다가올 노동자의 역사를 맞이할 것이다. 그것을 예감하는 노동자가 이 도시의 진정한 주인이다.

박노해가 말한 "노동자의 햇새벽"은 과연 우리 삶에 찾아왔는가? 여기서 한 장의 보도 사진을 살펴보자. 1987년 6월 항쟁 중 서울 도시의 시위 장면을 담고 있다. 거리에 최루탄 가스가 가득 찼으니 관

'6월 항쟁' 관련 사진

람자의 시선은 화면에 포착되지 않은 카메라 뒤쪽의 시위진압대를 의식하게 마련이다. 폭력적인 수단으로 시위대를 해산하려 했던 그 두려운 존재들 말이다. 하지만 사진에 포착된 군중들의 모습에선 두려움이 읽히지 않는다. 최루가스를 마시지 않으려 마스크를 쓰거나 검은 안경으로 눈을 가린 군중들은 주먹 쥔 오른손을 들고, 혹은 두 손을 입가에 모아 구호를 외치고 있다. 사진의 전면 중앙에는 두 시민이 태극기를 펼쳐 들었으며, 웃옷

을 벗어젖힌 한 시민은 두 눈을 질끈 감은 채 하늘 향해 두 팔을 힘차게 내뻗은 채 달려온다. 거리에서 질주하는 이 청년의 마음속엔 어떤 절규가, 어떤 소망이 숨어 있던 것일까? 그것은 상상의 몫으로 남겨두자. 중요한 것은, 이 한 장의 사진이 우리에게 전하는 물음이다. 도시는, 그리고 도시의 거리는 진정 누구의 것이어야 하는가?

한때 이 도로를 점령했던 군중들은 지금 어디로 갔는가? 그들은 모두 무사하고 안녕하신가? 그들은 사십 년 가까운 시간이 지나간 오늘, 버스나 자동차를 타고 이 도로를 지나가면서 무슨 생각을 할까? 이 거리의, 도시의 기억을 자식들에게 얼마나 들려주고 있는가? 도로를 메우는 군중의 함성을 다시 들을 수 있을까? 그렇게 이 도시와 거리는 겹의 기억을, 상처의 흔적을 남긴 채 새로운 사람들에게 새로운 풍경들을 펼쳐낸다, 우리의 도시 풍경은 너무 빠르게 변한다.

우리의 현대사가 펼쳐냈던 도시의 거리와 광장에 대한 기억. 그것은 늘 군중의 함성과 함께였다. 이 거리와 광장에 아로새겨진 저항의 기록을 지워 내거나 박물화 하려는 권력의 시선은 오늘날까지 여전히 작동하고 있다. 이 권력의 시선은 은밀하지만 폭력적이다. 이 폭력에 맞서려면, 거리와 광장의 진정한 주인이 누구인가를 끊임없이 되물어야 한다. 2002년의 월드컵 함성, 쇠고기 수입 파동이나 반값 등록금 투쟁 때 서울의 거리를 다시 메웠던 군중의 그 간절한 목소리, 2016년 촛불시위 당시 광화문 광장을 채웠던 그 수백만 군중의 외침을 끊임없이 불러내지 않으면, 우리의 도시에는 더 이상 희망이 없다. 과거에 대한 기억도, 미래에 대한 기대도 사라진 그 자리에 징벌 같은 침묵과 고통의 시간만 남게 된다면, 그러면 우리는 또 무엇을 해야 하는가? 우리는 이런 물음을 이 거대한 도시를 향해 내던져야 한다.

# 제8장

# 이미지의 슬픈 축제

## 언어와 실재 사이의 간극

아무리 뛰어난 말솜씨나 글솜씨를 지닌 사람이어도, 표현의 의도를 말이나 글을 통해 온전하게 재현할 수는 없다. 발화자의 의도는 단어의 사전적 의미, 그리고 다양한 맥락 속에서 형성되는 의미 등으로 인해 섬세한 의미 균열을 일으키게 마련이다. 게다가 말이나 글은 발화 상대의 특성에 따라 얼마든지 다른 의미로 해석되고, 발화자가 의도하지 않았던 반응을 불러일으키기도 한다. 의사소통의 측면에서 볼 때, 언어는 그다지 완전한 도구가 아니다.

우리 주변에서 언어의 불완전성, 혹은 기호와 의미의 불일치를 악용하여 말과 글을 이데올로기적으로 구부려 사용하는 사례가 많다. 태초의 언어가 지녔던 순수성을 잃어버린 언어는 인간의 마음과 정신을 타락시키고, 궁극적으로 이 세계에 혼란을 초래한다. 언어 사용의 타락상을 가장 극적으로 보여주는 곳은 정치 담론의 영역이다. 정치 담론은 애초에 이데올로기적 성격을 띠며, 이데올로기 투쟁은 늘 언어를 통해 그리고 언어를 둘러싸고 벌어진다. 정치인의 세련된, 혹은 의도적으로 거칠고 투박한 언어가 지시하는 의미는 종종 언어 기호 바깥을 향하게 된다. 기호가 가리키는 사전적 혹은 문맥적 의미가 아니라, 상황과 맥락 바깥의 무엇인가를 지시할 때도 있다. 그러니 같은 대상을 지칭하더라도 서로 다른 언어가 구사될 수 있고, 서로 같은 언어가 구사되어도 지칭하는 대상이 다를 수 있다. 이것이 현실 정치에서 정치인들이 구사하는 수사나 담론의 전형적인 특성이다.

실제로 정치인이 펼치는 공론(公論)은 공론(空論)으로 귀결되기도 한다. 공공성을 띠어야 할 정치 담론이 실제로는 의미의 중심을 상실한 채 공허한 말잔치로 귀결되는 것이다. 이런 언어에서 실재에 대한 열정을 찾기는 어렵다. 선거판에서 한 표를 호소하는 정치인들의 선동적 구호, 혹은 정교한 논리를 갖추지 않은 난상토론은 실재에 대한 열정을 상실한 언어가 아니겠는가. 그로 인해 우리 공동체는 너무나 큰 위험에 봉착해 있다.

언어와 실재 사이의 간극은 과연 좁힐 수 있을까? 언어가 지웠거나 지우려 하는 실재는 얼마나 구제될 수 있을까? 실재와의 사이에 틈새가 없는 순수 언어는 어쩌면 언어 발생의 시기까지 거슬러 올라가야 만날 수 있을 것이다. 우리는 언어가 너무 오염된 시대에 살고 있다. 우리가 사용하는 언어에는 많은 불순물이 달라붙어 있다. 예를 들어 낡은 관념이나 화석화된 의미에 고착된 어휘들, 진실에서 유리된 관용적 표현과 의례적 표현들, 죽은 은유 같은 것이 그러하다.

시의 언어는 실재에 대한 열정으로, 이런 언어의 불순물을 제거하려 한다. 일상 언어를 오염시키는 낡은 관념의 찌꺼기를 없애고 기호 대상에 대한 최초의 명명으로 시의 언어를 귀환시키려는 것이다. 언어를 부정함으로써 언어를 구제하려는 이런 시적 언어의 이상은 어쩌면 실현 불가능한 역설에 가깝다. '도가도 비상도(道可道 非常道)'라는 말도 있거니와, 진리의 관점에서 볼 때 언어는 그 한계가 뚜렷하다. 하지만 그 한계를 뛰어넘으려는 시인의 노력은 바로 이미지로 표출된다.

좋은 시에는 좋은 이미지가 있다. 관념의 불순물로 오염된 시어들로는 뜻을 온전하게 전달하기 어렵다. 좋은 이미지를 지닌 시는 겉으로는 의미 전달과 무관해 보일 수 있다. 하지만 이미지만으로도 시인은 충분히 자기 뜻을 전달할 수 있다. 좋은 이미지란 사물의 속성을 감각적으로 그려내되, 거기서 연상되는 느낌이나 감정을 날 것 그대로 전해 주는 이미지를 가리킨다.[1] 이런 이미지는 낡은 의미가 덧씌워진 사물의 표층을 뚫고 들어가 그 것의 진면목을 생생하게 재현할 수 있다.

다른 예술과 비교하면, 시는 대상의 재현에 있어서 불리한 편이다. 회화는 시각 이미지를, 음악은 청각 이미지를 일차적 질료로 삼아 아름다움을 표현한다. 질료 자체가 이미 순수한 이미지를 지니고 있어 대상의 성질과 가장 흡사한 질료를 찾아 활용하면 된다. 사진예술이나 영상예술의 경우에는 기계 장치의 도움을 받아 대상을 똑같이 재현할 수도 있다. 하지만 시는 이차적 질료인 언어로 대상을 재현한다. 질료로서의 언어 그 자체에는 이미지가 거의 없다. 이미지는 본래 사물에 내재하거나 사물에서 연상되는 것이다. 결국 관념과 의미에 오염된 언어로 사물의 이미지를 재현하려면 훨씬 복잡한 인지 과정 및 언어 사용의 회로를 통과해야 한다.

예를 들어 시인의 눈앞에 붉은 장미가 있다고 하자. 이 장미가 언어로 재

---

1 이미지란 대상이 지닌 감각적 속성, 그리고 그것을 체험한 사람의 인상과 기억, 더 나아가 인상이나 기억의 언어적 재현까지를 두루 일컫는 용어이다. 주로 대상의 시각적 인상과 연결되는 것이 이미지이지만, 그 이외의 다양한 감각(청각, 후각, 촉각 등)들이 이미지 형성에 입체적으로 작용한다. 시인이 이미지로 대상을 재현한다는 것은 그러니까 불순한 언어를 배제한 채, 대상에서 얻은 체험을 원래 모습에 가장 가깝게 그려낸다는 것을 뜻할 수도 있다.

현되는 과정은 생각보다 복잡하다. 먼저 붉은 장미에 내재한 속성 '붉음'을
감각기관을 통해 지각하는 단계가 있다. 그다음엔 감각 경험인 '붉음'을 지
시할 수 있는 표현을 어휘목록에서 찾아야 한다. 우리 선조들이 명명해놓
은 어휘들 말이다. 이미지는 이 어휘들의 조합이나 통사적 결합을 통해 표
현된다. 독자는 이와 같은 인지 및 표현 과정의 역방향으로 시의 이미지를
소비한다. 이미지를 통해 사물이 재현되고, 재현된 이미지를 통해 독자가
사물을 추체험하는 과정을 이제 구체적인 작품을 통해 살펴보기로 하자.

사생적(寫生的) 이미지와 사물의 재현

머언 산 청운사
낡은 기와집

산은 자하산
봄눈 녹으면

느릅나무
속잎 피어나는 열두 굽이를

청노루
맑은 눈에

도는
구름 (박목월, '청노루' 전문)

시 '청노루'는 간결하고 명징한 언어로 자연을 그려낸다. 여기서 자연이란 우리 눈앞의 실제 자연이 아니라, 무욕과 무심을 꿈꾸었던 시인의 관념이 빚어낸 이상적 자연이다. 무욕과 무심을 이미지로 그리기 위해, 시인은 이 작품에서 '맑은 눈'을 앞세운다. 얼마나 맑은 눈이어야 그곳에 구름이 비칠 수 있을까? 게다가 그 구름은 청운, 즉 푸른색 구름이 아닌가. 그러니 '눈'의 주인인 노루는 털빛도 푸르러야 하고, 그가 선 장소는 보랏빛 안개(자하·紫霞)가 감돌고 푸른 새싹이 돋아나는 봄 산(春山)이어야 마땅하다. 그 산에 '푸른 구름'이란 이름을 가진 사찰 한 채가 오롯이 서 있으면 안성맞춤이다. 생명이 약동하는 춘산(春山)의 자연물들은 청노루 맑은 '눈'에 모여, 그 절대적 무욕과 무심의 자연 풍경을 펼쳐낸다. 그 풍경 자체가 이미 '맑은 눈'에 비친 이미지이다. 이같이 박목월 시는 사생적 이미지로 이상적인 풍경을 재현한다. 그 이미지에서 자연과 인생의 심오한 통찰을 읽어내는 것은 독자의 몫이다.

이미지의 기능은 대상의 재현으로 한정되지 않는다. 사생적 이미지에서 보듯 사물의 감각적 속성을 이미지로 재현하는 작업은 그 자체로도 예술적 의미가 충분하다. 하지만 사생적 이미지에서 시는 자연의 모방에 가두어질 수 있다. 박목월의 시 '청노루'처럼, 재현되는 자연이 관념과 이상 속의 자연일 경우 시적 경험의 폭은 더욱 제한될 수 있다. 박목월의 자연은 시간의 흐름이 사라진 무시간성의 자연이기에 더욱 그러하다.

시의 언어는 삶의 이러저러한 국면과 연결된다. 그 연결이 이루어지는 순간, 그러니까 시인의 의식에 시간성이 개입하는 순간, 시의 이미지는 변형이나 변질을 피할 수 없다. 이미지가 대상 바깥으로 탈주하기 시작하는 것이다. 날 것 그대로의 순수 이미지 대신, 서로 모순되는 이질적 이미지가 병치될 때, 익숙한 대상은 더욱 낯설어지기도 한다. 자유연상 기법으로 인간의 심층적 무의식을 드러내거나, 꿈이나 몽상 같은 초현실 영역이 펼쳐질 수도 있다. 실재와 무관한, 혹은 실재로부터 자유로운 이미지 놀이가 펼쳐질 수도 있다. 현실 속 실제 대상에서 벗어난 이미지는 우리 앞에 환상, 혹은 환영을 펼쳐놓기도 한다. 다음에 인용하는 김춘수의 작품은 사생적 이미지를 활용하지만, 환상 혹은 환영의 영역으로 이미지를 한 걸음 더 접근시키고 있다.

세발자전거를 타고
푸른 눈썹과 눈썹 사이
길이 있다면
눈 내리는 사철나무 어깨 위
사철나무 열매 같은 길이 있다면
앵도밭을 지나
봄날의 머나먼 앵도밭도 지나
누군가, 푸른 눈썹과 눈썹 사이
길이 있다면, 그날을 다시 한 번
세발자전거를 타고 (김춘수, '서녘 하늘' 전문)

돌려다오.
불이 앗아간 것, 하늘이 앗아간 것, 개미와 말똥이 앗아간 것,
여자가 앗아가고 남자가 앗아간 것,
앗아간 것을 돌려다오.
불을 돌려다오. 하늘을 돌려다오. 개미와 말똥을 돌려다오.
여자를 돌려주고 남자를 돌려다오.
쟁반 위에 별을 돌려다오. (김춘수, '처용단장 제2부 · 1' 부분)

시 '서녘 하늘'은 유년의 기억을 중심 이미지로 앞세운다. 화자는 '세발자전거'를 타던 어린 시절의 기억에 사로잡혀 있다. 이미 사라지고 없는 세계에 대한 기억 말이다. '있다면'의 반복을 통해 강조되는 유년 회귀의 꿈은 끝내 화자를 환상 혹은 환영으로 이끈다. 다시 '세발자전거'를 타는 상상 말이다. 그 자전거는 '푸른 눈썹과 눈썹 사이/길'을 지나, '사철나무 열매 같은 길'도 지나, '앵도밭' 사잇길도 지나 그 어딘가로 달려간다.

여기서 '푸른 눈썹' 이미지가 가리키는 대상이 무엇인지, 또 그 눈썹들 사이의 '길'이 무엇인지 짐작하기는 어렵다. 그 길이 '사철나무 열매 같은 길'이나 '앵도밭' 사잇길과 서로 어떤 연관이 있는지도 분명치 않다. 푸른 눈썹 사잇길은 현실에 존재할 수 없는 길이다. 게다가 사철나무 열매 같은 길은 겨울 이미지에, '앵도밭' 사잇길은 봄 이미지에 각각 연결되어 있다. 서로 다른 시간에서 길어 올린 이런 길 이미지들은 이렇게 연속이 아닌 연속을 이루게 된 것이다. 상상과 연상을 통해 '비동시적인 것의 동시성'을 시의 이미지로 구현한 것으로 볼 수 있다.

이같이 세발자전거로 내닫는 세 개의 길이 시에 연속되면서, 시 '서녘 하늘'은 초현실적 분위기를 연출한다. 세발자전거를 타던 어린 날 기억, 혹은 무의식 저 깊은 곳에 잠재된 몇몇 이미지 조각들을 자유연상 기법으로 연결한 것이 중요한 역할을 했다. '그날'로 지시되는 근원적 시간, 다시 돌아올 수 없는 유년으로 회귀하고 싶다는 화자의 바람을 드러내면서 말이다.

'처용단장 제2부·1'는 '서녘 하늘'과 상반되는 시 쓰기 방법을 보여주는 작품이다. 이 작품에는 대상에 대한 재현, 혹은 사물의 날 이미지가 거의 등장하지 않는다. 오히려 의도적으로 이미지를 지워가는 방식으로 시를 써

내려간다. 실제로 이 시의 진술들은 '돌려다오'라는 공허함 외침으로 모인다. 반복되는 시어 '돌려다오'는 대립적 의미를 지닌 시어 '앗아가다'과 쌍을 이루고 있다.

그런데 두 서술어 모두 행위의 주체와 대상이 불분명하다. '앗아가는' 행위의 주체였던 '불'과 '하늘', '개미와 말똥', '여자'와 '남자'는 다른 진술에선 화자에게 돌려줄 대상으로 바뀐다. 게다가 이는 지시 대상의 감각적 속성(이미지)을 의미 자질로 활용하지 않는다. '불'을 '물'로, '하늘'을 '땅'으로, '개미와 말똥'을 '배짱이와 소똥'으로, '여자'와 "남자'를 각각 '할머니'와 '할아버지'로 대치시켜도 시 전체의 의미 구조에는 변화가 없다. 모두가 무의미(nonsense)를 지향하는 표현들이기 때문이다. 아니 시상 전개 자체가 시에서 의미(결국 이미지)를 지워가는 과정을 보여주는 것이다.

두 작품에서 이미지를 대하는 방식, 혹은 이미지를 활용하는 방식에 차이가 생겨난 이유는 무엇일까? 그 차이는 결국 '그날'에 대한 인식의 차이 때문에 생겨난 것이다. '처용단장 제2부·1'은 근원적 시간(그날)로의 회귀가 더 이상 불가능하다는 비판적 인식을 전제하고 있다. 이미지를, 말의 의미를 시의 진술에서 지워내고 소위 '무의미시'를 향해 나아가는 김춘수의 시적 여정은 이렇게 시작된 것이다. 물론 김춘수의 시적 이상은 그 결과가 끝내 초라했다. 시에서 의미를 지우는 방식은 세계의 무의미성을 비판하는 방식의 하나가 될 수 있지만, 세계의 무의미성은 시어의 의미 혹은 이미지를 통해서도 얼마든지 부정할 수 있기 때문이다.[2] 게다가 이미지를 지워나갈수록 김춘수의 시에서 삶의 영역은 극도로 축소되고 말았

2  김수영의 시론과 김춘수의 시론을 비교한 논의로는 남기혁, 「김춘수의 무의미시론 연구」, 『한국현대시의 비판적 연구』, 월인, 2003 참조.

다. 삶의 풍경이 사라진 언어의 풍경은 고독하다. 심지어 무의미하기조차
하다.

좋은 시는 의미를 핵심 이미지 하나로 응축시킨다. 작품의 성패를 결
정짓는 핵심 이미지 이외의 것은 군더더기일 뿐이다. 군더더기가 제거된
그 여백에 드리워지는 절대적인 것의 그림자. 때때로 시에서 이미지란 어
떤 절대적인 것의 감각적 현현을 지시한다. 시인의 눈은 그 현현의 순간
을 황홀감 속에서 바라본다. 하지만 그 황홀은 비극적일 수도 있다. 이
육사의 시 '절정'에서 포착된 '강철로 된 무지개'라는 이미지가 그러하다.
북방과 고원으로 표상되는 극한의 실존 상황을 관조한 끝에 비로소 발견
한 현실 초극의 가능성. 현실적인 것에서 초월적인 것으로, 물질적인 것
에서 정신적인 것으로 한꺼번에 도약하려는 정신 말이다. 화자의 눈은
'비극적 황홀'[3] 속에서 그 초월적이고 정신적인 것의 현현을 보려 하는 것
이다.

물론 일상의 단면만 담담하게 그린 이미지도 감동을 준다. 시의 이미지
가 꼭 고결한 정신만을 더듬어야 하는 것은 아니다. 담담한 먹빛으로 스케
치한 그림 같은 시 한 편을 읽어보자.


3  김종길, 「한국시에 있어서의 비극적 황홀」, 『진실과 언어』, 일지사, 1974.

물 먹은 소 목덜미에
할머니 손이 얹혀졌다
이 하루도
함께 지났다고
서로 발잔등이 부었다고
서로 적막하다고, (김종삼, '묵화' 전문)


　김종삼의 시 '묵화'는 간결한 언어와 정제된 표현으로 함축된 이야기를 전해 준다. 그 이야기에는 쓸쓸하면서 아름다운 삶의 단면이 담겨 있다. "물먹는 소 목덜미에" 얹힌 할머니 손. 하루의 힘든 일을 마친 소와 그 소를 안타까운 마음으로 쓰다듬는 노인을 떠올리게 하는 저녁 풍경이다, 인간과 짐승 사이에 가족애가 느껴지기도 한다. 부사어 '함께'와 '서로'가 호응하여 이루어내는 정서의 울림은 독자에게 깊은 여운도 남겨준다. 한 컷의 사진(혹은 작품의 표제처럼 묵화 한 폭)에 지나지 않을 삶의 단면이지만 마음에 환기하는 정서의 울림은 이처럼 심대하다.

　김종삼의 시 '북 치는 소년'도 '묵화' 같은 마음의 울림을 자아낸다. 하지만 이미지가 활용되는 방식은 사뭇 다르다. '아름다움', '크리스마스카드', '진눈깨비' 같은 시어를 병치시켜 시상을 전개하는 이 작품은 이미지 제시의 측면에서 매우 낯설다. 병치된 진술에 담긴 비유의 원관념이 제대로 드러나지 않으니 말이다. '소'와 '할머니'를 은유로 결합하여 시상을 전개한 '묵화'와 구별되는 지점이라 할 수 있다.

내용 없는 아름다움처럼

가난한 아희에게 온
서양 나라에서 온
아름다운 크리스마스카드처럼

어린 양(羊)들의 등성이에 반짝이는
진눈깨비처럼 (김종삼, '북 치는 소년' 전문)

　이 작품은 크리스마스와 관련된 겨울 이미지들을 차례로 등장시킨다. 표제어 '북 치는 소년' 역시 마찬가지이다. 그 소년은 아마 크리스마스 때 주고받은 카드 속 그림에서 보는 소년, 혹은 같은 제목의 크리스마스 캐럴에서 만나는 소년일 것이다. 크리스마스 무렵 잠시, 하지만 집중적으로 소비되는 '북 치는 소년'은 사실 우리 현실과 관련해서 어떤 의미도 전해 주지 않는다. 박래품으로 들어온, 원본이 없는 공허한 이미지라 할 수 있다.

　김종삼의 시는 이 공허함을 예리하게 파고든다. 사실 이 작품에 병치가 된 세 개의 비유적 이미지는 모두 부재 혹은 소멸이란 의미에 연결되어 있다. 우선, 제1연의 '내용 없는 아름다움'을 보자. 과연 내용 없는 아름다움이 존재할 수 있는 것일까? 한 송이 장미꽃, 뛰어난 미모의 여인, 베토벤의 교향악, 혹은 김소월의 서정시처럼, 아름다움을 느끼게 하는 존재들은 대부분 일정한 내용과 형식을 갖추고 있다. 아름다운 자연 역시 시간과 공간의 형식에 갇혀 있기는 마찬가지이다. 이런 점에서 '내용 없는 아름다움'은 진술 자체가 논리적으로 모순이고, 의미는 공허하다.[4]

---

4　내용이 없으면 형식은 완성되지 않는다. 거꾸로 '형식 없는 아름다움'도 마찬가지로 모순이

제2연은 '내용 없는 아름다움'을 구체화한다. '북 치는 소년' 그림이 인쇄된 '크리스마스카드'는 "가난한 아희에게 온/서양 나라에서 온" 것이다. 여기서 '가난한 아희'는 전쟁 직후 지구의 한 궁벽한 마을에서 살아가는 우리나라 아이일 것이다. '크리스마스카드'는 과연 이 비루한 아이에게 어떤 의미를 던져줄까? 물론 그 카드는 마음을 매혹할 만한 그 무엇을 가지고 있다. 경험하지 못했던 따스함과 풍요로움 같은 것 말이다. 하지만 이미지가 주는 매혹이나 황홀감은 오래 지속되지 않는다. 크리스마스는 생각만큼 '가난한 아희'를 구원해 주지 않는다. 잠시 펼쳐지는 축제처럼, 내용 없는 아름다움은 공허하다.

제3연은 크리스마스카드의 배경 그림을 묘사한다. 그 안에는 초원이 있고, 또 그 초원을 거니는 양도 있다. 그 어린 양의 수북한 털은 하얀 진눈깨비를 뒤집어쓰고 있다. 동양의 가난한 아이로선 한 번도 보지 못했을 낯설고 이국적인 풍경이다. 이렇게 재현된 풍경은 충분히 매혹적인 이미지이다. 하지만 그 이미지 역시 현실에서 길어 올린 이미지가 아니다. 동양의 아이에게 원본이 없는 이미지가 선사된 것이다. 내용 없는 형식, 혹은 의미 없는 아름다움으로서 말이다.

시 '북치는 소년'은 내용 없는 아름다움, 원본이 사라진 이미지를 문제 삼는다. '가난'하기 짝이 없는 이 비루한 세계는 내용 없는 아름다움의 그 공허한 환상에서 벗어날 것을 요구한다. 이 세계의 비루함을 다시 직시해야 하는 것이다. 이 작품이 부재와 소멸의 이미지를 통해 드러낸 황홀은 결국 신이 사라진 시대의 슬픈 운명을 보여주는 것인지도 모른다. 신기한 박래품에 지나지 않는 크리스마스카드로는 아이를 구원할 수 없다. 이런 맥

다. 따라서 '내용 없는 아름다움'은 공허한 아름다움에 지나지 않는다. 미학적으로 그것은 아름다움을 구성할 수 없다.

락에서 김종삼의 시 '북 치는 아이'는 원본 없는 이미지의 공허함을 우회적으로 비판한 작품이라고 볼 수 있다.

자유연상, 혹은 불연속적 이미지들의 축제

그렇다면 내용 없는 아름다움, 혹은 실재를 소거한 이미지는 예술적으로 무의미한가? 현대 미술이나 현대시에 등장하는 여러 이미지 실험들은 이미지, 혹은 이미지 제시의 새로운 가능성을 탐색한다. 그것은 기존의 예술 관습이나 언어의 한계를 돌파하려는 시도로 읽히기도 한다.

르네 마그리트의 그림 한 편에서 논의를 시작하자. 자료로 제시된 그림 '피렌체의 성'은 당혹스럽다. 이 그림을 구성하는 대상들은 현실에서 접하는 실제 대상들을 그대로 옮겨온 것 같은 착각을 일으킨다. 세부 이미지들 하나하나는 지나칠 정도로 사실적이다. 넘실대는 파도, 흰 구름이 떠 있는 푸른 하늘, 거대한 바위와 그 바위 위의 성에 대한 묘사까지 말이다. 실제 현실에 있을 법한 풍경을 사진으로 찍어놓은 듯한 느낌이 들 정도이다.

르네 마그리트의 그림 〈피렌체의 성〉

하지만 착각은 착각에 지나지 않는다. 사실적으로 재현되는 이미지들을 아무리 그럴듯하게 조합해 놓았더라도, 전체 그림은 전혀 현실적이지 않다. 현실에서 있을 수 없는 이미지의 조합, 실재할 수 없는 풍경으로서 그 자체가 부조리이고 난센스이다. 어찌 거대한 바위가 중력의 법칙을 거슬러 공중에 떠오를 수 있겠는가? 애드벌룬처럼 공중에 떠서 푸른 하늘로 날아오르다 잠시 멈추는 바위란 환상에 지나지 않는다. 그림 속 대상들은 본래의 맥락에서 절연되어 폭력적인 방식으로 결합한 것이다.

이 지점에서 새로운 이미지에 대해 생각해 보자. 실재를 더 이상 환기하거나 재현하지 않는 이미지들 말이다. 실재와 이미지가 끝내 어긋나고, 이미지가 실재(대상 혹은 원본)를 잃은 채 폭주하는 시 작품은 우리 주변에 넘쳐난다. 그런 이미지들이 그려내는 마음의 풍경을 들춰보아야 한다. 초현실주의 기법을 활용했다고 평가되는 이승훈의 시 '사물 A'의 경우를 보자.[5]

사나이의 팔이 달아나고 한 마리의 흰 닭이 구 구 구 잃어버린 목을 좇아 달린다. 오 나를 부르는 깊은 명령의 겨울 지하실에선 더욱 진지하기 위하여 등불을 켜 놓고 우린 생각의 따스한 닭들을 키운다. 닭들을 키운다. 새벽마다 쓰라리게 정신의 땅을 판다. 완강한 시간의 사슬이 끊어진 새벽 문지방에서 소리들은 피를 흘린다. 그리고 그것은 하아얀 액체로 변하더니 이윽고 목이 없는 한 마리 흰 닭이 되어 저렇게 많은 아침 햇빛 속을 뒤우뚱거리며 뛰기 시작한다.

(이승훈, '사물 A' 전문)

이 작품에는 팔을 잃은 '사나이', 잃어버린 목을 찾아 달려가는 '흰 닭',

5   이승훈 시인은 김춘수가 실험한 '무의미시'의 기법을 이어받아 소위 비대상시(非對象詩)를 제창하였다. 극단적인 언어 실험, 혹은 이미지 실험을 추구했던 이승훈 시인의 시편들은 초현실주의 예술의 자유연상 기법으로 설명되거나, 시니피에 없는 시니피앙의 기호 놀이로 평가되기도 한다.

하얀 액체로 변하는 '피'처럼 그로테스크하고 섬뜩한 표현들이 등장한다. 공포 영화 속 장면들을 연결한 듯한 시적 진술들 속에서, 섬뜩한 이미지들은 서로 부자연스럽게, 비논리적인 방식으로 연결된다. 게다가 각각의 이미지들이 현실에서 가리키는 대상(혹은 실재)이 무엇인지조차 분명하지 않다.

우선 '사나이의 팔이 달아나고 한 마리의 흰 닭이 구 구 구 잃어버린 목을 좇아 달린다.'(이하 '진술 1')를 보자. '진술 1'에 그려진 대상은 팔을 잃은 사내와 목을 잃은 닭이다. 서로 연속성이 없는 두 대상을 하나의 진술로 결합한 이유는 무엇일까? 그것은 두 주어가 중의적 의미를 지닌 서술어 '달아나다'에 각각 연결되기 때문이다. 진술 1은 '달아나다'를 매개로 연상된 대상들을 연결한 것이지만, 끝내 의미의 단층을 피하지 못한다. 진술 1은 현실에서 결코 발생할 수 없는 사건이나 상황을 다룬 것은 아니다. 하지만 흔히 떠올릴 수 없는 사건이나 상황으로서 우리에게 부자연스럽고 괴기스러운 이미지로 다가오는 것임에는 분명하다.

'오 나를 부르는 ~ 생각의 따스한 닭들을 키운다. 닭들을 키운다.'(이하 '진술 2')에서는 진술 1 그 자체가 전복된다. 우선 목을 잃은 '한 마리 흰 닭'이 진술 2에서 '생각의 따스한 닭들'로 치환되고 있다. '사나이'라는 대상이 진술에서 소거되고, 현실의 닭이 '생각의 닭'으로 치환됨으로써 진술 1은 논리의 차원에서 정합성이 완전하게 부정되는 것이다.

이런 부정은 다른 곳에서도 발견된다. '한 마리의 흰 닭'(진술 1)이 질주하고 있다. 그런데 마지막 진술(이하 '진술 5')은 이 질주를 "맑은 아침 햇빛 속을 뒤우뚱거리며 뛰기 시작한다."라고 묘사한다. '뒤우뚱거리'는 모습은 닭의 불구성(不具性)을 가리키겠지만, 닭이 하필 왜 '아침 햇빛 속'을 달려가야 하는지 그 이유가 분명치 않다. 게다가 '진술 1'~'진술 5'를 함께 고려하면, '닭'은 현실에 있는 실제의 닭이라고 볼 수도 없다. 논리의 차원에서 설득력은 없지만, 질주하는 닭은 '하이얀 액체'가 변해 생겨난 것(진술 5)이고, '하이얀 액체'는 본래 '피'가 변한 것(진술 4)이며, 다시 '피'는 '소리들'이 흘린 것(진술 4)이기 때문이다.

결국 연속된 자유연상의 기원에는 '소리들'이 놓여 있다. '소리들'의 정체는 과연 무엇일까. 이제 해석의 포커스를 '흰 닭'에서 '소리들'로 옮겨서, 다시 '소리들'의 진정한 기원을 살펴야 한다. '진술 3'(즉 "새벽마다 쓰라리게 정신의 땅을 판다")을 보면, 진술 4의 '소리들'은 새벽마다 '정신의 땅'을 파는 행위로 인해 생겨난 것이다. 무언가를 찾아내려는 치열한 정신을 땅 파는 행위에 비유한 것이고, 이 비유에서 다시 땅 파는 소리를 연상한 것으로 보인다.

그렇다면 '정신의 땅'의 비유적 의미는 무엇인가? 진술 2와 진술 3을 함께 고려하면, '정신의 땅을 파는 행위'는 '닭을 키우는 행위'와 등가 관계이다. 이제 '닭'은 현실의 닭이 아니라, '정신'(진술 3), 혹은 '생각'(진술 2)에 대한 메타포로 보아야 한다. 이 시는 닭을 그린 시가 아니라, 정체는 불분명하지만 '정신'을 노래한 시라 할 수 있다. 표제어인 '사물 A'의 정체 역시 '닭'이 아니라, '닭'에 비유된 '생각' 혹은 '정신'이라고 할 수도 있다.

이제 진술 2의 '겨울 지하실'과 '등불'을 통해, '생각(=정신)'의 정체를 생각해 보자. '생각(=정신)'의 주체는 '나'(혹은 '우리')이다. '나'의 '생각(=정신)'은 지금 춥고 어두운 '겨울 지하실'에 갇혀 있다. 화자는 그 유폐된 공간에서 '등불'을 켜고 있다. 진술 5의 햇빛 이미지와 호응하는 진술 2의 '등불'은 그 밝고 따뜻한 속성이나 생성 이미지를 고려하면, '생각(=정신, 의식)'의 원천을 가리키는 것으로 볼 수 있다.

이제 작품 해석을 위해 서사를 재구성해 보자. 이 시에 등장하는 파편화된 이미지들을 꿰어내는 핵심 이미지는 결국 '등불' 이미지이다. '(잘린)몸-(온전한) 정신', '지하-지상', '어둠-밝음', '정지-운동' 같은 일련의 이미지 대립은 '등불'로 인해 비로소 의미가 부여된다. 그 의미는 바로 성찰 행위를 통한 자아의 형성으로 초점화가 된다. 몸의 일부를 잘린 존재, 정신의 성숙을 이루지 못한 존재가 완전한 존재로 거듭나는 과정과 관련된 그 자아 말이다.

이 지점에서 진술 1의 '명령'의 의미를 살펴볼 수 있다. 화자에게 '명령'을 하는 존재는 누구일까. 그 명령의 주체는 신, 관습이나 전통, 윤리 규범 같은 화자 외부의 타자들이 아니다. 시의 맥락을 고려한다면, '명령'은 내면의 또 다른 '나'가 화자('우리')에게 부과한 것으로 볼 수 있다. 결국 '명령'은 진정한 자아를 요청하는 내면의 목소리를 가리킨다.

한편 이 작품에서 '닭'-결국 '우리'-은 불구의 형상으로 등장한다. '사나이'의 '팔'은 달아났으며(진술 1), '닭(=정신)'은 달아난 목을 좇아 '구 구 구'(진술 1) 소리를 내며 햇빛 속을 '뒤우뚱거리며'(진술 5) 뛰어간다. 의식의 등불을 비춰서 길러낸 자아는 온전한 형상을 갖추지 못했으나, 목적지도 모르는 상태에서 맹목적으로 질주하고 있다.

이 작품이 미완성의 서사에 그친 이유는 무엇일까? 자아 형성을 위한 시도는 끝내 실패로 돌아가고, 불구로 전락한 자아는 햇빛 속을 처연한 몸짓으로, 지향 없이 맹목적으로 달려간다. '사물A'는 바로 이 상황에서 시적 진술을 멈추었다. '명령의 겨울 지하실'(진술 2)에서 생각의 닭을 키우고 정신의 땅을 파던 자아는 끝내 출구를 찾지 못한 것이다. 그만큼 현실의 벽은 견고하고, 불구의 존재는 그 벽을 뛰어넘을 수 없다.

이런 실존의 위기 상황을 배경으로, 그로테스크한 이미지가 자유롭게 변주한다. 단절되고 불연속적인 이미지들은 그래서 그 이미지가 가리키는 대상 혹은 실재를 상실한 채 파동처럼 작품 표면을 넘나든다. 시적 대상이 표제어처럼 '사물 A'라는 익명화된 존재로 환원되는 것은, 시인이 직면해 있는 부조리한 상황을 암시하는 것으로도 볼 수 있다. 이제 이미지의 유희, 혹은 기호의 놀이만 처연하게 펼쳐질 것이다.

## 죽음의 풍경 — 그로테스크한 이미지들

'거울'은 자기 성찰의 매개체이다. 인간의 눈은 인간 자신에 대해선 맹목(盲目)이다. '눈'으로 자기 얼굴을, 그것도 그 얼굴의 일부분인 눈을 보는 것은 불가능하다. 이때 필요한 것이 거울이다. 우리는 '거울'에 비친 상을 통해 자기 얼굴과 눈을 본다, 그리고 타인의 눈에 자신이 어떻게 비칠지, 또 어떻게 비치면 좋을지 생각하기도 한다. 때때로 거울은 마음가짐을 되돌아보는 계기가 된다. 거울에 비친 탐욕스러운 눈빛과 교만한 낯빛에 소스라치게 놀라 자기 삶을 반추할 수도 있다.

거울은 유리와 성질이 비슷하면서도 다르다. 재질은 본래 같아도 빛을 투과하는 유리와 달리, 거울은 빛을 반사한다. 현대시에서 유리 이미지가 세상을 내다보는 통로라는 의미에, 거울 이미지가 내면을 들여다보는 통로라는 의미에 각각 연결되는 것도 이 때문이다.

한편 거울이 거울로서, 유리가 유리로서 온전하게 제 기능을 발휘하려면 그 전제 조건으로서 빛이 필요하다. 특히 거울은 빛을 반사할 때만 거울로서 기능한다. 빛이 없으면 거울도 없다. 상이 맺히지 않는 거울은 더 이상 거울일 수 없다. 만일 빛이 제한적으로 스며드는 공간에 놓인 거울이라면 어떨까? 거울일 수 없는 그 거울은 자아의 모습을, 인간의 내면을 어떤 방식으로 비쳐낼까? 남진우의 시 '복도의 끝, 거울에 걸린'에 등장하는 거울 이미지를 통해, 거울 이미지의 다양한 함의를 엿보기로 하자.

바로 그곳에 거울이 있다
바로 그곳에 있는 거울을 너는 바라본다
거울을 바라보며 뭔가를 계속 중얼거린다
잿더미 속에서 살아난 듯 너의 온몸은 상처로 얼룩지고
너의 말은 탄내를 풍긴다

복도의 끝 벽에 걸린
거울을 향해 걸어가며 너는 낯선 말들을 두서없이 늘어놓는다
바로 그곳에 있는 아득한 거울 속
희미한 영상에 이르기 위해 너는 헛되이
손을 휘젓지만 아무리 걸어도 거울은
조금도 가까워지지 않는다

이윽고 멈춰선 너의
감긴 두 눈에서 눈물 대신
검은 머리카락이 흘러내린다
입에서도 귀에서도 검은 머리카락이 쉴새없이 흘러내린다
거울을 마주보고 서 있는 네 몸에서 스며나오는 음산한 향기

캄캄한 거울에 너는 비쳐지지 않는다
네가 중얼거린 말들만 거울 표면에 어른거리며

부우연 입김으로 번져나가려 애쓸 뿐
검은 머리카락으로 뒤덮인 너는
서서히 쪼그라들어 한낱 실뭉치로 변해간다

……벽에 거울이 걸린 아득한 복도 저편
둥근 실뭉치들이 굴러다니며 즐겁게 놀고 있다
(남진우, '복도의 끝, 거울에 걸린' 전문)

이상 시나 윤동주 시에서 '거울'은 분열된 자아, 이중화된 자아를 표상하는 수단이다. 외적 자아와 내적 자아 사이의 건널 수 없는 간극 혹은 단절을 그리는 과정에서 '오른손잡이-왼손잡이', '우물 밖의 나-우물 속 사나이'가 동원된다. 하지만 두 작품에서 화자는 건널 수 없는 간극을 메우기 위해 부단히 애쓴다. 물론 그 노력은 실패로 돌아간다. 그래서 시적 자아가 끝내 우울한 감정에 사로잡히는 것도 사실이다. 독자 역시 그런 화자를 연민의 시선으로 바라본다.

시 '복도의 끝, 거울에 걸린'은 스산하면서도 섬뜩한 죽음의 풍경을 그려낸다. 알 수 없는 불안과 공포가 이 작품을 관통하고 있다. 우선 화자 '나'는 작품 이면에 숨어 있다. 이상이나 윤동주처럼 거울을 보는 '나'가 거울에 비친 '나'에 대해 이야기하는 방식이 아닌 것이다. 이 시에서 '나'는 시적 상황 뒤에 머문 채 '너'와 '거울'이 펼쳐내는 음산한 풍경을 관찰한 후 이를 건조한 이미지로 재현한다. '나'는 객관적 관찰자처럼 '너'를 그리지만, 작품 어디에도 자신의 흔적을 남기지 않는다.[6] 게다가 이 작품 속 거울은 좀

---

6  '복도의 끝'에 걸린 '거울'을 바라보는 '너'의 정체는 무엇인가? 서정시를 읽는 문법에 따르면, '너'는 결국 '또 다른 나'일 수 있다. 즉 화자가 일정한 거리를 두고 바라보는 자기 모습, 혹은 '나'의 이미지가 바로 '너'일 수 있을 것이다. 이 작품의 그로테스크한 이미지 변주는 결국 '너=나'인 동시에

고 기다란 '복도 끝'에 걸려 있다.[7] 밝은 빛이 쉽게 도달하기 힘든 곳이다. 그러니 거울은 그 위에 무엇인가를 제대로 비춰내지 못한다. 그야말로 '아득한 거울'이다. 그 거울엔 온몸에 상처를 입고, '탄내' 풍기는 말을 중얼거리는 '너'의 '희미한 영상'만 비친다.

제1연의 '상처'와 '탄내'가 어떤 사건이나 정황에서 비롯된 것인지 알 수 없다. '너'가 겪은 고통의 실체를 짐작할 도리는 없다. '너'는 다만 지친 몸과 영혼을 이끌고 긴 복도를 걸어 그 끝의 '거울'까지 애써 다가가려 한다. 하지만 그 거울은 '너'와 '조금도 가까워지지 않는다.' 탄내 풍기는 말은 '낯선 말'이 되어 흩어지고, 거울은 그 위에 어떤 상도 드리우지 않는다. 게다가 '너'는 거울 속 영상을 향해 '손'을 휘저어 다가서지만, "거울은/조금도 가까워지지 않는다." 결국 '너'는 절망의 끝자리에 멈춰 회한에 사로잡힌다. '너'의 감긴 두 눈에선 '눈물'조차 없이, '검은 머리카락'만 흘러내린다. 심지어 '입'과 '귀'에서조차 쉴 새 없이 흘러내린다.

공포 영화 속 한 장면을 떠올리게 하는 그로테스크한 이미지이다. 이 이미지는 독자를 압도한다. 한 존재가 검은 머리카락으로 변신(혹은 축소)한다는 상상은 불길하고 섬뜩한 느낌까지 불러일으킨다. 죽음을 표상하는 '검은' 색이 머리카락에 연결되어 있으니 더욱 그러하다. 게다가 거울에 다가설 수 없는 '너'는 결국 자신의 환영(이미지)조차 바라볼 수 없는 존재가 아닌가. 이미 절대화된 죽음에 들린 존재, 즉 자기 몸에서 '음산한' 죽음의 향기만 풍기는 존재 말이다.

---

'너≠나'인 지점에서 펼쳐지는 것이다.

7  이상의 거울이나 윤동주의 우물은 밝고 조용한 곳에 있다. 화자는 거울이나 우물을 바라보며 자아의 참모습을 찾아내려고 애쓴다. 절대 고요 속에 자기 내면으로 침잠하여, 참된 자아를 찾아내려는 화자의 모습을 떠올릴 수 있는 것이다.

이제 '캄캄한 거울'에 대해 생각해 보자. '너'와 '거울' 사이에는 절대적인 단절이 있다. '캄캄한 거울'에 '너'의 가상은 비치지 않는다. 거울이 달린 '복도 끝'은 어둠 혹은 죽음의 공간이다. '너'의 말은 '거울 표면에 어른거릴 뿐이고, 그 '말들'은 거울의 차가운 표면에 부딪혀 "부우연 입김"으로 환원된다. 결코 거울에 스며들 수 없다. 그러니 '너'는 다만 "애쓸 뿐"이다. 아무리 간절하게 원하고 노력해도 '너'는 거울, 그리고 거울 속 '너'와 마주 설 수 없다. 그리고 '너'의 몸을 '검은 머리카락'으로 뒤덮기까지 무연히 시간은 흐른다. 그리하여 끝내 '너'는 "서서히 쪼그라들어 한낱 실뭉치로 변해 간다." '너'는 겨우 '실뭉치'로 자신의 흔적을 남긴 채 이 세상에서 완벽하게 사라진 것이다.

이 모든 죽음의 풍경은 온전히 '너'만의 것일까? 화자가 대면하는 '너'가 결국 화자 자신이라면, 화자는 '너'의 소멸과 죽음을 과연 어떻게 바라볼 것인가? 온갖 비애와 비통의 언어를 동원하여 죽음으로 인한 불안과 고통을 호소하지 않겠는가. 하지만 이 작품에서 화자는 감정의 이입을 자제하고, 죽음의 사태를 화자 바깥의 사건들로 남겨둔다. '너'의 죽음을, 그리고 그 죽음을 비춰내는 '캄캄한 거울'을, 자신과 무관한 현실이라도 되는 듯 담담하게 그려낸 것이다. 심지어 마지막 연은 이렇게 진술된다.

　　……벽에 거울이 걸린 아득한 복도 저편
　　둥근 실뭉치들이 굴러다니며 즐겁게 놀고 있다


여기서 줄임표는 죽음의 공간, 즉 복도를 빠져나오는 데 걸린 시간을 함축한다. 그 시간은 죽음의 풍경을 바라보는 위치까지의 물리적 거리일 것이다. 화자는 이 침묵의 시간과 공간을 활용하여, 자기 내부에 각인된 죽음의 그림자나 불안과 공포를 지우려 한다. 그 모든 죽음의 풍경을 반어적 표현인 '즐겁게 놀고 있다'라는 진술로 그려내고 있지 않은가. 복도 끝까지의 거리, 혹은 복도에서 빠져나오는 시간이 이런 반어적 표현을 낳은 것이다.

결국 이 작품에서 이미지는 죽음의 풍경을 거리를 두고 바라보려는 미학적 전략과 관계된 것이라고 말할 수 있다. 죽음의 무게조차 떨쳐내는 '둥근 실뭉치'의 즐거운 유희. 죽음의 풍경 바깥으로 빠져나와 그 풍경 자체를 미적으로 관조하고, 끝내 불안과 공포에서 벗어나는 것을 말이다. 이제 남는 것은 거울 이미지로 포착되는 그 그로테스크한 이미지들의 축제일 것이다. 시인은 그로테스크한 죽음의 풍경들을 통해, 죽음을 삶에서 분리한 후 끝내 죽음마저 구제하려 했던 것은 아닐까? 스산하고 음험한 죽음이 어느 사이 놀이가 되는 지점까지 이미지 놀이를 밀어붙인 결과라고 할 수 있다.

## 숙명으로서의 이미지

이미지는 시인의 숙명이다. 시인이라면 마땅히 이미지와 승부를 걸어야 한다. 이미지란 실재의 그림자 혹은 허깨비에 지나지 않지만, 이미지를 효과적으로 다룰 수 없는 시인은 실재를 향해 한 걸음도 다가설 수 없다. 이미지 없이 추상적인 관념어로 실재를 그려낼 수는 없다. 관념이란 결국 이미지로 환기되어야 할 어떤 것이며, 관념 그 자체는 -이미지보다 더- 몇 단계나 실재에서 떨어진 곳에 머물러 있다. 물론 실재는 이미지를 통해 온전히 재현될 수 없다. 플라톤의 생각처럼 가상은 실재의 그림자에 불과하니 말이다. 그래서 플라톤은 시와 예술이 이데아의 세계에 이르는 통로가 될 수 없다고 여긴 것이 아니겠는가. 하지만 시와 예술에서 이미지는 여전히 중요하다.

이제 이수명의 시 '포장품'을 읽어보려 한다. 분석의 출발점은 이 작품의 화자를 시인의 숙명을 떠안은 존재로 전제하는 것이다. 실재와 이미지 사이에서 본격적으로 싸우는─꼭 이렇게 읽어야 할 이유는 없지만─ 시인 말이다. 이 작품에서 화자는 물건을 묶은 '줄'을 풀어내는 일에 몰두해 있다. 줄을 풀어내야 포장을 벗겨낸 후 실제 물건을 꺼낼 수 있다. 이런 시적 상황을 염두에 두고 작품을 읽어보자.

> 물건은 묶여 있다. 나는 줄을 풀고 있다. 누군가 포장된 도로 위를 달린다.

> 물건은 포장되어 묶여 있다. 나는 포장을 동여맨 줄을 풀고 있다. 누군가 포장된 도로 위를 달린다.

> 물건은 여러 겹의 비닐로 포장되어 묶여 있다. 나는 비닐을 조르고 있는 줄을 풀고 있다. 누군가 포장된 도로 위를 달린다.

> 물건은 토막 내져 검은 비닐에 담긴 채 묶여 있다. 나는 풀수록 조여드는 줄을 풀고 있다. 이쪽을 풀면 저쪽이 엉킨다. 이쪽을 풀면 누군가 이쪽을 다시 묶는다. 누군가 포장된 도로 위를 달린다.

> 물건은 묶여 있다. (이수명, '포장품' 전문)

먼저 이 작품의 언어유희를 살펴보자. 작품의 표제어는 '포장품'이다.

'포장'과 '품'이 결합한 '포장품'은 표준국어대사전에 등재된 표제어가 아니다.[8] 그러니 '포장'이 꼭 '포장(包裝)'이어야 할 이유는 없다. '포장'이란 한자어에는 '포장(鋪裝)', '포장(包藏)'도 있다. 이 시에서 '포장'은 包裝·包藏·鋪裝이라는 세 층위의 의미들 사이에서 현란하게 춤을 춘다.

우선, '포장(包裝)'은 '1. 물건을 싸거나 꾸림. 혹은 그것에 사용되는 천이나 종이/2. 겉으로만 그럴듯하게 꾸밈'을 뜻한다. 한편 '포장(包藏)'은 '1. 물건을 싸서 간직함/2. 어떤 생각을 마음속에 지니어 간직함'을, '포장(鋪裝)'은 '길바닥에 돌과 모래 따위를 깔고 그 위에 시멘트나 아스팔트 따위로 덮어 길을 단단하게 다져 꾸미는 일'을 가리킨다. 따라서 포장된 물건의 겉포장은 '包裝', '포장된 도로'의 겉포장은 '鋪裝'이라고 하자. 하지만 이 두 개의 포장은 그 행위의 결과로서 '포장(包藏)'을 감추면서 동시에 드러낸다. 좀 더 상세하게 말하자면, '포장'(包裝과 鋪裝)은 포장 재료(종이나 천, 시멘트나 아스팔트)를 활용하여 어떤 대상을 그 속에 포장(包藏)하는 행위이자, 그 속에 무엇인가가 포장(包藏)되어 있음을 나타내는 상태이다. 그러한 행위는 어떤 대상을 '둘러쌈', '감춤', '꾸밈', '간직함'이란 다의적 의미에 연동된다.

이런 언어유희에 유의하면서, 이 작품이 반복·변주하는 사건들을 정리해 보자. 시적 사건들은 제1연을 이루는 세 가지 문장, 즉 '⑴ 물건은 묶여 있다.', '⑵ 나는 줄을 풀고 있다.', '⑶ 누군가 포장된 도로 위를 달린다.' 등으로 정리할 수 있다. 제2연~제5연은 제1연에 대한 반복과 변주로 볼 수 있으니 시적 의미의 분석에 있어서 중심적 지위를 가질 수 없다.

앞에 제시한 ⑴~⑶의 사건들은 결국 '묶다−풀다'와 '풀다−달리다'의 두

---

8  물론 사전에 따라서는 '포장품(包裝品)'을 표제어로 등록한 경우도 있다. 하지만 '포장+품'의 명사합성을 언어유희의 관점에서 해석하기 위해, 여기서는 일단 '포장=包裝'의 가능성을 해체한 후 논의를 시작하려 한다.

가지 서술어 대립으로 환원할 수 있다. 물건은 묶여 있고 나는 그것을 묶은 줄을 풀어내려 한다. 물론 물건은 쉽게 풀리지 않는다. 그것을 묶은 '줄'이 '나'의 행위에 저항하기 때문이다. 제4연에 언급된 바와 같이, "나는 풀수록 조여드는 줄을 풀고" 있지만 물건(의 포장, 줄)은 끝내 풀리지 않는다. 당연히 '나'는 포장된 물건의 실체도 확인할 수 없다. "이쪽을 풀면 저쪽이 엉킨다." 한없이 줄을 푸는 노역만 되풀이될 뿐이다. 게다가 "이쪽을 풀면"(제4연) 저쪽을 다시 묶는 훼방꾼이 있지 않은가?

'누군가'로 지칭된 훼방꾼의 정체는 무엇인가? 화자는 훼방꾼의 정체를 모른다. 하지만 훼방꾼은 어쩌면 ⑶의 주어 '누군가'와 같은 존재일 수도 있다. 두 '누군가'가 같은 존재라고 하면, '묶다-풀다'의 대립과 '풀다-달리다'의 대립은 결국 하나로 간주할 수 있다. 달리는 존재가 묶는 존재이니, 결국 '묶다(달리다)-풀다'의 대립만 남는 것이다. 여기서 화자는 풀어내는 행위의 주체이고, '누군가'는 풀어내는 행위를 방해하는 존재, 혹은 풀리려는 것을 다시 묶는 존재가 된다.

그렇다면 화자 '나'의 욕망은 무엇인가? 그의 욕망은 '풀다'의 아이러니 속에 숨어 있다. 화자는 포장을 풀려 하지만 그럴수록 포장은 견고해진다. 줄을 풀기 위해 물건 포장에 매달린 화자는 그래서 자유가 없다. 그는 포장된 물건에 묶인 존재이다. 푸는 주체가 스스로 푸는 행위에 묶여 버리는 대상으로 전락한 것이다. 그는 포장된 물건에 묶인 까닭에 도로 위를 달릴 수도 없다. '묶다-달리다'의 주체는 '풀다'의 주체를 끝내 묶인 존재, 달릴 수 없는 존재로 만드는 데 성공한 것이다. 하지만 '나'는 줄 푸는 행위, 포장 벗기기 행위를 멈출 수 없다. 줄을 풀어내는 일, 포장을 벗겨내는 일이 시지프스의 노역으로 부과된 것이다.

줄을 푸는 존재-결국 묶인 존재- 란 결국 이미지와 싸우는 숙명을 떠안은 시인의 알레고리가 아닐까? 묶인 존재가 푸는 존재를 묶어버리고, 묶인 것을 풀고자 애쓰는 존재가 다시 묶인 것에 스스로 묶이는 이 악순환. 이미지와 실재를 오가면서 그 간극을 메우려 하는 시인의 시 쓰기 행위는 이런 악순환에 빠진 것이 아니겠는가. 시인이란 존재는 과연 이 과업을 완수할 수 있을까? 이 시에서 화자는 그 노역이 결코 끝날 수 없음을 예감한 듯, "물건은 묶여 있다."라고 말로 시상을 끝맺고 있다.

이제 포장(包裝·鋪裝)이 감춘/혹은 간직한 '물건'과 그것을 묶은 '줄'을 푸는 행위에 함축된 의미를 정리해 보자. '물건'은 포장 밑에 숨겨진 내용, 즉 콘텐츠를 가리킨다. 하지만 시 쓰기 행위와 관련시켜서 이해하면, 줄이나 포장은 이미지를 가리키고 '물건'은 실재(혹은 원본으로서의 대상)를 가리키는 것으로 볼 수 있다. 콘텐츠를 감추는 '포장'은 콘텐츠 자체의 이미지는 아니지만, 콘텐츠를 꾸며내는 또 하나의 이미지라 할 수 있다. 콘텐츠를 그럴듯하게 꾸며내려는, 또는 안전하게 품어내려는 목적으로 만든 '포장'은 그 목적이 지속되는 한 나름대로 의의가 있다. 하지만 그 목적이 끝나는 순간, 포장은 쓰레기가 되고 만다. 그러니 '포장'은 견고해야 한다. 포장을 풀어내는 시인의 고행에 맞서기 위해서라도 '줄'은 엉켜야 한다. 이미지는 실체(내용, 혹은 콘텐츠)를 대신해서, 또 다른 실체인 것처럼 자신을 현시해야 하는 것이다. 그래야 실재를 보존하거나 구원할 수 있다. 실재를 향하는 이미지를 시로 펼쳐내되, 그 이미지로 실재를 온전하게 그릴 수 없는 시인의 노역은 그래서 중단될 수 없다.

실재와 이미지 사이에 벌어지는 그 긴장된 싸움. 이 싸움이 '시인'의 승리로 귀결된다는 보장은 없다. 오히려 반대일 것이다. 우리가 살아가는 세계는 그 승리를 장담할 수 없는 세계가 아닌가. 오히려 이 세계는 시인을 한껏 조롱하면서 포장된 도로를 질주하는 '누군가'가 지배하는 곳일지 모른다. 황량한 사막 한가운데서 우리는, 그리고 시인은 길을 잃은 존재들이다. 시인의 시인됨은 이미지를 둘러싼 싸움에서 영웅적 승리를 거두는 데 있지 않다. 오히려 시인은 그 싸움을 지속하는 것을 자신의 숙명으로 받아들여야 한다. 그런 시대를 우리는 살아내고 있다. 현대라는 견고한 허깨비(가상)와 계속해서 싸워야 하는 시대 말이다.

**제9장**　　　　　길 위에서, 길 끝에서 찾아내는 희망

나그네, 길 위의 인생

　로드 무비(road movie)는 대중에게 잘 알려진 영화 형식 중 하나이다. 영화의 서사가 길을 중심으로 펼쳐지고, 그 길을 따라 장소를 이동—도주, 여행 등을 위해—하는 과정에서 인물이 경험하는 여러 가지 사건들로 플롯을 엮어내는 기법을 가리키는 용어이다. 로드 무비에서 제일 중요한 것은 길을 떠날 때의 주인공과 목적지에 도착할 때의 주인공을 동일한 존재로 보기 어렵다는 점이다. 그 인물은 길에서 수많은 사건을 경험하면서 생각에 변화를 겪기 때문이다. 이 변화를 일컬어 성장, 혹은 성숙이라고 일컫기도 한다.

　쿠바 혁명의 아이콘인 체 게바라의 생애를 다룬 영화들 중에서 '모터사이클 다이어리'(2004년)라는 작품이 있다. 아르헨티나의 한 의과대학 졸업을 앞둔 체 게바라가 친구와 함께 모터사이클로 남미 대륙을 누비는 내용을 로드 무비 형식으로 그려낸 작품이다. 영화 속 주인공 체 게바라는 8000Km나 되는 여행길에서 남미 여러 국가가 처해 있는 현실, 그 정치적·

경제적 모순을 직시한다. 그리고 그것은 곧 의식의 변화, 더 나아가 존재의 전이로 이어진다. 의사로서 안락한 삶을 살겠다는 생각을 버리고, 남미 대륙의 왜곡된 현실을 바꾸겠다고 혁명 운동에 투신한 것이다. 여행이 그 모든 변화를 가져왔다. 남미의 그 험한 길이 그를 정신적 성장, 혹은 성숙으로 이끌었다. 그는 끊임없이 길 위에 서고자 했다. 혁명의 과업이 완수된 쿠바에서조차 그는 계속 안주할 수 없었고 끝내 새로운 혁명을 좇아 새로운 길을 찾아 나섰다. 그에게 길은 끝나지 않을 과업과도 같았다. 영원한 도착지가 없었으니 말이다. 우리가 걸어가는 인생길이 사실 다 그러하다.

이 세상엔 태어난 목적, 생긴 모습과 형태가 서로 다른 수많은 길이 있다. 대도시의 대로처럼 아스팔트가 깔리지 않았어도, 직선으로 쭉 뻗은 길은 아니어도, 사람이 이동할 수 있으면 모두가 길이 된다. 눈에 보이지 않는 길에도 이름이 부여될 때가 있다. 항공기나 배가 다니는 항로처럼 말이다. 물리적 실체가 있는 길만 길인 것은 아니다. 길은 우리 마음속에 존재할 수도 있다. 고생길이니 인생길이란 말도 있지 않은가. 마음이 머물거나 흘러가는 그 모든 곳은 우리에게 다 길일 수 있다. 그 길옆에 나란히 펼쳐지는 풍경들을 여행의 동반자 삼아 길을 떠나면 그만이다.

수없이 많은 종류의 길이 있는 것처럼, 그 길을 걷는 이유나 목적도 수없이 다양하다. 예를 들어 여행객은 이국적인 풍경을 즐기거나 미지의 체험을 얻기 위해 낯선 길을 떠나고, 수행자는 깨달음을 얻기 위해 길에서 고행을 감수한다. 옛 성인의 자취를 더듬기 위해 순렛길에 오르는 사람도 있고, 실용적 목적을 달성하기 위해 그 목적에 합당한 길을 떠나는 사람이 있다. 물론 특정한 목적이 없이 정처 없이 길 위에서 헤매는 이들도 있을 것이다. 한곳에 정착할 수 없고 특정한 목적지도 없어 길을 집 삼아 표류하는 삶을 살아가는 사람 말이다. 나그네가 바로 이런 존재일 것이다.

> 강(江)나루 건너서
> 밀밭 길을
>
> 구름에 달 가듯이
> 가는 나그네
>
> 길은 외줄기
> 남도(南道) 삼백리(三百里)
>
> 술 익은 마을마다
> 타는 저녁놀
>
> 구름에 달 가듯이
> 가는 나그네 (박목월, '나그네' 전문)

끊어질 듯 이어지는 그 '남도 삼백리' 길을 나그네는 어떤 마음으로 걷고 있을까? 길의 끝을 가늠할 수 없고, 지친 몸과 마음을 쉬어갈 곳도 마땅치 않을 터이니 말이다. 구름 사이로 흐르는 달처럼, 길에 모든 것을 내맡긴 나그네에게 길은 쉼터와 구분되지 않는다. 술 익는 냄새가 퍼지는 마을을 지날 때면, 잠시 술 한 잔 마시고 달빛을 등진 채 다시 길을 떠나면 그뿐이다. 이런 나그넷길에 모든 것을 내어준 이도 있을 것이다. 인생을 체념하거나 통달한 채 떠돌이의 삶을 자청한 사람 말이다. 세상에 대한 집착과 미련을 떨쳐내고, 알 수 없는 운명의 힘에 자신을 온전히 내맡기는 존재 말이다.

길의 심상은 흔히 움직임과 이동, 방법과 수단 등의 의미와 연결된다. 출발지나 목적지의 유무와 관련시키면, 길은 다양한 관용 표현과 연결되면서 그 의미를 확장하게 된다. '길을 잃다', '길이 없다' 같은 표현들이 그 예이다. 나그넷길은 목적지가 분명치 않은, 정처 없는 길이다. 지향하는 곳도 없이 끝없이 떠돌며 흘러가는 길인 것이다. 길 위의 인생을 운명으로 받아들이는 나그네는 그래서 농경 사회의 정주(定住) 문화에선 이질적 존재로 여겨진다.

물론 정주를 포기하고 길 위의 인생을 살아가는 이유는 사람마다 다를 것이다. 다양한 사회적, 정치적 요인이 작용할 수도 있고, 개인적 기질이나 가족 요인이 개입할 수도 있다. 이효석의 소설 '메밀꽃 필 무렵'의 허 생원 같은 경우는 직업적 요인, 즉 장마당을 떠도는 장돌뱅이로서 길 위의 인생을 살았다. 김동리의 소설 '역마'에서 주인공 성기는 역마살의 운명을 받아들여 어깨에 엿판을 메고 길을 떠난다. 김삿갓이란 이름으로 널리 알려진 조선 후기의 시인 김병연은 당대의 정치 사회적 세태에 대한 염증 때문에 나그네의 삶을 살았다고 한다.

박목월의 시 '나그네'는 길을 떠난 나그네의 움직임을 원경으로 포착하고 있다. '구름에 달 가듯이'라는 표현에 응축된 나그네의 삶은 유유자적 그 자체이다. 무엇에 얽매인 것도 없고, 급한 것도 없는 길을 걸고 있을 뿐이다. 혹자는 이 작품 속 인물 '나그네'에게서 현실 도피 심리를 읽어내고, 이를 일제 강점기 현실과 연관을 지어 비판하기도 한다. 이 시의 나그넷길을 그런 방식으로 이해하는 것이 잘못은 아니겠지만 왠지 허전한 느낌이 드는 것도 사실이다. '남도 삼백리'로 표상되는 그 '외줄기' 길에 함축된 고난과 역경이 우리 막다른 인생길과 같은 것이라면, 시대적 한계 상황을 허무와 달관의 정신으로 이겨내려 했던 이의 그 슴슴한 마음의 풍경 또한 공명할만한 것이 아니겠는가. '나그네'의 이런 마음은 신경림 시인이 "하늘은 날더러 구름이 되라 하고/땅은 날더러 바람이 되라 하네/청룡 흑룡 흩어져 비 개인 나무/잡초나 일깨우는 잔바람이 되라네"(시 '목계장터'에서)라고 노래했던 그 떠돌이의 마음과도 상통한다. 그런 달관의 마음에 이르는 것도 일종의 정신적 성장, 혹은 성숙에 해당하는 것이리라.

깨달음에 이르는 길

나그넷길은 종교적 수행의 모티브와 연결되기도 한다. 여행 마니아들에게 잘 알려진 산티아고 길은 본래 가톨릭 수행자들의 성지 순례길이었다. 수백 킬로미터가 넘는 길을 따라 높은 산악지대와 평원을 수없이 오르내리는 고행을 감수하던 이의 마음속엔 어떤 생각들이 교차했을까? '왕오천축국전'을 지은 혜초가 인도 순례길에서 품었던 뜻은 또 어떠했을까?

종교적 순례의 길을 나선 이의 주된 목적은 성현의 고행을 좇아 깨달음을 얻는 것이다. 길의 메타포가 활용된 '구도(求道)'라는 말도 있지만, 종교적 깨달음이나 진리에 도달하기 위해서는 길을 떠나야 한다. 길을 떠난다는 것은 특정 장소(예를 들어 집)에서 정주하지 않는다는 뜻이다. 집에 머물려면 지킬 것이 많고, 지킬 것이 많으면 집착과 아집에 빠질 위험도 있다. 그러니 집을 나서서 길을 떠나지 않으면 '길(道)'도 얻을 수 없다. 불교 용어로 출가(出家)라는 말도 있지 않은가.

출가(出家)라니
정녕 어디로 간단 말이냐.

머리 깎아 바랑 메고

산으로 간단 말이냐.

장삼 걸쳐 법장(法杖) 짚고

바다로 간단 말이냐.

바람 따라 향기 좇아 이른 계곡엔

도화(桃花)는 시나브로 꽃잎 지는데

하염없이 개울물은 흘러가는데

강물 따라 소리 좇아 이른 바다엔

파도는 실없이 부서지는데

출가라니

누굴 따라 어디로 간단 말이냐.

집만이 집이 아니고

집밖에 있는 것이 또 집인데

비로봉 만물상 곰바위 밑에

앉은뱅이 민들레나 되란 말이냐,

지리산 세석대 널바위 밑에

가지 꺾인 소나무나 되란 말이냐,

출가라니

집 밖이 또 집인데

정녕 어디로 가란 말이냐, (오세영, '집만이 집이 아니고' 전문)

이 작품에서 화자는 작중 청자의 출가를 만류하고 있다. '머리 깎아 바랑 메고' 산을 향하거나, 혹은 '장삼 걸쳐 법장(法杖) 짚고' 바다를 향하게 될 청자에게, 화자는 출가가 모순임을 일깨워주려 한다. 여기서 '꽃잎 지는데', '흘러가는데', '부서지는데' 같은 일련의 소멸 이미지가 동원된다. 끝내 소멸로 귀결하는 자연의 이치에 빗대어, 화자는 출가 역시 무의미한 행위임을 일깨우려 한 것이다. 자연이 영원불변할 수 없듯이, 절대불변의 진리(도)란 허상에 지나지 않는다는 인식이 전제된 것이라 할 수 있다.

이어서 화자는 "집만이 집이 아니고/집밖에 있는 것이 또 집인데"라는 불교적 역설을 제시한다. 물리적 실체로서의 집(이하 '집 1')이 유폐의 공간인 집(이하 '집 2')과 결합함으로써 성립된 역설이다. '집 2'는 '집 1'만 아니라 '집 1' 바깥에도 존재한다. 이 역설을 인정하면, 구도(求道)를 바라는 청자는 '집밖', 즉 길에서도 자신이 찾고자 하는 것을 끝내 못 찾을 것이다. 어쩌면 길을 떠나겠다는 선언 자체가 이미 아집(='집 2')에 사로잡힌 화자의 상태를 보여주는 것이라 할 수 있다.

집에 머물 수도 없고 길을 떠날 수도 없다면, 이제 어떻게 살아야 하는가. 시인이 일깨우려는 삶의 길은 무엇인가? 그것은 아마 무위(無爲)의 삶일 것이다. 인위(혹은 작위)를 버리며 살아간다면, 그곳이 어디든지 구도의 길은 저절로 열리는 법. 그러니 '집'과 '길'을 구별하려는 미망(迷妄)조차 버려야 한다. '집'이 곧 '길'인 지점으로 나아가면, 저절로 집은 헐리고 길은 열린다. 집 밖이 곧 집이라면 집도 곧 길일 법하지 않은가. 집이든 길이든, 혹은 머무르든 떠나든 그 모든 것을 무위에 맡기면 비로소 삶이 저절로 열릴 것이고 진리의 깨달음도 얻게 될 것이다. 오세영 시인이 집과 길의 변증법을 통해 일깨우는 진실이 여기에 있다.

### 삶을 반추하는 여행

인위에 지배되는 세상은 힘겹고 고달프다. 야심만만한 청춘의 시간을 다 보내고 세상과 힘겨운 싸움에 신물이 난 사람이라면, 누구나 한 번쯤 피폐한 몸과 고갈된 영혼을 달랠 수 있는 여행을 꿈꾸게 된다. 한 번도 가보지 못한 낯선 곳이거나 쉽게 찾을 수 없는 곳이라면 더 좋을 것이다. 돈이나 시간의 여유가 충분하다면 금상첨화다. 눈에 총기가 사라지고 살결에 윤기가 없어진 상태라면, 이제 새로운 곳에서 충전의 시간을 가져야 한다. 여행을 떠나야 하는 것이다. 돌아올 수밖에 없는 여행이겠지만 말이다. 이런 여행을 꿈꾸는 이에게 안도현의 시 '모항으로 가는 길'을 추천하고 싶다.

너, 문득 떠나고 싶을 때 있지?
마른 코딱지 같은 생활 따윈 눈 딱 감고 떼어내고 말이야
비로소 여행이란,
인생의 쓴맛 본 자들이 떠나는 것이니까
세상이 우리를 내버렸다는 생각이 들 때
우리 스스로 세상을 한 번쯤 내동댕이쳐보는 거야
오른쪽 옆구리에 변산 앞바다를 끼고 모항에 가는 거야

부안읍에서 버스로 삼십 분쯤 달리면
객짓밥 먹다가 석삼년 만에 제집에 드는 한량처럼
거드럭거리는 바다가 보일 거야
먼 데서 오신 것 같은데 통성명이나 하자고,
조용하고 깨끗한 방도 있다고,
바다는 너의 옷자락을 잡고 놓아주지 않을지도 모르지
그러면 대수롭지 않은 듯 한마디 던지면 돼
모항에 가는 길이라고 말이야
모항을 아는 것은
변산의 똥구멍까지 속속들이 안다는 뜻이거든

모항 가는 길은 우리들 생이 그래왔듯이
구불구불하지, 이 길은 말하자면
좌편향과 우편향을 극복하는 길이기도 한데
이 세상에 없는 길을 만드는 싸움에 나섰다가 지친 너는,
너는 비록 지쳤으나
승리하지 못했으나 그러나, 지지는 않았지
저 잘난 세상쯤이야 수평선 위에 하늘 한 폭으로 걸어 두고
가는 길에 변산 해수욕장이나 채석강 쪽에서 잠시
바람 속에 마음을 말려도 좋을 거야
그러나 지체하지는 말아야 해
모항에 도착하기 전에 풍경에 취하는 것은
그야말로 촌스러우니까
조금만 더 가면 훌륭한 게 나올 거라는
믿기 싫지만, 그래도 던져버릴 수 없는 희망이
여기까지 우리를 데려온 것처럼
모항도 그렇게 가는 거야

모항에 도착하면
바다를 껴안고 하룻밤 잘 수 있을 거야
어떻게 그런 일이 가능하냐고 너는 물어오겠지
아니, 몸에다 마음을 비벼 넣어 섞는 그런 것을
꼭 누가 시시콜콜 가르쳐줘야 아나?
걱정하지 마, 모항이 보이는 길 위에 서기만 하면
이미 모항이 네 몸속에 들어와 있을 테니까
(안도현, '모항으로 가는 길' 전문)

'문득 떠나고 싶을 때 있지'라는 속삭임은 우리를 설레게 한다. 실제로 떠나고 싶을 때가 많으니 말이다. 어쩌면 우리는 늘 길 떠날 준비가 되어 있는지 모른다. 떠나는 것이 꼭 "인생의 쓴맛 본 자들"만의 것은 아니다. 승승장구하는 사람도 여행으로 휴식한 뒤 승승장구를 이어가겠다는 마음을 품을 수 있다. 초호화 유람이나 휴양을 위한 여행 상품도 널려 있지 않은가. 하지만 안도현 시인은 '인생의 쓴맛 본 자들'의 여행을 이야기한다. 그 여행의 목적은 마음을 비우는 것이다. 무욕과 무심, 무위의 여행 말이다.

길 떠남에 대한 바람은 어떻게 찾아오는가. 또, 길 떠남은 어떻게 실행에 옮겨지는가. '문득'이란 시어가 이 모든 물음에 해답을 준다. 애써 계획해서 도달한 생각이 아니라, 어떤 의도 없이 갑작스레 찾아오는 생각에만 어울리는 말이 바로 '문득' 아닌가. 의식 저 밑바닥에서 솟아나는 낭만적 충동, 그 주체할 수 없는 충동이 갑작스러운 떠남을 부추기는 것이다. 그 충동에는 '마른 코딱지 같은 생활'에 대한 오래된, 지독한 혐오가 그림자를 드리우고 있다. 생계를 유지하기 위해, 혹은 출세하기 위해 빌붙어 있는 그 비루한 현실을 더는 견딜 수 없다고 느끼는 그 순간이 '문득' 찾아올 때가 있다. '문득' 찾아오는 이 속삭임에 귀를 기울여야 한다. 떠날 시간이 된 것이니 말이다. 돌아오기 위해 떠나는 것이지만, 길 떠남을 통해 잠시나마 세상을 향해 승리를 선언할 수도 있다. "눈 딱 감고" 길을 떠나야 한다. '비로소'의 시간을 열어야 하는 것이다.

'비로소'는 얼마나 떨리는 말인가. 부사어 '비로소'는 '어느 한 시점을 기준으로 어떤 사건이나 사태가 이루어지거나 변화하기 시작함'을 나타내는 말이다. 마음 깊이 잠재해 있던 바람, '여행'이 시작하는 그 떨리는 순간이 "인생의 쓴맛 본 자들"에게 갑작스레 찾아온 것이다. 이 순간에는 어떤 여행 준비물도 필요 없다. 그저 여행 그 자체에 자신을 내맡기면 그만이다.

여행은 '떠남' 속에서 이미 완성된다. 다만 "세상이 우리를 내버렸다는 생각이 들 때/우리 스스로 세상을 한 번쯤 내동댕이쳐보는 거야"라는 일갈을 남기면 그만인 것이다.

'세상'은 정말 견고하다. 실체가 없는 것처럼 보일 때도 있지만, 세상은 정말 힘이 세다. 게다가 세상은 유연하기까지 하다. 그런 세상에 맞서 마치 샅바 싸움하는 것처럼 힘을 겨룬들 그 승패는 예정되어 있다. '세상'은 요리조리 싸움을 피하는 괴물 같기도 하다. 싸움을 선언하는 사람은 싸움다운 싸움을 시작하지도 못한 채 지쳐버린다. '세상'은 무심하기까지 하다. 주저앉은 사람을 위해 손을 내밀지 않는다. 그런 괴물 같은 세상을 과감하게 버려야 한다. 길을 떠날 때가 온 것이다. 백석의 시 '나와 나타샤와 흰 당나귀'는 길 떠나는 사람의 마음가짐을 다음과 같이 노래했다.

눈은 푹푹 나리고
나는 나타샤를 생각하고
나타샤가 아니 올 리 없다
언제 벌써 내 속에 고조곤히 와 이야기한다
산골로 가는 것은 세상한테 지는 것이 아니다
세상 같은 건 더러워 버리는 것이다
(백석, '나와 나타샤와 흰 당나귀' 부분)

화자는 눈 내리는 겨울밤, 홀로 소주를 마시며 '나타샤'를 기다린다. 인용된 표현은 나타샤가 건넬 위로의 말을 화자의 상상으로 제시한 것이다. 일종의 자기 위로라 할 수 있다. 그 위로는 변명으로 시작된다. "산골로 가는 것"은 세상과의 싸움에서 패배했기 때문이 아니라는 것이다. 객관적으로 볼 때, 이 말은 거짓 믿음이거나 자기기만에 지나지 않는다. 산골로 들어가는 진짜 이유는 세상살이에 패배했기 때문이다. 문제는 그 패배를 패배로 받아들이거나 현실에 순응할 경우, 시인은 더 이상 시인의 길을 걸어갈 수 없다는 사실이다. 그러니 이 변명에 더해 "세상 같은 건 더러워 버리는 것"이라는 선언이 뒤따라야 한다. 궁벽한 산골로 가서 세상과 거리를 둔 채 살아가야 비로소 훼손되지 않는 삶을 살 수 있다는 나쁜 믿음 말이다.

이제 안도현의 시로 다시 돌아오자. "세상이 우리를 내버렸다는 생각이 들 때/우리 스스로 세상을 한 번쯤 내동댕이쳐보는 거야"라는 부분 말이다. 세상과 싸우다 진 사람이 그 세상을 내동댕이친들, 그 세상은 꿈쩍도 하지 않을 것이다. 세상은 내동댕이쳐질 수 없는 것이다. 주먹질 한 번에 무릎 꿇을 만큼 무력한 세상과 싸워왔던 것은 아니지 않은가. 그러니 세상을 내동댕이친다는 말은 기고만장한, 하지만 꼭 필요한 자기기만일 것이다. 이 자기기만이 "오른쪽 옆구리에 변산 앞바다를 끼고 모항에 가는" 여행의 출발점이 된다. '비로소' 말이다.

'모항'은 전라북도 부안군 변산면 도청리에 있다. 변산국립공원 서남단에, 그러니까 직소폭포를 품은 내소산 자락이 바다를 향해 내달리다 발을 멈추고, 채석강 격포의 밀물과 썰물 소리가 들려올 만큼 가까운 곳에 '모항'은 있다. 채석강에서 해안을 따라 고갯길을 몇 구비 넘으면 모항을 굽어볼 수 있는 곳에 도착한다. 그곳에 '아!' 하는 감탄이 터져 나올만한 절경이 펼쳐진다. 붉은 노을이 퍼진 저녁 무렵이라면 더 좋을 것이다. 화자가 변산반도의 산자락이나 파도 소리에 마음 빼앗기지 말고 모항까지 내친김에 달려가야 한다고 재촉하는 것도 이 때문이다.

낯선 곳으로의 여행은 모름지기 발견으로 이어진다. 화자는 '모항 가는 길'과 우리가 살아온 '생'이 너무나 흡사하다고 말한다. 화자가 권유하는 모항 여행은 '구불구불하다'는 말의 발견에 그 핵심이 있다. 오래 다녀 자연스럽게 형성된 길은 대체로 구불구불하다. 길이란 큰 나무와 바위, 절벽과 시내를 에둘러 만들어진다. 그래서 길은 고개를 따라 오르락내리락하고, 접혔다간 이내 펼쳐진다. 구불구불한 길을 번개의 속도로 달려갈 수는 없다. 그러다간 자칫 길에서 벗어나게 된다. 이런 길의 속성은 우리 인생과 너무 닮은 것이 아닐까? 우리는, 정말 힘겹게, 이 구불구불한 인생길을 걸어왔다. 번개의 속도로 주파할 용기도 내보지도 못한 채 질질 끌려왔다. 하지만 구불구불한 길은 삶을 관조할 여유를 준다. 고갯길을 돌아가면 어떤 풍경이 펼쳐질지, 구불구불한 길은 언제 평탄해질지, 이 길 끝에는 어떤 새로운 길이 시작될지…… 이런 생각을 품게도 한다. 그렇게 고갯길을 걷다 보면 시나브로 길의 끝에 닿는다.

이제 화자는 능청스레 군말을 덧붙인다. "좌편향과 우편향을 극복하는 길" 말이다. 여기서 '좌편향'와 '우편향'은 우리 사회의 이념 지형도에 연관된 말이다. 절대적 신념으로 화석화된, 게다가 중용을 잃고 한쪽으로 치우친 이념은 한 사회와 그 구성원을 불행하게 만든다. 편향된 이념으로 갈등이 반복되는 사회에는 희망이 없다. 모항에 가는 그 구불구불한 길은 지나친 쏠림이 없을 때 우리 사회가 제대로 목적지에 도착한다는 깨우침을 준다. 그리하여 시인은 "세상에 없는 길을 만드는 싸움"을 내려놓자고 제안한다. 그 싸움에서 비록 "승리하지 못했으나 그러나, 지지는 않았"다고 스스로 위로하면서 말이다.

한편 모항 가는 길은 우리가 걸어왔던 싸움의 길과 다를 바 없다. 아름다운 풍경 뒤에 더 아름다운 풍경이 있으리라는 희망이 지친 몸을 모항으로 이끌고 가는 것처럼, "세상에 없는 길을 만드는" 그 승산 없는 싸움은 사람다운 세상에 대한 '희망'이 있었기에 가능했다. 그런 '희망'으로 지금까지 고단한 삶을 이어왔고, 앞으로도 세상과의 싸움을 이어갈 것이다.

모항에는 어떤 풍경이 펼쳐지고 있는가? 시인은 모항 풍경을 묘사하지 않는다. 다만 "모항이 보이는 위에 서기만 하면/이미 모항이 네 몸속에 들어와 있을" 것이라고 단언한다. 물심일여(物心一如), 물아일체(物我一體)의 경지! '몸속에 들어온 풍경'이라면, 그것은 묘사의 대상일 수 없다. 단지 몸으로 느끼고 호흡하고 함께 뒹굴어야 할 또 다른 '나'일 뿐이다. "바다를 껴안고 하룻밤 잘 수 있을 거야"라는 제법 에로틱한 표현이 동원되는 까닭이 여기에 있다. 화자는 인위(작위)에 얽매인 세상을 잊고 무위의 자연에 온전히 자신을 맡기는 여행을 제안한 것이다. 그 여행은 승산 없는 싸움으로 고갈된 육체와 영혼을 치유하는 여행, 즉 생성의 여행이 될 것이다. 모든 욕심을 비우고, 세상 것과 등지고 표표히 길을 떠나면 저절로 새로운 길이 열릴 것이고, 자연의 그 무궁한 생명력은 다시 영혼에 깃들 것이다. '비로소' 길을 떠나 마음을 비우는 것이 중요하다. 미지의 여행이 그 빈 마음을 다시 채워줄 것이다.

땅끝의 상상력

인간은 공간의 형식 속에서 무엇을 느끼고 생각하며, 행동하고 실천한다. 익숙한 공간을 떠나면 우리 감각과 의지는 거의 무용지물이 된다. SF 영화 '그래비티(*Gravity*, 2013년)'에는 인상적인 장면이 여럿 있다. 우선 지구 중력이 미치지 않는 곳에서 몇몇 유용한 장비의 도움으로 우주 공간을 유영하는 장면을 떠올릴 수 있다. 영화 속 상상처럼 그렇게 드라마틱한 유영이 얼마나 가능할지 의심스럽지만 말이다. 대지 위에서 할 수 있는 행동 혹은 동작이 무중력의 공간에선 불가능할 수 있다. 한편 우주 환경에 익숙해진 주인공은 우여곡절 끝에 지구로 귀환하게 된다. 바닷가에 떨어진 주인공은 우주선을 벗어나서 끝내 뭍에 오르면서 자기 다리를 어루만진다. 대지의 중력을 다시 실감하게 된 것이다. 그것은 살아 돌아왔다는 안도감 이상의 어떤 의미를 전해준다. 우주에 비해 유한한 대지이지만, 그 유한함 속에서 인간은 익숙했던 행동을 다시 할 수 있게 된 것이니 말이다.

여행은 대지의 중력에서 벗어나, 공간의 한계 너머로 나아가는 것에 비유될 수 있다. 우주인이 아니라면 우리가 갈 수 있는 공간적 한계는 분명하다. 몸은 땅끝에서 멈출 것이고, 눈은 지평선이나 수평선 너머를 볼 수 없다. 기껏해야 우리는 땅끝까지만 갈 수 있다. 신대륙 발견 이전에 유럽인이 땅끝이라 여겼던 포르투갈의 호카곶(Cabo da Roca), 우리나라의 경우 전라남도 해남군에 있는 땅끝마을 같은 곳이 여행객이 도달할 수 있는 공간적 한계이다.

땅끝 가는 길은 멀고 험하다. 애써 땅끝까지 걸어가는 사람은 자기 한계를 직시하고 그 한계마저 넘어서려는 용기를 가진 자일 것이다. 그에게 땅끝은 땅의 끝이 아니라 땅의 시작일 수 있다. '모항으로 가는 길'에 등장하는 '모항' 역시 일종의 땅끝이다. 시인은 그 땅끝에서 새로운 삶의 가능성을 발견하였다. 조용미의 시 '자미원 간다'는 새로운 '땅끝', 그리고 땅끝을 향한 새로운 길 떠남을 보여주는 작품이다.

내가 이 세상에 살아 있다는 것
오늘 하루 이 시간 속에 놓여 있다는 것은
저 바위가 서 있는 것과 나무의자가 놓여 있는 것과
무엇이 다를까

나를 태운 기차는 청령포 영월 탄부 연하 예미를 지나
자미원으로 간다
그 큰 별에 다다라서도 성에 차지 않는지
무한의 너머를 향해 증산 사북 고한 추전으로 또 달린다
명왕성 너머에까지 가려 한다

검은 탄광 지대에 펼쳐진 하늘,
태백선을 타면 원상결 같은 작자와 시대 미상의 천문서를 탐하지 않아도
자미원(紫薇垣)에 닿을 수 있다
탄광 속에는 백일흔 개의 별이 깊숙이 묻혀 있을 것이다

그 별에 이르는 길은 송학 연당 청령포 영월 예미……

오늘 내가 이 자리에 있는 것,
북두칠성과 자미원의 운행을 짚어보는 것은
저 엄나무가 우뚝 서 있는 것과 새털구름이 지나는 것과
무엇이 다른 것일까 (조용미, '자미원 간다' 전문)

이 시에서 '땅끝'은 수평 대신 수직의 극한으로 설정된다. 자미원이란 지명에서 보듯, 해발고도가 높은 태백산맥의 한 기차역(강원도 정선군 남면 문곡리 소재)을 향하는 기차를 타고 떠난 여행은 어느덧 화자의 상상 속에서 그 역 너머의 푸른 하늘, 더 나아가 우주를 향한 여행으로 바뀐다. 이 상상은 '자미원'이란 지명에 의해 촉발된 것이다.

자미원은 본래 북두성의 북쪽에 있는 성좌를 가리킨다. 동양 천문학(天文

學)에 따르면, 큰곰자리를 중심으로 170여 개의 별로 이루어진 별자리이다. 자미원은 하늘나라 임금이 거하는 곳이라고도 한다. 하지만 시인이 찾아 떠난 자미원은 탄광 지대의 작은 간이역일 뿐이다. 자미원역은 한적한 곳이다. 석탄 산업이 번성할 때는 제법 사람과 물자가 넘쳤겠지만, 지금은 주변 명산을 찾는 등산객이 아니라면 찾는 사람이 거의 없다. 화자는 지금 기차를 타고 한적한 '자미원역'을 향하고 있다. 별자리를 통해 삶에 대해 운산(運算)을 하면서 말이다.

시인에게 여행은 운산(運算)과 결부된다. 운산은 밤하늘에 떠 있는 수많은 천체의 운행과 그 법칙을 관찰하고 계산하는 것을 일컫는다. 하지만 전통적 의미에서 운산은 과학적 목적보다는 인간의 삶과 운명, 길흉화복을 예측하기 위한 것이라 할 수 있다. 물론 운산을 점성술이라 폄훼할 필요는 없다. 이 시의 화자에게 운산이란 인간의 길흉화복 대신 존재의 의미를 따져보는 일에 연결된 것이니 말이다. '내가 이 세상에 살아 있다는 것'(제1연 1행)의 의미를 따져 묻는 그 일 말이다.

화자는 존재에 대해 근원적인 물음을 제기하면서 시상을 연다. '내가 이 세상에 살아 있다는 것'/혹은 '오늘 하루 이 시간 속에 놓여 있다는 것'은 명백한 사실이다. 하지만 이 명백한 사실에서 삶의 의미가 저절로, 그리고 자명하게 떠오르는 것은 아니다. 따져 묻지 않으면 안 되는 것이다. 그리하여 화자는 '이 세상/이 시간' 속에 '살아 있다'는 사실을 생명 없는 존재인 바위나 나무 의자의 '있는 것'과 견주어 본다.

나의 있음과 사물의 있음은 어떤 점에서 같거나 다른가. 특정 공간을 점유한 바위나 나무 의자는 어떤 이유로 그곳에 있게 된 것일까. 물론 분명한 답은 아직 주어지지 않는다. 다만 바위나 나무 의자가 존재의 참된 의미를 찾을 수 없듯, 화자 역시 '이 세상' 삶을 무의미한 것으로 여기고 있는 듯하다. 그렇다면 '나'와 '바위/나무 의자'는 서로 어떤 차이가 있을까? 그 차이는 당연히 선 자리, 즉 세상을 버리고 떠날 수 있는가의 여부에 있다. '나'는 여행을 통해 '이 세상'을 벗어날 수 있다. '나'에겐 자미원을 향해 길 떠날 자유가 있다. 자미원을 향해 길을 떠난 '나'는 더 이상 이전의 '나'가 아니다. 천체의 운행을 운산하고 존재의 의미를 따져 물을 수 있는 '나'로 변신하는 것이다. 자기 존재에 대한 물음과 운산이 여행을 통해 시작되는 것이다.

제2연에서 시상 전개는 속도감을 더한다. 나를 "태운 기차는 청령포 영월 탄부 연하 예미를 지나/자미원으로 간다." 아무 군더더기가 없는 진술이다. 출발역이 어디인지, 차창 밖 풍경은 어떠한지, 동행은 있는지, 앞자리엔 누가 앉았는지 일절 언급이 없다. 빠르게 달리는 기차처럼, '나'의 마음은 벌써 '자미원'을 향해 달려간다. 끝내 저 먼 우주 공간에 있는 '자미원'까지 말이다. 정말 단숨에 '이 세상'/혹은 '이 시간'을 벗어나 우주적 시공간으로 상상이 내달음친 것이다. 게다가 '나'는 별자리 자미원에 그치지 않고 "무한의 너머를 향해", "명왕성 너머에까지" 나아가는 웅대한 상상을 펼친다. 기차가 "증산 사북 고한 추전"으로 달려가는 것을 무한의 세계까지 달려가는 것으로 비유한 것이다.

'증산 사북 고한 추전'에 있는 것은 무엇인가. 그곳에 이르는 길이 어찌 무한의 세계로 가는 길이 될 수 있는가. 이런 물음에 대한 답은 제3연 1행엔 암시되어 있다. "검은 탄광 지대에 펼쳐진 하늘"이란 색채 심상에 주목해야 한다. 화자가 '땅끝'을 향해 달려간 까닭은 그곳에서 '검은 탄광'이 있기 때문이다. 무한의 공간인 하늘과 맞닿는 곳에 있는 '탄광'은 무한의 시간마저 표상한다. 석탄기, 즉 석탄이 생성된 고생대에 대해 생각해 보라. '탄광'의 그 검은색은 지구라는 성체(星體)의 시간적 깊이를 간직한 빛깔이다. 이 검은 빛이 창공의 푸른빛과 접점을 이루는 곳. 태백산맥이 그 품에 숨겨놓은 탄광은 그런 곳에 있다. 그래서 "탄광 속에는 백일흔 개의 별이 깊숙이 묻혀 것이다"라는 진술은 충만한 의미를 전달한다. 고생대에 형성된 탄광의 석탄 속에는 저 고대의 우주가 남긴 흔적이 간직되어 있다는 것이다.

그러니 땅끝을 향해 가는 화자의 여행은 '무한의 너머'를 향해 가는 여행일 수 있다. 이제 자미원역에 가면 고대 천문서에 의존하지 않아도 천체 운행을 알게 될 것이다. 그것에서 '북두칠성과 자미원의 운행을 짚어보는 것'이 가능하다는 말이다. 게다가 천체 운행을 짚어보는 일은 인간의 존재 의미를 따져보는 것과 같지 않은가. 고대적 우주관에 따르면, 인간 역시 이 우주적 질서의 일부이니 말이다.

이런 운산 끝에 '나'는 비로소 "오늘 내가 이 자리에 있는 것"의 의미를 헤아린다. 제1연과 달리, 화자는 이제 '우뚝' 서 있는 '엄나무'나 하늘을 지나는 '새털구름'에 자기 존재를 견준다. 여기서 엄나무나 새털구름은 단순한 사물이 아니다. 그것은 자연과 우주 질서의 일부로서, 자기 존재를 뚜렷이 드러내고 자연의 사건에 스스로 참여하는 존재이다. 그러니 "내가 이 자리에 있는 것"은 단순히 한 자리를 차지하는 것에 그치지 않고, 우주적 존재로서 우주적 사건에 참여하는 것과 같다. 화자는 이제 '원상결' 같은 천문서 없이, 어떤 철학서도 없이 이렇게 심오한 존재론을 펼쳐낸다. "오늘 내가 이 자리"에 있는 것은 '오늘'이 아닌 시간, '이 자리'가 아닌 공간이 함께 작용한 결과라는 깨달음과 함께 말이다. 자미원을 향해 떠난 여행의 '운산'이 우리에게 알려주는 깨달음이자 지혜가 아니겠는가. 그러니 존재의 의미에 목마른 자라면, 여행을 떠나 마음을 운산하여 볼 일이다.

새로운 세계를 향해 땅끝까지 떠나는 여행! 과연 땅끝이 길의 끝에만 있으란 법이 있는가. 땅끝을 향해 가는 길 자체에 집착하면, 그 길은 자기 흔적을 감추고 우리를 엉뚱한 곳으로 인도할지도 모른다. 만약 '길'이 '길'이기를 멈춘다면, 이미 길을 떠난 자는 어찌 땅끝에 다다를 수 있을까. 어쩌면 우리가 걷는 모든 길이 이미 '땅끝'과 다름없다면 또 어찌할 것인가. 우리 발목을 붙잡으려 한없이 질척이는 진창길, 끝내 출구를 찾을 수 없는 미로 같은 인생길 말이다. 그런 길을 통해선 땅끝에 가기도 힘들지만, 그 길 끝에 '희망'이 있다는 믿음도 지켜내기 어렵다. 이런 지점에 서 있다면, 이제 정양의 시 '눈길 · 1'에 제시된 새로운 길 이미지를 음미해 볼 때이다.

흐린 하늘 밑
들 건너 마을이 자꾸 멀어 보인다
눈에 덮인 길을 아예 잃어버렸다
들판을 무작정 가로지른다
발목이 아무 데나 푹푹 빠진다

잃어버린 길 위에 까마귀떼
까마귀떼도 길을 잃었나보다
어디로 날아가지도 않고
눈밭에 우두커니들 서 있거나
느릿느릿 서성거린다

길이 보여도 길을

잃어버리고 싶을 때가 있다고
길이란 잃어버리려고 있는 거라고
구구구구 두런거리며 눈 덮인 들판을
조금씩 비켜주는 까마귀떼

들끓는 검은 피에 취하여
길을 잃고 싶을 때가 많았었다
고개를 끄덕이며
눈길을 여는 까마귀를 따라간다
또 눈이 오려는지
먼 마을 연기가 낮게 깔린다 (정양, '눈길 · 1' 전문)

길은 고정된 실체가 아니다. 우리가 매일 걷는 길도 어제 다르고 오늘 다르다. 길도 자연을 쫓아 계속 모습이 바뀐다. 때로는 멀쩡하던 길이 끊기거나 사라질 수도 있다. 홍수나 지진 같은 자연재해로 끊긴 도로를 떠올려 보라. 길의 모습은 사람 때문에 바뀔 수도 있다. 거대한 건설 장비로 넓히거나 포장하여 모습이 달라진 길이 우리 주변에 얼마나 많은가. 그러니 길에도 이야기와 역사가 있다. 생명체처럼 길은 수시로 모습이 바뀌고 그 쓸모가 달라진다. 길도 소멸과 생성의 갈림길에 서 있기는 마찬가지이다.

정양의 시는 '눈길'을 그려낸다. 그것도 넓은 들판에 흠뻑 쌓인 눈 위에 난 길이다. 눈길은 사람이 걸어간 흔적이지만, 새로 내리는 눈에 이내 덮일 길이다. 생겨나자마자 이내 사라지는 길인 것이다. 우리 눈에 띄자마자 얼마 안 있어 보이지 않게 될 길인 것이다. 눈 덮인 벌판을 건널 때, 임시방편으로 누군가의 흔적을 따라 길을 걷는 것은 위험하다. 시나브로 그 길은 사라질 길이니까 말이다. 길을 잃을 수도 있는 것이다.

제1연에서 보듯 화자는 '들 건너 마을'로 가야 한다. 빤히 보일 만큼 가까운 거리에 있는 마을이다. 하지만 그 마을은 내리는 눈에 시야가 가려 '멀어' 보인다. 게다가 그 마을로 가는 길은 눈에 덮여 흔적이 없다. 무작정 들판을 가로질러 갈 수밖에 없는 상황이다. 아무 데나 발목이 푹푹 빠지는 그 눈길은 진창길 같은 우리 인생길을 닮은 것은 아닐까. 그리하여 흰 눈 덮인 들판은 이제 수렁 같은 삶, 펄밭 같은 현실에 대한 상징이 된다. 몸부림칠수록 덫에 빠져드는 현실에서는, 빤히 보이는 '마을'조차 희망 고문에 지나지 않을 수 있다. '눈길'이라는 제목을 가진 또 다른 시에서 정양 시인은 "한 치 앞을 모르는 채/ 헛것에 매달려 살다 가는 게/ 사람의 길"이라고 갈파한 바가 있지 않은가. 헛것에 매달려 진창 같은 현실에 허우적거리며 살아가는 인간의 삶은 또 얼마나 허무한 것인가.

눈 속에서 길을 잃는다면 어떻게 해야 할까. 더구나 내리는 눈이 시야를 완전히 가리는 상황이라면 말이다. 아무것도 보이지 않은 어두운 눈길에서 정양 시인은 관조(觀照)를 선택한다. 눈에 보이는 길에 대한 미망에서 벗어나려는 것이다, 눈길에 대해 어떤 기대나 집착을 버리는 것이다. 화자는 육안 대신 심안(心眼), 즉 마음의 눈에 의지하여 새 길을 찾는다. 다행히 길을 잃고 들판을 헤매는 '까마귀떼'(제2연)가 새로운 길을 안내한다. 까마귀 역시 눈밭에서 길을 잃은 존재이다. 하지만 까마귀는 당황하는 기색이 없다. 보이지 않는 길을 찾으려 헛되이 들판을 헤매지도 않는다. "눈밭에 우두커니들 서 있거나/ 느릿느릿 서성"일 뿐이다. 길을 덮는 폭설에 당황하지 않고, 바쁠 게 없다는 듯 한가롭게 눈밭을 거닐 뿐이다. 얼마나 지혜로운 동물인가.

화자는 이런 까마귀에게서 "길이란 잃어버리려고 있는" 것이라는 깨달음을 떠올린다. 이 깨달음은 어쩌면 길을 잃어야 길이 열린다는 역설로 이어질 수 있다. 눈앞의 길에 더 이상 집착하지 않아야 새로운 길로 나아갈 수 있다는 진실을 일깨우는 역설 말이다. 그러니 까마귀처럼 무위의 자세로, 눈 내리는 들판을 관조하면 된다. 그러면 육안이 아닌 심안으로, 새로 열리는 길을 찾게 될 것이다. '들끓는 검은 피'로 방황했던 젊은 날의 그 고통스러운 시간을 다 지나서 삶을 관조할 수 있는 지점에 도달하면, 우리는 그때 비로소 마음의 길을 열 수 있다.

눈길을 열어 주는 '까마귀'처럼 우리는 마음의 눈으로 새로운 인생길을 헤쳐갈 수 있다. 하여 더 깊은 절망이 찾아오려는 듯 우리 인생에 "연기가 낮게" 깔릴지라도, 조급한 마음을 버리고 눈 내리는 세상 풍경을 관조할 일이다. 그러니 더 이상 길을 탓하지 않고 마음의 눈에 의지하여, 새로운 길을 찾아 떠나는 것이 중요하다. 길의 끝에, 여행의 끝에 희망이 있을 것이다. 마음으로 길어 올리는 희망 말이다.

# 제10장

# 삶에 깃든 죽음, 죽음에 깃든 삶

## 죽음, DNA의 명령

　인간의 생명은 유한하다. 들판에 핀 꽃이나 숲에서 지저귀는 새처럼, 고등동물인 인간도 언젠가는 죽을 수밖에 없는 존재이다. 죽음 그 자체는 전혀 비극적인 것이 아니다. 죽음(혹은 비존재)은 삶(혹은 존재) 내부에 잠재된 가능성이다. 그 가능성이 겉으로 드러나는 사건이다. DNA의 명령이 작동한 결과로서 생겨난 사건 말이다. 자연의 법칙에 따라 다가오는 죽음에는 어떤 의미가 깃들 여지가 없다. 저절로 생겨난 일일 뿐이다.

　자연에는 한 존재의 소멸을 통해 다른 존재의 생성을 이루어내는 순환의 질서가 작동한다. 모든 생명체는 자기 의지와 상관없이 태어나 성장하고, 번식하는 일련의 과정을 끝낸 후 필연적으로 노화와 죽음을 맞이한다. 필연으로 다가오는 죽음이라면, 인간은 불안과 공포 대신 초연한 태도로 그 죽음을 받아들여야 하는 것이 아닐까? 하지만 죽음 앞에 선 인간의 실제 모습은 대부분 초라하고 비루하다. 물론 유기체의 온전한 폐기인 죽음은 되돌릴 수 없는 사건이다. 그런 까닭에 죽음을 피하고 싶어 하는 인간의 욕망 역시 무시할 수 없다. 불로장생의 욕망 때문에 신하 서복을 시켜 불로초를 찾아오게 했던 진시황의 고사는 자연의 질서조차 거스르며 영생을 이루겠다는 인간의 헛된 꿈을 잘 보여 준다.

인간은 아무리 발버둥을 쳐도 끝내 죽음을 맞이한다. 잠시 늦출 수는 있어도 영원히 회피할 수는 없다. 죽음에 대한 불안과 공포는 인간이라면 어쩔 수 없다. 불가피한 이유가 아니라면 죽음의 순간을 최대한 늦춰서 생명 활동을 완수하려는 것 역시 DNA의 명령일 터이다. 오히려 이 불안과 공포에서 어떤 생명체도 필적할 수 없는 인간의 특질을 찾을 수는 없을까? 죽음 문제를 생물학의 차원이 아닌, 존재에 대한 철학적 인식의 차원에서 사유할 지점을 찾아보자는 말이다.

죽음에 대한 인식과 삶에 대한 인식은 동전의 양면이다. '어떻게 죽느냐'와 '어떻게 사느냐'는 가치의 층위에서 결국 같은 함의를 지닌다. 끝내 피할 수 없는 죽음 앞에 서 있는 한 인간을 떠올려 보자. '어떻게 죽느냐'의 문제를 놓고 정치적, 혹은 윤리적 고민에 빠진 인간이면 더 좋을 듯하다. 게다가 생물학적 층위에서 부과되는 죽음이 아니라 유기체 외부에서 강요되는 죽음 앞에 홀로 내던져진 인간의 경우라면, '어떻게 죽느냐'의 문제는 결국 실존 의식의 문제로 논의의 층위가 옮겨져야 한다.

죽음의 유형은 다양하다. 병과 노화의 결과로 빚어진 죽음 말고도, 각종 폭력이나 테러 때문에 생겨나는 죽음, 자발적으로 선택하는 죽음, 우연한 사고로 인한 죽음 등 여러 종류의 죽음을 우리는 목격한다. 이 중에서 첫 번째 유형의 죽음 이외의 모든 죽음은 예외적인 죽음이라 하겠다. 사회나 국가 입장에서는 사고, 혹은 사건으로 기록될 예외적인 죽음은 공동체의 안위나 존속을 위협할 수 있다.

그래서 현대사회는 죽음—더 나아가 주검까지—을 법과 제도를 통해 관리해야 할 대상으로 여긴다. 어떤 죽음은 불온한 것으로 취급되기도 한다. 한 사회의 지배적 질서나 가치 체계를 위험에 빠뜨리는 죽음도 있는 것이다. 현대 국가의 시스템은 이런 죽음—혹은 주검—을 최대한 사회로부터 격리하려고 한다. 타인과 공유할 수 없는 개인의 죽음조차 사회나 국가의 통제 아래 두려 하는 것이다.

### 서양 미술 속의 죽음들

　예외적인 상황에서, 예외적인 방식으로 다가오는 죽음이 있다. 전쟁이나 혁명 과정에서 공동체의 대의를 위해 선택하는 죽음, 윤리적 책무를 수행하려고 받아들이는 죽음, 타인에 대한 헌신으로서의 자발적인 죽음 같은 것 말이다. 이런 죽음을 순순하게 받아들이는 것은 결코 쉬운 일이 아니다. 하지만 인류 역사를 되돌아보면, 죽음 앞에서 당당하게 죽음을 받아들여 불멸의 정신, 불멸의 영혼을 증명한 이들도 있다. 석가모니나 예수의 신성한 죽음은 신앙의 영역에서 숭상의 대상이 되기도 했다. 비록 성인은 아니어도 공동체의 안위를 위해 목숨을 내어준 영웅들도 있다. 이런 이들의 이름은 많은 이에게 기억되고, 그 기억을 오래 전수하기 위해 각종 기념물이 만들어지기도 한다.

　숭고한 죽음은 예술의 중요한 주제이다. 르네상스 이후 수많은 근세 회화에 재현된 그리스 신화 속 영웅이나 신의 죽음도 비슷하지만, 수많은 가톨릭 성화에 반복 재현된 예수의 죽음은 속죄와 구원이라는 종교적 메시지로 신앙인의 마음을 사로잡아 왔다.[1] 십자가를 진 예수가 골고다 언덕을 오르는 장면, 십자가에 못 박혀 죽어가는 장면, 예수의 주검을 십자가에서 내리는 장면, 예수의 주검을 품에 안은 성모가 비탄에 젖은 장면 등이 여기에 해당한다. 한편 성화들은 다양한 예술적 관습에 따라, 숭고한 죽음과 대비되는 비루한 죽음을 같은 화폭의 한구석에 남겨놓기도 한다. 예수의 숭고한 죽음, 혹은 그 죽음을 따르려는 죽음만 가치가 있고, 그 이외의 죽음은 비루한 죽음이라고 말하려는 듯 말이다.

종교적 목적의 성화만 숭고한 죽음을 기록하는 것은 아니다. 역사 속의 영웅적 인간들도 범인이 흉내를 낼 수 없는 죽음 때문에 그림에 기록되기도 한다. 그들의 죽음을 기억하고 찬양하기 위해서 말이다. 물론 이름 없는 사람들의 숭고한 죽음이 기록되기도 한다. 고야(Francisco de Goya)가 그린 그림 '1808년 5월 3일'이 좋은 예이다. 궁정 화가로 출발했던 고야는 스페인 전쟁 당시 마드리드를 침략한 나폴레옹 군대의 야만적인 폭력을 목격한다. 이것으로 인하여 민족주의에 눈뜬 고야는 가톨릭 성화나 궁정 초상화의 고루한 관습을 버리고, 당대의 처참한 현실을 나타낼 수 있는 새로운 스타일의 그림을 그리기 시작했다. 화폭을 온통 어두운색으로 채우거나, 인물의 얼굴이나 몸짓을 과장되게 일그러뜨리고, 그로테스크한 상상력으로 몽환적인 장면을 연출하기도 했다.

이런 그림 중에서 단연 압권은 '1808년 5월 3일'이다. 고야가 프랑스 군대의 침략에 맞선 마드리드 시민의 봉기와 전투 장면을 기록한 그림은 여럿 있는데, 그림 '1808년 5월 2일'은 프랑스 군인들에게 체포된 시민들의

---

1  가톨릭 성화는 출생부터 죽음과 부활에 이르기까지 예수의 주요 생애를 몇 개의 모티브로 분절한 후 각각의 모티브를 화폭에 담아낸다. 신도 대부분이 문맹이었던 중세 시대에 성당 벽면을 가득 채운 성화―더 나아가 성상―는 성경에 담긴 주요 정보(혹은 이야기)를 알려주는 교육용 텍스트였다.

처형 장면을 재현하고 있다. 이름 없이 죽어 간 시민들, 그래서 역사 기록에 남길 수 없었을 사람들의 죽음이 고야의 화폭에 기록된 것이다.[2]

고야의 그림 〈1808년 5월 3일〉

이 그림에서 원경은 마드리드 시내의 검은 밤하늘을, 근경은 마드리드 근교의 시민 처형 현장을 그린 것이다. 극단적인 명암 대비를 통해 초점화한 시민 처형 장면은 화폭 중앙에 배치된 총검을 중심으로 좌우로 나뉜다. 왼쪽 화면은 이미 총살당한 사람들과 이제 막 총살을 당할 사람들이 배치되고, 오른쪽 화면은 시민을 향해 총을 겨눈 군인들의 뒷모습이 일렬로 배치된다.

화가는 학살의 주체인 군인들의 얼굴은 보여 주지 않았다. 군인은 그림의 주인공이 아니니, 그들 개개인의 인물 형상을 상세하게 기록할 필요가 없었을 것이다. 그 대신 화가는 이미 죽임을 당한, 혹은 죽임을 당하기 직전의 이름 없는 시민들의 다양한 표정과 몸짓, 행동으로 관람자의 시선을 유도한다.

그림 속에서 어떤 이는 참혹한 죽음을 바라볼 수 없어서, 혹은 자신에게 닥친 죽음을 감당할 수 없어서 두 손으로 얼굴을 가리거나 머리를 감싸고 있다. 어떤 이는 기도를 하는 듯 두 손을 모아 쥐고 있다. 그리고 마침내 한 사나이가 있다. 무릎은 꿇었으나 꼿꼿하게 상체를 세운 상태에서 마치 예수라도 되는 듯 높이 두 팔을 뻗고 정면을 응시하는 사내 말이다. 마침 군인들 앞에 놓인 등에서 퍼져 나오는 환한 불빛은 연극 무대의 각광(脚

2  이 그림에 등장하는 처형 모티브는 이후 미술사에서 여러 화가에 의해 반복된다. 마네의 〈막시밀리안 황제의 처형〉, 피카소의 〈조선에서의 학살〉 등이 좋은 예이다.

光)처럼 이 사내를 환하게 비춘다. 그의 셔츠는 유난히 희다. 이런 밝은 색조는 화면 상단의 어두운 밤하늘과 대비되어 죽음이 임박한 사내의 표정을 극적으로 부각한다.

그림 속 사나이는 임박한 죽음 앞에서 어떤 생각을 하고 있을까? 무엇 때문에 그는 죽음에 대해 일말의 두려움도 없다는 듯 두 손을 펼쳐 들고 정면을 응시하는 것일까? 죽음을 맞이하는 그 사내는 아마도 총칼로 시민을 학살하는 군인들보다 자신(들)이 도덕적으로 우월한 존재라고 생각하고 있을 것이다. 자기 죽음의 순수성이나 진정성에 대한 확신이 없으면, 그렇게 죽음을 의연히 맞이할 수 없는 법이다. 학살자 앞에서 두려움 때문에 얼굴을 감싸고 머리를 쥐어짜는 이도 있지만, 그런 모습은 죽어가는 자의 죽음을 비루한 죽음으로 만든다. 아마도 이렇게 생각했을 사내는 의연하게 죽음을 맞이하려 했을 것이다. 프랑스 군인의 난폭한 학살 행위를 만천하에 폭로하고야 말겠다는 듯, 당당하게 죽음을 선택한 것이다. 비록 이름 없는 시민이지만, 명예로운 죽음을 맞이하려 한 것이다.

고야 이후인 19세기 회화에는 정치적 신념과 관련된 죽음의 형상이 등장하기도 한다. 널리 알려진 들라크루아의 그림 '민중을 이끄는 자유의 여신'(1830년)이 좋은 예이다. 민중을 이끄는 그림 속 여성은 한 손에 삼색기를 높이 들고, 다른 손엔 총검을 거머쥔 채 맨발로 동지나 적의 시신을 넘어가고 있다. 고야의 그림처럼 이 그림 속 주인공에겐 밝은 빛이 비치고, 상체를 반쯤 벗은 육체는 약동하는 기운을 뿜어내며, 그의 단호하고 결연한 표정이나 전방을 향해 있는 역동적 몸짓은 역사의 희망을 일깨우는 듯하다. 눈앞의 싸움에서 패해서 죽음을 맞이할지라도 시민과 민중의 패배와 죽음은 결코 덧없는 것이 아님을 웅변하려는 듯하다. 죽음에 대한 일말의 망설임이나 두려움도 엿보이지 않는 자유의 여신은 이제 19세기 파리를 관통하는 혁명의 상징으로 우뚝 서게 된다.

죽음은 한국 현대시에서도 중요한 시적 모티브이자 주제가 되어 왔다. 특히 현대시가 본격 출발한 1920년대 초반의 시인들, 예를 들어 박영희, 박종화, 이상화 같은 이들은 한결같이 죽음에 대한 노래를 남겼다. 죽음 모티브는 상실감과 허무에 사로잡힌 식민지 지식인의 내면 의식을 드러내는 좋은 통로였다. 죽음은 시대의 풍경이기도 했기 때문이다. 오죽했으면 윤심덕의 노래 '사의 찬미'가 한 시대를 풍미할 수 있었겠는가. 죽음을 낭만적 동경의 대상으로 여기고 이를 예찬하는 작품은 넘쳐났다.

다만 1920년대 초반의 시에서 죽음 모티브는 분위기나 정조의 차원을 크게 벗어나지 못했다고 평가된다. 죽음을 형이상학 차원의 심도 있는 주제로까지 승화시키지는 못했던 것이다. '죽은 자에게 말 걸기'를 많은 시편—예를 들어 시 '산유화'나 '초혼'—에서 시도했던 김소월조차 죽음에 대한 철학적 성찰까지 작품에 담아내지는 못했다.

죽음 모티브로 사유의 깊이를 더한 시인을 꼽는다면 윤동주 시인을 떠올릴 수 있다. 일본 유학 중 관헌에게 잡혀가 모진 고문 끝에 끝내 후쿠오카 형무소에서 비극적 죽음을 맞이한 윤동주의 삶 자체가 우리에게 커다란 울림을 주는 것도 사실이다.[3] 하지만 윤동주의 죽음보다 그의 시에 등장하는 죽음 모티브에 확보된 사유의 깊이를 따져 묻는 것이 더 중요하다. 그의 시

---

3  윤동주의 삶과 문학을 소개하는 연구는 많지만, 여기에서는 다음 두 책을 소개한다. 권오만, 『윤동주 시 깊이 읽기』, 소명출판, 2009.; 류양선, 『순결한 영혼, 윤동주』, 북페리타, 2015.

가 죽음에 대한 형이상학적 성찰까지 드러낼 수 있었던 원동력은 기독교 신
앙에서 찾을 수 있다. 구체적으로 말하면, 대속(代贖)으로서의 예수의 희생
과 부활이란 사건에 내재한 죽음의 종교적, 철학적 함의에 주목해야 한다.

　물론 윤동주 시는 예수의 숭고한 죽음을 예찬하는 종교시, 신앙시 차원
에 머물지 않았다. 그에게 중요했던 것은 예수의 죽음이라는 그 숭고한 사
건이 식민지 지식인의 내면에 드리운 정신적 성찰이었다. 사건으로서의 예
수의 죽음과 부활을 종교적 테마로 취급하기를 멈추고, 이를 바람직한 삶
의 행로를 탐색하는 계기로 삼아 윤리적 테마로까지 고양한 것이다. 그것
은 궁극적으로 지식인으로서의 역사적 실천 문제에 연결된다. 이를 시 '십
자가'를 통해 살펴보자.

> 쫓아오던 햇빛인데
> 지금 교회당(敎會堂) 꼭대기
> 십자가(十字架)에 걸리었습니다.
>
> 첨탑(尖塔)이 저렇게도 높은데
> 어떻게 올라갈 수 있을까요.
>
> 종(鐘)소리도 들려오지 않는데
> 휘파람이나 불며 서성거리다가,
>
> 괴로웠던 사나이,
> 행복(幸福)한 예수·그리스도에게
> 처럼
> 십자가(十字架)가 허락(許諾)된다면

모가지를 드리우고

꽃처럼 피어나는 피를

어두워가는 하늘 밑에

조용히 흘리겠습니다. (윤동주, '십자가' 전문)

이 시의 놀라운 점은 시인이 예수의 죽음 사건이 지닌 양면성을 포착한 점에서 찾을 수 있다. 제4연에서 화자는 의미가 상반되는 시어, 즉 '괴로웠던'과 '행복한'이란 말로 '예수그리스도'를 수식한다. 일상의 차원에서 볼 때 괴로움과 행복은 다른 차원에서 속하는 경험이다. 하지만 예수는 이 모순된 감정을 동시에 감당했던 존재이다. 그는 인간이었기에 괴로웠고, 신의 아들이었기에 행복했다. 죽음으로써 인간의 죄를 대속해야 했던 예수는 수많은 고뇌 끝에 결단을 해야 했다. 자신에게 닥쳐올 그 죽음의 운명, 아니 신의 소명을 받아들인 것이다. 하지만 그 고뇌에 찬 결단의 순간에 아마도 그는 영원한 삶이 곧 자기 자신과, 자신이 구원할 인간에게 주어질 것임을 알고 행복했을 것이다.

윤동주 시에서 죽음의 성찰성은 어떻게 드러나는가. 그것은 예수의 죽음을 자기 죽음으로 받아들이고 이를 따르겠다는 화자의 고뇌에 찬 다짐에서 발견된다. 이제 시 '십자가'는 예수가 느꼈을 괴로움보다 '행복'에 먼저 초점을 맞춰 읽어야 한다. 십자가에 못 박혀 죽어가던 순간, 예수는 정말 행복했을까? 그는 신을 향해 '어찌 나를 버리시나이까'라며 부르짖지 않았던가. 그 역시 인간의 몸을 가지고 있었기에 죽음의 고통을 피할 수 없었다. 하지만 예수가 불멸의 존재로 기억되는 까닭은 그가 죽음의 운명을 피하지 않았고, 끝내 의인의 죽음을 받아들였다는 점에서 찾을 수 있다.

그러니 이제 제4연 3행의 시어 '처럼'과 4행의 시어 '허락된다면'을 주목하자. 예수가 고행의 길을 걸어간 것은 전적으로 하나님의 의지와 설계에 따른 것이다. 그가 마리아를 통해 이 세상에 태어난 것도, 사람들을 위해 십자가 형극을 받아들인 것도 전적으로 신의 명령에 따른 것이다. 예수는 그 명령에 따름으로써 인류의 대속자가 되는 영광을 누렸다. 전적으로 신의 '허락'이 있었기 때문에 가능한 일이었다. 그 소임을 떠맡을 적임자로서 예수를 예비했던 신의 허락이 있었기에, 비로소 예수는 인류의 구원자라는 명예를 거머쥘 수 있었다.

이제 '십자가'의 화자는 신에게 같은 '허락'을 구하고 있다. 예수'처럼' 십자가 고행을 떠맡으라는 신의 '허락'을 기다리는 것이다. 그것이 바로 예수'처럼' 조용히 피를 흘리겠다는 다짐, 혹은 결단으로 이어진 것이다.

'십자가'에 암시된 결단은 윤동주 자신의 실제 죽음과 결부됨으로써 한국 현대시의 새로운 경지를 열어 놓았다. '나는 어떻게 죽어야 하는가?', 아니 '나는 어떻게 살아야 하는가?'라는 철학적 성찰의 문제를 시의 중심 주제로 펼쳐낸 것이다. 여기서 '어떻게'라는 말은 가치판단이나 행위의 준거, 즉 모럴의 기준을 가리킨다. 나의 '죽음'(혹은 삶)을 내가 아닌 다른 존재의 '삶'(혹은 죽음)의 지평 속에서 함께 바라보는 것. 이 지점에서 한국 현대시의 내면성은 새로운 차원으로 심화했다고 말해도 좋다. 메멘토 모리 (Memento mori).

경계를 넘어서는 죽음

절창으로 꼽히는 김소월의 시 '초혼'은 죽음에 대한 한국인의 태도를 잘

한국 현대시 산책

보여 준 작품이다. 이 시에서 화자는 '허공'을 향해 죽은 이의 이름을 부른다. 심중에 남은 마지막 말 한마디, 사랑한다는 그 말 한마디를 전하지 못한 상태로 홀로 남겨진 화자는 "산산이 부서진 이름", "불러도 주인 없는 이름"을 반복해서 외친다. 죽은 이가 그 외침을 듣는 것은 불가능하다. 그러니 그 이름을 부르는 사람(살아남은 자)조차 끝내 죽음을 맞이할 그런 상황에서, 절대적인 슬픔만 허공을 떠도는 것이다.

시 '초혼'의 죽음이 지닌 문제는 무엇인가. '초혼'은 전통 제의를 통해 죽음을 형식화하려고 시도한다. 하지만 화자 자신은 끝내 죽음의 형식에 포섭되지 못했다. 주인 없는 이름만 외치는 화자 자신이 형해화가 될 위기에 직면한 것이다. 시어 '설움'에 응축된 극단적 상실감이 죽음에 대한 철학적 성찰을 가로막고 있다는 말이다. '선 채로' 돌이 될 수밖에 없는 운명은 슬픔의 강도를 짐작하게 해주지만, 거기에서 삶에 대한 윤리적 성찰까지 읽어내기는 어렵다.

정지용 시의 '죽음' 모티브는 김소월 시와 윤동주 시가 보여 준 '죽음 모티브'의 중간쯤에 놓여 있다. 그는 김소월처럼 죽음을 정념의 차원으로 그려내지는 않았다. 정지용은 죽음을 미학적 거리를 확보한 상태에서 응시할 수 있었다. 그 거리가 있었기에 정지용은 죽음을 더 이상 '설움'의 눈으로 바라보지 않을 수 있었다. 오히려 그는 죽음에 내재한 영원한 삶의 가능성을 읽어냈다. 아마도 정지용이 윤동주처럼 신앙인이라서 가능했을지 모른다.

가톨릭 신앙에 깊이 침윤되었던 정지용의 중기시에서, 예수에 대한 예찬을 넘어 죽음의 윤리적 지평까지 탐색한 작품은 찾아보기 어렵다. 그러나 정지용은 가톨릭 신앙을 거쳐 점차 동양적 사유에 접근하게 되면서 새로운 유형의 죽음 모티브를 시에 수용했다. 윤동주 시에서 보는 대속(代贖)의 죽음, 타인의 삶과 연동되는 죽음, 공동체적 윤리의 실천에 연결되는 죽음은

아닐지라도, 정지용의 후기시는 꾸준하게 죽음(의 방식) 자체에 대해 심오한 성찰을 펼쳐냈다.[4]

> 화구를 메고 산을 첩첩 들어간 후 이내 종적이 묘연하다 단풍이 이울고 봉마다 찡그리고 눈이 날고 영(嶺) 위에 매점은 덧문 속문이 닫히고 삼동(三冬)내—열리지 않았다 해를 넘어 봄이 짙도록 눈이 처마와 키가 같았다 대폭(大幅) 캔바스 위에는 목화송이 같은 한 떨기 지난해 흰 구름이 새로 미끄러지고 폭포소리 차츰 불고 푸른 하늘 되돌아서 오건만 구두와 안신이 나란히 놓인 채 연애가 비린내를 풍기기 시작했다 그날 밤 집집 들창마다 석간(夕刊)에 비린내가 끼치었다 박다태생(博多胎生) 수수한 과부 흰 얼굴이사 회양 고성 사람들끼리에도 익었건만 매점 바깥주인 된 화가는 이름조차 없고 송화가루 노랗고 뻑 뻑국 고비 고사리 고부라지고 호랑나비 쌍을 지어 훨훨 청산을 넘고.
>
> (정지용, '호랑나비' 전문)

시 '호랑나비'는 시인이 신문에 보도된 실제의 정사 사건을 소재로 창작한 작품으로 알려져 있다. 여기서 작품 속 정사(情死) 사건과 실제 현실 속 정사 사건이 얼마나 일치하는가는 중요한 문제가 아니다. 시적 상상과 허구 속에서 죽음이 어떻게 취급되고 있는지, 그리고 그 죽음을 통해 길어 올릴 삶의 의미가 무엇인지 아는 것이 더 중요하다.

시 '호랑나비'에서 화자는 두 연인의 죽음 바깥에 있는 외부자이다. 그들의 죽음은 화자가 우연한 계기(신문 보도)에 접하게 된 사건 속의 이야기이

---

4  정지용 산문시에 나타난 죽음의 문제에 대해서는 김승구, 「정지용 시에서 주체의 양상과 의미」, 『배달말』37, 2005; 남기혁, 「정지용 중·후기시에 나타난 풍경과 시선, 재현의 문제」, 『언어와 풍경』, 소명출판, 2010 등의 논문 참조.

다. 화자는 작품 이면에 숨은 존재로서, 상상을 동원하여 두 연인이 죽음이 이르는 과정부터 그들의 죽음이 세상에 알려지는 과정까지 그 모든 것을 소묘하듯 그려놓는다. 그는 두 연인의 죽음에 대해 어떤 논평도 내놓으려 하지 않는다.

화자가 묘사하는 정사 사건의 시간적 추이를 정리하면 다음과 같다. '① 산속에 들어간 후 종적이 묘연한 두 연인 → ② 겨우내 닫힌 매점 문 → ③ 돌아온 봄에 알려지는 정사 사건 → ④ 남자(화가)와 여자(매점 주인)의 신분 소개 → ⑤ 청산을 넘는 호랑나비'가 그것이다. 여기서 ①~④는 실제로 있었을 사건이나 정보를 화자가 시간 순서를 좇아 서술한 것이지만, ⑤는 실제의 사건이나 자연 풍경이 아니라 화자가 본 환영(즉 상상의 장면)에 해당이 된다. 여기서 ②는 연결어미 '-고'를 활용하여 짧은 단문들을 연결함으로써 세부 사건 정보를 속도감 있게 제시한 점이 주목된다. ③에서 화자가 직접 언급할 정사 사건에 관심을 집중시키기 위함일 것이다.

이 시의 진술은 전체적으로 회화적 언어로 충만해 있다. 풍경화를 그리는 화가처럼 화자는 주관적 반응을 배제한 채 정사 사건의 여러 국면을 몇 개의 삽화를 엮어서 보여 준다. 그 삽화마다 정지용 특유의 이미지 구사 능력이 발휘된다. 우선, ①의 '종적이 묘연하다', ②의 '열리지 않았다', ③의 '눈이 처마와 키가 같았다' 같은 표현은 모두 두 연인의 부재나 죽음을 암시한다. 어떤 정서적 반응도 유보한 채 부재 상황만 담담하게 묘사했지만, 독자는 예사롭지 않은 상황에 관심을 집중하게 된다.

한편 ③에서는 정지용 특유의 감각적인 심상으로 자연 풍경을 소묘한다. "흰 구름이 새로 미끄러지고 폭포소리 차츰 불고 푸른 하늘이 되돌아서 오건만"으로 그려지는 계절의 변화 말이다. 이런 계절의 변화는 '구두와 안신'만 놓인 매점의 모습과 연결되면서 극적인 긴장감을 자아낸다. 죽음 문제와 연관된 긴장감 말이다. 하지만 화자는 '비린내'라는 말로만 두 연인의 죽음을 암시하고 있지. 죽음의 현장과 관련된 구체적 묘사나 가치판단을 제시하지 않은 것이다. 자신이 중립적인 보고자라도 되는 듯이 말이다.

이런 거리두기 장치로 인해 독자 역시 두 연인의 죽음을 최대한 거리를 유지한 상태에서 바라볼 수 있다. 정사 사건에 대해 성급한 가치판단을 유보한 채, 객관적인 위치에서 정사 사건의 의미를 헤아릴 가능성이 생긴 것이다. 그리하여 '비린내'를 풍기는 그 '연애', 혹은 정사 사건은 가십거리 이상의 의미를 부여받게 된다. 도덕적 비난의 대상으로 전락할 연애(혹은 불륜)가 미학적인 대상으로 격상되어 시에 그려질 가능성이 열린 것이다.

이제 화자의 상상으로 빚어낸 ⑤를 보라. ⑤만 떼어놓고 보면 그것은 한 폭 동양화 속의 산수풍경처럼 비친다. 아름다운 청산과 그곳을 날아오르는 호랑나비의 비상(飛翔)을 그린 그림 말이다. 하지만 ⑤는 앞에 제시되었던 일련의 사건과 연결될 때 그 의미가 드러난다. ⑤에서 호랑나비의 비상은 실제의 자연 풍경에서 길어온 이미지가 아니라, 화자의 마음 풍경이 빚어낸 이미지이다. 어찌 죽음을, 연애를, 정사를 이처럼 심미화하여 그려낼 수 있단 말인가. 이제 "쌍을 지어 훨훨 청산을 넘"는 호랑나비로 논의의 초점을 모아보자.

⑤의 '호랑나비'는 실재인가 아니면 환영인가? 시를 읽는 독법을 따르면 그 답은 명쾌하다. 그것은 명백히 환영이다. 청산을 넘어가는 호랑나비란 현실에 존재할 수 없는 것이다. 만에 하나 있더라도 그것은 육안만으로는 포착할 수 없다. 그러니 ①~④에 전제된 관찰자의 시선, 혹은 중립적 서술을 ⑤에서 기대하는 것은 무리이다. 만일 ⑤마저 객관적인 사태에 대한 기록, 혹은 사실에 대한 묘사로서 읽는다면 이 작품은 시가 아닌 것이 되고 만다. 게다가 ⑤에 담긴 사건들은 현실의 차원에서 볼 때, 두 연인의 정사

사건과는 아무런 내적 연관성이 없지 않은가. 오직 시인 혹은 예술가의 시선을 통해서만 정사 사건 속 주인공은 ⑤의 나비 모티브와 비유적으로 연결될 수 있다.

사랑에 빠진 남자의 상징, 혹은 사랑 때문에 죽은 자의 환생을 나비 모티브로 그려내는 것은 우리의 문학과 예술 전통에서 낯설지 않다. 현대에도 나비의 환생을 통해 서정적 울림을 주는 시 작품은 얼마든지 찾을 수 있다. 그러니 시 '호랑나비' 속 나비 이미지를 '죽음마저 초월하는 사랑'으로 파악하는 것은 자연스럽다. 이제 그런 나비가 '청산'을 넘고 있다. 청산은 동양인이 꿈꾸는 이상적 자연의 표상일 터인데, 호랑나비는 이 청산을 향해, 또 그 청산 너머로 '훨훨' 날아오른다. 그 봄날의 청산에는 마침 노란 송홧가루가 날리고, 뻐꾹새 노래가 메아리치고, 각종 산나물이 돋아난다. 생명이 약동하는 이런 청산의 봄 풍경이 사랑을 위해 죽음을 선택한 두 연인의 환영에 겹치게 된 것이다. 이렇게 '소멸/혹은 죽음' 이미지와 '생성/혹은 삶' 이미지는 서로를 되비추면서, 시적 의미로서 영원한 사랑에 대한 판타지를 독자에게 펼쳐 보이고 있는 것이다.

죽음을 심미화하는 풍경 묘사는 어떻게 가치론의 차원에 연결되는 것일까? 그것은 죽음을, 그리고 사랑을 바라보는 시인의 윤리적 태도를 통해 유추할 수 있다. 시인은 현실에서 이룰 수 없는 사랑이 죽음을 통해 완성하는 모습을 노래하고 있다. 현실과 이상은 서로 대립한다. 인간은 지상의 현실에 구속된 존재이다. 그 현실에는 수많은 타인의 시선들이 중첩된다. 때로는 도덕적 비난으로 인해, 때로는 법과 제도를 통한 처벌로 인해, 인간은 몸과 마음의 자유를 잃기도 한다. 타인의 시선은 사랑의 문제에서도 예외가 없다.

시 '호랑나비'에 등장하는 시어 '비린내'에는 이룰 수 없는 사랑 때문에 끝내 죽음을 선택한 두 연인을 향한 세인의 가치평가가 담겨 있다. 자신들의 사랑이 끝내 '비린내'를 풍길 것으로 예감했던 두 연인은 끝내 죽음을 통해서만 세평을 빗겨나갈 수 있었다. 적어도 사랑의 측면으로 좁혀보면, 이 작품에서 사랑의 승자는 죽은 자이지 산 자는 아니다. 두 연인은 현실을 버림으로써 현실을 초극했다. 타인의 윤리에서 벗어나 자기만의 윤리를 완성했다. 세속의 편견을 떨쳐내고 자신들의 사랑에 충실할 수 있었다. 이런 사랑은 속절없이 아름답다. 청산을 훨훨 나는 나비처럼, 아니 나비보다 아름답다.

시 '호랑나비'에 제시된 죽음은 윤리의식의 차원에서 이해될 필요가 있다. 세인의 윤리는 인습이나 편견에 좌우되는 경우가 많다. 죽음으로 사랑을 완성하려 했던 두 연인은 이런 세인의 윤리를 훌쩍 뛰어넘어, 삶과 죽음의 경계조차 뛰어넘어 탈속(脫俗)의 세계로 들어갔다. 이런 탈속의 윤리는 일제 말기의 엄혹한 시대 상황 속에서, 세속에 거리를 유지한 채 정신의 순수를 지켜내려 했던 정지용의 시적 태도를 보여 주는 것으로 해석된다.

정지용의 시 '예장'⁵에 나타나는 죽음 모티브 역시 비슷한 맥락에서 이해할 수 있다. 이 작품 역시 자기 육체를 스스로 폐기하는 자살이 등장한다. 금강산 '대만물상' 높은 곳에서 뛰어내린 '장년신사'의 죽음 이야기를 전해주는 것이다. 작품 이면에 숨은 화자는 이 사내의 '예장(禮裝)'에 초점을 맞춘다. 사나이가 죽음이 이르는 과정과 죽음 이후의 일들을 함께 소묘하는

---

5  시 전문은 다음과 같다. "모오닝코오트에 예장을 갖추고 대만물상에 들어간 한 장년신사가 있었다 구만물(舊萬物) 우에서 알로 나려뛰었다 웃저고리는 나려 가다가 중간 솔가지에 걸리여 벗겨진 채 와이샤쓰 바람에 넥타이가 다칠세라 납족이 엎드렸다 한겨울 내- 흰손바닥 같은 눈이 나려와 덮어 주곤 하였다. 장년이 생각하기를 「숨도아이에 쉬지 않어야 춥지 않으리라」고 주검다운 의식을 갖추어 심동 내-부복하였다. 눈도 희기가 겹겹이 예장 같이 봄이 짙어서 사라지다."

데 있어서 예장이 중심 모티브를 이루는 것이다.

신사는 '모오닝코오트에 예장'까지 잘 갖춰 입고 산을 올랐다. 등산의 관점에서 보면 기이한 행색이 아닐 수 없다. 그가 입었던 예장은 끝내 온전할 수 없었다. 투신 후 '웃저고리'가 벗겨졌고, 신사의 주검은 '와이샤츠'와 '넥타이'만 입은 채 '삼동(三冬)내' 눈에 덮여 있었으니 말이다. 이 사건과 정황을 감정이입 없이 그려내던 화자는 시의 끝부분에서 논평자의 태도로 죽은 이의 생각과 행동을 서술해 준다. '숨도 아이에 쉬지 않아야 춥지 않으리라'라는 장년 신사의 생각, '주검다운 의식'을 최대한 갖추려고 부복(俯伏)한 것이라는 묘사가 그것이 그것이다. 그리고 끝내 표제어 '예장'의 실체가 드러난다. 예장은 바로 신사의 주검을 겨우내 덮고 있던 흰 눈이었다. 마지막 예장마저 사라지자 그의 죽음은 비로소 세상에 알려지게 된 것이리라.

시 '예장'의 자살 사건에 투영된 정지용의 윤리관은 무엇인가? 죽어서 세속을 등지는 것, 그것도 예장을 입은 상태로 '주검다운 의식'을 갖춰 부복한 신사의 죽음을 묘사하면서, 정지용은 탈속(脫俗)의 윤리를 떠올렸을 것이다. 일제 말의 그 탁류에 휩쓸리지 않고 염결(廉潔)한 정신을 지키겠다는 그의 정신주의[6]가 이런 탈속의 윤리로 이어졌을 것이다. 세속과 거리를 두려는 고고한 마음이 이렇게 선연한 죽음 이미지를 통해 표출된 것이다.

죽음에 대한 예의, 혹은 예식

심미적 거리를 유지한 채 죽음을 관조하는 것은 정신의 깊이 혹은 높이

---

6　최동호는 정지용의 후기시를 '정신주의'로의 관점에서 읽어낸다. 이에 대해서는 최동호, 『정지용시와 비평의 고고학』, 서정시학, 2013 참조.

가 없으면 불가능한 일일 것이다. 예를 들면 동양적인 달관의 경지 같은 것
말이다. 시와 예술에서 죽음은 다양한 모습으로 그려진다. 때로는 극단적
인 불쾌나 혐오의 대상으로 그려지기도 하고, 때로는 참기 힘든 매혹의 대
상으로 그려지기도 한다. 어떤 경우이든 정념(情念)에 사로잡히는 죽음이라
할 수 있겠다. 하지만 정념에서 벗어나 달관의 자세로 죽음을 바라보면, 삶
을 바라보는 방식도 달라진다. 그야말로 담담하고 초연한 태도로 삶과 죽
음을 관조하고 성찰할 가능성을 열게 되는 것이다. 천상병 시인의 시가 주
목되는 지점이다.

> 나 하늘로 돌아가리라
> 새벽빛 와 닿으면 스러지는
> 이슬 더불어 손에 손을 잡고,
>
> 나 하늘로 돌아가리라
> 노을빛 함께 단둘이서
> 기슭에서 놀다가 구름 손짓하며는,
>
> 나 하늘로 돌아가리라
> 아름다운 이 세상 소풍 끝내는 날,
> 가서, 아름다웠더라고 말하리라…… (천상병, '귀천' 전문)

시 '귀천'에서 화자는 이 세상 살아가는 일을 '소풍'에 비유한다. 소풍은
즐거운 행사이자 놀이이다. 자신이 살아온, 그리고 살아가는 이 삶을 소풍
에 견준다는 것은 그러니까 비루한 삶일지라도 그 속에 즐거움이 깃들 수
있다는 낙관적인 마음을 표현한 것으로 볼 수 있다. 하지만 소풍의 순간은

짧다. 그 짧은 순간이 끝나면 곧 집으로 돌아가야 한다. 천상병이 돌아갈 집은 '하늘'이다. 달관의 자세로 삶을 즐기는 화자는 죽음조차 즐거운 귀환으로 여기는 달관의 정신을 드러낸다.

하늘로 돌아갈 때의 동반자는 '이슬'이면 충분하다. '새벽빛 와 닿으면 스러지는'(제2연) 이슬이란 존재는 우리 인간과 얼마나 흡사한가. 화자는 짧은 한때 순수의 결정체로 있다가 새벽빛만으로도 쉽게 소멸하는 이슬을 통해 인간의 운명을 보는 것이다. 이런 운명관은 무심과 무욕, 무위의 정신에 맞닿아 있다. 만약 '이슬'만으로는 아쉽다면 잠시 '저녁놀'과 놀다가 돌아가면 충분하다. 삶에 대한 긍정을 죽음에 대한 긍정으로 이어가는 이 달관의 자세는 세속에 얽혀 고단한 삶을 살아가는 이들에게 큰 위안을 준다.

천상병 시인의 말처럼 이 세상의 삶은 잠깐의 소풍일지 모른다. 소풍은 소풍으로 즐기되, 그것이 끝나면 훌훌 자리 털고 일어나 돌아가면 그뿐이다. 죽음은 삶의 한 부분이고, 삶은 죽음의 한 부분이다. 달관의 자세로 삶과 죽음을 관조하는 것, 그리하여 마침내 자신에게 도래할 죽음의 순간을 묵묵하게 받아들이는 것. 그것은 예의를 갖춰 죽음을 맞이하는 것이다. 정지용의 시처럼 '예장'을 갖춰 입지 않았더라도, 죽음에 대한 예의는 얼마든 갖출 수 있다. 이제 죽음에 대한 예의를 보여 주는 작품 하나를 더 읽어보자.

> 내 세상 뜨면 풍장시켜다오.
> 섭섭하지 않게
> 옷은 입은 채로 전자시계는 가는 채로
> 손목에 달아놓고
> 아주 춥지는 않게
> 가죽가방에 넣어 전세 택시에 싣고

군산에 가서
검색이 심하면
곰소쯤에 가서
통통배에 옮겨 실어다오.

가방 속에서 다리 오그리고
그러나 편안히 누워 있다가
선유도 지나 통통 소리 지나
배가 육지에 허리 대는 기척에
잠시 정신을 잃고
가방 벗기우고 옷 벗기우고
무인도의 늦가을 차가운 햇빛 속에
구두와 양말도 벗기우고
손목시계 부서질 때
남몰래 시간을 떨어뜨리고
바람 속에 익은 붉은 열매에서 툭툭 튕기는 씨들을
무연히 안 보이듯 바라보며
살을 말리게 해다오.
어금니에 박혀 녹스는 백금 조각도
바람 속에 빛나게 해다오.

바람을 이불처럼 덮고
화장(化粧)도 해탈(解脫)도 없이
이불 여미듯 바람을 여미고
마지막으로 몸의 피가 다 마를 때까지
바람과 놀게 해다오. (황동규, '풍장 · 1' 전문)

황동규의 시 '풍장'은 죽음 이후의 상황을 가정한 후, 시인 자신의 주검이 처리되는 과정을 그려낸 작품이다. 일종의 유언시라고 할 수 있겠다. 묘비명 형식의 시 한 편 정도는 남겨놓은 시인들이 많다. "나의 무덤 앞에는 그 차거운 비(碑)ㅅ돌을 세우지 말라"고 외치며 그 대신 '노오란 해바라기'를 심어 달라고 당부했던 함형수의 시 '해바라기의 비명'이 좋은 예이다. 하지만 황동규는 수십 편에 이르는 '풍장' 연작시로 유언(遺言) 같은 말을 남겨 놓았다. 위에 인용한 시는 연작의 첫머리에 놓인 작품이다.

풍장은 우리 민족의 장례 풍속 중 하나이다. 주로 서해안 도서 지역에서 행해지던 풍속이지만 오늘날은 거의 행해지지 않는다. 주검을 땅에 묻지 않고 바람에 맡겨 사라지게 하는 방식의 장례란 오늘날의 관점에서 받아들이기 어려운 풍속이니 말이다.

인용된 시의 제1연은 풍장을 치를 장소로 주검을 옮기는 과정을 제시하고 있으며, 이는 제2연에서 배를 타고 어느 '무인도'에 도달하기까지 속도감 있게 이어진다. 모두 상상 속 장면이다. 여기서 '옷은 입은 채로 전자시계는 가는 채로'라는 표현이 흥미롭다. 화자는 죽음을 맞이하는 순간의 그 모습대로, 어떤 인위적 의례의 개입 없이 자신을 장례 장소로 옮겨 달라고 부탁한 것이다. '무인도'로 옮겨진 이후의 상황을 그리는 과정에서도 비슷한 부탁은 이어진다. "무인도의 늦가을 차가운 햇빛 속"에 놓일 자신의 주검이 무심한 시간의 흐름을 무심히 바라보게 해달라는 부탁 말이다. 물론 시간의 흐름에 따라 주검은 점차 그 모습이 변할 것이다. '옷', '구두', '양말', '손목시계' 등은 차례로 없어지고, 이제 계절의 변화를 맞이한 주검은 "바람 속에 익은 붉은 열매에서 툭툭 튕기는 씨들/무연히 안 보이듯"을 바라보며 육신('살')을 말리게 될 것이다.

이 시의 백미는 마지막 연에 담긴 당부이다. 화자에게 있어서 죽음은 자연 회귀를 가리킨다. 자연에서 왔으니 자연으로 돌아간다는 의미일 것이다. 화자는 최대한 간소하고 꾸밈없는 장례 절차를 바란다. 죽음을 어떤 예외적인 사건, 혹은 부정해야 할 사건으로 여기지 않기 때문일 것이다. 죽음은 그저 묵묵히 받아들이면 그뿐이라는 것. 그래서 화자는 화장(化粧)뿐만 아니라 '해탈'마저도 없는 죽음을 꿈꾼다. 주지하듯이 불교에서 해탈은 집착과 번뇌를 벗는 것을 가리킨다. 화자는 자기 죽음에, 그리고 주검에 '해탈'이라는 종교적 의미조차 덧씌우고 싶지 않다. 한 존재가 비존재로 바뀌어 가는 그 모든 과정은 주검을 '바람'에 맡겨놓는 것만으로 충분하다. 그야말로 해탈 없는 해탈의 경지가 아닐 수 없다. 이제 화자는 바람 속에서, 바람과 함께 놀면서 주검조차 사라지게 되는 그 절대적 소멸의 경지까지 죽음을 밀어붙인다.

황동규 시인은 이처럼 달관의 태도로 죽음을 그린다. 인위적 절차나 관습, 죽음에 대한 과도한 의미 부여가 없다. 자연 그대로의 죽음을 담담하게 받아들이는 것이다. 삶에 깃든 죽음, 죽음에 깃든 삶을 함께 바라보는 화자의 눈. 죽음을 관조하는 달관의 정신이 빚어낸 마음의 풍경이다. 천상병의 '귀천'에서 보는 그런 삶의 태도, 혹은 무욕과 무위가 빚어내는 죽음의 또 다른 표정이다.


영원히 죽지 않는 삶


차창룡의 산문시 '죽지 않는 나무'는 종교적 색채가 짙은 작품이다. 시 '선암사 목어'의 경우처럼 차창룡 시인은 불교 설화를 모티브로 삼아 존재에 대한 성찰을 전달하는 작품을 많이 발표하였다. 시 '죽지 않는 나무'는 불교가 그 뿌리를 두고 있는 인도의 신화와 종교에서 창작의 모티브를 가져왔다.

인도의 알라하바드에 가면, 히말라야로부터 수만 킬로미터를 달려온 강가와 야무나, 그리고 사라스와티 여신이 동성연애하는 이른바 상감 (sangam, 세 갈래의 물이 합쳐지는 곳)이라는 곳이 있는데, 인도의 세 어머니 여신은 힘을 모아 자신들의 자가용인 악어와 거북이와 백조의 씨앗을 자신들의 자궁에 심었는데, 그곳에서 한 그루의 나무가 하늘의 푸른 바다를 향해 힘찬 줄기를 쏘아 올렸으니, 이른바 '반야 나무'(banyan tree, 菩提樹)는 허리에도 뿌리를 달고, 어깨에도 팔에도 이마에도 뿌리를 달고, 뿌리를 수염처럼 쓰다듬으면서 몇 만 년을 살아오니, 우주가 나뭇가지에 주렁주렁 매달려 밤마다 반짝이더라.

어머니 여신의 자궁에서 솟아 나왔다 한들 생명 있는 것이 어찌 죽지 않을 수 있으랴, 죽을 수밖에 없다는 것을 아는 이 지혜의 나무는 살아 있을 때 스스로 무덤을 만들리라 생각하고, 지하로 지하로 무덤을 파내려가니 무덤을 파내려 가는 팔과 다리에 크고 작은 우주가 주렁주렁 매달리게 되고, 성스러운 어머니인 물속에 잠기기 위해 물을 향해 팔다리를 뻗으니 손가락 사이로 발가락 사이로 물고기들이 주렁주렁 매달려 알을 까고 집을 지으니, 나무는 물고기의 똥을 먹고 물고기는 나무의 똥을 먹고, 나무는 썩어가면서 물고기가 되고, 물고기는 썩어가면서 나무가 되고, 물고기로 변신한 비쉬누 신이 잠에서 깨어나니, 물속에서도 땅속에서도 우주가 함께 기지개를 켜더라.

태양의 신 수리야와 불의 신 아그니와 번개와 비의 신 인드라의 집에 나뭇가지가 뻗어가니, 그것은 어머니 여신들의 자애로운 손길이어서, 햇살이 나무가 되고, 불도 나무가 되고, 번개도 나무가 되고, 비도 나무가 되고, 7세기경 이곳에 온 당나라의 현장스님도 나무가 되어 한 그루 나무로서 이 나무를 '죽지 않는 나무'라 이름하니, 나무는 정말 꼼짝 못하고 죽지 못할 팔자라, 죽기 싫은 사람들이여, 이 인도의 자궁에 와서 죽지 않는 반야(般若)의 나무를 껴안아보라, 불그죽죽한 페인트를 바른 축축한 지하사원에 내려가면, 죽지 않는 나무의 몸통이 있으리라, 나무의 몸통을 껴안으면 한 노인이 나무껍질 같은 손을 벌려 백 루피만 보시하라 하리니.

    죽고 싶은 사람들이여, 지하에 지상에 물속에 커다란 우주를 건설하고 있는 죽지 않는 나무는 죽고 싶어도 죽지 못하고 있나니, 동병상련의 정으로 이곳에 와서, 사람들 또한 휴대용 우주를 짊어지고 다니니, 휴대용 우주의 팔을 뻗어 지옥 아귀 축생 수라 인간 천상의 가지들을 껴안아보라, 가지들이 죽죽 솟아올라 싹을 틔우고 이파리를 틔우고, 새 가지는 헌 가지를 부러뜨리고 헌 가지는 새 가지를 먹어버리고, 그리하여 나무는 수없이 죽음으로써 살아 있는 것이니, 우리들도 우주인 나무의 한 이파리여서, 어차피 죽어도 이미 죽지 않는 나무여라.
    (차창룡, '죽지 않는 나무' 전문)


  이 작품의 핵심 소재는 '반야 나무'이다. 부처가 깨달음을 얻은 곳이 보리수나무 아래라고 하는데, '반야 나무'는 바로 그 보리수나무를 가리킨다. 반야 나무는 또한 힌두교에서 숭배하는 '비쉬누' 신이 태어난 곳으로 알려져 있다. 여러 가지 이유로 종교적 신성성을 떠올릴 만한 나무라고 할 수 있다. 시인은 인도 여행에서 본 오래된 이 '반야 나무'를 소재로 시적 상상을 펼쳐낸다. 그 상상은 삶에 깃든 죽음, 죽음에 깃든 삶의 풍경을 신화의 언어로 펼쳐낸 것이다.

우선 제1연에서 화자는 '반야 나무'의 유래를 소개한다. 이른 바 '상감'이란 곳에 심어진 반 야 나무는 인도 신화 속의 '세 어머니 여신'이 '자신들의 자궁 에' 생명의 씨앗을 심어 길러 낸 나무라 한다. 이런 유래 설 화는 자연물에 신성성을 부여

반야나무

하기 위해 만들어낸 것, 그야말로 허구이다. 이제 화자는 나무의 현재 모습 을 그려냄으로써 신화 속 나무에 내재한 신성성을 강조한다. "허리에도 뿌 리를 달고, 어깨에도 팔에도 이마에도 뿌리를 달고, 뿌리를 수염처럼 쓰다듬 으면서" 오랜 세월 생명을 이어온 반야 나무는 이제 나뭇가지에 '우주'가 주 렁주렁 매달려 밤마다 반짝인다. 과장법을 동원하여 나무의 형상을 그린 것 이다. 물론 자료 사진 속 나무의 형상과 비교하면, 이 표현은 실감이 느껴질 만큼 사실적인 묘사라고 해도 과언이 아니다. 여기서 '우주'가 나뭇가지에 주렁주렁 매달려 반짝인다는 메타포는 중요한 시적 의미를 함축한다. 그 메 타포에는 유한한 존재에 깃든 영원의 비전이 담겨 있다.

제2연은 이 메타포에 개연성을 부여하려고 반야 나무의 성장 과정과 생 리를 차례대로 추적한다. 제법 논증적인 어법으로 시작되는 것이 흥미롭다. "여신의 자궁에서 솟아 나왔다 한들 생명 있는 것이 어찌 죽지 않을 수 있 으랴"는 반문이 그것이다. '죽지 않을 수 있는' 생명은 이 세상에 있을 수 없

다. 그것이 자연의 이치이다. 여기서 반야 나무의 '지혜'로 시선을 옮겨보자. "죽을 수밖에 없다"라는 사실을 인정하고 '스스로 무덤'을 만드는 전략에 깃든 지혜 말이다. 반야 나무의 그로테스크한 형상은 스스로 제 무덤을 파는 과정에서 빚어진 것이다. 무덤을 만들려고 지하로 뻗어가다 보니 어느덧 반야 나무는 "팔과 다리에 크고 작은 우주가 주렁주렁 매달리게" 된 것이다.

물을 향해 팔과 다리를 뻗은 나무는 이제 그 뿌리들 사이에 '물고기'를 키운다. 그리고 물고기는 죽어서 나무가 되고, 나무는 다시 물고기가 되는 영원한 생명의 순환이 완성된다. 게다가 그 물고기는 비쉬누 신의 현생으로 이해된다. 이 황당무계한 신화가 펼쳐지는 지점에서, 반야 나무는 이제 "우주가 함께 기지개를 켜"는 나무로 존재의 도약을 이루어낸다. 신화적 상상에 자주 등장하는 '우주적 나무'(宇宙木)[7]가 완성되는 것이다.

제3연은 시선을 지하에서 지상으로 옮겨 반야 나무의 또 다른 모습을 그려낸다. 태양과 불, 번개와 비의 신들을 향해 뻗고 있는 나뭇가지들 말이다. 신을 향해 뻗어가는 나뭇가지들은 신의 '자애로운 손길'로 비유한다. 나무에 최고의 신성성이 부여되는 것이다. 그리고 '죽지 않는 나무'라는 이름이 생긴 연원을 소개할 목적으로 불교의 '삼장법사' 설화가 인용되면서, 반야 나무의 신성성은 더욱 강화된다. 심지어 실제 현실이란 착각마저 생길 정도이다. 그리하여 반야 나무는 명실상부하게 '죽지 못할 팔자'를 갖게 되었다는 위트까지 덧붙여진다.

황당무계하기 짝이 없는 신화이다. 하지만 신화는 우리에게 놀라운 일깨움을 전해준다. 죽을 수밖에 없는 운명을 받아들임으로써 오히려 '죽지 못할 팔자'에 이르게 된다는 역설 말이다. 이 역설은 삶과 죽음을 대하는 우리

---

7  나무의 신화적, 상징적 의미에 대해서는 이승훈, 『문학상징사전』, 고려원, 1995, 84~89쪽 참조.

의 태도가 바뀌어야 함을 일깨워준다. 게다가 이 역설은 자기 생명을 타자—여기서는 '물고기'—에게 내어줄 때, 나와 남이 서로 존재를 넘나들며 영원한 삶을 누릴 수 있다는 생각을 보여 준다. 자연의 생태 질서를 바라보는 새로운 시각까지 열어주는 것이다. 인도의 신화, 더 나아가 불교의 윤회설과 연기설에 연결된 신화적 화소를 통해, 우리는 죽음을 새롭게 전유할 가능성을 만나게 된 것이다.

마지막 연에서 화자는 "죽기 싫은 사람들이여"라는 호명으로 독자를 대화에 끌어들인다. 우리를 반야 나무의 신화 세계로 초대한 것이다. 그리고 당당한 목소리로 반야 나무를 찾아가 그 '몸통'과 '천상의 가지'를 껴안으라고 권유한다. 그러면 반야 나무는 어느덧 우리에게 그 품을 내어주고, 끝내 사람들도 "우주인 나무의 한 이파리"가 될 뿐만 아니라, "어차피 죽어도 이미 죽지 않는 나무"가 된다고 속삭이는 것이다. 여기서 '어차피'가 앞으로 도래할 죽음의 숙명을 일깨우는 말이라면, '이미'는 존재 내부에 간직된 영원한 삶의 가능성을 재차 환기하는 말이다. 반야 나무는 이런 모순어법에 합당한 역설의 존재이며, 우리도 이미 그 역설적인 사건에 동참할 가능성을 얻는다는 것이다.

자연의 리듬을 넘어 우주의 리듬에 참여하는 사건, 그럼으로써 "어차피 죽어도 이미 죽지 않는" 역설의 존재로 거듭나는 신화적 사건. 반야 나무는 우주목으로서 신화적 사건의 한복판에 우뚝 서 있다. 더 이상 삶과 죽음에 연연하거나 집착하지 말라고 일깨우면서 말이다. 주저하거나 두려워하지 말고, 삶에 깃든 죽음 그리고 죽음에 깃든 삶을 동시에 껴안으라고 말이다. 이렇게 신화는 유한한 인간을 놀라운 발견으로 이끌어준다.

# 제11장

# 전통, 시간 너머에서 들려오는 목소리들

인간은 시간에 지배받는 유한한 존재이다. '시간 앞에 장사(壯士) 없다.'라는 말도 있지 않은가. 시간성에 구속된 존재는 끝내 죽음이나 소멸의 운명을 피할 수 없다. 성장이나 성숙―혹은 출세나 성공―을 위해 우리는 많은 시간을 투자한다. 운이 좋으면 생애에 가장 빛나는 결실의 순간을 맞이할 수도 있다. 하지만 우리 삶에서 아름다운 순간은 오래 지속되지 않는다. 누구에게나 삶의 하강 그래프가 시작될 것이고 그 궤적은 끝내 쇠퇴와 소멸로 이어지게 마련이다. 생의 빛나던 순간은 과거형으로 기록될 뿐이고, 우리는 기억을 더듬어 그 순간을 그리워할 것이다. 한없는 상실감과 슬픔 속에서 말이다.

캄보디아의 밀림 속 앙코르와트 유적지에 가면 차창룡 시인의 말처럼 '죽지 않는 나무'를 볼 수 있다. 저 깊은 밀림 속에 한때 빛나는 문명이 번성했었다는 사실은 실로 경이롭다. 하지만 모든 고대문명이 그러했듯, 이 문명 역시 시간의 질서를 거스를 수 없었다. 각종 전쟁 등을 거치며 왕국과

앙코르와트 유적

그 문명은 무너져 내렸고, 그나마 남은 유적도 오랜 세월 동안 사람들에게 잊힌 채 방치되었다. 한때 위용을 자랑했을 견고한 건축물들조차 흐르는 세월의 힘을 이겨내지 못했다. 건축물은 비바람에 마모되고 틈이 생겼으며, 그 갈라진 틈을 비집고 싹을 틔운 나무가 오랜 세월 굳게 뿌리 내렸다. 또 나무의 오랜 줄기에는 다른 나무의 씨앗이 날아와 싹을 틔우고 마침내 새로운 뿌리를 거대하게 뻗어 내렸다. 똬리를 튼 뱀처럼 건축물을 휘감은 나무뿌리와 줄기는 그 기이한 형상을 통해 우리에게 시간의 무상함을 느끼게 해준다.

시간의 사슬에서 벗어나는 것은 인간의 오랜 꿈이다. 노화나 죽음, 쇠퇴나 소멸의 운명에서 벗어난 영원의 세계를 향한 꿈 말이다. 그 꿈은 당연히 이룰 수 없다. 첨단과학과 의학의 도움을 받더라도 끝내 실현할 수 없을 이상이다. 유치환의 시 '깃발'이 노래했듯, "영원한 노스탤쟈의 손수건"을 흔드는 유한한 존재는 "슬프고도 애달픈 마음"에 빠져들 뿐이다.

서정시는 영원한 삶, 영원한 세계에 대한 꿈을 노래할 수밖에 없다. 다양한 비유와 상징을 통해 '지금-이곳'이 아닌 이상 세계를 그려내고, 그 세계를 향하는 인간의 소망을 노래한다. 새로운 세계에 대한 믿음이 없으면 인간은 감옥 같은 '지금-이곳'의 현실을 견뎌낼 수 없다. 유토피아를 향한 열망을 노래할 수 없으면 서정시는 무미건조하기 짝이 없는 언어에 갇혀버릴 것이다.

서정시에서는 영원한 삶이나 유토피아에 대한 꿈이 마음껏 표출된다. 서정의 언어는 서사에서 요구되는 개연성을 크게 의식하지 않고 상상의 극한까지 인간의 꿈을 펼쳐낼 수 있다. 서사 문학만큼 구체적인 사건을 통해 유토피아를 그릴 수 어렵지만, 서정 문학은 어렴풋한 이미지로도 그 세계를 암시할 수 있다. 서정시에는 보이지 않는 세계를 보여주는 힘, 느낄 수 없는 세계를 느끼게 하는 힘이 숨어 있다.

유토피아는 말 그대로 어느 곳에도 존재하지 않는 세계이다.[1] 아무도 경험하지 못한 그 세계는 우리 마음이 빚어내는 가상의 현실이다. 현실에 지친 사람들은 흔히 미래의 시간 속에 유토피아를 구축하려는 경향이 있다. 유토피아적인 미래는 각종 공상과학 영화의 내용을 구성하기도 한다. 하지만 유토피아가 꼭 공상과학 영화 속 이미지로만 상상될 필요는 없다. 실낙원(失樂園)이란 말도 있듯이, 유토피아는 우리가 잃어버린 과거의 시간 속에 그 이미지가 구축될 수도 있다. 인류의 유년기로 비유되는 고대의 황금시대, 더 거슬러 올라가면 성서 속 에덴동산이 실제로 존재했던 유토피아였는가는 중요하지 않다. 유토피아는 사실의 영역이 아니라 마음의 영역에 속하는 것이다. 그러니 우리의 마음이 빚어낼 유토피아는 얼마든지 과거에서 길어 올릴 수 있다. 기억이나 잠재의식 속에 여전히 똬리를 틀고 있는 과거의 흔적들은 유토피아의 원형이 될 수 있다.

인간의 마음을 형성해 온 그 시간의 깊이로 침잠하면, 우리가 진정 바라고 꿈꾸었던 세계의 상이 다시 떠오를 것이다. 우리는 그런 시간의 깊이, 시간의 적층을 전통이라고 일컬을 수 있다. 이제 내 안에 있는 또 다른 목소리, 타자의 목소리로서 전통을 소환할 순간 앞에 우리는 서 있다. 현대시에 깃들어 있는 다양한 전통의 목소리를 향해 귀를 열 때이다.

---

1 유토피아에 대한 고찰과 비평적 논의에 대해서는 임철규, 『왜 유토피아인가』, 한길사, 2009 참조.

위대한 서정 시인은 심안(心眼)을 지닌 존재들이다. 그는 마음의 눈을 통해, 보이는 것에서 보이지 않는 것을, 존재하는 것에서 존재하지 않는 것을 투시할 수 있다. 시간이나 공간의 경계를 자유롭게 넘나들면서 말이다. '지금-이곳'에 있는 것들은 이미 사라진 것의 흔적이거나, 앞으로 다가올 것의 징후이다. 훌륭한 서정 시인은 곧 훌륭한 영매(靈媒)라고 할 수 있다. 영매는 현존하지 않는 것의 모습을 보고, 들리지 않는 목소리를 듣는 능력을 갖춘 신이(神異)한 존재이다. 이런 영매처럼 서정 시인은 사라진 것의 흔적과 다가오는 것의 징후를 함께 읽어낼 수 있다. 게다가 그 흔적과 징후를 시적 언어로 번역할 능력도 갖추고 있다. 그리하여 시인은 이미 사라진 존재와 아직 출현하지 않은 존재의 목소리를 전하는 통로가 된다. 그의 언어는 부재와 현존 사이의 경계를 가로지른다. '있는 것'과 '없는 것'의 견고한 울타리를 허물면서 말이다.

박재삼은 전통주의 경향의 시 창작으로 정평이 있는 시인이다. 그의 시 '봄바다에서'는 시간의 경계를 넘나드는 서정의 언어가 얼마나 아름다울 수 있는지를 잘 보여준다.

1

화안한 꽃밭같네 참.

눈이 부시어, 저것은 꽃핀 것가 꽃진 것가 여겼더니, 피는 것 지는 것을 같이한 그러한 꽃밭의 저것은 저승살이가 아닌 것가 참. 실로 언짢달 것가 기쁘달 것가.

거기 정신없이 앉았는 섬을 보고 있으면, 우리가 살았닥해도 그 많은

때는 죽은 사람과 산 사람이 숨소리를 나누고 있는 반짝이는 봄바다와
도 같은 저승 어디쯤에 호젓이 밀린 섬이 되어 있는 것이 아닌 것가.


2

우리가 소시(少時)적에, 우리까지를 사랑한 남평문씨부인(南平文氏夫人)
은, 그러나 사랑하는 아무도 없어 한낮의 꽃밭 속에 치마를 쓰고 찬란
한 목숨을 풀어헤쳤더란다.

확실(確實)히 그때로부터였던가, 그 둘러썼던 비단치마를 새로 풀며
우리에게까지도 설레는 물결이라면,

우리는 치마 안자락으로 코훔쳐 주던 때의 머언 향내 속으로 살
딸ㅎ아 마음딸ㅎ아 젖는단 것가.


3

돛단배 두엇, 해동갑하여 그 참 흰나비같네.

(박재삼, '봄바다에서' 전문)


윤슬이란 단어가 있다. 햇빛–혹은 달빛–에 비치어 반짝이는 잔물결을
가리키는 말이다. 바다나 호수에 일렁이는 잔물결에 햇빛이 반사되어 반짝
거리는 정경은 누구나 한 번쯤은 경험했을 것이다. 박재삼의 시 '봄바다에
서'의 화자는 지금 윤슬을 하염없이 바라보고 있다. 반짝이는 물비늘에 마
음을 온통 빼앗긴 상태로 말이다. 화자의 눈앞 풍경을 이루는 요소는 봄날
의 바닷가와 윤슬, 작은 섬과 돛단배 정도가 전부이다. 그것만으로도 아름
답고 서정적인 풍경은 충분히 완성될 수도 있다. '화안한 꽃밭'에 비유하여
윤슬을 묘사하는 것만으로도 훌륭한 시적 표현이 완성될 수 있다.

'봄바다에서'는 풍경의 재현에서 한 걸음 더 나아가 서정의 진경을 펼쳐

낸다. 눈앞의 풍경 너머의 보이지 않는 풍경까지 서정시에 담으려 한 것이다. 장면 '1'에는 장면 '2'에 제시될 화자의 유년 시절을 짐작할 만한 단서가 있다. '봄바다=꽃밭'의 비유 말이다. 이 꽃밭은 '피는 것 지는 것을 같이한' 꽃밭이다. 꽃밭은 그냥 꽃이 피어있는 곳이 아니라, 생성과 소멸이 공존하는 꽃밭인 것이다. 윤슬, 즉 잔물결의 반짝임이 짧은 순간 나타났다 사라지는 그 모습을 '피는 것 지는 것을 같이한' 꽃밭으로 그려낸 것이다. 윤슬의 아름다움은 사실 지속되는 빛이 아니라 짧은 순간 명멸하는 빛에 의해 연출된다.

이제 '꽃이 지는 것'과 '빛이 사라지는 것'은 의미상 등가이다. 이로써 장면 '2'에 제시될 죽음 모티브에 한 걸음 더 다가설 수 있다. 바다 풍경의 아름다움은 생성과 소멸의 공존 속에서 찾아진다. 화자는 생성의 세계 이면에 있을 소멸의 세계로 점차 시선을 이동시키는 것이다. '저승살이'라는 시어에 함축된 죽음의 세계를 향해서 말이다. 그리하여 바다는 "죽은 사람과 산 사람이 숨소리를 나누고 있는" 곳으로 다가오고, 그 바다의 섬은 "저승 어디쯤에 호젓이 밀린 섬"으로 비친다. 그러니 화자는, 그리고 시인은 저승살이하는 그 누군가와 숨소리를 나눌 수 있는 존재라 할 수 있다. 앞서 언급한 영매에 버금가는 존재라 할 수 있다. 봄 바다를 바라보는 화자가 기쁨과 언짢음을 함께 느끼는 이유도 '저승살이'를 하는 그 누군가를 기억에서 불러냈기 때문일 것이다.[2]

장면 '2'는 '그 누군가'의 정체를 분명하게 드러낸다. '남평문씨부인'이라는 지칭을 통해서 말이다. 화자는 어린 시절 뵈었던 남평문씨 부인을 어

---

2  유년의 기억에 빠져드는 것은 봄 바다의 아름다움에 도취한 화자의 상황과 흡사하다. 도취는 자기 영혼을 온전히 대상에 내맡긴 상태이다. 탈아(脫我) 혹은 망아(忘我)의 상태이다. 이 상태에서 화자는 현실에서는 만날 수 없는 존재, 비존재의 존재를 상상적으로 만나게 된다.

머니처럼 자애로운 인물로 그려낸다. 그 부인은 "우리까지를 사랑"해주는, 곱고 귀했을 "치마 안자락으로 코훔쳐" 주는 따뜻한 심성의 소유자이다. 하지만 이 부인은 비운의 주인공으로 그려진다. 구체적인 이유를 알기 어렵지만, 그녀는 '아무'에게도 '사랑'받지 못하는 처지를 비관하다가 끝내 죽음을 선택하였다. 바다에 몸을 내던져 목숨을 풀어헤친 것이다.

그리하여 바다의 잔물결과 윤슬은 이제 그 여인의 '비단치마'로 비유된다.[3] 목숨을 풀어헤친 여인의 치맛자락이 바다에 떠서 흔들리는 모습이 윤슬의 실체라는 것이다. 이제 눈앞의 윤슬은 유년의 기억 속 남평문씨 부인과 상상적으로 만날 수 있는 통로가 된다. 보이는 세계가 보이지 않는 세계와 내적으로 연결되는 시적 상상이 펼쳐지는 것이다. '머언 향내 속으로 살딸ㅎ아 마음딸ㅎ아 젖는단 것가'에서 보듯, 그 상상은 산 자와 죽은 자가 서로 소통하고 이승과 저승이 서로 경계를 허무는 것을 가능케 한다. 아름다운 이미지와 비유를 통해 서정시 특유의 몰아 체험을 빚어낸 것이다.

마지막 연에서 화자의 시선은 '돛단배'를 향한다. '돛단배'가 가리키는 것은 과연 무엇일까. 물결이 일렁이는 봄 바다에 실제로 돛단배가 떠 있는 것일까? 그렇게 읽는 것을 잘못이라 할 수는 없겠지만, 시적 상상력을 동원하여 다른 해석의 가능성을 생각할 필요가 있다.

해석의 단서는 시어 '해동갑하다'이다. 국어사전에서 '해동갑하다'의 뜻풀이는 '1. 해가 질 때가 되다. 2. 어떤 일을 해 질 무렵까지 계속하다.'로 되어 있다. '의미 1'이 단순히 해 질 무렵의 시간을 환기하는 것이라면, '의미 2'는 그 시간까지 어떤 상태(혹은 동작)가 지속됨을 가리킨다. 시인이 '의

---

3  원관념과 보조관념으로 이어지는 두 대상, 즉 바닷물결과 치맛자락의 일렁이는 모습은 형태가 흡사하다. 게다가 '봄바다=꽃밭'의 비유를 함께 연결하면, 아름다운 치맛자락의 원관념인 '봄바다'의 윤슬에서 화자가 남평문씨 부인의 아련한 '향내'를 떠올리는 것도 자연스럽다.

미 1'로 이 시어를 사용했다면 '돛단배'는 해 질 무렵 바다에 떠 있는 실제 배를 가리키는 것으로 볼 수도 있다. 하지만 '의미 2'로 시어를 사용했다면 해석이 사뭇 달라질 수 있다. 서술어 '해동갑하다'의 주어 혹은 주체가 무엇인가를 확정하기 어렵기 때문이다.

'해동갑하다'의 주체를 일단 실제의 돛단배로 가정해 보자. 이때 돛단배는 항해를 마치고 해 질 무렵 귀환하는 배라고 할 수 있다. 하지만 시의 마지막 장면에서 굳이 돛단배를 등장시킬 이유는 없지 않은가. 게다가 돛단배에서 '흰나비'를 연상하는 과정도 자연스럽지 않다. 그렇다면 이제 '해동갑하다'의 주체를 화자로 가정해 보자. 이때 '해동갑하다'는 저녁 무렵까지 부인에 대한 기억에 사로잡혀 있는 화자의 상태, 즉 오랫동안 지속된 망아의 상태를 가리키는 서술어가 된다. 결국 장면 '3'은 화자가 이제 부인에 대한 기억에서 빠져나오려는 상황을 그린 것이라고 볼 수 있다. 죽은 자를 저승의 세계로 돌려보내고 준비하는 상황 말이다. 그래야 화자는 보이지 않는 세계에서 보이는 세계로, 과거의 기억에서 현재의 풍경으로 귀환할 수 있지 않은가.

이렇게 볼 경우, '돛단배'는 실제의 배가 아니라 메타포로서의 배일 수 있다. '흰나비'를 닮은 무엇 말이다. 여기서 '흰나비'를 죽은 자의 환영으로 간주하는 것은 어렵지 않다. 앞 장의 정지용 시 '호랑나비'에서 이미 접해 본 이미지가 아닌가. 화자는 '윤슬=꽃밭'의 비유에서 시작된 연상을 이제 '흰나비=남평문씨 부인의 환영'으로 이어간 후, 환영으로서의 '흰나비'와 형상이 닮은 사물로서 돛단배를 연상해낸 것이라 할 수 있다. 나비가 펼친 날개와 돛을 펼친 배는 모습이 흡사하지 않은가. 여기에 덧붙여 돛의 모습이 치맛자락의 펼친 모습과도 흡사한 점을 떠올릴 수 있다. 결국 화자는 저녁 무렵에도 여전히 반짝이는 바닷물결에서 죽은 이(남평문씨 부인)를 떠올린 것이다. 기억에서 빠져나와 현실 세계로 귀환하면서도 끝내 미련을 떨쳐내지 못하고 있는 것이다. 장면 '3'의 영탄적인 진술은 화자의 이런 모습에 대해 짙은 여운을 더하고 있다.

박재삼 시에서 화자의 목소리는 종교적 차원에서 본다면 영매가 전해주는 목소리이다. 죽은 이의 모습을 보고 그 목소리도 듣는 영매는 죽은 자의 말을 대신 전해줄 수 있다. 전통적 정한을 노래했다고 평가되는 박재삼의 시는 결국 죽은 이의 목소리에 대한 기억, 혹은 기록으로 볼 수 있다. 그 기억 혹은 기록은 시 '한'에선 저승을 향해 뻗은 '감나무' 열매의 붉은 빛으로, 시 '수정가'에선 임을 그리워하는 '춘향이'의 '수정빛' 물방울로, 시 '추억에서'에선 돌아가신 어머니의 '말없이 글썽이고 반짝이던' 눈망울로 다채롭게 변주하는 이미지를 펼쳐낸다. 그 맑고 투명한 이미지들이 현대의 서정시에 전통적인 정한의 목소리를 되돌려 주었다. 박재삼은 전통의 목소리로 자신의 시대를 살아낸 시인이었다.

감각이 빚어내는 향연

정지용은 현대도시와 자연의 세계를 섬세한 언어와 감각적 이미지로 그려낸 시인이다.[4] 전기에는 도시 문명이 자아내는 인공의 빛과 색채, 질감과 소음, 냄새 등에 민감하게 반응한 감각적인 시편들을, 후기에는 동양 산수화 속에 있을 법한 순수 자연의 세계를 섬세한 필치로 묘사하는 시편들을 발표했다. 내용상 차이에도 불구하고 전기와 후기의 시들을 관통하는 것이

---

4   정지용 시에 나타난 현대 체험과 감각적 이미지 문제는 다음 연구를 참고할 수 있다. 사나다 히로코, 『최초의 모더니스트 정지용』, 역락, 2002; 김신정, 『정지용 문학의 현대성』, 소명출판, 2000.

있다. 그것은 바로 사물의 경험을 섬세한 감각으로 포착한 후 이를 신선한 이미지나 비유로 재현하는 언어 감각일 것이다. 이런 정지용과 함께 우리가 기억해야 할 동시대의 시인은 백석이다.

백석은 정지용 시의 이미지 구사나 언어 감각에 영향을 받은 시인이다. 하지만 백석은 정지용 시의 도시적 감각이 시적 의미를 점차 잃어가는 그 지점(1930년대 중반)에서 시 쓰기를 시작했다. 그의 시집 『사슴』(1936년)의 첫머리에 향토성, 혹은 전통 의식이 발현된 작품 '정주성'이 수록된 점을 주목해야 한다.

> 잠자리 조을든 문허진 성터
> 반딧불이 난다 파란 혼들 같다
> 어데서 말 있는 듯이 크다란 산새 한 마리 어두운 골짜기로 난다
>
> 헐리다 남은 성문이
> 한울빛같이 훤하다
> 날이 밝으면 또 메기수염의 늙은이가 청배를 팔러 올 것이다.
> (백석, '정주성' 부분)

이 작품에 구사된 이미지나 언어 감각은 정지용의 그것에 비견할 만하다. 하지만 그 이미지들은 곧바로 토착의 세계, 기억에서 사라지는 사건이나 폐허처럼 남은 전통의 세계로 연결된다. '잠자리 조을든 무너진 성터'를 날아다닌 반딧불 이미지를 통해서 말이다. 이 이미지는 조선시대 후기 발생했던 홍경래의 난에서 죽어간 사람들의 억울한 넋('파란 혼')을 가리킨다. 우리 기억에서 사라진 억압당한 존재들의 넋은 이제 정주성이란 공간에서

전통의 목소리로 메아리친다.[5] 현대적 감각의 언어와 이미지가 토속이나 전통의 세계를 재현하는 데 활용된 것이다.

백석은 고향의 세계, 즉 평북 정주 지역의 향촌을 감각적 이미지로 재현한 일련의 작품들을 남겼다. '여우난골족', '고야' 같은 작품들이 대표작으로 꼽힌다. 백석 시에서 재현된 고향은 '기억'과 '방언'에 의존한 것이었다. 그는 고향의 현재 모습 대신 유년의 기억 속에 있는 고향, 이미 사라졌거나 사라질 운명에 놓인 고향을 그렸다. 그리하여 옛 공동체의 일상적인 삶은 물론 세시풍속과 전통 제의 등이 그의 시에 다채롭게 펼쳐진다.

시 '여우난골족'을 예로 들면, 서늘한 질감, 다채로운 미각과 향내를 떠올리게 하는 수많은 명절 음식 이름들이 열거되어 있다. 음식에 대한 기억만큼 우리를 과거의 시간에 묶어두는 것이 있을까. 어머니가 해 주시던 그 정성스러운 음식 냄새나 맛을 떠올리는 것만으로도, 우리는 얼마든지 잃어버린 세계로 빠져들 수 있다. 감각의 향연을 펼쳐내는 이미지들을 통해 우리는 얼마든지 공동체적 전통에 대한 기억을 불러낼 수 있다. 시 '목구(木具)' 또한 눈에 보이지 않는 전통이 우리 존재에 연결되는 방식을 잘 보여주는 작품이다.

오대(五代)나 나린다는 크나큰 집 다 찌그러진 들지고방 어득시근한 구석에서 쌀독과 말쿠지와 숫돌과 신뚝과 그리고 옛적과 또 열두 데석(帝釋)님과 친하게 살으면서

한 해에 몇 번 매연 지난 먼 조상들의 최방등 제사에는 컴컴한 고방

5 '말 있는 듯'의 '말'을 죽은 이의 말(혹은 음성)로 볼 수 있다면, 정주성은 죽은 이의 목소리가 들려오는 곳으로 해석될 수 있다.

구석을 나와서 대멀머리에 외얏맹건을 지르터맨 늙은 제관의 손에 정
갈히 몸을 씻고 교우(交佑) 우에 모신 신주 앞에 환한 촛불 밑에 피나무
소담한 제상 위에 떡 보탕 식혜 산적 나물지짐 반봉 과일 들을 공손하
니 받들고 먼 후손들의 공경스러운 절과 잔을 굽어보고 또 애끊는 통곡
과 축을 귀에 하고 그리고 합문 뒤에는 흠향 오는 구신들과 호호히 접
하는 것

　　구신과 사람과 넋과 목숨과 있는 것과 없는 것과 한 줌 흙과 한 점 살
과 먼 녯조상과 먼 훗자손의 거룩한 아득한 슬픔을 담는 것

　　내 손자의 손자와 손자와 나와 할아버지와 할아버지의 할아버지와
할아버지의 할아버지의 할아버지와…… 수원백씨(水原白氏) 정주백촌(定
州白村)의 힘세고 꿋꿋하나 어질고 정 많은 호랑이 같은 곰 같은 소 같은
피의 비 같은 밤 같은 달 같은 슬픔을 담는 것 아 슬픔을 담는 것
　　(백석, '목구' 전문)

　　핵심 제재이자 표제인 '목구'는 평안도 방언으로 '목기'(木器·나무로 만든
그릇)로서, 이 작품에선 제사 때 쓰는 제기(祭器)를 가리킨다. "들지고방 어
득시근한 구석"에 먼지를 뒤집어쓴 채 보관되어 있다가, 제삿날 꺼내져 깨
끗하게 씻긴 후 제사음식을 담는 용도로 사용되는 그릇들 말이다. 하지만
화자는 목구의 눈에 보이지 않는 가치로 서술의 초점을 이동시킨다. 목구
를 단순한 도구라고 인식하지 않고, 그 자체가 어떤 인격성 혹은 신성함을
지닌 존재로 그리는 것이다.
　　우선 제1연에서 목구는 "열두 데석(帝釋)님과 친하게" 살아가는 존재로
그려진다. 제사음식을 "공손하니 받들고"있는 신성화된 목구는 이제 '옛

조상들'과 '먼 후손들'을 소통시키는 통로 역할을 떠맡는다. 절하는 행위, 통곡소리와 제문('축') 읽는 소리 등으로 연상되는 일련의 제의 절차 끝에, '옛 조상들'은 비로소 '흠향 오는 구신들'로서 후손을 만나게 된다. 죽은 자(즉 제의의 대상)와 산 자(즉 제의의 대상)의 만남이 목구의 매개를 통해 성사된 것이다. 제3연의 서술처럼, 귀신과 사람, 넋과 목숨, 그리고 '옛조상'과 '홋자손'이 삶과 죽음 사이에 있는 그 견고한 벽을 허물고 내적으로 연결되는 것이다.

'목구'는 결국 전통의 지속을 상징한다. 물론 화자가 전통의 지속을 달가워한 것만은 아니다. 목구에 담긴 '슬픔'을 떠올려야 한다. 화자는 목구로 전해지는 조상의 숨결에서 거룩함을 느끼면서도, 그것을 슬픈 것이라 말한다. '아득한 슬픔'은 어쩌면 시간에 대한 화자의 냉정한 인식을 보여주는 것이라 할 수 있다. 잃어버린 세계는 제의로 인해 환기는 될 수 있어도, 끝내 현실로 재귀할 수 없는 세계이다. 그런 세계에 붙들린 '홋자손'은 목구를 보며 끝내 슬픔을 떨쳐낼 수 없을 것이다.

목구에 담긴 '거룩한 아득한 슬픔'을 노래하는 화자는 더 이상 순진한 아이가 아니다. 다른 아이들과 천진난만하게 놀던 어린아이, 가족과 함께 맛있는 음식을 즐기던 소년이 어느새 훌쩍 자라 성숙한 눈으로 자기 고향을 그려낸 것이다. 과거의 기억과 전통의 세계를 시에 담되, 시간의 깊이와 함께 존재의 슬픔을 함께 노래하는 시인으로 성장한 것이다. 그리하여 시인은 이제 "내 손자의 손자와 손자와 나와 할아버지와 할아버지의 할아버지와 할아버지의 할아버지의 할아버지"가 내적으로 서로 연결되고 소통하는 전통의 세계를 서정의 언어로 빚어낼 수 있었다.

백석의 시는 후배 시인들에게 많은 영향을 주었다. 특히 산업화 시기의 민중시, 혹은 서술시에는 백석 시의 흔적이 깊이 스며들어 있다. 창작 방법에서건 모티브나 주제 의식에서건, 백석의 시는 서정시의 새로운 활로를 모색하던 후배 시인들에게 모방의 대상이 되어주었다. 백석의 시 그 자체가 우리 시의 한 전통을 이루게 된 것이다. 어쩌면 백석의 시 그 자체가 하나의 갈래일 수도 있다.

> 새끼오리도 헌신짝도 소똥도 갓신창도 개니빠디도 너울쪽도 짚검불도 가락잎도 머리카락도 헝겊조각도 막대꼬치도 기왓장도 닭의 짗도 개터럭도 타는 모닥불

> 재당도 초시도 문장 늙은이도 더부살이 아이도 새사위도 갓사둔도 나그네도 주인도 할아버지도 손자도 붓장사도 땜쟁이도 큰 개도 강아지도 모두 모닥불을 쪼인다

> 모닥불은 어려서 우리 할아버지가 어미 아비 없는 서러운 아이로 불상하니도 몽둥발이가 된 슬픈 역사가 있다. (백석, ‘모닥불’ 전문)

시 ‘모닥불’에서 모닥불은 쓸모없어 내버려진 땔감들(제1연)을 모두 태운다. 그런 모닥불 주변으로 우리 삶의 주변부를 형성하는 장삼이사들(제2연)이 모여 불을 쬔다. 화자는 그 모닥불의 모습에서 억압받는 자들의 전통을 읽어낸다. “어려서 우리 할아버지가 어미 아비 없는 서러운 아이로 불상하니도 몽둥발이가 된 슬픈 역사”, 그러니까 불평등한 삶을 강요당한 채 숨

죽이며 살아온 피지배자의 삶과 죽음을 함께 찾아낸 것이다. 민중 공동체의 소외된 삶과 원한, 그런 삶을 살아왔던 조상의 숨결을 모닥불에서 느낀 것이다. 그리고 모닥불은 마침내 억압과 순응을 떨쳐낸 민중의 분노와 저항을 가리키는 상징으로 재탄생한다.

송수권은 백석에 영향을 받은 후배 시인 중 한 사람이다. 그의 등단작 '대숲 바람소리'는 백석의 시 '모닥불'에서 모티브를 취한 것이다.[6]

> 남도의 마을마다 질펀히 깔리는 대숲 바람소리 속에는
> 흰 연기 자욱한 모닥불 끄으름 내, 몽당 빗자루도 개 터럭도 보리 숭년도 땡볕도
> 얼개빗도 쇠그릇도 문둥이 장타령도
> 타는 내음……
>
> 아 창호지 문발 틈으로 스미는 남도의 대숲 바람소리 속에는
> 눈 그쳐 뜨는 새벽별의 푸른 숨소리, 청청한 청청한
> 대닢파리의 맑은 숨소리. (송수권, '대숲 바람소리' 부분)

하늘 높은 줄 모르고 자라는 푸른 대숲은 그 시각적 경험만으로도 청량감을 느끼게 한다. 하지만 대숲의 진경은 청각적 요소에서 찾을 수도 있다. 영화 '봄날은 간다'(2001년)에서 핵심 모티브가 되었던 대숲의 바람 소리 말이다. 대숲의 바람소리는 대숲의 모습만큼이나 청량하다. 대숲을 빠져나오

---

6  비슷한 사례로 안도현의 시 '모닥불'의 제1연만 소개하면 다음과 같다. "모닥불은 피어오른다/어두운 청과시장 귀퉁이에서/지하도 공사장 입구에서/잡것들이 몸 푼 세상 쓰레기장에서/철야농성한 여공들 가슴속에서/첫차를 기다리는 면사무소 앞에서/가난한 양말에 구멍 난 아이 앞에서/비탈진 역사의 텃밭 가에서/사람들이 착하게 살아 있는 곳에서/모여 있는 곳에서"

는 바람 소리를 눈감은 채 오래 듣고 있으면 소슬하고 아득한 느낌이 들기도 한다. 하지만 거기에서 왠지 모를 섬뜩함이나 귀기(鬼氣)조차 느껴질 때도 있다. 송수권의 시 '대숲 바람소리'에는 이 다채로운 느낌이 함께 자리를 잡고 있다. 우선, 화자는 민중의 역사와 연관된 여러 소리들, 예를 들어 갑오농민전쟁 당시 황토현을 넘었던 농민군의 '한숨' 소리와 '징소리 꽹과리 소리'를 떠올린다. 조선의 '오백년'을 억눌린 채 살아냈던 민중의 원한과 분노, 저항과 투쟁, 그리고 실패와 좌절을 대숲 바람 소리에서 듣게 된 것이다.

하지만 인용문에서 보듯, '남도의 대숲 바람소리 속'에 남겨진 것이 과거의 기억만은 아닐 것이다. '대숲 바람 소리 속'에는 분노와 슬픔이 모두 가라앉은 후 생성되는 '새벽별의 푸른 숨소리'도 숨어 있다. '눈'이 그친 후 비로소 볼 수 있는, 그 '청청한' 생명의 소리 말이다. 이같이 신생의 '새벽별' 이미지에 연결됨으로써 '대숲 바람소리'는 민중의 앞날을 예고해주는 소리가 된다. 억눌린 삶에 체념하지 않으며, 패배할지언정 결연히 저항하고, 가족과 이웃을 잃는 고통조차 이겨냈던 민중 공동체가 맞이할 승리의 역사 말이다. 같은 시인이 창작한 시 '눈 내리는 대숲가에서'는 역사와 전통 속에서 길어낸 저항의 이미지를 다음과 같이 변주한다.

대들이 휘인다
휘이면서 소리한다
연사흘 밤낮 내리는 흰 눈발 속에서
우듬지들은 흰 눈을 털면서 소리하지만
아무도 알아듣는 이가 없다
어떤 대들은 맑은 가락을 지상(地上)에 그려내지만

아무도 알아듣는 이가 없다
눈뭉치들이 힘겹게 우듬지를 흘러내리는
대숲 속을 가만히 들여다보면
삼베 옷 검은 두건을 들친 백제 젊은 수사(修士)들이 지나고
풋풋한 망아지 떼 울음들이 찍혀 있다
연 사흘 밤낮 내리는 흰 눈발 속에서
대숲 속을 가만히 들여다보면
한밤중 암수 무당들이 댓가지를 흔드는 붉은 쾌자자락들이 보이고
활활 타오르는 모닥불을 넘는
미친 불개들의 울음소리가 들린다.
(송수권, '눈 내리는 대숲가에서' 전문)

이 작품의 핵심 모티브 역시 대숲 바람 소리이지만, '연사흘 밤낮 내리는
흰 눈발 속'의 대숲이 그려진 점이 주목된다. 겨울은 대숲이 꼿꼿하게 서서
푸른 자태를 뽐내기 힘든 계절이다. 하지만 대나무는 우듬지에 쌓인 눈을
바람의 도움으로 털어낸다. 눈의 무게를 계속해서 견뎌내다간 줄기나 가지
가 부러질 수 있다. 겨울날 대숲의 소리는 대나무가 우듬지의 눈을 털어낼
때 나는 소리이다. 물론 그 소리에는 다시 꼿꼿이 서려는 대나무 줄기의 탄
력적인 움직임이 만드는 소리도 섞여 있을 것이다.

하지만 대숲의 소리에는 자연의 소리 이상의 소리도 섞여 있다. 하지만
'맑은 가락'으로 그려지는 그 소리는 아무도 '알아듣는 이'가 없다. 여기서
서술어 '알아듣다'는 "소리를 분간하여 듣다", 혹은 "남의 말을 듣고 그 뜻
을 알다"는 의미를 지닌다. 대숲의 소리는 여러 종류의 소리가 합쳐진 소
리이다. 거기에는 귀로 분간되는 물리적인 소리 외에도 마음으로만 분간되
는 마음의 소리도 있다. 마음에서 마음으로 전해지는 소리, 침묵과 고요 속

에서 마음으로 주고받는 말이 대숲에 숨어 있는 것이다.

이 시에서 대숲에서 들리는 마음의 소리는 우리 민족의 삶이나 역사적 모티브들로 연결된다. '백제 젊은 수사들'이 타고 지나갔던 '망아지떼 울음소리', '붉은 쾌자자락'을 입은 '암수 무당'의 굿하는 소리, '미친 불개들'로 비유된 민중의 '울음소리'가 그것이다. 사라지고 없는 이 오래된 소리가 구체적인 역사 사건에 직접 연결되는 것은 아니다. 하지만 이 오래된 소리는 역사의 중심부에서 밀려나 끝내 소외되었던 존재들을 환기한다. 망국의 설움을 가졌을 백제의 수사들, 암수 무당이 씻김굿으로 한을 달래주는 원혼들, 걷잡을 수 없는 분노에 사로잡힌 민중들 말이다. "대숲 속을 가만히 들여다보면" 마음으로 분간할 수 있는 이 소외된 존재들, 그리고 그들이 전하는 소리들은 우리에게 끝 모를 슬픔을 불러일으킨다. 그 소리에는 우리의 전통과 역사가 아로새겨져 있다. 백석 시 '목구'에 언급된 "먼 넷조상과 먼 훗자손의 거룩한 아득한 슬픔"이, 그리고 시 '모닥불'에 언급된 '슬픈 역사'가 그 소리에 담겨 있다는 말이다.

대숲의 '소리'를 '알아듣는' 것은 결국 역사와 전통에 귀 기울이는 것을 가리킨다. 마음이 있어야 들을 수 있는 그 소리는 이제 화자의 말을 통해 독자에게 생생히 전해진다. 그것도 선명한 시각 이미지를 통해서 말이다. 대숲과 흰 눈, 붉은 쾌자 자락과 모닥불로 이어지는 색채 심상을 보라. 이런 색채 심상은 민중의 역사와 전통에 깃든 슬픔을, 그리고 그 슬픔을 넘어서려는 의지를 생생하게 보여준다.

그리하여 눈 내리는 대숲은 더 이상 순백의 겨울 풍경이기를 멈추고, 슬픈 역사 속에서 명멸했던 그 수많은 원혼을 달래주는 제의 공간으로 바뀐다. '미친 불개들'의 원한을 달래주는 한 판 씻김굿이 펼쳐지는 것이다. 이 굿판에서 울려 퍼지는 북소리와 꽹과리 소리는 서로 다른 시간을 하나로 이어준다. 지금—이곳에서 살아가는 우리와 흘러간 시간 속에서 사라졌던 존재들이 서로 소통하게 되는 것이다. 산 자와 죽은 자는 대숲에서 서로를 위로해 줄 것이다. 우리의 전통 종교나 사상은 이런 경험을 일컬어 '혼교(魂交)', 혹은 '영통(靈通)'이라 한다.[7] 시간상 거리나 차이를 뛰어넘어 혼이 계속해서 흐르고 있다는 믿음은 전통주의 시의 오래된 상상력이다. 이런 상상력의 도움으로 우리는 존재의 의미를 새롭게 구성하고 역사에 대해 새로운 비전도 획득하게 된다.

## 전통의 새로운 가능성 ― 타자의 구원 그리고 사랑

우리가 살아가는 이 시대는 지나간 시간을 제대로 기억하거나 기록하지 않는다. 역사와 전통에 대한 기억이나 기록을 소수 전문가에게 내맡긴 채, '지금—이곳'의 삶에 저마다 몰두한다. 아직 오지 않은 시간에 대한 기대와 열망 속에서 말이다. 오늘 하루 더 열심히 일하면, 능력을 개발하고 재화를 축적하면 먼 미래에는 더 나은 삶을 살 수 있다고 생각한다. 과거는 현재에 의해, 현재는 미래에 의해 부정되어야 할 대상이다. 역사의 발전과 진보를 위해서 말이다. 소위 현대성의 이념은 이와 같은 시간 표상을 통해 정립된 것이다. 하지만 이 시간 표상이 우리 삶을 얼마나 옥죄고 있는지 사람들은 잘 모른다. 끊임없는 자기 부정으로 인해 우리 삶이 얼마나 피폐해졌는가를 애써 외면한다.

---

7   영통, 혹은 혼교란 우리 민족의 고대 정신의 한 특질로서 "혼의 영원한 실존적, 계속적 존재를 믿"는 것이다. 이에 대해서는 서정주, 「한국적 전통성의 근원」, 『서정주문학전집』 제2권, 일지사, 1972; 남기혁, 「서정주의 '신라정신'론에 대한 재론」, 『미당 서정주와 한국 근대시』, 역락, 2017 참조.

전통주의 시는 시간에 대한 새로운 표상과 상상력을 통해 시간의 단층을 메우려 한다. 과거와 현재, 현재와 미래가 내적으로 연결된 믿음을 가지고 말이다. 여기서 시간은 어느 한 방향으로 불가역적으로 흘러가지 않는다. 시적 상상력은 과거와 현재, 미래를 넘나들며 작동된다. 시간의 단선적인 흐름은 깨지고, 서로 다른 시간이 시적 상상력 속에서 함께 뒤섞인다. 시간의 고립에서 우리를 해방하여 존재의 새로운 차원들을 구축하는 것이다. 그럼으로써 고독한 개인으로 살아가던 존재들은 공동체의 삶에, 공동체의 역사에 다시 접속될 가능성을 갖게 된다. 백석과 송수권의 시에서 보았듯이, 전통주의의 상상력은 지나간 역사와 사라지는 전통의 희미한 기억을 되살려낸다. 그리고 역사와 전통은 이제 억눌린 삶을 살아가는 지금-이곳의 소외된 존재들을 되돌아보고, 그들과 함께 연대하여 맞이할 해방의 시간을 앞당긴다. 상상력의 힘으로 말이다.

　우리가 역사에서 길어 올려야 할 기억, 기록하고 보존해야 할 전통은 구체적으로 어떤 것일까? 과거의 잔존물들을 모두 기억하고 기록할 필요는 없을 것이다. 그것은 불가능한 일이다. 전통의 계승은 일종의 선택을 요구한다. 어떤 경우에는 기억하고 보존하려 애쓰지 않아도 저절로 생명력을 갖는 전통도 있다. 그것을 접하면 자긍심이 저절로 생기는 빛나는 전통(유산)도 있다. 하지만 이런 전통만 전통인 것은 아니지 않는가. 백석의 '모닥불'이 기억하는 그 슬픈 역사도 우리 전통의 소중한 부분들 아니겠는가.

　흔히 문화적 보수주의자들은 옛 조상의 빛나는 전통에 집착한다. 전통을 민족적 자긍심의 원천으로 여겨 이를 절대화 하는 경우도 있다. 타민족에 대한 우월성을 입증하는 증거로 활용되는 전통도 있다. 하지만 "야만의 기록이 아닌 문화의 기록이란 결코 없다."[8]라는 벤야민의 테제에 주목해야 한다. 빛나는 문화나 전통은 위대한 천재들의 노고뿐만 아니라 동시대인들의 노역에 힘입은 것이고, 문화의 기록 그 자체가 야만성을 벗어나지 못할 뿐만 아니라 그 전승 역시 마찬가지라는 것이다. 그러니 이제 '억압받는 자들의 전통'에 대해서도 생각해야 한다. 역사와 전통 속에서 제 이름을 찾지 못한 존재들을 되살려 그들에게 합당한 이름을 되돌려줘야 한다. 역사와 전통에서 피지배자의 고통을 길어 올려야 한다. 그럴 때 전통은 단순한 유지, 보존의 대상이 아니라 새로운 시대의 역사철학을 위해 전유할 대상이 될 것이다. 역사나 전통에 각인된 선조의 고통이 회복될 때, 벤야민이 말한 그 '메시아적인 구원'이 이루어질 것이다.

여기서 "전통(傳統)은 아무리 더러운 전통(傳統)이라도 좋다"고 외친 김수영 시인의 전통론을 되새길 필요가 있다. 성공의 역사가 아닌 실패의 역사, 지배자의 영광이 아닌 피지배자의 고통, 찬란한 시대가 아닌 비루한 시대를 기억의 대상으로 삼아 만들어내는 전통 말이다. 우리가 '거대한 뿌리'를 뻗어야 할 진정한 기원 말이다.

> 전통(傳統)은 아무리 더러운 전통(傳統)이라도 좋다 나는 광화문
> 네거리에서 시구문의 진창을 연상하고 인환(寅煥)네
> 처갓집 옆의 지금은 매립한 개울에서 아낙네들이
> 양잿물 솥에 불을 지피며 빨래하던 시절을 생각하고
> 이 우울한 시대를 패러다이스처럼 생각한다
> 버드 비숍 여사를 안 뒤부터는 썩어빠진 대한민국이

8   발터 벤야민, 「역사의 개념에 대하여」, 『발터 벤야민 선집 · 5』(최성만 역), 도서출판 길, 2008, 336쪽.

괴롭지 않다 오히려 황송하다 역사는 아무리

더러운 역사라도 좋다

진창은 아무리 더러운 진창이라도 좋다

나에게 놋주발보다도 더 쨍쨍 울리는 추억이

있는 한 인간은 영원하고 사랑도 그렇다

(김수영, '거대한 뿌리' 부분)


'전통(傳統)은 아무리 더러운 전통(傳統)이라도 좋다'는 명제는 일종의 선언이다. 그 선언은 증명이 필요하지 않다. 선언을 통해 곧바로 진리로 확정되는 명제인 것이다. 물론 김수영의 선언이 모든 전통에 대해 긍정하는 것은 아닐 것이다. 화자가 주목하는 전통은 '더러운 전통'이다. 같은 시에서 화자는 "요강, 망건, 장죽, 종묘산, 장전, 구리개 약방, 신전,/피혁점. 곰보, 애꾸, 애 못 낳는 여자, 무식쟁이" 등을 열거한다. 우리 역사와 전통의 중심에서 비켜 서 있는 것들, 김수영이 '무수한 반동'이라고까지 평가한 것들이 바로 '더러운 전통'을 이루는 것들이다.

하지만 '더러운 전통'은 어떤 눈으로 바라보느냐에 따라 그 가치가 새롭게 드러날 수 있다. 더러운 전통에서 가장 빛나는 가치를 전유할 수도 있다. 그것은 바로 화자가 나열하는 '더러운 전통'의 목록에 내재한 해방의 가능성 때문이다. 더러운 전통을 기억하고 되살려냄으로써 우리는 '억압받는 자들'이 처해있는 비상사태[9], 혹은 예외상태에서 그들을 구원할 수도 있다.

김수영 시인은 '광화문 네거리'가 지웠던 '시구문의 진창'을, 지금은 매립된 청계천이 숨겨놓았던 한국전쟁 직후의 빨래터를 생각해낸다.[10] 비숍 여

---

9  위의 책, 308쪽. 이와 함께 G. 아감벤, 『예외상태』(김항 역), 새물결, 2009 참조.

10  비루한 전통을 과거란 시간에 봉인하는 은폐의 전략은 옳지 않다. 은폐의 전략은 문화적 보수의자들의 전통 의식에서 잘 나타난다. 서정주의 시 '광화문'에서 표상된 전통이 좋은 예이다. 이

사가 이방인의 시선으로 보았던 조선의 그 이해할 수 없는 풍속이나 관습조차 이제는 부끄럽지 않다. 분명 그것들은 우리를 우울하게 만드는 것도 사실이다. 하지만 그 우울 속에서 우리 자신의 참된 모습을 발견할 가능성도 있다. 그리하여 이 '더러운 역사'조차, 그리고 '우울한 시대'조차 황송하기 짝이 없는 '패러다이스'가 될 수 있는 것이다. 그럴 때 비로소 우리는 새로운 역사 지평을 열 수 있다. 김수영에 따르면, 역사와 전통에 대한 자기 긍정은 "내가 내 땅에 박는 거대한 뿌리"이다. 이 뿌리가 튼실하게 뻗어갈 때, 억눌린 존재들에 대한 메시아적 구원의 가능성도 열릴 수 있는 것이다.

이제 "나에게 놋주발보다도 더 쨍쨍 울리는 추억이/있는 한 인간은 영원하고 사랑도 그렇다"에 주목하자. 놋주발에서 나는 소리보다 더 '쨍쨍 울리는' 소리는 우리 귀에 얼마나 선명하게 들리는 소리일까. 억눌린 전통에 대한 추억이 이렇게 선명한 소리 심상에 연결되면, 그 추억은 더 이상 추억에 그치지 않는다. 그것은 의도적인 기억의 행위, 즉 상기(想起)인 것이다. 억눌린 전통, 잊혀가는 역사는 이제 힘껏 상기해야 할 그 무엇이다. 우리 시대의 우울을 이겨내기 위해서도, 이 땅에 '거대한 뿌리'를 내려 역사를 구원하기 위해서도 '더러운 전통'은 반드시 상기되어야 한다.

화자는 '놋주발보다도 더 쨍쨍 울리는 추억'에서 영원을 발견한다. 그 추억으로 인해, 전통의 기억을 통해 유한한 존재는 '영원'에 도달하는 것이다. 흐르는 시간 때문에 인간이 더 이상 마모하거나 소멸하지 않을 가능성이 열리는 것이다. 이런 가능성을 열어주는 전통은 그래서 영원한 '사랑'

시의 화자는 '광화문은/차라리 한 채의 소슬한 종교'라고 비유한다. 그는 '광화문'의 "상하 양층의 지붕 위에/그득히 그득히 고이는 하늘"만 본다. '옥같이 고우신 이'의 목소리만 떠받들려 한다. 신성이 깃들어 있다고 여겨지는 '광화문'에는 그래서 '시정(市井)의 노랫소리'가 깃들지 못한다. 김수영이 광화문 네거리에서 떠올린 '시구문의 진창', 그 욕된 역사에 대한 기억이 끝내 사라지고 없는 것이다.

의 메타포로 격상된다. 비루한 현실 속에서 억눌린 삶을 강요당한 채 살아가는 그 수없는 타자들에 대한 사랑 말이다. 역사와 전통이 숨겨놓았던 그 고통받았던 조상의 기록을 되살려냄으로써, 우리는 그 조상은 물론 우리 시대, 더 나아가 우리 후손까지 구원할 가능성을 얻게 된다. 김수영 시인은 그것을 '사랑'이라 일컬었다. 그리고 우리 시사에서 길이 기억될 단호한 선언으로 시를 끝맺었다.

> 이 땅에 발을 붙이기 위해서는
> ─제3인도교의 물속에 박은 철근 기둥도 내가 내 땅에
> 박는 거대한 뿌리에 비하면 좀벌레의 솜털
> 내가 내 땅에 박는 거대한 뿌리에 비하면
>
> 괴기 영화의 맘모스를 연상시키는
> 까치도 까마귀도 웅접을 못하는 시꺼먼 가지를 가진
> 나도 감히 상상을 못하는 거대한 뿌리에 비하면……
> (김수영, '거대한 뿌리' 부분)

# 제12장

# 자연, 그 무위의 삶을 향하여

어떻게 살 것인가

시를 찾아가는 여행의 마지막 장에 이르렀다. 우리는 그동안 우리가 살아가는 시대와 삶의 풍경들을 시라는 창 너머로 읽어왔다. 우리 삶의 가장 어두운 부분들, 척박하고 피폐한 영혼의 표정들을 더듬으면서 말이다. 이제 '어떤 삶이 바람직한 삶인가'를 물어야 할 지점에 도달했다. 그 물음에 대한 답은 결국 독자의 몫일 것이다. 처지나 입장, 이념이나 시각에 따라 저마다 해답이 다를 것이니 말이다. 아니 달라야 한다. 우리의 삶에는 정답이 없으니 말이다. 그러니 이 장에서 제시할 해답은 지극히 주관적일 수밖에 없다. 현대시를 통해 그 해답을 찾는 것이니 논리적 차원에서 큰 허점이 생길 수밖에 없다.

우리 사회는 계몽의 기획이 촘촘하게 짜놓은 시스템들에 갇혀 있다. 교육과 문화, 생산과 소비, 주거와 노동 등 삶의 전 영역을 가로질러 각종의 법과 제도가 인간을 관리하고 통제한다. 소위 '신자유주의' 시대에 들어와 자본과 권력의 인간 통제는 더욱 집요하고 또 교묘하다. 자본주의 질서가 짜놓은 그 견고한 시스템에 갇힌 존재들은 감당할 수 없는 경쟁을 강요받기도 한다. 우리는 나날의 삶을 영위하기 위해 육체와 정신을 끝내 소진하게 된다.

영화 〈모던 타임즈〉 의 한 장면

시스템에 갇힌 현대인들에게 자유는 없다. 인간은 거대한 시스템의 한 부속품에 불과하다. 계몽의 기획이 외쳤던 자율적 인간의 이상은 자본주의 시스템 앞에서 속절없이 무너지고 있다. 슬픈 현실이지만, 인공지능 같은 첨단 기술은 그 경향을 급진화할 것이다. 기술에 의한 인간 지배가 완성될 가능성이 그 어느 때보다 높은 시대를 우리는 살아가고 있다. 거의 100년 전에 만들어진 찰리 채플린의 영화 '모던 타임즈'가 떠오르지 않는가. 자본주의 사회를 풍자했던 이 영화 속 한 장면을 통해 논의를 시작해 보자.

자본주의 사회는 거대한 기계에 비유될 수 있다. 이 기계는 한 번 움직이면 멈출 줄 모른다. 그것이 멈춰지는 순간 기계의 효용이나 기대 이익은 떨어진다. 그러니 특별한 이유가 없다면 기계는 계속 돌아가야 한다. 노동자는 그 기계를 멈출 수 없다. 마치 부속품처럼, 그 기계의 노동 속도에 몸을 종속시켜야 한다. 그것이 노동자의 숙명이다. 채플린의 영화 '모던 타임즈' 속 노동자가 분업화된 생산 공정에 묶인 채 점차 신체가 일그러지는 과정을 떠올려 보라. 또 자료 사진처럼 거대한 톱니바퀴에 낀 채 주어진 노동을 강요받는 모습을 생각해 보라. 이런 노동자를 어찌 진정한 의미에서 노동의 주체, 생산 활동의 주체라고 할 수 있겠는가.

무자비한 기계의 운동을 멈추는 것은 결국 인간의 몫이다. 소외된 노동에 내몰린 노동자만이 그 기계를 멈출 수 있다. 연대한 노동자의 힘만이 기계에 맞설 수 있다. 하지만 자본주의 사회는 소외된 자들의 사회적 연대를 불온시한다. 지배자는 법과 제도로 그들을 촘촘하게 감시한다. 자동화된 기계를 멈추려는 어떤 움직임에도 재갈을 물린다. 재갈의 강도는 시간이 갈수록 세지고, 우리의 삶은 끝내 자본주의의 질곡에 더 깊이 빠져들고 있다. 이제 이 질곡에서 맞서 싸워야 한다. 이 악다구니 같은 세상을 끝장낼 힘이 부족하다면 수렁에서 최소한 한 뼘이라도 벗어나야 한다. 최소한의 인간다운 삶을 살기 위해서 말이다. 그곳에서 애써 벗어나 숨 쉴 곳을 찾아야 한다.

### 사막을 건너기

이 세상 사는 일은 흔히 사막을 건너는 일에 비유된다. 풀 한 포기 없는 그 사막에는 물 한 모금 마실 우물, 잠시 햇빛 피할 그늘, 한밤의 추위를 피할 쉼터가 없다. 생명을 위협하는 척박한 사막은 이 시대에 대한 메타포로 삼을 만하다. 길은 사막의 또 다른 위협이다. 사막의 진면목은 아무리 걸어도 끝나지 않는 길, 안내자가 없으면 방향조차 가늠할 수 없는 길, 모래 폭풍이 불면 흔적조차 사라지는 길에서 찾을 수 있다. 최승호의 시 '고비의 고비'는 길의 끝자락을 결코 볼 수 없는 사막의 풍경을 다음과 같이 그려낸다.

고비에서는 없는 길을 넘어야 하고
있는 길을 의심해야 한다

사막에서 펼치는 지도란
때로 모래가 흐르는 텅 빈 종이에 불과하다

길을 잃었다는 것
그것은 지금 고비 한복판에 들어와 있다는 것이다
(최승호, '고비의 고비' 부분)

이 시의 화자는 '사막'을 건널 때 펼치는 '지도'를 '텅 빈 종이'로 비유한다. 그 지도는 길에 관해 많은 정보를 담고 있을 것이다. 하지만 그것은 과거에 기록한 정보일 뿐이다. 실제 사막에선 어제 있던 길이 모래바람 때문에 갑자기 끊기거나 사라질 수 있다. 눈앞에 있는 길이 우리를 목적지까지 안전하게 이끌어준다는 보장도 없다. 때로는 지도에 없는 길을 걸어야 할 때도 있을 것이다. 경험 많은 안내자의 도움이 없으면 건너기 힘든 곳이 사막이다. 지도가 모래로 지워질 수도 있는 것이다.

사막을 건너다 길을 잃는 것은 여행자의 숙명이다. 매일 모습이 바뀌는 사막이라면 길을 잃는 것은 불가피하다. 길을 잃는 일은 사막 '한복판'에서만 일어날 수 있는 사건이다. 우리의 인생길이 또한 그러하다. 기술과 지식을 습득한 청년이 청운의 꿈을 안고 사회의 첫발을 내딛는 그 순간, 혹은 원숙한 경지에 올라 일의 성취를 맛본 장년이 오랜 사회 활동을 끝내려는 그 순간, 사람들은 이 사회 '한복판'에서 길을 잃기 일쑤이다. 이 사회에서 길을 잃는다는 것은 그만큼 이 사회 '한복판에 들어와 있다는 것'을 뜻한다.

이제 사막의 길 같은 인생길의 한복판이다. 이미 길을 잃었으므로 없는 길을 만들어야 한다. 낡은 지도를 버리고 지형지물이나 천체의 움직임을 살피면서, 또 현명한 안내자의 경험에 의지하면서 사막을 건너가는 여행자처럼, 우리는 없는 길을 만들면서 이 삭막한 현실을 통과해야 한다. '어떻게 살 것인가?', '무엇을 찾을 것인가?', '누구와 동행할 것인가?' 등등의 문제를 고민하지 않으면 건너기 힘든 현실을 말이다. 현실에 대한 성찰의 회로를 되살려내야 한다. 온갖 지혜를 쥐어짜서 없는 길을 만드는 사막의 여행자처럼 말이다. 바늘 하나 허락하지 않을 만큼 현실은 견고하지만, 그 현실이 있을 미세한 틈을 찾아내 그 틈을 파고들어야 한다.

우리 사회는 사막 같은 현실의 한복판이다. 청소년과 노인 자살률이 가장 높은 나라, 치열한 입시경쟁에 시달린 청년에게 끝내 취업난까지 안겨주는 나라, 복지 시스템이 취약한 나라, 소득 불평등이 극심한 나라가 아닌가. 그러니 우리는 고단하게 살 수밖에 없다. 총칼 없는 전쟁을 수행하고 있는 자본주의 사회에서, 내전에 가까울 정도로 이념 대립이 극심한 사회에서, 게다가 전쟁 위험에 맞서기 위해 준전시체제를 유지하는 분단국가에서 우리는 끝내 무기력하다.

우리 사회의 디스토피아적 상황은 쉽게 해결되기 어렵다. 하지만 이 우울한 시대 상황을 벗어나야 한다. 결단이 필요한 시점이다. '더 이상 이렇게 살지 않겠다.', '더 이상 참아내지 않겠다.'라고 선언해야 한다, 그래야 이 땅에서 참다운 삶을 살아갈 수 있다. 없는 길을 찾아내야 한다. 우리가 살아가는 삶의 바깥에 있을 새로운 길을 훔쳐보아야 한다.

없는 길을 찾기 위해 길의 바깥을 훔쳐보려면, 먼저 우리 내면을 되돌아보아야 한다. 거기에서 마음의 길을 찾아야 하는 것이다. 이를 윤리적 성찰이라 일컬을 수 있다. 성찰을 통해 새로운 삶의 윤리를 찾을 때, 사막을 건너는 여행은 다시 시작될 수 있다. 새로 시작할 여행은 지도에 존재하지 않는 길을 좇아가는 여행일 것이다. 사라진 길을 버리고 새로운 길을 찾아야 한다. 창공의 빛나는 별을 지도 삼아[1] 길 아닌 길을 더듬어 여행을 떠났던 이들의 지혜를 떠올리면서 말이다.

'필경사 바틀비'가 일깨우는 것

우리 삶은 수많은 기획(project)에 둘러싸여 있다. 예견하는 미래상에 맞춰 앞일을 계획하고, 그 성취를 위해 필요 자원을 최대한 동원해서 한 치 빈틈없이 계획을 실행하려는 것이 바로 기획이다. 미래를 기획하는 인간만이 승자가 될 수 있다, 이 세상은 이런 승자에게 독식을 허용한다. 결과적으로 약육강식의 정글이 된 이 세상에서 우리는 대부분 패자이다. 극심한 열패감에 사로잡히는 패자 말이다. 심지어 승자마저도 어떤 의미에선 패자만큼 불행할 수 있다.

이제 '(무엇을) 하고자 하는', '(무엇을) 이루려 하는', '(무엇이) 되고자 하는', 그 기획의 정신 자체에 내재한 허점을 직시해야 한다. 기획은 '작위(作爲)'이다. 작위란 무언가를 위해 적극적으로 하는 행위를 가리킨다. 계획만 있고 실행이 없다면 그것은 참다운 의미의 기획이 아니다. 좋은 의미로 볼 때, 작위는 존재하지 않는 현실을 이루려는 소망에서 비롯하는 행위이다. 하지만 '작위(作爲)'는 '사실은 다르지만 그렇게 보이려고 의식적으로' 꾸미는 거짓 행위를 가리키기도 한다. 무엇인가를 위해 하는 행위는 결과적으로 '진실'에서 벗어날 수 있다는 말이다.

---

1   "별이 빛나는 창공을 보고, 갈 수가 있고 또 가야만 하는 길의 지도를 읽을 수 있던 시대는 얼마나 행복했던가?"(게오르크 루카치, 『소설의 이론』(김경식 역), 문예출판사, 2007)에서 빌려온 표현이다.

작위의 비윤리적 귀결을 피할 방법은 무엇일까? 우선 기획 실행의 과정에서 맹목에 빠지지 말고 끊임없이 주변을 살펴야 한다. 기획 그 자체를 끊임없이 되돌아보고 수정하는 것도 중요하다. 기획 자체가 선한 의도로 출발했고, 그 실행 과정이 윤리적이어도 그 결과가 정반대로 귀결될 위험도 얼마든지 있다. 어쩌면 문제는 기획 행위 그 자체에 있을지 모른다. 무엇인가를 해내고자 하는 행동 그 자체가 모든 악의 근원일 수도 있다. 그렇다면 부작위(不作爲)를 대안으로 떠올릴 수 있다.

부작위란 '마땅히 해야 할 일을 의식적으로 하지 않는 일'을 가리킨다. 이 부작위라는 말은 허먼 멜빌의 소설 '필경사 바틀비'의 주인공인 바틀비의 말은 떠올리게 한다. 그는 직장 상사를 포함하여 누군가 자신에게 일을 맡기면 늘 "그러고 싶지 않습니다."(I would prefer not to.)[2]라고 말한다. 상대방에게 불쾌나 불편을 불러일으킬 만한 말이다.

바틀비의 이 말은 수동적인 부정을 표한 것이지만 충분히 반사회적이고 반자본주의적이다. 심지어 불온하기조차 한 말이다.[3] 자본주의 사회에서 사람은 대부분 욕망의 수레바퀴에 매달려 내달린다. 그 욕망의 수레바퀴에 함께 올라타자는 속삭임에 주저하지 않을 이가 얼마나 되겠는가. 이런 점에서 바틀비는 예외적인 인간이다. 관리자의 요구에 대해 "나는 그러고 싶지 않습니다."라고 말하는 것은 너무나 큰 용기를 필요로 한다. 세속적 가치에 매인 존재들, 예를 들어 바틀비의 가족이나 직장 동료들은 이 말을 듣고 얼마나 당혹감을 느꼈을지 짐작하고 남음이 있다.

---

2  바틀비가 고용주의 요구를 거부하면서 내뱉는 이 말은 번역자에 따라 다르게 "안 하는 편을 택하겠습니다.", "안 하는 편이 좋겠습니다.", "그렇게 안 하고 싶습니다." 등으로 번역되기도 한다. 허먼 멜빌, 『필경사 바틀비』(공진호 역), 문학동네, 2013 참조.

3  G. 아감벤, 『도래하는 공동체』(이경진 역), 꾸리에, 2014, 54–59쪽 참조.

바틀비는 부작위를 선언함으로써, 작위로 이루어지는 세속의 현실과 타협하지 않는 삶을 살 수 있었다. 소설은 끝내 비극적 결말로 끝맺었지만, 바틀비가 선택한 '부작위'는 우리 삶에 새로운 윤리적 지평을 열 수 있다. 작위의 삶은 언제든지 존재를 불행에 빠뜨릴 수 있고, 그를 비윤리적인 삶의 나락으로 떨어트릴 수 있다. 이런 '작위'의 삶 대신에 부작위의 삶을 대안으로 생각할 수 있다. 이 세계가 우리에게 요구하는 행위를 거절하는 것 말이다. 사람들이 엄두조차 낼 수 없는 이 삶을 일컬어 이제 '무위(無爲)의 삶'이라고 해보자.

'무위'는 사실 작위와 부작위의 경계마저 뛰어넘는 경지라 할 수 있다. '그러고 싶다'도, "그러고 싶지 않다'도 아닌 것. 혹은 '하려고 하는' 것도 '하려 하지 않는' 것도 아닌 경지 말이다. 무위란 결국 무심(無心)과 무욕(無慾)의 정신이 빚어낼 새로운 삶의 상태나 경지를 가리키는 것일 수 있다. 무욕과 무심은 미련과 집착에서 벗어난 마음의 상태이다. 자기와의 끊임없는 결별, 자기 마음에서 자기조차 지워내는 경지 말이다. 오직 용기 있는 자만 부작위를 선택하고 실천할 수 있다. 무위의 삶을 살 수 있다. 그런 삶을 살 수만 있다면 이 세계의 진정한 영웅이 될 수 있다. 그런 영웅의 모습을 시인이란 존재를 통해 발견하는 것은 즐거운 일이다.

무위를 일깨우는 시인들

시인은 시를 근심할 뿐이다
정치를 근심한 이후에도
정치는 저희들의 똥을 뭉개고 저희들끼리 행가래를 친다

시인은 정치를 근심하기 이전에 이미 정치가이므로
시를 근심할 뿐이다

시인은 시를 행위할 뿐
깨진 환경을 근심하는 동안에도
여전히 샛강은 썩고 소는 비닐을 낳는다
근심할 시간이 없을 때
근심을 뚫고 즉각 행위여야 하므로
시 이전에 행위여야 하므로

시인은 스스로를 근심할 뿐
자신의 무지와 우둔과 속됨과 거지 근성을 근심할 뿐
시가 시가 아닌 것을 노닥거릴 때
시가 사랑이 아닌 것을 노닥거릴 때
단것을 먹어 이가 삭듯
기교도 없이 노닥거릴 때
이미 치욕은 아픈 목구멍을 지지라고 뜨거워진다

시는 이미 무위를 넘어가는 행위였으므로
행위를 넘어가는 무위여야 하므로
깨지는 얼음장 위를 달려서 너에게로 가는
전속력(全速力)이어야 하므로 (장석남, '시인은' 전문)

　　장석남의 시 '시인은'은 시와 시인에 대한 사유를 펼쳐낸 메타시
(meta-poetry)이다. 이 시의 화자에 따르면 '시인'은 모름지기 '시를 근심할
뿐'인 존재이다. 아니 그런 존재여야 한다. 이 명제는 정치(인)와 시(인)의

비교를 통해 의미가 확정된다. 정치(인)의 근심 대상이 정치인 것처럼, 시인이 근심할 대상은 시이다. 시는 정치를 기웃거릴 필요가 없다. "시인은 정치를 근심하기 이전에 이미 정치가"이다. 정치를 근심하는 직업적 정치가는 아니지만, 시인은 정치에 침묵함으로써 이미 정치행위를 하는 존재이다. 그러니 시인이 애써 정치를 근심하거나, 그 근심을 시로 옮기려 애쓸 필요는 없다. 예를 들어 제2연의 '환경' 같은, 시 밖의 것을 근심하거나 그 근심을 시쓰기 대상으로 삼는 것은 작위에 해당이 된다. 시 이외에는 어떤 것도 시의 목적이 될 수 없다. 시인은 그저 시를 '행위'할 뿐이다. 이 '행위'는 목적 없는 행위이므로 부작위에 가깝다. 물론 좋은 시를 쓰기 위해 기교가 필요하다. 심지어 시인은 기교 없음을 '치욕'으로 여겨야 한다. 좋은 시를 쓰는 것이 유일한 목적이기 때문이다.

시(인)는 근심 상태를 벗어나 즉각 시를 쓰는 '행동'으로 나서야 한다. 시 바깥의 다른 행위가 필요하지 않다. 시인이 즉각 이행할 행위는 '무위'조차 넘어서는 행위이다. 무위를 넘어서는 행위는 무위를 부정하지 않는다. 왜냐하면 무위가 그 행위를 넘어간 마당이기 때문이다. 그러니까 시를 쓰는 시인의 행위는 무위와 작위의 그 절대적 경계마저 사라지는 지점까지 나아가는 행위이다. '깨지는 얼음장'으로 비유되는 위태로운 현실을 벗어나, 최대한 전속력으로 '너'를 향해 달려가는 그 행위 아닌 행위, 무위 아닌 무위에 나서야 한다. 시인은 그 이외의 어떤 것도 "그러고 싶지 않습니다."라고 말하면 그것으로 충분하다. 무사심의 마음 상태에서 목적 없는 행위 그 자체에 충실하면 그만이다.

무위의 정신은 새로운 것이 아니다. 불교나 노장 같은 동양의 경전들이 오랜 세월 동안 사람들에게 일깨운 것이니 말이다. 아니 그런 가르침이 없어도, 무위는 우리 안에 내재해 있는 지혜이다. 우리는 이미 자연의 리듬을 좇아, 작위를 넘어서는 부작위, 행동을 넘어서는 무위를 터득하니 말이다. 우리 몸이 그 증거이다.

> 더러는 비워놓고 살 일이다
> 하루에 한 번씩
> 저 뻘밭이 갯물을 비우듯이
> 더러는 그리워하며 살 일이다
> 하루에 한 번씩
> 저 뻘밭이 밀물을 쳐 보내듯이
> 갈밭머리 해 어스름 녘
> 마른 물꼬를 치려는지 돌아갈 줄 모르는
> 한 마리 해오라기처럼
> 먼 산 바래 서서 (송수권, '적막한 바닷가' 부분)

송수권의 시 '적막한 바닷가'는 자연 관조를 통해 얻은 깨달음을 그린다. 화자의 눈앞에 '뻘밭'이 펼쳐있다. '하루에 한 번씩' 밀물과 썰물이 교차하는 그 허무의 공간 말이다. 화자는 '뻘밭이 갯물을 비우듯' 마음을 비우며 살아야 한다고 말한다. 무욕과 무심의 자연을 좇아 살라고 일깨우는 것이다. 하지만 썰물이 있으면 밀물도 있는 법. 그러니 '저 뻘밭이 밀물을 쳐 보내듯이' 우리는 마음에 일렁이는 '그리움'을 순순히 받아들여야 한다. 애써 그리움을 지우려는 것도 부작위라 할 수 있다. 뻘밭의 '해오라기'인 양, '갈밭머리'에서 지는 해를 우두커니 바라보는 그리움쯤이야 그 자체가 이미 자연의 일부인 것이다.

자연의 관조를 통해 깨달음을 얻는다는 것은 자연의 이치에서 삶의 진리를 길어 올린다는 뜻이다. 실로 자연은 삶의 이치를 가르쳐주는 거대한 교과서이다. 모든 삶의 이치가 다 자연에 있다. 물론 자연의 이치는 '생이지지(生而知之)'로 터득되지 않는다. 오랜 세월 신산한 삶을 겪은 후 자연을 따라서 살아가겠다고 마음먹을 때, 그리고 그 자연에서 진리를 배우려 애쓸 때 비로소 자연은 우리에게 소리 없는 가르침을 전해준다. 자연의 가르침은 결국 그 자연을 따르는 삶, 자연을 닮아가는 삶이다. 서정주는 시 '상리과원'에서 자연을 닮아가는 삶을 이렇게 노래했다.

우리가 이것들을 사랑하려면 어떻게 했으면 좋겠는가. 묻혀서 누워 있는 못물과 같이 저 아래 저것들을 비취고 누어서, 때로 가냘프게도 떨어져 내리는 저 어린것들의 꽃잎사귀들을 우리 몸 위에 받어라도 볼 것인가. 아니면 머언 산들과 나란히 마조 서서, 이것들의 아침의 유두분면(油頭粉面)과, 한낮의 춤과, 황혼의 어둠속에 이것들이 자자들어 돌아오는 — 아스라한 침잠(沈潛)이나 지킬 것인가.

하여간 하나도 서러울 것이 없는 것들 옆에서, 또 이것들을 서러워하는 미물 하나도 없는 곳에서, 우리는 섣불리 우리 어린 것들에게 설움 같은 걸 가르치지 말 일이다. 저것들을 축복하는 때까치의 어느 것, 비비새의 어느 것, 벌 나비의 어느 것, 또는 저것들의 꽃봉오리와 꽃숭어리의 어느 것에 대체 우리가 항용 나즉히 서로 주고받는 슬픔이란 것이 깃들이어 있단 말인가.

이것들의 초밤에의 완전귀소(完全歸巢)가 끝난 뒤, 어둠이 우리와 우리 어린 것들과 산과 냇물을 까마득히 덮을 때가 되거든, 우리는 차라리 우리 어린 것들에게 제일 가까운 곳의 별을 가르쳐 보일 일이요, 제일 오래인 종소리를 들릴 일이다. (서정주, '상리과원' 부분)

시 '상리과원'은 미당이 한국전쟁의 와중에 잠시 여동생 집에 머물 당시, 인근의 한 과수원에서 본 생명의 축제를 노래한 작품이다. 전쟁의 포화 속에서 봄을 맞아 어김없이 꽃을 피워낸 과수(果樹)의 생명력은 시인에게 놀라움을 안겨준다. 게다가 봄날 그 과수들의 '꽃숭어리'에는 '맵새, 참새, 때까치, 꾀꼬리 새끼'와 '수십만 마리의 꿀벌'이 모여들어 야단법석을 펼친다. 누가 시켜서 하는 일도 아니고, '하지 마라'고 해서 안 하는 것도 아니다. 자연에 내재한 이치를 좇아, 몸에 각인된 기억만으로 그 모든 생명의 야단법석을 연출하는 것이다.

그러니 이런 자연을 '사랑'하려는 인간은 모름지기 그 자연에 '아스라한 침잠'만 하면 그뿐이다. 어떤 인위적 행동도, 작위도 필요 없는 것이다. 게다가 정념(예를 들어 '슬픔')에 사로잡힐 필요도 없다. 자연은 애초에 무심한 것이어서 어떤 정념도 깃들 여지가 없다. 그야말로 '서러울 것이 없는 것들'이 자연이고, 그 자연엔 '서러워하는 미물'하나 깃들지 않는다. 그러니 "우리 어린 것들에게 설움 같은 걸 가르치지 말 일"이란 깨우침을 자연에서 발견하는 것으로 족하다. 단지 우리 아이들에게 '제일 가까운 곳의 별'을 가르쳐 보이고, '제일 오래인 종소리'를 들려주면 그것으로 충분하다. 그것이 바로 자연이 우리에게 알려주는 삶의 지혜이다.

## 자연의 리듬과 인간의 리듬

인간은 자신을 자연과 대립하는 존재로 상상한다. 하지만 인간은 자연에서 태어나 자연에서 살다가 죽어가는 존재이다. 인간은 자연의 한 부분이다. 인간의 몸이 이미 자연이다. 그러니 자연의 무위를 실천하는 삶의 첫걸음을 우리 몸에서 찾아야 한다. 우리 몸에 각인된 자연의 흔적을 되살려야 하는 것이다.

근대의 기계론적 세계상에서 인간의 몸은 기계로 간주가 된다. 사지육신, 오장육부가 각각 '몸'이란 기계를 이루는 부속품이다. 인간은 삶을 유지하기 위해, 욕망의 실현을 위해 쉼 없이 노동한다. 휴식을 모르는 인간의 노동은 멈출 줄 모르는 기계의 작동과 흡사하다. 사용 한계를 넘으면 고장나는 기계처럼 지나친 노동으로 우리 몸은 탈이 날 수 있다. 안타까운 사실은 부속품을 갈아 끼워 낡은 기계를 움직이듯 우리 신체 일부를 다른 것에 의해 대체하는 것이 거의 불가능하다는 점이다.

우리는 이제 기계의 리듬에서 벗어나야 한다. 우리 몸이 기억하는 자연의 리듬으로 귀환해야 하는 것이다. 자연의 리듬과 인간의 리듬이 하나가 될 때, 우리 몸에는 자연의 생명이 깃들 수 있다. 그것은 저 밀물과 썰물이 하루에 한 번씩 뻘밭에서 밀려가고 밀려오는, 저 태초부터 반복되는 리듬을 우리 몸에서 되살리는 일이다. 장옥관의 시 '살구꽃 필 때'를 통해, 자연의 리듬으로 살아간다는 것이 얼마나 아름다운 일인지 살펴보자.

전라도 위도의 시도리라는 곳에는 아름드리 늙은 살구나무가 하나 있는데, 그 고목에 자욱하게 꽃이 필 때면 해마다 참조기 떼의 노래가 들려온다는 거라 알주머니마다 탱탱하게 노랑 꽃술이 들어찬 은빛 물고기 떼들이 우우우, 서로 짝을 찾는 소리로 바다가 온통 몸살을 앓는다는 것인데 그 소리 마침 참빗을 빠져나가는 솔바람 같다는 거라 아무렴 짝 없는 것들은 더욱 미칠 듯 한참 휘몰아치는 꽃보라 속이어서 그렇게 많은 배들이 숱하게 난파를 당했다는 거라 그때 어부의 아내들은 기다란 대[竹]통을 바닷물에 꽂고선 연가를 탐지코자 밤샘을 하다는 거지 그 물살의 떨림은 또 어떻고, 뱃전에 부딪치는 달빛은 그토록 반짝이며 눈을 뜨는 것이어서 흩뿌려지는 흰 꽃잎과 한 움큼 꽃소금처럼 별들이 바다 속으로 자진하는 거라 그 물 속 조가비 등딱지는 은하의 소용돌이무늬를 그려내는 거겠지 그 밤사 숫처녀의 바다는 저절로 몸이 부풀어 오르기도 하겠지만 또 가지 끝에 숨 죽여 돋아나고 있는 저 분홍 손톱달은 어떻고, 하지만 붉은 신열에 떨며 무더기무더기 꽃잎을 게워내고 있는 지금은 다만, 살구나무 아래 봄밤이다

　　　(장옥관, '살구꽃 필 때' 전문)


　장옥관의 산문시 '살구꽃 필 때'는 '위도'라는 섬에서 매년 봄 펼쳐지는 생명의 잔치판을 그린다. 이 작품에서 계절 심상은 '아름드리 늙은 살구나무'가 떠맡는다. 늙어간다는 것은 생명력이 고갈된다는 뜻이다. 하지만 시도리에 있는 그 살구나무는 봄이 오면 어김없이 꽃을 피워낸다. 그것도 '자욱하게' 말이다. 오랜 세월 이어온 그 생명 활동을 절기의 순환을 좇아 그대로 반복하는 것이다. 게다가 살구꽃은 위도 앞바다에서 되풀이되는 봄 풍경을 콘서트 지휘자처럼 지휘하고 연출한다.

　자연의 절기는 참 놀랍다. 어떤 절기가 돌아오면 자연에는 절기에 따른 기상 현상이 일어나고, 그에 합당한 생명 활동이 저절로 일어난다. 살구꽃 피는 절기는 그렇게 위도 앞바다에 출현할 '참조기 떼'를 알려 주는 지표가 된다. 누가 알려주지 않아도 참고기는 늘 그맘때 산란을 위해 자기가 태어난 곳, 위도 앞바다를 찾는다. '알주머니마다 탱탱하게 노랑 꽃술이 들어찬' 조기들은 제 몸에 각인된 자연의 리듬을 좇아 다시 위도 앞바다를 찾았을 따름이다. 그야말로 생이지지(生而知之)가 아니겠는가. 제 몸에 노란빛과 은빛을 띤 조기들이 몰려들 무렵, 그 앞바다는 짝을 찾는 소리로 몸살을 앓는

다고 한다. '짝을 찾는 소리'가 조기가 직접 발산하는 소리인지는 어부들만 알겠지만, 그 소리는 '참빗을 빠져나가는 솔바람'과 '휘몰아치는 꽃보라' 같은 이미지들과 결합하면서 봄날의 바다 풍경을 한 폭 담채화로 펼쳐놓는다.

이 시는 참조기 떼를 잡는 어부의 배들이 난파했다든지, 어부의 아내들이 바닷물에 대롱을 꽂고 밤샘했다든지 하는 이야기도 전해 준다. 이 이야기는 인간과 자연이 나누는 교감을 떠올리게 한다. 바닷가에서 흔한 어부의 죽음 이야기가 참조기 떼의 '짝을 찾는 소리'로 연결되고, 그 소리는 다시 '연가'로, '물살의 떨림'으로, 또 '뱃전에 부딪치는 달빛'으로 연결된다. 이런 이미지 연쇄에서 인간과 자연의 교감은 극적으로 고조된다. 그리하여 화자의 상상적인 시선은 이제 광막한 우주까지 나아간다. 바닷물에 비치는 수많은 '별들'로, 그리고 그 별들이 '조가비 등딱지'에 새겨놓은 '은하의 소용돌이무늬'로 교감의 폭이 넓어지는 것이다. 살구꽃 필 때 출현하는 참조기 떼가 어느덧 인간과 자연, 더 나아가 우주 사이에 빚어지는 그 엄청난 교감의 원천으로 이해되는 것이다.

이제 인간과 자연의 교감은 신체 이미지로 이어진다. 조기 떼가 몰려드는 바다는 어느덧 '숫처녀'의 몸처럼 '저절로' 부풀어 오르고, 그 바다를 내려다보는 살구나무 가지엔 '손톱달' 형상의 작은 꽃망울이 숨죽여 돋아나더니 끝내 '붉은 신열'에 떨며 꽃잎이 펼쳐진다. 그 모든 생성 활동이 절기의 법칙을 좇아, 자연의 순환 질서에 따라 저절로 펼쳐지는 양상이 인간의 신체 이미지에 빗대어 표현된 것이다. 이런 발상과 표현은 자연과 인간을 유추(analogy)의 관계로 파악함으로써 성립된 것이다. 그런 생각의 밑바탕에는 인간의 몸에 이미 자연의 리듬, 우주의 질서가 들어와 있다는 믿음이 자리를 잡고 있다. 위도의 시도리 앞바다에 펼쳐지는 생명의 잔치판은 그런 존재들에 내재한 생명의 리듬이 서로 공명함으로써 가능했던 것이리라.

존재와 존재가, 생명과 생명이 조화를 이루며 이루어내는 율려(律呂)만큼 아름다운 것이 또 있겠는가.

늙은 살구나무와 참조기 떼, 그리고 어부들과 그 아내들이 교감 속에서 빚어내는 생명의 율려. 새로운 존재의 생성을 향하는 율려는 시도리 앞바다에서 '저절로' 울려 퍼진다. 누가 알려줘서, 그리고 시켜서 만들어내는 리듬이 아니다. 그저 계절의 순환에 따라, 자기 몸에 프로그램화된 생명의 리듬에 따라 '저절로' 그러한 일들은 일어난다. 물론 자연의 율려는 소멸의 시간을 향해서도 움직일 것이고, 소멸의 시간 뒤에는 다시 생성의 시간이 돌아올 것이다. 그것이 바로 자연 아니겠는가. '작위'가 스며들 여지가 없는 자연 말이다. 저절로 그러한 것이고, 어찌할 도리가 없는 것이다. 우리는 이 어찌할 수 없는 것 앞에서, 있는 그대로 그 율려를 조용히 듣고 있으면 된다.

보랏빛 안개 마을, 세속 너머의 풍경

무위의 삶이란 결국 자연을 닮는 삶을 가리킨다. 이치를 거스르는 작위의 삶과 달리, 무위(혹은 부작위)의 삶은 자연에 내재한 진리(혹은 도리)를 좇는 삶이다. 물론 이 자연은 우리 눈앞의 풍경으로서의 자연, 물리적인 실재로서의 자연만 가리키지 않는다. 그런 물리적 자연 너머에서 '저 혼자 스스로 그러하게' 작동하는 것까지 자연이라 일컬을 수 있다. 그러니 무위의 삶을 꼭 자연에 묻혀 홀로 탈속의 삶을 사는 처사의 그것으로 한정할 이유도 없다. 인간이 공동체를 이루며 살아가는 그 모든 곳에서, 자연의 이치를 좇아 살아가면 그것으로 무위자연이 될 수 있다. 욕심을 내려놓고 타인과 조화를 이루며 마음의 진폭을 줄이며 살아가려는 태도 역시 무위자연이라 할 수 있다.

무위자연에는 요란한 꾸밈이 필요 없다. 간절한 바람도 어리석은 집착도 없다. 작위를 중단하고 부작위를 향해 나아가는 것, 아니 작위와 부작위의 경계마저 넘어 인간과 자연이 서로 분별없는 상태가 되는 것. 그리하여 무욕과 무심의 자연이 인간의 몸과 마음에 그대로 투영되는 것. 이것을 무위자연이라 일컫는 것이리라. 김관식 시인은 이런 무위자연의 삶을 이렇게 노래한다.

나는 아직도 청청이 어우러진 수풀이나 바라보며 병을 다스리고 살 수밖엔 없다. 혼란한 꾀꼬새의 매끄러운 울음 끝에 구슬 목청을 메아리가 도로 받아 얼른 또 넘겨 빽빽한 가지 틈을 요리조리 휘돌아 구을러 흐르듯 살아가면 앞길은 열리기로 마련이다.

사람이 사는 길은 물이 흘러가는 길.
산(山)마을 어느 집 물항아리에 나는 물이 되어 고여 있다가 바람에 출렁거려 한줄기 가느다란 시냇물처럼 여기에 흘러왔을 따름인 것이다.

여름 햇살이 열음처럼 여물어 쏟아지는 과일밭.
새카맣게 그을은 구리쇠빛 팔다리로 땀을 적시고 일을 하다가 가을철로 접어들면 몸뚱아리에 살오른 실과들의 내음새를 풍기며 한번쯤 흐물어지게 익을 수는 없는가.

해질 무렵의 석양 하늘 언저리
수심가(愁心歌)같이 스러운 노을이 떨어지고 밤그늘이 덮이면 예저기

하나둘씩 초록별이 솟아나 새초롬한 눈초리로 은근히 속샐기며 어리석음을 흔들어 일깨워 준다.

수줍은 달빛일래 조촐하게 물들어 영롱히 자라나는 한그루 향나무의 슬기로움을 그 곁에 깃들여서 배우는 것은 여간 크낙한 기쁨이 아니라서 스스로의 목숨을 곱게 불살라 밝음을 애기하는 난낱 촛불이 열두폭 병풍 두른 조강한 신혼초야 화촉동방에 시집온 큰애기를 조용히 맞이하는 그러한 마음으로 죽음을 기다리며 구름 속에 파묻혀 기러기 한 백년을 이냥 살리로다. (김관식, '자하문(紫霞門) 밖' 전문)

시의 표제는 '자하문 밖'이다. '자하문'은 북악산과 인왕산 사이의 고갯길에 있는 창의문의 애칭이다. 여기서 '자하'는 '창의'라는 유교적 명명보다 훨씬 맛깔나고 울림이 큰 명명이다. '보랏빛 안개'의 이미지는, 자하라는 이름이 붙은 지리적 공간을 곧바로 신선의 공간으로 연출한다. 높은 기암절벽과 맑고 깊은 계곡물, 그곳에 보랏빛으로 퍼져 나오는 안개는 얼마나 신비로운가.

조선시대에 자하문은 개성으로 가야 하는 사람이 지나가는 문이었다. 이 문을 지나가는 사람 중에는 개성 사람들이 많았는데, 절경을 자랑하는 개성의 자하동을 창의문 인근의 계곡이 빼닮았다고 해서 이 계곡 주변 마을을 자하동이라고 불렸고, 창의문 역시 자하문이라 불렸다고 전해진다. 조선 왕조의 권력 핵심부인 경복궁이 지척이지만, 이 계곡 마을만큼은 세속의 느낌이 사라진 신선경을 자아냈던 모양이다.

시의 표제어인 '자하문 밖'은 김관식 시인이 실제로 집을 짓고 살았던 곳이다. 당대 문인들의 회고에 의하면, 말만 '집'이지 가파른 산마을에 수일 만에 뚝딱거려 만든 남루한 거처였다는 것이다. 김관식은 식민지 시대 최고의 지성으로 꼽히는 최남선에게 한학을 사사 받는 등 천재적 소양을 인정받았던 지식인이었다. 하지만 그는 변변한 선거자금도 없이, '대한민국 김관식'이란 명함만 들고 국회의원에 출마했다가 민주당의 장면 후보에게 낙마했다고 한다. 또, 국유지를 임의로 점유한 뒤 엉터리 집을 지어서 팔거나 가난한 이웃과 문인에게 공짜로 들어와 살게 했다는 일화가 전해지기도 한다. 그의 인생 자체가 온갖 기행(奇行)의 연속이었다. 서른여섯 젊은 나이에 죽을 때까지 끝내 병마에 시달리면서도 술로 세월을 보냈다고 한다.[4]

여기서 '자하문 밖'이란 장소와 시인의 삶을 장황하게 설명한 까닭은 기행의 연속인 그의 삶을 '무위'의 관점에서 살펴보기 위해서이다. 시인이 살았던 그 자하문 밖은 정치권력이나 세속의 논리가 제대로 작동하지 않을 공간이다. 속물적 욕망에서 한걸음 비켜선 무욕과 무심의 공간이다. 이런 공간적 특성과 김관식의 삶은 퍽 닮은 듯하다. 그의 기행은 시대의 중심을 벗어나, 기성의 틀에 얽매이지 않고 살아가는 아웃사이더의 삶을 보여준다. 그런 삶과 자하문 밖은 서로 조응을 잘 이룬 것은 아닐까? 미치광이 수작이거나 범법 행위로 비치는 시인의 일탈 행위는 속물적인 세계를 향한 조롱으로도 볼 수 있다. 행세깨나 하는 사람들을 기이한 언행과 행동으로 야유하고 조롱했다는 그의 일화가 덧붙여진다면 너무 의미심장하지 않은가.

시 '자하문 밖'의 제1연에는 '병'이란 시어가 나온다. '병'은 시인 지녔던 육체의 질병, 혹은 마음의 질병일 수도 있다. 그러니 자연 가까이 살면서 그 병을 치료하는 것은 좋은 선택일 수 있다. 하지만 천석고황(泉石膏肓)이란 말도 있듯이, '병'은 자연에 대한 사랑을 일컫는 것일 수도 있다. 어떤 경우이든 간에, 화자가 앓는 '병'은 자하동의 '청청이 어우러진 수풀'만 바

---

4  김관식의 삶과 문학에 대해서는 임수만, 「김관식론―'도(道)'의 문학, '인유(引喩)'의 시학」, 『청람어문연구』제60권, 청람어문학회, 2016 참조.

라보고 있으면 저절로 다스릴 수 있는 병이다. 게다가 그 마을은 삶의 지혜를 일깨워 주는 곳이다. 꾀꼬리 울음이 메아리가 되어 퍼지는 모습, 자연의 그 율동을 좇아서 살면 '앞길은 열리기로 마련'이라는 마음가짐을 갖게 하는 곳이 자하동이다.

제2연에서는 자연에서 터득한 지혜가 변주된다. "사람이 사는 길은 물이 흘러가는 길"이라는 메타포를 보라. 게다가 거기에는 '나=물'의 메타포까지 겹쳐 있다. 제1연의 메아리처럼, '나=물'은 자연의 순환에 따라 이곳까지 와서 자하동 계곡물로 흘러내리고 있다. 물의 이런 운동은 순리에 따르는 삶을 표상한다. 상선약수(上善若水)라는 말도 있지 않은가. 이 자명한 진리를 어찌 거스를 수 있겠는가. 발버둥을 친들 어찌 부정할 수 있겠는가. 자연의 이치를 좇아, 자연에 따르는 삶을 살아야 한다는 것이다. 인간이란 "한줄기 가느다란 시냇물처럼 여기에 흘러왔을 따름"이니 말이다.

제3~4연에서는 자연에서 삶의 이치를 배우는 모습이 그려진다. 우선 제3연에서는 '여름 햇살'이 내리쬐는 과일밭이 그려진다. '구리쇠빛 팔다리'로 땀 흘려 노동하는 굳센 일꾼의 모습과 함께 말이다. 이 일꾼은 가을날에 '흐물어지게 익'어가는 결실에 버금가는 정신의 정숙을 꿈꾼다. 이 꿈은 제4연에서 밤하늘에 빛나는 '초록별'의 이미지로 연결된다. 초록별은 "새초롱한 눈초리로 은근히 속샐기며" 화자의 "어리석음을 흔들어 일깨워" 주는 존재이다.

마지막 연은 초연한 태도로 죽음을 기다리며 사는 삶에 대해 노래한다. 마침 소멸의 계절인 가을이다. 여기서 화자는 죽음을 기다리는 마음을 묘사하기 위해 자기 몸을 태워 어둠을 밝히는 촛불을 동원한다. 설레는 마음으로 '시집온 큰애기'를 맞이하는 촛불 말이다. 촛불은 소멸의 심상을 신생의 심상과 다시 연결한다. 이를 통해 죽음은 단순한 소멸이 아니라 새로운 삶의 출발로 그려진다. 그러니 화자는 자기에게 다가올 죽음을 처연한 슬픔으로 받아들이지 않아도 된다. 그저 묵묵하게, 아니 설레는 마음으로 그 죽음의 순간을 기다려 '한 백 년' 살아내면 그만인 것이다. 곁에 둔 '한그루 향나무'를 통해 화자가 배운 '슬기로움'의 정체가 바로 이것이다.

### 무위의 공동체 ― 새로운 모럴의 수립을 위하여

'자하문 밖'으로 나가는 일. 그것은 '자본주의의 풍경'을 이루는 존재로 남기를 거부하는 것이다. 주지하듯이 이 세상을 지배하는 권력과 자본은 무한한 축적과 배타적 향유를 그 이념으로 삼는다. 많으면 많을수록 좋고, 그 좋은 것은 남들과 공유할 수 없는 것이라 여겨진다. 저마다의 축적을 향하여, 저마다의 향유를 향하여 우리는 욕망의 무한 질주를 감내하고 있다. 걷잡을 수 없는 욕심에 휩싸여 스스로 무너지는 지점까지 내닫는 것이다.

이와 달리 '자하문 밖'이란 공간은 있으면 있는 대로, 없으면 없는 대로 살아가는 자연 그대로의 삶을 표상한다. 자연이 주는 것에 만족하는 지족(知足)의 삶, 이웃과 결실을 함께 누리는 성숙한 삶이 시인이 꿈꾸는 자하문 밖에서의 삶이다. 인생길이 어디선가 흘러와 잠시 머물다가 다시 흘러가는 물의 길과 같다면, 더 많이 소유하고 누리려는 집착은 얼마나 어리석고 덧없는 일일까. 남의 것을 빼앗으려고 서로 싸우는 삶은 또 얼마나 고통스러운 일일까. 이같이 시인은 자연이 일깨우는 어리석음을 되돌아보면서, 그 자연을 교과서 삼아 올바른 삶의 자세에 대해 반추하는 것이다.

이제 깨달음이나 반추에 머물지 않는 것이 중요하다. '자하문 밖'으로 나가겠다는 결단이 필요하다. 결단에는 엄청난 용기가 요구된다. '무욕', 혹은 무심은 말처럼 쉬운 일이 아니다. 마음속에서 먼저 자기 자신과 싸워야 한다. 무욕은 단순히 욕심이 없는 상태가 아니라, 적극적으로 욕심을 버리는 행위를 일컫는다. 무심은 단순히 마음이 없는 상태가 아니라, 적극적으로 마음을 비워내는 행위를 가리킨다. 가족, 친구, 이웃 등 수 많은 타자와 얽혀 사는 삶 속에서, 무욕과 무위를 실천한다는 것은 정말 힘든 일이다. 어쩌면 무욕과 무심은 상상 속에서만 가능한 윤리적 이상이다. 하지만 그 이상을 포기하는 순간, 우리는 무한한 축적과 배타적 향유의 악마적인 회로에 다시 갇히게 된다. 무욕과 무심, 무위자연의 삶에 대한 꿈꾸기를 멈춰서는 안 된다. 비유컨대 '자하문 밖'에 나가서 살 수 없는 현실 속에서도, 우리 마음속으로는 '자하문 밖'에 대한 꿈을 소중하게 간직해야 한다.

문제는 사회의 시스템이다. 인간을 욕망에 가두는, 유하 시인 식으로 말하자면 '욕망의 통조림 공장'에 가두는 이 자본주의 사회의 시스템 말이다. 이 시스템이 우리의 삶을 지배하도록 방관하면 안 된다. 그 시스템에 우리의 미래는 없다. 무한한 축적과 배타적 향유를 위한 작위를 중단해야 한다. 온갖 악다구니와 악행이 만연한 현실로 인해 우리 자신이 소진되지 않도록 말이다.

일 마치고 돌아오는 길가 황혼에 눈길을 주다보면 저 멀리 풍경이 강가에 다리 놓는 모습 보입니다

강 저편에서 강 이편으로, 강 이편에서 강 저편으로 서로 각자의 기둥을 놓고 손을 내뻗는 모습에 무작정 속이 아리다가도 그 속도가 아름답기도 하고 장해 보이기도 하여 창자가 다 휘둘립니다

며칠에 한번쯤 통장을 들여다보고 있으면 신(神)은 자꾸 자리를 만들
고 허문다는 생각입니다

많은 당신들도 지워졌으므로 누가 시키지 않아도 당신은 당신들의
장엄한 일들을 해야 합니다

당신도 목숨 걸고 자본주의의 풍경이 되는 일을 합니까

한 풍경이 등짐을 지고 일 갔다 돌아옵니다

자꾸 먼 데를 보는 습관이 낸 길 위로 사무치게 저녁은 옵니다

다녀왔습니다 (이병률, '저녁 풍경 너머 풍경' 전문)

　이병률의 시 '저녁 풍경 너머 풍경'은 '자본주의의 풍경'을 이루면서, 스
스로 삶을 소진하는 도시인의 일상을 담담한 어조로 그려낸다. 일을 마치
고 귀가하는 황혼 무렵의 도시는, 그리고 그 속도는 " 아름답기도 하고 장
해 보이기도" 한다. 하지만 그 반어적 표현에 이어서 화자는 '창자'까지 뒤
흔들리는 고통을 호소한다. '통장'의 숫자로 우리의 삶을 옥죄는 이 자본주
의의 시스템이 주는 고통 말이다. 내가 서 있는 자리를 끝없이 위협하는 통
장의 숫자들은 우리가 선 자리를 끊임없이 허물어버리는 '신'을 의식하게
만든다. 그러니 통장의 그 숫자는 물신(物神)이다. 우리를, 우리의 삶을, 우
리의 존재를 끝내 흔적도 없이 지우는 그 물신 말이다.
　여기서 살아남으려면 사회 시스템이 강요하는 삶에 굴복해야 한다고들
말한다. 그것이 자본주의의 이데올로기이다. '누가 시키지 않아도' 해야 하

는 그 '장엄한 일'들을 바둥거리며 해내야 한다. '자본주의의 풍경이 되는 일'에 목숨을 걸어야 하는 것이다. 시인이 바라보는 자본주의 풍경은 이토록 쓸쓸하고 잔혹하다. 하지만 자조와 냉소가 뒤섞인 그의 말들은 우리에게 강요되는 작위의 삶에 대한 반추로 읽어야 한다. 화자는 '자꾸 먼 데를 보는 습관'이 있는 사람이다. 그는 '자본주의의 풍경' 그 바깥의 삶을 지향한다. 우리 '자리'를 지워내는 물신이 아니라 그 '자리'를 되살릴 신이 머무는 곳. '저녁 풍경 너머 풍경'은 그런 진정한 신이 머무를 세계의 풍경을 가리킨다.

이제 우리는 자본주의의 풍경 너머에 있을 새로운 풍경을 꿈꾸어야 한다. 이 사회가 강요하는 시스템 바깥에서 새로운 생명 공동체를 세워야 한다. 낭시의 표현을 따르자면 '무위의 공동체'[5]를 만들어야 한다. '무위의 공동체'가 과연 실현될 수 있는 공동체인지, 혹은 어떻게 구성되고 운영될 것인지에 대해 구체적으로 말하기는 쉽지 않다. 그것이 꼭 정치 프로그램이 되어야 할 까닭도 없다. 권력으로 실현하고, 권력으로 작동하는 공동체라면 거기에는 다시 작위가 재현될 수 있다. 어떤 작위도 떨쳐내고 부작위만으로 작동하는 공동체의 가능성, 혹은 '무위자연'이 빚어낼 조화로운 공동체의 이상을 좇아야 한다. 무위자연에서 우리가 맞이할 공동체의 이상과 윤리적 지평이 열릴 수 있다.

'무위의 공동체'는 어떤 시스템을 가져야 하는 것도 아니다. 반드시 수많은 사람으로 이루어진 집단이거나, 물리적 공간을 점유하는 조직일 필요도 없다. 어쩌면 '무위의 공동체'는 우리 일상 세계 내에서, 혹은 주거지나 일

---

5  장 뤽 낭시, 『무위의 공동체』(박준상 역), 인간사랑, 2010; 모리스 블랑쇼(외), 『밝힐 수 없는 공동체』, 문학과지성사, 2005.

터에서 꾸려질 수도 있다. 반드시 '자하문 밖'으로 나가야만 이뤄지는 꿈은 아닐 것이다.

　'무위의 공동체'에 대한 지향이 무엇보다 중요하다. 몇몇 사람에 그칠지라도 그 지향을 공유하는 사람들의 모임이 중요하다. 정치적 결사를 조직하여 견고한 싸움을 벌여야 하는 것도 아니다. 오히려 나비처럼 가벼운 싸움이 더 나을 수도 있다. '무위의 공동체'를 꿈꾸는 마음들이 꼭 이 사회에서 주류가 될 필요도 없다. '자본주의의 풍경'이 되는 삶을 멈추고 그 풍경 바깥을 훔쳐보는 사람들이 점차 많아지는 것만으로도 충분하다. 그래야 이 세상의 삶이 조금씩 나아지지 않겠는가. 그때까지 우리는 '자연'의 순리를 좇아 살아가면 된다. 그런 삶의 자세가 바로 새로운 시대에 필요한 모럴이다. 우리 시대의 서정시는 새로운 모럴을 실험하는 장이 될 것이다.

한국 현대시 산책

**제1장  시로 읽는 시론 · 013**

　　　김춘수, 『김춘수 시전집』, 현대문학, 2004.

　　　함민복, 『자본주의의 약속』, 세계사, 1993.

　　　파블로 네루다, 『네루다 시선』(김현균 역), 지식을만드는지식, 2014.


　　　김준오, 『시론』, 삼지원, 2017.

　　　남기혁, 「서정시의 위상」, 『한국 현대시의 비판적 연구』, 월인, 2001.

　　　박현수, 『시론』, 울력, 2022.

　　　디이터 람핑, 『서정시: 이론과 역사』(장영태 역), 문학과지성사, 1994.



**제2장  사랑, 그 쓸쓸함에 대하여 · 035**

　　　김소월, 『김소월시전집』(권영민 편), 문학사상사, 2007.

　　　이수익, 『이수익 시전집』, 황금알, 2019.

　　　서정주, 『미당 서정주 전집1-시』, 은행나무, 2015.

　　　기형도, 『입속의 검은 잎』, 문학과 지성사, 1989.


　　　김만수, 『진달래꽃 다시 읽기』, 강, 2017.

　　　김홍중, 「멜랑콜리와 모더니티-문화적 모더니티의 세계감 분석」, 『한국사회학』
　　　　　　제40집 3호, 2006.

　　　남기혁, 『김소월』, 북페리타, 2014.

　　　오세영, 『김소월, 그 삶과 문학』, 서울대 출판부, 2000,


　　*　이 참고문헌은 본문에서 직접 언급하거나 인용한 자료에 한정되지 않는다. 독자들이 이 책에서 다루는 주제들을 더 깊이 탐사하는 데 도움을 줄만한 자료들을 폭넓게 제시한다. 자료의 배열은 각 장에서 언급된 시가 수록된 시집 목록, 국내의 연구 목록, 국외의 인문학 서적 목록 순이다.

알랭 바디우, 『사랑 예찬』(조재룡 역), 도서출판 길, 2010.

너새니얼 브랜든, 『낭만적 사랑의 심리학』(임정은 역), 교양인, 2019.


## 제3장  고통받는 존재의 얼굴 · 061

김중식, 『황금빛 모서리』, 문학과지성사, 1993.

이성복, 『뒹구는 돌은 언제 잠 깨는가』, 문학과 지성사, 1980

이성복, 『그 여름의 끝』, 문학과 지성사, 1990.

이성복, 『호랑가시나무의 기억』, 문학과 지성사, 1993.

이성복, 『아, 입이 없는 것들』, 문학과지성사, 2003.


강영안, 『타인의 얼굴』, 문학과지성사, 2005.

유성혜, 『뭉크—노르웨이에서 만난 절규의 화가』, 아르테, 2019.

수잔 손택, 『타인의 고통』(이재원 역), 이후, 2004.

에마누엘 레비나스, 『시간과 타자』(강영안 역), 문예출판사, 1996.

에마누엘 레비나스, 『전체성과 무한』(김도형(외) 역), 그린비, 2018.

조르조 아감벤, 『호모 사케르』(박진우 역), 새물결, 2008.

테오도르 W. 아도르노, 『미학강의』(홍승용 역), 문학과지성사, 1997.

한나 아렌트, 『예루살렘의 아이히만』(김선욱 역), 한길사, 2006.


## 제4장  아버지와의 싸움, 그리고 그 향방 · 087

김수영, 『김수영 전집 1』, 민음사, 2018.

박목월, 『박목월 시전집』, 민음사, 2003.

신경림, 『어머니와 할머니의 실루엣』, 창작과비평사, 1998.

이  상, 『이상문학전집1—시』(이승훈 편), 문학사상사, 1989.

오장환, 『오장환 시선』, 지식을만드는지식, 2013.

조말선, 『둥근 발작』, 창비, 2006.

남기혁, 「한국 전후시의 가족 모티브 연구」, 『언어와 풍경』, 소명출판, 2010.

박정자, 『시선은 권력이다』, 기파랑, 2022

이득재, 『가족주의는 야만이다』, 소나무, 2001.

주은우, 『시각과 현대성』, 한나래, 2003.

최하림, 『김수영 평전』, 실천문학사, 2018.

루이지 조야, 『아버지란 무엇인가』(이은정 역), 르네상스, 2009.

조르조 아감벤, 『장치란 무엇인가?-장치학을 위한 서론』(양창렬 역), 난장, 2010.

자크 라깡, 『욕망 이론』(권택영(외) 역), 문예출판사, 1994.

마틴 제이, 「현대성과 시각적 제도들」, 『현대성과 정체성』(스콧 래쉬(외) 편), 현대미학사, 1997.

에마누엘 레비나스, 『시간과 타자』, 문예출판사, 1996

### 제5장 여성의 몸과 언어, 그리고 시선 · 117

김승희, 『세상에서 가장 무거운 싸움』, 세계사, 1995.

김혜순, 『아버지가 세운 허수아비』, 문학과지성사, 1985.

김선우, 『내 혀가 입 속에 갇혀 있기를 거부한다면』, 창비, 2000.

나희덕, 『뿌리에게』, 창비, 1991.

서진영, 「페미니즘과 여성적 글쓰기」, 『20세기 한국시의 사적 조명』(한국현대시학회 편), 태학사, 2003

장 보들리야르, 『시뮬라시옹』(하태환 역), 2001.

조르조 아감벤, 『호모 사케르』(박진우 역), 새물결, 2008.

**제6장 병든 도시의 디스토피아적 풍경들 · 143**

김기림, 『원본 김기림 시 전집 』(박태상 주해), 깊은샘, 2014.

유  하, 『바람부는 날이면 압구정에 가야 한다』, 문학과지성사, 1991.

이수익, 『이수익 시전집』, 황금알, 2019.

정지용, 『정지용 전집 1-시』(권영민 편), 민음사, 2016.

황지우, 『새들도 세상을 뜨는구나』, 문학과지성사, 1983.


김홍중, 「스노비즘과 윤리」, 『마음의 사회학』, 문학동네, 2009.

남기혁, 「정지용 초기시의 '보는' 주체와 시선의 문제」, 『언어와 풍경』, 2010.

노형석, 『모던의 유혹 모던의 눈물』, 생각의 나무, 2004.

노명우, 「시선과 모더니티」, 『문화와 사회』제3권, 2007.

이진경, 『근대적 시공간의 탄생』, 그린비, 2010.

이승훈, 『상징사전』, 고려원, 1995.

벤 윌슨, 『메트로폴리스』(박수철 역), 매일경제신문사, 2020.


**제7장 군중의 거리, 광장의 함성 · 169**

임  화, 『임화문학예술전집 1: 시』, 소명출판, 2009.

신동엽, 『신동엽 시전집』, 창작과비평사, 2013.

박노해, 『노동의 새벽』, 느린걸음, 2014.


김윤식, 『임화 연구』, 문학사상사, 1989.

남기혁, 「김소월 시에 나타난 경계인의 내면 풍경」, 『언어와 풍경』, 소명출판,
     2010.

노형석, 『모던의 유혹, 모던의 눈물』, 생각의나무, 2004.

오세영, 『김소월 그 삶과 문학』, 서울대 출판부, 2000 참조.

전우용, 『서울은 깊다』, 돌베개, 2008.

게오르크 짐멜, 『짐멜의 모더니티 읽기』(김덕영(외) 역), 새물결, 2005.

제임스 H. 루빈, 『인상주의』(김석희 역), 한길아트, 2001.

베로니크 B. 오베르토, 『인상주의』(하지은 역), 북커스, 2021.

발터 벤야민, 「기술복제시대의 예술작품」, 『발터 벤야민 선집』2(최성만 역), 도서
　　　출판 길, 2007.


## 제8장 이미지의 슬픈 축제 · 197

김종삼, 『김종삼 전집』, 나남출판, 2005.

김춘수, 『김춘수 시전집』, 현대문학, 2004.

남진우, 『 죽은 자를 위한 기도』, 문학과지성사, 1996.

박목월, 『박목월 시전집』, 민음사, 2003.

이수명, 『고양이 비디오를 보는 고양이』, 문학과지성사, 2004.

이승훈, 『이승훈 시전집』, 황금알, 2012.


김종길, 「한국시에 있어서의 비극적 황홀」, 『진실과 언어』, 일지사, 1974.

남기혁, 「김춘수의 무의미시론 연구」, 『한국현대시의 비판적 연구』, 월인, 2003

박정자, 『시뮬라크르의 시대』, 기파랑, 2019.

장 보드리야르, 『시뮬라시옹』(하태환 역), 2001.


## 제9장 길 위에서, 길 끝에서 찾아내는 희망 · 225

박목월, 『박목월 시전집』, 민음사, 2003.

백　석, 『정본 백석 시집』(고형진 편), 문학동네, 2007.

안도현, 『외롭고 높고 쓸쓸한』, 문학동네, 2004.

오세영, 『벼랑의 꿈』, 시와시학사, 1999.

정　양, 『눈 내리는 마을』, 모아드림, 2001.

조용미, 『나의 별서에 핀 앵두나무는』, 문학과지성사, 2007.

### 제10장 삶에 깃든 죽음, 죽음에 깃든 삶 · 249

윤동주, 『정본 윤동주 전집』(홍장학 편), 문학과지성사, 2004.

정지용, 『정지용 전집 1-시』(권영민 편), 민음사, 2016.

차창룡, 『나무 물고기』, 문학과지성사, 2002.

천상병, 『천상병 전집 : 시』, 평민사, 2018.

황동규, 『풍장』, 문학과지성사, 1999.


권오만, 『윤동주 시 깊이 읽기』, 소명출판, 2009.

김승구, 「정지용 시에서 주체의 양상과 의미」, 『배달말』37, 2005

남기혁, 「정지용 중·후기시에 나타난 풍경과 시선, 재현의 문제」, 『언어와 풍경』, 소명출판, 2010.

남기혁, 「아웃사이더의 시학—천상병론」, 『한국 현대시의 비판적 연구』, 월인, 2003.

남기혁, 「윤동주 시에 나타난 윤리적 주체와 저항의 의미」, 『한국시학』36, 한국시학회, 2013.

류양선, 『순결한 영혼, 윤동주』, 북페리타, 2015.

이승훈, 『문학상징사전』, 고려원, 1995,

최동호, 『정지용시와 비평의 고고학』, 서정시학, 2013.

새러 시먼스, 『고야』(김석희 역), 한길아트, 2001.

장 보드리야르, 『섹스의 황도』(정연복 역), 솔출판사, 1993.

필립 아리에스, 『죽음의 역사』(이종민 역), 동문선, 2016.

필립 아리에스, 『죽음 앞의 인간』(고선일 역), 새물결, 2004.


### 제11장 전통, 시간 너머에서 들려오는 목소리들 · 277

김수영, 『김수영 전집 1』, 민음사, 2018.

박재삼, 『울음이 타는 가을강』, 시인생각, 2013.

백　석, 『정본 백석 시집』(고형진 편), 문학동네, 2007.

송수권, 『한국대표시인 101인 선집-송수권』, 문학사상사, 2005.


김신정, 『정지용 문학의 현대성』, 소명출판, 2000.

고형진, 『백석 시를 읽는다는 것』, 문학동네, 2013.

남기혁, 「서정주의 '신라정신'론에 대한 재론」, 『미당 서정주와 한국 근대시』, 역
　　　락, 2017.

사나다 히로코, 『최초의 모더니스트 정지용』, 역락, 2002.

서정주, 「한국적 전통성의 근원」, 『서정주문학전집』 제2권, 일지사, 1972.

소래섭, 『백석의 맛』, 프로네시스, 2012.

임철규, 『왜 유토피아인가』, 한길사, 2009.

발터 벤야민, 「역사의 개념에 대하여」, 『발터 벤야민 선집 · 5』(최성만 역), 도서출
　　　판 길, 2008.

에릭 홉스봄(외), 『만들어진 전통』(박지향(외) 역), 휴머니스트, 2004.

조르조 아감벤, 『예외상태』(김항 역), 새물결, 2009.

**제12장 자연, 그 무위의 삶을 향하여 · 301**

김관식, 『다시 광야에』, 창비, 1998.

서정주, 『미당 서정주 전집1-시』, 은행나무, 2015.

송수권, 『한국대표시인 101인 선집-송수권』, 문학사상사, 2005.

장석남, 『미소는, 어디로 가시려는가』, 문학과지성사, 2005.

이병률, 『바람의 사생활』, 창비, 2006.

장옥관, 『황금 연못』, 민음사, 2007.

최승호, 『고비』, 현대문학, 2007.


임수만, 「김관식론-'도(道)'의 문학, '인유(引喩)'의 시학」, 『청람어문연구』제60권,
　　　청람어문학회, 2016.

모리스 블랑쇼, 장 뤽 낭시, 『밝힐 수 없는 공동체-마주한 공동체』(박준상 역),
　　　문학과지성사, 2005.
장 뤽 낭시, 『무위의 공동체』(박준상 역), 인간사랑, 2010.
조르조 아감벤, 『도래하는 공동체』(이경진 역), 꾸리에, 2014,
허먼 멜빌, 『필경사 바틀비』(공진호 역), 문학동네, 2013.

# 한국 현대시 산책

– 열두 개의 모티브로 세상 읽기

**1판 1쇄 발행**　2023년 2월 15일

**지 은 이** ｜ 남기혁
**펴 낸 이** ｜ 김진수
**펴 낸 곳** ｜ 한국문화사
**등　 록** ｜ 제1994-9호
**주　 소** ｜ 서울시 성동구 아차산로49, 404호(성수동1가, 서울숲코오롱디지털타워3차)
**전　 화** ｜ 02-464-7708
**팩　 스** ｜ 02-499-0846
**이 메 일** ｜ hkm7708@daum.net
**홈페이지** ｜ http://hph.co.kr

**ISBN**　979-11-6919-103-6　93810

오류를 발견하셨다면 이메일이나 홈페이지를 통해 제보해주세요.
소중한 의견을 모아 더 좋은 책을 만들겠습니다.